DAS GIFT DES DROGISTEN

GLASS AND STEELE 3

C.J. ARCHER

Übersetzt von
SIMONE HELLER

WWW.CJARCHER.COM

KAPITEL 1

LONDON, FRÜHJAHR 1890

„Das ist es!" Matt faltete die Zeitung zusammen und schlug damit neben seinem unangetasteten Teller mit Speck, Eiern und Toast auf den Tisch. Er bohrte den Finger in einen kurzen Artikel unten am Ende der Seite. „Das ist der Durchbruch, den wir brauchen. Iss auf, India. Nach dem Frühstück fahren wir ins Krankenhaus."

„Welches Krankenhaus?", fragte Duke und stand auf. „Was ist los?"

Willie und Cyclops drängten sich um Matt und spähten auf die Zeitung. Mir gelang es nicht, über Cyclops' muskulöse Schulter zu sehen und mitzulesen.

„Was für ein Durchbruch?", fragte ich.

Cyclops hob die Zeitung hoch. Willie fasste sie an einer Ecke, um sie ruhig zu halten, ihre Lippen bewegten sich beim Lesen.

Cyclops stieß einen Pfiff aus. „Könnte schon sein", sagte er. „Das könnte sein, wonach wir gesucht haben."

Willie ließ die Zeitung los, schlang die Arme um ihren Cousin und zog ihn an sich. Matt erwiderte die Umarmung. Er war sehr darum bemüht, sein Lächeln zu bändigen, doch er verlor den Kampf und grinste. Sein Blick traf über Willies Kopf hinweg meinen.

Ich versuchte, die Zeitung zu lesen, doch Duke übernahm sie nach Cyclops und zog sie aus meinem Sichtfeld. Ich hatte lediglich die Schlagzeile und die Verfasserzeile des Zeitungsschreibers erkannt: Medizinisches Wunder IM London HOSPITAL, von Oscar Barratt.

„Gottverdammt", murmelte Duke beim Lesen.

„Sagt mir vielleicht mal jemand, worum es hier geht?", fragte ich und schaffte es gerade so, nicht mit dem Fuß aufzustampfen. „Gibt es Hinweise auf einen magischen Arzt?"

„Vielleicht", sagte Matt. „Falls die Information im Artikel zutrifft."

„Weshalb sollte sie nicht zutreffen?", fragte Willie, die zu ihrem Stuhl und ihrem Frühstück aus Würstchen und Speck zurückkehrte.

„Weil Zeitungsleute die Dinge gern aufbauschen." Matt setzte sich ebenfalls, und wir Übrigen taten es ihm nach.

Ich schaffte es endlich, mir die Zeitung zu schnappen, und las den Artikel. Laut Oscar Barratt war ein Patient des London Hospitals bei seiner Einlieferung von einem Arzt für tot erklärt worden, nur um sich wieder aufzurichten, nachdem sich ein weiterer Arzt seiner angenommen hatte. Einer Zeugenaussage nach hatte der Patient um ein Bier gebeten, um seinen „wahrhaft teuflischen Durst" zu stillen. Ein Vertreter des Krankenhauses sagte, dem ersten Arzt wäre ein Fehler unterlaufen. Der Reporter betonte jedoch, dass der Zeuge zuverlässig war und der Patient ohne Puls und ohne Atem vorgestellt worden war, bis Dr. Hale „seine Magie gewirkt" hatte.

„Eine interessante Abschlusszeile", sagte ich.

„Die benutzt dieser Reporter nicht zum ersten Mal", erwiderte Matt. „Das ist der dritte Text von Oscar Barratt, den ich in der *Weekly Gazette* lese, in dem er genau diesen Satz verwendet."

Wie seltsam. „Dr. Hale", sagte ich, während ich die Zeitung neben meinen Teller legte. „Dieser Name wirkt irgendwie vertraut, aber ich kann ihn nicht einordnen." Ich las den Artikel noch einmal und brütete dann ein drittes Mal darüber. Ich spürte Matts Blicke auf mir, schaute aber nicht auf. Ich wollte ihn nicht ansehen, nur für den Fall, dass er die Zweifel auf meinem Gesicht erkennen konnte. Letztlich erriet er sie sowieso.

„India?", drängte er. „Du wirkst nicht sonderlich begeistert."

Ich wollte ihm schon sagen, weshalb, überlegte es mir dann

aber anders. Seinem Tonfall entnahm ich, dass er ebenfalls Zweifel hegte. Sie laut auszusprechen, ließ sie nicht verschwinden und änderte nichts an dem Kurs, den wir als nächstes einschlagen würden. Ich köpfte mein gekochtes Ei mit dem Messer. „Je schneller wir mit dem Frühstück fertig werden, desto eher können wir zum Krankenhaus fahren und die Behauptung selbst überprüfen."

Matts alte Tante betrat den Speisesaal, was der Diskussion um Dr. Hales medizinisches Wunder ein jähes Ende setzte. Sie wusste zwar, dass Matt krank war, aber der magische Hintergrund war ihr nicht bekannt. Den kannten nur wenige. Und so musste es auch bleiben.

„Was für ein herrlicher Morgen", sagte sie, während sie sich am Buffet eine Tasse Tee einschenkte. „India, gehst du heute mit mir spazieren?"

„Ich muss mit Matt ein paar Dinge erledigen", erwiderte ich. „Vielleicht kann Willie Sie begleiten."

Willie und Miss Glass schossen mir übereinstimmend vernichtende Blicke zu.

„Ich kann nicht", sagte Willie. „Ich habe auch Dinge zu erledigen."

„Nein, hast du nicht", wandte Duke ein, der sich mit einem Lächeln zurücklehnte. „Wir haben den ganzen Tag frei."

„Dann geh du doch."

„Mache ich, falls Miss Glass sich meine Gesellschaft antun will."

Miss Glass knabberte am Rand ihres Toasts. „Nur zu gerne. Deine Gesellschaft ist mir immer willkommen, Duke. Deine auch, Cyclops."

Willie ließ ihre Gabel auf den Teller fallen, sodass Miss Glass zusammenzuckte. „Und meine Gesellschaft?"

„Ist erträglich."

„Schön. Wenn du darauf bestehst, dass ich mitkomme, Letty, dann mache ich das."

Das kurze, vielsagende Schweigen wurde lediglich von Miss Glass' resigniertem Seufzen durchbrochen. „Nur, wenn du vom Rauchen absiehst."

„Himmel", murmelte Willie und spießte ein Würstchen mit

der Gabel auf. „Es ist schon schlimm genug, dass du mich hier drinnen herumkommandierst, jetzt machst du es auch noch draußen?"

„Es ist doch nur zu deinem Besten. Rauchen ist eine hässliche Angewohnheit. Ich nehme an, du ziehst dich um, vielleicht ein Kleid?"

„Nein!"

„Dann musst du wohl ein paar Schritte hinter uns laufen."

Willie ließ abermals ihre Gabel fallen, und ein Würstchen rollte von ihrem Teller auf den Boden. „Ich bin nicht deine gottverdammte Dienstmagd."

Miss Glass zuckte zusammen. „Musst du eine solch vulgäre Sprache benutzen?"

„Gottverdammt ist kein Schimpfwort. Nicht wie sch…"

„Willie!" Matt spießte sie mit einem finsteren Blick auf, und sie presste die Lippen aufeinander. „Tante, lass Willie neben dir laufen."

Willie schnappte sich mit den Fingern ein weiteres Würstchen von ihrem Teller und biss das Ende ab, während sie Miss Glass triumphierend anschaute.

„Sie ist immerhin Familie", fuhr er fort.

Willie verschluckte sich und spuckte dabei das halb zerkaute Würstchen aus.

„Wir sind *nicht* blutsverwandt", sagte Miss Glass. „Das ist ein wichtiger Unterschied."

„Auf jeden Fall", bestätigte Willie.

Miss Glass seufzte. „Also gut, sie kann mit mir gehen."

„Na, vielen Dank aber auch, Prinzessin." Willie runzelte die Stirn und musterte ihr Würstchen. „Wie konnte ich mich nur dazu überreden lassen?"

Ich lächelte in meine Teetasse hinein und verzichtete darauf, ihr zu sagen, dass sie eifersüchtig auf die Aufmerksamkeit war, die Miss Glass in letzter Zeit Duke und Cyclops schenkte. Schon seit in der Park Street Nummer 16 Personal angestellt worden war, war Miss Glass allmählich dazu übergegangen, sie eher wie Freunde, denn wie Diener, zu behandeln. Das war jedoch das erste Mal, dass sie in ihrer Gesellschaft ausgehen würde. Diese doch sehr öffentliche Zurschaustellung von Akzeptanz zwischen zwei groben Amerikanern und einer adligen englischen Lady sagte einiges aus. Miss Glass mochte ja recht konformistisch wirken, aber in ihr war eine rebellische Ader. Sie brach die Regeln, wenn sie es wollte, auf ihre eigene ganz subtile Art.

Mein Blick huschte zu Matt hinüber, und ich erwischte ihn dabei, wie auch er in seine Tasse lächelte. Er zwinkerte mir zu, ganz offensichtlich zufrieden damit, wie sie alle miteinander auskamen. Trotz Willies finsterem Gesicht schien sie dabei sein zu wollen, und seine Tante brachte keine Beschwerden mehr vor. Tatsächlich rümpfte sie nicht einmal die Nase, als Willie das herabgefallene Würstchen vom Boden aufhob und die Spitze abbiss.

Dreißig Minuten später stiegen Matt und ich in den Zweispänner, und Bryce fuhr mit halsbrecherischer Geschwindigkeit zum Krankenhaus an der Whitechapel Road. Die unbehagliche fünfminütige Stille fühlte sich an, als würde sie doppelt so lang dauern, bis Matt sie schließlich durchbrach.

„Dr. Hale ist vielleicht nicht magisch", sagte er. „Das könnte ein erfolgloses Unternehmen werden."

„Aber wir müssen es herausfinden", schloss ich für ihn. „Es gibt Hoffnung, Matt. Wie du beim Frühstück gesagt hast, könnte das der Durchbruch sein."

Vor zwei Wochen, während unserer Ermittlungen wegen eines verschwundenen magischen Kartenzeichners, hatten wir entdeckt, dass der nur als Chronos bekannte Uhrenmagier, den Matt suchte, sehr wahrscheinlich unter dem Namen Pierre DuPont in London lebte. Nach lediglich einem kurzen Blick auf DuPont in der Uhrenfabrik, in der gearbeitet hatte, war dieser geflohen. Seither hatten wir ihn nicht mehr gesehen und beschlossen, unserer Suche eine neue Richtung zu geben. Anstatt in ganz London nach DuPont zu suchen, ohne einen Hinweis, wo wir anfangen sollten, hofften wir, ihn zu finden, indem wir das suchten, was er am meisten wollte – einen magischen Arzt.

Chronos hatte Jahre damit verbracht, nach einem magischen Arzt zu suchen, dessen Fertigkeiten er mit seinen koppeln konnte. Diesen Arzt hatte er im amerikanischen Hinterland gefunden, und sie hatten an Matt herumexperimentiert, nachdem auf ihn geschossen worden war. Das Experiment hatte

Matt das Leben gerettet, doch der Arzt hatte seine Taten anschließend bedauert und sich geweigert, noch einmal einen solchen Akt durchzuführen. Chronos jedoch war von den Ergebnissen begeistert gewesen und wollte unbedingt mit den Experimenten fortfahren. Da sich Dr. Parsons geweigert hatte und letztendlich gestorben war, brauchte Chronos einen anderen magischen Arzt.

Matt hatte vorgeschlagen, dass Chronos, falls er unter dem Namen DuPont tatsächlich in London residierte, womöglich einen weiteren magischen Arzt hier gefunden hatte. Wir hatten die nächsten beiden Wochen damit verbracht, alle Krankenhäuser abzuklappern, sowohl auf der Suche nach einem außergewöhnlich talentierten Arzt als auch nach einem Mann, auf den die Beschreibung von Chronos passte. Mit keinem von beiden hatten wir Glück gehabt.

Der Artikel in der *Weekly Gazette* war der erste Hinweis, dass unsere Theorie zutreffen könnte. Es schien, als würde London doch einen magischen Arzt beherbergen.

„Wir haben beim letzten Mal, als wir im London Hospital nachgefragt haben, nicht mit Dr. Hale gesprochen", sagte ich. „Vielleicht würde es etwas bringen, ihn direkt zu befragen."

Matt tätschelte gedankenverloren seine Brusttasche, in der er seine magische Taschenuhr sicher aufbewahrte. Heute wirkte er recht gesund, auch wenn es noch früh war und er bereits zweimal gegähnt hatte, seit wir das Haus verlassen hatten. Doch ganz gleich, wie krank oder müde er wirkte, er war immer noch der ansehnlichste Mann, den ich je zu Gesicht bekommen hatte. „Wir müssen diskret vorgehen."

„Und nicht meine eigene Magie erwähnen, nicht einmal, um ihn dazu zu ermutigen, sich uns anzuvertrauen."

Matt beobachtete mich genau. „Ist das ein Versprechen?"

„Jawohl. Ich habe vor, von jetzt an vorsichtig zu sein."

Er beugte sich vor und schloss meine Hand zwischen seinen beiden ein. Die Geste ließ mich erschauern, obwohl unsere Handschuhe einen Kontakt ausschlossen. „Der Mord an Daniel Gibbons hat dir Angst gemacht."

„Es war eine Warnung zur rechten Zeit. Immerhin wurde er aufgrund seiner Magie getötet."

„Er wurde von einem Rivalen getötet, der auf sein Talent neidisch war und der dachte, er würde etwas tun, was im Sinne der Gilde war. Da du keine praktizierende Uhrmacherin bist, wirst du nicht vor demselben Problem stehen."

„Matt, du hast mich doch aufgefordert, meine Magie geheim zu halten. Und jetzt sagst du mir, ich solle sie nicht verstecken?"

Er lehnte sich zurück. „Ich versuche einfach nur, dir deine Ängste zu nehmen."

„Aber du hältst es immer noch für am besten, sie unter Verschluss zu halten?"

„Das tue ich."

„Ich genauso." Ich seufzte. „Vorerst. Ich behalte mir das Recht vor, es jemandem zu sagen, wenn ich glaube, derjenige sollte es wissen."

„Und du musst sie einsetzen, falls du in Gefahr bist." Er nickte zu dem Pompadour hin, der auf meinem Schoß lag.

Ich schloss meine Finger um das Täschchen. Der vertraute Umriss meiner Taschenuhr darin war ein Trost. Sie hatte mir einmal das Leben gerettet, genauso wie eine Uhr, an der ich herumgebastelt hatte. Offenbar war meine Magie stark, aber ich wusste nicht, wie man Zaubersprüche einsetzte, und ich konnte auf keinen Fall Matts Uhr reparieren. Ich hoffte, Chronos könnte es mir beibringen.

Ein älterer Türsteher trat im Empfangsraum des Krankenhauses vor uns. „Sie wirken nicht kränklich", sagte er und beäugte uns von oben bis unten. „Sind sie zu Besuch hier? Besuchszeiten sind von vier bis fünf Uhr nachmittags."

„Wir wollen mit Dr. Hale sprechen", sagte Matt.

Der Türsteher schnalzte mit der Zunge und murmelte etwas von feinen Pinkeln mit Anspruchsdenken, ehe er eine Krankenschwester heranwinkte, die durch eine Seitentür hereingekommen war. Sie zog uns zur Seite, während der Türsteher sich um einen Mann kümmerte, der sich den Arm an die Brust gedrückt hielt.

„Operiert er gerade?", fragte Matt, als die Schwester sagte, Dr. Hale wäre nicht zu sprechen.

„Er ist kein Chirurg", erwiderte sie kurz angebunden. „Er ist

Allgemeinarzt. Er macht gerade seine Runde. Es wird nicht lange dauern. Wenn Sie sich kurz setzen wollen."

„Ich habe heute Morgen in der Zeitung über den Doktor gelesen", sagte Matt zu ihr. „Haben Sie den Artikel gesehen?"

Die Krankenschwester verdrehte die Augen. „Dr. Hale hat sich alle Mühe gegeben, damit ich ihn lese. Damit wir alle ihn lesen. Sind Sie darum hier?" Ihre Züge wurden weicher, während sie Matt betrachtete. „Damit er ein Wunder für Sie wirkt? Ich *wusste*, dass das passieren würde. Ich habe es ihm gesagt. Denken Sie an meine Worte, Sie werden der erste von vielen sein, die heute durch diese Türen kommen und sich ein *medizinisches Wunder* erhoffen." Sie spuckte die beiden Worte aus, als hätten sie einen üblen Beigeschmack. „Das hätte der Reporter nicht schreiben sollen, und Dr. Hale hätte besser aufpassen müssen."

„Darauf, dass er niemanden sehen lässt, wie er sein Wunder wirkt?"

„Darauf, dass er den Reporter nicht glauben macht, er hätte ein Wunder gewirkt und dem Kerl das Leben gerettet. Oh, Sir. Sie haben sich doch nicht gleich Hoffnungen gemacht, oder?"

Matt versteifte sich. „Wollen Sie damit sagen, dass er diesen Patienten gar nicht gerettet hat?"

„Er ist wieder gestorben, kurze Zeit später. Oder ... nicht *wieder*, nicht *wirklich*. Er ist zum ersten Mal gestorben, denn er hat vorher ja nicht tot sein können, oder? Die Toten kehren nicht ein paar Minuten lang ins Leben zurück – nur um ein zweites Mal zu sterben – oder doch?"

„Er ist tot", sagte Matt ausdruckslos.

Die Krankenschwester nickte. Matt senkte den Kopf und zerdrückte seine Hutkrempe in der Hand. Meine Gedanken kreisten rund um die Möglichkeiten und Fragen. Es war nicht so sehr die Tatsache, dass der Patient inzwischen tot war, die mich faszinierte, sondern die Tatsache, dass er ein paar Minuten lang *zwischen* seinen beiden Toden am Leben gewesen war, falls sich das tatsächlich so zugetragen hatte.

„Erzählen Sie von Anfang an", drängte ich die Krankenschwester. „Wer war der Patient, und in welchem Zustand befand er sich?"

Sie verschränkte die Arme. „Es steht mir nicht frei, Informationen über Patienten herauszugeben. Aber, Sir, Madam, ich halte Sie dazu an, den Behauptungen dieses Reporters keinerlei Vertrauen zu schenken. Es gab hier kein Wunder." Sie beugte sich vor, schaute zur Tür und senkte die Stimme. „Dr. Hale ist nichts als ein emporgekommener Drogist, das sagen die anderen Ärzte. Er hat ganz gewiss niemanden von irgendetwas geheilt. Dieser Patient ist nun so tot, wie er nur sein kann. Es tut mir leid, falls Sie in der Hoffnung herkamen, der Doktor würde Ihnen helfen. Wenn Sie mir sagen, was Ihnen fehlt, werde ich nach einem geeigneten Arzt schicken, jemanden, der auf Ihre Art von Beschwerde spezialisiert ist."

„Wir wollen mit Dr. Hale sprechen", sagte Matt gepresst. „Wir warten."

Sie seufzte. „Also gut. Ich lasse ihn von einer der Schwestern holen." Sie wies auf zwei leere Stühle in der Nähe des Türstehers, die am Eingang standen. „Ich fürchte, Sie werden hier draußen warten müssen. Patienten werden entweder zum Empfangsraum der Damen oder Herren geschickt, aber da Sie keine Patienten sind, müssen Sie hierbleiben."

Ein weiterer Patient trat ein. Ein blutiger Stofffetzen war um seinen Kopf gewickelt. Das London Hospital befand sich mitten in den unsichersten Bereichen der Stadt. Die Patienten kamen im besten Fall aus der Arbeiterklasse. Es war kein Krankenhaus für jemanden wie Matt, nicht einmal für jemanden wie mich. Ich kam mir in meinem besten blauen und cremefarbenen Kleid und dem schicken Hut mit dem blauen Seidenband sehr auffällig vor.

Wir mussten nicht lange warten, bis uns ein Mann in weißem Kittel breit lächelnd begrüßte. Er war sehr viel jünger, als ich erwartet hatte, vielleicht in den späten Zwanzigern, mit dichtem braunem Haar, das ihm in die Stirn fiel, und einer Brille auf seiner Adlernase. Seine Züge kamen mir vertraut vor, aber ich konnte ihn nicht einordnen.

Er streckte Matt seine schmale Hand entgegen, ohne sein Lächeln zu mindern. „Ich bin Dr. Hale. Sie wollten mich wegen meines medizinischen Wunders sprechen? Sind Sie ein Reporter?"

„Ja", sagte Matt, ohne innezuhalten. „Ich heiße Matthew Glass, und das ist Miss Steele, meine Partnerin."

Partnerin! Ich wünschte, er hätte mich in den Plan eingeweiht, bevor er mit beiden Füßen hineinsprang. Er mochte ja gut darin sein, eine Rolle zu spielen, aber ich war das nicht. Ich musste mich vorbereiten.

„Partnerin?", fragte Dr. Hale. „Wie seltsam für Reporter, zu zweit zu arbeiten. Und dann auch noch mit einer Frau."

„Ich bin eher so etwas wie seine Assistentin", merkte ich an.

„Der Artikel wird genauso sehr von ihr sein wie von mir", entgegnete Matt.

Dr. Hale ließ die Absätze aneinander klicken und nickte mir zu. „Nun, wie faszinierend und ausgesprochen erfreulich für mich. Es ist mir ein Vergnügen, Sie kennenzulernen. Wollen wir uns in meinem Bureau unterhalten?"

Er führte uns die Stufen hinauf, vorbei an einem Schreibtisch, an dem eine Krankenschwester saß, die Dr. Hale mit einem milden Lächeln begrüßte. „Arbeiten Sie ruhig weiter, Schwester Benedict", sagte er.

„Ich bin Schwester Barnaby", korrigierte sie.

„Hier entlang, Mr. Glass, Miss Steele. Ah, Dr. Wiley." Dr. Hale grüßte einen älteren Mann, der raschen Schrittes vorbeiging und die Augen zusammenkniff, als er Hale erblickte. „Diese beiden Reporter von der, äh …"

„Der *Times*", sagte Matt.

„Der *Times*!" Dr. Hales Schritt wurde unsicher. „Meine Güte, ich hatte ja keine Ahnung. Haben Sie das gehört, Dr. Wiley? Sie sind von der *Times*!"

„Ich hab's gehört", stieß Dr. Wiley hervor.

„Diese beiden Reporter von der *Times* wollen mit mir über mein medizinisches Wunder sprechen. Vielleicht sollten Sie sich zu uns gesellen, da Sie ja auch eine Rolle gespielt haben." Dr. Hale beugte sich zu uns. „Mein geschätzter Kollege hat den Patienten bei seinem Eintreffen ursprünglich für tot erklärt."

„Ein Fehler", sagte Dr. Wiley, dessen Wangen sich röteten. „Eindeutig."

„Oder etwa doch nicht?" Dr. Hale zwinkerte.

Wiley seufzte laut, als hätte er Hale die Geschichte schon ein dutzend Mal erzählen hören. „Das ist keine Angelegenheit zum Scherzen. Weiß Dr. Ritter, dass Sie mit Reportern sprechen?"

„Pah!" Hale lachte und wedelte wegwerfend mit der Hand. „Er wird mir danken, wenn er davon erfährt."

„Das bezweifle ich. Ich meine, mich erinnern zu können, dass er Ihnen verboten hat, es öffentlich zu erwähnen."

„Denken Sie doch an die Bekanntheit, die das Krankenhaus erlangen wird. In keiner geringeren Zeitung als der *Times*."

„Sie bewegen sich auf dünnem Eis, Hale. Man hat Sie gewarnt, Sir", sagte Wiley zu Matt. „Ich rate Ihnen, nichts von dem zu glauben, was er Ihnen erzählt. Falls Sie die wahre Geschichte erfahren wollen, fragen Sie mich oder Dr. Ritter."

„Immer diese Einschüchterungen", sagte Hale mit einem verschwörerischen Zwinkern in meine Richtung. „Kommen Sie, Miss Steele, Mr. Glass, fangen wir an. Sie sind doch bestimmt schon ganz scharf auf die Einzelheiten."

Dr. Wiley eilte weiter und schüttelte dabei den Kopf. Er warf einen Blick zurück und beschleunigte seinen Schritt, ehe er durch eine Tür verschwand.

Dr. Hale führte uns in ein leeres Bureau mit Holzpaneelen an den Wänden. Er schloss sein Buch und legte es in die oberste Schreibtischschublade. Es war das einzige Buch, das vorhanden war, obwohl eine Wand komplett von einem Bücherregal eingenommen wurde. Statt Büchern enthielt jedes Brett eine Reihe cremefarbener Keramikgefäße, die alle auf Latein beschriftet waren. Ich erkannte die Sprache, aber mir fehlte die Bildung, um sie zu lesen.

„Dr. Wiley ist etwas peinlich berührt", sagte Hale entschuldigend. „Er ist hier der Arzt mit der größten Erfahrung, abgesehen von unserem Vorgesetzten Dr. Ritter natürlich." Er setzte sich auf den Schreibtischsessel und bedeutete uns, dass auch wir uns setzen sollten. „Dr. Wiley erklärte den Patienten für tot, und als ich ihn ins Leben zurückholte, fiel der gute Doktor beinahe in Ohnmacht." Hale lachte. „Eine Schwester musste ihn in ein freies Bett bringen."

„Und, war er denn tot?", fragte Matt unverblümt.

Dr. Hale schaute erst Matt an, dann mich. „Sie wirken überrascht, Miss Steele. Sie sehen sogar aus, als hätten Sie nicht erwartet, dass Ihr Kollege diese Frage ohne Vorgeplänkel stellt."

„Mr. Glass steckt voller Überraschungen", erwiderte ich recht uninspiriert. Aber er hatte recht – ich hatte Matts Offenheit nicht erwartet, insbesondere, da Hale mit Chronos in Verbindung stehen könnte. Wir brauchten ihn, doch Matt wirkte, als würde er Hale das Grinsen gern mit der Faust aus dem Gesicht schlagen. Vielleicht gründete sein Frust darin, dass wir so dicht vor einer Erkenntnis standen, nur um festzustellen, dass der Mann, den wir brauchten, verabscheuenswert war.

„Dr. Hale, wir sind sehr beschäftigt, und Sie sind das sicher auch", sagte Matt. „Wir würden diesem Rätsel gern sobald wie möglich auf den Grund gehen. Wenn kein Wunder durchgeführt wurde, dann verschwenden wir unsere Zeit, fürchte ich." Er machte Anstalten, aufzustehen. „Miss Steele?"

„Warten Sie!" Hale bedeutete Matt, er solle sich wieder setzen. „Sie verschwenden Ihre Zeit nicht. Es ist nur, dass … ich gewarnt wurde, nicht darüber zu sprechen, verstehen Sie." Er warf einen Blick zur Tür.

„Von Dr. Ritter, Ihrem Vorgesetzten?"

„Und anderen."

„Warum? Was fürchten Sie denn, könnte passieren?"

„Ich bin es nicht, der Angst vor den Folgen hat, Mr. Glass. Ich bin ziemlich begeistert von dieser Entwicklung, wie es der Zufall so will. Sie sind es, die Angst haben – Dr. Ritter, Dr. Wiley und … andere." Er verschränkte die Hände auf der Tischfläche und deutete mit einem Finger auf Matt. „Ich glaube, Sie und ich denken ähnlich, Mr. Glass, genauso Mr. Barratt natürlich."

„Der Reporter der *Weekly Gazette*?", fragte ich.

Er nickte. „Doch hat er in seinem Artikel nur darauf angespielt, obwohl er andeutete, er würde die Wahrheit schreiben. Er hat nicht einmal meine Aussage abgedruckt."

„Angespielt worauf?", fragte Matt.

„Ah." Er lehnte sich mit einem Lächeln zurück, das zu glatt war, um ihm zu vertrauen. „Sie wollen, dass ich es zuerst ausspreche, ja? Also gut. Dann mache ich es eben. Magie, Mr. Glass. Sie existiert, und *ich* bin ein Magier." Er breitete die Hände aus wie der Erlöser, der seine Jünger in Empfang nahm. „Keiner von Ihnen wirkt überrascht."

„Wir haben von Magie gehört", sagte Matt. „Aber wenige sprechen offen darüber."

„Das wurde ihnen so befohlen."

„Genauso wie Ihnen, laut Ihrer Aussage, und trotzdem tun Sie es."

Sein Lächeln wurde noch selbstgefälliger als zuvor. „Dieser Durchbruch ist größer, als Dr. Ritter oder sonst jemand glaubt. Größer als dieses Krankenhaus und die Gilden. Man kann ihn nicht unter den Teppich kehren. Man sollte ihn feiern. Was ich vor zwei Tagen getan habe, ist ein Wunder, genau wie es in der Zeitung stand. Niemand hat je einen Toten ins Leben zurückgeholt."

„Aber der Patient ist doch nicht mehr am Leben", sagte ich. „Er ist tot."

Hales Lächeln schwand. „Ich werde daran arbeiten, die Magie zu erweitern, damit sie länger hält. Aber es war ein solider erster Schritt."

„Und wie werden Sie sie verlängern?", fragte ich.

Hale blähte die Nasenflügel. „Ich kann meine Geheimnisse nicht preisgeben. Wenn Sie meine Ideen abdrucken, könnten andere Magier sie stehlen."

Ich suchte nach einer Möglichkeit, eine Frage über Zeitmagie zu stellen, ohne mich und das zu verraten, was wir wussten, doch mir wollte nichts einfallen.

„War er bereits tot?", fragte Matt. „Oder nur an der Schwelle des Todes?"

Hale lachte. „Das hängt davon ab, wen Sie fragen. Dr. Wiley schwört, dass er tot war, aber eine der Schwestern sagt, sie habe gesehen, wie sich seine Brust hob und senkte."

„Und was sagen Sie?"

„Bei aller Ehrlichkeit, ich kann mir nicht sicher sein. Aber das ändert gar nichts. Meine Magie …"

„Wie können Sie nicht sicher sein?", fragte Matt. „Sie sind ein Arzt."

Dr. Hales Lächeln kehrte zurück, härter als zuvor. „Ich habe es nicht überprüft. Ich weiß, das war ein Fehler, aber ich habe Dr. Wiley geglaubt, ohne nachzufragen. Er ist sehr erfahren."

„Und alt", sagte Matt. „Und eine Schwester behauptet, der Patient hätte geatmet. Sie hätten es überprüfen müssen."

Hale bewegte den Mund, aber er brachte kein Wort hervor. Er wirkte, als wolle er über den Schreibtisch greifen und Matt erwürgen, nur damit er schwieg. „Tatsache ist", sagte er schließlich, „ob der Patient bereits tot war oder beinahe tot, ich habe ihn ein paar Minuten lang völlig genesen lassen. Nun ja, es hält nicht lange an. Aber stellen Sie sich die Implikationen vor, Mr. Glass. Stellen Sie sich vor, was das bedeuten könnte."

„Mache ich", sagte Matt bedrückt. „Ich denke an nichts anderes als an die Implikationen."

„Wenn ich das Heilmittel perfektionieren könnte, es länger anhalten lassen könnte ..." Er ließ den Satz unvollendet, aber sein Lächeln war wieder da. „Doch das lässt sich nicht bewerkstelligen."

Ich schaute zu Matt, er schüttelte jedoch leicht den Kopf. Er wollte nicht, dass ich preisgab, was wir darüber wussten, Zeitmagie mit anderer Magie zu kombinieren. Vorerst stimmte ich ihm zu. Wir sollten unser Wissen nicht enthüllen, bis wir wussten, dass wir Hale vertrauen konnten. Womöglich hatte er uns um der Aufmerksamkeit willen über dieses ganze Szenario belogen.

„Ich freue mich sehr über Ihr Interesse", fuhr Hale fort. „Die *Weekly Gazette* ist ja das eine, aber die *Times* ist etwas ganz anderes. Ihre Reichweite ist unfassbar, und der Ruf der Zeitung steht außer Frage. Wenn Sie über Magie berichten und behaupten, dass sie existiert, dann wird man Ihnen glauben." Er stand auf und ging vor seinem Fenster auf und ab, als könne er sich nicht stillhalten. „Das ist eine aufregende Entwicklung, und eine ziemlich unerwartete. Ich glaube, die Welt ist bereit, zu glauben. Die Menschen wollen, dass Magie existiert. Sie haben ihr gewöhnliches Leben satt. Sie wollen die Monotonie durchbrechen. Magie kann das leisten." Er schnippte mit den Fingern und deutete auf Matt. „Reden Sie mit Oscar Barratt. Er kann Sie vielleicht über einige andere magische Fälle in Kenntnis setzen. Ich glaube, ich war nicht der erste Magier, über den er berichtet hat."

Je länger er sprach, desto mehr stellte ich fest, dass ich ihm glaubte. Er mochte ja arrogant sein, und etwas nervtötend, aber was er sagte, meinte er ernst. Er war ein Magier. Dessen war ich mir sicher.

Das Herz in meiner Brust setzte einen Schlag lang aus. Wenn dieser Mann ein magischer Arzt war, dann wusste Chronos vielleicht von seiner Existenz und war womöglich bereits hier gewesen. Ich wollte Hale gerade nach ihm fragen, als Matt sich plötzlich vorbeugte. Er hatte seine Zweifel an Hales Geschichte gehabt, aber ich vermutete, dass er inzwischen dasselbe dachte wie ich.

„Kennen Sie einen Mann namens Pierre DuPont?", fragte er, die Worte platzten regelrecht aus ihm heraus.

Hale schüttelte den Kopf. „Ist er ein Reporter, der auch an Magie interessiert ist?"

„Er nennt sich auch manchmal Chronos."

Überraschung flackerte auf Hales Zügen auf. „Der alte Uhrmacher? Er kam vor einiger Zeit her. Er hat mir nie seinen echten Namen genannt. DuPont klingt nach einem französischen Namen, aber dieser Chronos hatte keinen Akzent."

Mir stockte der Atem. Wir hatten schon geahnt, dass der Name und der Akzent Teil einer Verkleidung waren, aber zu hören, wie Hale das bestätigte, war eine Erleichterung. Und wenn man sich vorstellte, dass er Chronos begegnet war! Das war mehr, als ich mir erhofft hatte.

„Wie sieht der aus?", fragte Matt. Seine Züge waren beherrscht, aber die Röte auf seinen Wangen verriet seine Aufregung.

„Weiße Haare, alt, aber für sein Alter ziemlich rüstig." Hale beugte sich vor und sah uns abwechselnd an. „Er ist ein Magier." Er lehnte sich wieder zurück. „Aber ich sehe, dass Sie beide das bereits wissen."

Die Fingerknöchel von Matts zur Faust geballten Hand wurden noch weißer. „Wissen Sie, wo wir ihn finden können?"

„Ja."

„Wo?", stießen sowohl ich als auch Matt hervor.

„ $\mathcal{W}$ eshalb dieses plötzliche Interesse an Chronos?" Man hörte aus Hales Stimme heraus, wie er eitel die Lippen schürzte, auch wenn es auf seinem Gesicht nicht zu sehen war. „Ich dachte, Sie wollten mich für Ihre Geschichten befragen."

„Wollen wir", sagte ich, ehe Matt ihn abweisen konnte und nicht nur unsere Chancen ruinieren würde, Chronos zu finden, sondern auch, uns von Hale helfen zu lassen, sobald wir ihn fanden. Obwohl Dr. Parsons, der ursprüngliche magische Arzt, behauptet hatte, das Problem läge an Matts Uhr, nicht seinem Körper, war es doch möglich, dass er sich geirrt hatte. Vielleicht mussten beide Magier zusammenarbeiten.

„Wollen Sie dann nicht die Einzelheiten hören, wie ich den Patienten geheilt habe?", fragte Hale und deutete dabei auf sein Bücherregal voller Gefäße.

„Natürlich wollen wir das", sagte ich und beschwor von irgendwoher Geduld herauf. Matts Körper hatte sich versteift, als versuchte er, die Fassung zu wahren. „Aber wir sind an jeglicher Magie interessiert, und wir haben von Chronos gehört. Könnten wir bitte seine Adresse haben?"

„Oh, ich weiß nicht, wo er wohnt", sagte Hale, „nur den Namen der Spelunke, in der er trinkt. Er erzählte mir, wenn ich je über einen magischen Arzt stolpern sollte, dann sollte ich ihn im Cross Keys in High Holborn aufsuchen."

Matt erhob sich. „Vielen Dank, Doktor." Er schaute auf seine Taschenuhr – nicht seine magische – und machte sich zur Tür auf. „India?", sagte er, als ihm auffiel, dass ich ihm nicht gefolgt war.

Doch ich konnte meinen Blick nicht von Dr. Hale abwenden. „Was hat er damit gemeint, wenn Sie ‚über einen magischen Arzt stolpern sollten'? Sie *sind* ein magischer Arzt."

„Ah, Sie machen den gleichen Fehler wie Chronos."

Matt marschierte zu mir zurück und stützte sich mit den Handknöcheln auf die Tischfläche. „Sie haben uns erzählt, Sie wären magisch."

„Bin ich. Aber ich bin Drogist, kein Arzt. Nun ja, ich übe den Beruf des Arztes aus, aber meine Magie liegt in Arzneimitteln." Er deutete erneut auf die Gläser. „Ist Ihnen der Unterschied bekannt?"

Matt senkte den Kopf. Er hatte wohl dasselbe gedacht wie ich – dass wir, falls wir sowohl einen Arzt als auch einen Uhrenmagier brauchten, zumindest Ersteren gefunden hatten. Doch das hatten wir nicht.

Ich erhob mich und berührte ihn am Arm. „War Chronos enttäuscht, als er es herausgefunden hat?"

„Wütend", sagte Hale. „Er brabbelte vor sich hin, nahm sogar eines meiner Gefäße und wollte es an die Wand schleudern, ehe ich es ihm abbringen konnte. Ich schaffte es, ihn zu beruhigen und ihm den Unterschied zwischen meinem Beruf und meiner Magie zu erklären. Meine Arbeit liegt nicht im selben Bereich wie meine Magie, obwohl sie verwandt sind."

Ich wedelte mit dem Finger in seine Richtung. „Jetzt weiß ich, wo ich Ihren Namen schon einmal gehört habe! Sie sind Dr. Hale von Dr. Hales Allheilmittel." Wir hatten immer ein Fläschchen seiner Medizin bei uns in der Küche gehabt. Es linderte manchmal Kopfschmerzen, heilte aber sonst nur wenig, entgegen der Behauptungen. „Aber wenn Sie nicht als Drogist arbeiten, warum steht dann Ihr Name auf der Flasche?"

„Es ist ganz normal, dass echte Ärzte ihren Namen für Arzneimittel hergeben. Das lässt sie in den Augen der Öffentlichkeit authentischer wirken, verstehen Sie, und das fördert den Verkauf. Ein Apothekerfreund bat mich, meinen Namen für sein Allheilmittel herzugeben, und ich war nur zu gern dabei. Die meisten dieser Heilmittel sind von ihm." Er nickte zu den Gefäßen hin. „Manche sind von mir, waren einst mit meiner Magie angereichert – die leider nicht mehr wirkt. Als jener Patient hereinkam, hatte ich eines in meiner Tasche." Er öffnete seine Schublade und zog eine kleine braune Flasche heraus, die mit einem Korken verschlossen war. „Ich sah ihn um seinen letzten Atemzug ringen – oder vielleicht war es einfach nur *ein* Atemzug –, darum flüsterte ich meinen Zauber in das Fläschchen und träufelte ihm etwas von der Medizin in den Mund."

„In dem Artikel stand nichts von Medizin", sagte ich bedrückt.

„Ein Versäumnis von Barratt. Leider verlieh das Heilmittel dem Patienten nur ein paar weitere Minuten Leben. Ich hatte mir Tage oder sogar Wochen erhofft. Stellen Sie sich vor, was für eine Aufmerksamkeit ich dafür erhalten hätte!" Er schob das Fläschchen wieder in die Schublade. „Sie wirken beide genauso enttäuscht wie Chronos, als er erfahren hat, dass meine Magie in Arzneimitteln liegt, und nicht im tatsächlichen Ärztehandwerk."

Ich warf einen Blick auf Matt. Er wirkte nicht enttäuscht; er wirkte, als wollte er schleunigst gehen.

„Drogistenmagie ist genauso interessant und wichtig wie jede andere", sagte Hale verteidigend.

„Ein magischer Arzt kann einen Menschen mit nichts anderem als seinen Händen heilen", erwiderte Matt mit einem beredten Blick zu den Gefäßen.

Hale schniefte und verschränkte die Arme. „Ja. Nun. Als Arzt ist es mir möglich, ebenfalls Leute von ihrer Krankheit zu heilen – manchmal dauerhaft –, wohingegen die Wirkung der Magie flüchtig ist, ob sie nun ein Arzt oder ein Drogist durchführt. Außerdem sind magische Ärzte offensichtlich selten."

„Sie sind niemals welchen begegnet?", fragte Matt.

„Nein."

„Sie haben niemals vermutet, einer Ihrer Kollegen wäre magisch? Hat einer von ihnen ärztliche Meisterleistungen vollbracht, die zu außergewöhnlich waren, als dass man sie hätte erklären können?"

„Nein. Wie ich sagte, ist Magie selten, und jene Art Magier, nach der Sie suchen, ist die allerseltenste, wenn man nach Chronos geht. Nicht einmal er wusste, ob es einen gibt. Ich erwarte natürlich nicht, dass zwei Talentfreie wie Sie das verstehen."

„Wir lernen", sagte ich.

„Auf jeden Fall war es schön, zu sehen, dass meine Magie noch funktioniert, da ich sie nicht allzu oft einsetze, und sogar noch befriedigender, dass sie Barratt aufgefallen ist. Der Verkauf von Dr. Hales Allheilmittel wird als Resultat dieses Artikels dramatisch ansteigen, schätze ich. Mein Freund wird zufrieden sein."

„Sind alle Fläschchen des Allheilmittels mit Magie angereichert?", fragte Matt.

Hale zögerte. „Nur meine eigenen Medikamente." Abermals wies er auf die vielen Regale mit Flaschen aller Formen und Größen. Ich sah darunter kein Allheilmittel, bis auf seine persönliche Flasche, die er wieder in die Schreibtischschublade gesteckt hatte.

„Komm, India", sagte Matt. „Wir haben zu arbeiten."

Hale streckte eine Hand aus, Matt schüttelte sie und dankte ihm. „Es war mir ein Vergnügen, Sie beide zu treffen", sagte Hale. „Sagen Sie mir auf jeden Fall, wenn die *Times* den Artikel bringt, damit ich es all meinen Freunden und der Belegschaft hier sagen kann. Sie werden sich freuen, ihn zu lesen, da bin ich mir sicher."

Matt wollte schon die Tür des Bureaus öffnen, nur um festzustellen, dass sie von der anderen Seite aufgerissen wurde. Dr. Wiley stand dort mit einem anderen Mann in fortgeschrittenem Alter mit dichtem grauem Bart und dazu passenden Augenbrauen, die fest zusammengekniffen waren. Sie traten zur Seite, um uns vorbei zu lassen.

„Sie sind von der *Times*, oder?", fragte der ältere Mann.

Matt nickte und ging weiter.

„Haben Sie ein Vorstellungsschreiben Ihres Herausgebers dabei?"

Matt blieb stehen. „Das brauche ich normalerweise nicht."

Der Mann musterte Matt, dann richtete er sich auf und straffte die Schultern. Trotzdem gab er eine sehr viel weniger imposante Figur ab als Matt. „Wie können wir dann sicher sein, dass Sie derjenige sind, der Sie zu sein behaupten?"

„Dafür haben wir keine Zeit", knurrte Matt.

„Wie war nochmal Ihr Name?"

„Er lautet Glass", sagte Dr. Hale, der zu uns in den Eingang trat. „Und das ist Miss Steele. Dr. Ritter, Sie sind echt, das versichere ich Ihnen."

Dr. Ritter war der leitende Arzt des Krankenhauses und demnach für die Belegschaft verantwortlich. Er war Dr. Hales Vorgesetzter. „Ihre Versicherung ist bedeutungslos, Hale."

Hale blinzelte rasch hinter seinen Brillengläsern. „Wie bitte?"

Ritter schob sich an mir vorbei in das Bureau. Wiley stolperte ihm nach. „Packen Sie Ihre Sachen und gehen Sie", sagte Ritter, während Wiley die Tür schloss. „Sie arbeiten nicht mehr hier."

„A…aber ich kann nicht einfach gehen", rief Hale. „Was ist mit meinem Patienten?"

Für Matt, der ein paar Schritte entfernt stand und sich mit den Fingern auf den Oberschenkel trommelte, hob ich eine Hand. Ich drückte ein Ohr an die geschlossene Tür und konnte Ritters wütende Worte gerade so verstehen.

„Sie haben dieses Krankenhaus zum letzten Mal in Verlegenheit gebracht! Sie sind eine Schande für Ihren Berufsstand, und mir reicht es! Dieser Artikel hat das Fass zum Überlaufen gebracht! Dass Sie mit einer so abstrusen, lächerlichen Behauptung von Wundertaten an die Öffentlichkeit gehen … Das überschreitet alle Grenzen! Nehmen Sie Ihre Arzneien und gehen Sie, bevor ich Sie eigenhändig hinauswerfe."

Die Tür öffnete sich, und ich sprang zur Seite, doch ihre Stimmen drangen durch den Spalt.

„Das können Sie nicht mit mir machen!", rief Hale. „Ich bin zu wichtig, um …"

„Zu wichtig? Ha! Sie sind nichts als ein Drogist, der sich an der Arbeit eines Arztes versucht. Ihre Talente als Arzt sind im besten Fall durchschnittlich. Werden Sie wieder Apotheker, Hale. Falls Sie jemand anstellt."

„Was soll das denn heißen?"

„Das heißt, dass ich mich an die Drogistengilde gewandt habe, damit sie ein Auge auf Sie hat. Man war dort *äußerst* interessiert an den Eskapaden, die Sie hier veranstaltet haben, und an Ihrer lächerlichen Behauptung über Magie und Wunder. Ich bezweifle doch sehr, dass sie einen Wahnsinnigen in ihren Reihen wollen."

Das Letzte, was ich hörte, während wir durch den Korridor eilten, war Hales Widerspruch. „Ich bin kein Wahnsinniger! Ich bin ein Magier, der von talentfreien Idioten umgeben ist."

Weder Matt noch ich sagten etwas, bis wir unsere Kutsche erreichten. „Zum Cross Keys in High Holborn", wies Matt Bryce an. Ihm blieb kaum Zeit, sich auf den Sitz mir gegenüber zu setzen, als die Kutsche schon anfuhr.

„Es ist unwahrscheinlich, dass Chronos um diese Uhrzeit dort sein wird", sagte ich und schaute auf meine Uhr. Es war erst zehn Uhr fünfundvierzig.

„Ich mache mir keine Hoffnung, dass er überhaupt dort sein wird." Matts leuchtend klare Augen sagten allerdings etwas anderes. Er wirkte frisch belebt, gesünder und klarer, als ich ihn seit Wochen gesehen hatte. Seit ich ihm begegnet war, hatte sich seine Gesundheit zusehends verschlechtert, war die Notwendigkeit, seine Taschenuhr zu benutzen, häufiger geworden. Niemand hatte davon gesprochen, aber ich konnte spüren, dass sich alle um ihn sorgten.

„Ich glaube, es ist dir gestattet, dir Hoffnung zu machen, Matt. Wir waren noch nie so nahe daran, Chronos zu finden. Ich hätte beinahe gejubelt wie Willie, als Hale bestätigt hat, dass er mit ihm gesprochen hat." Ich wollte über die Lücke zwischen uns nach seinem Knie greifen, seiner Hand, irgendetwas, um zu zeigen, wie erleichtert ich war, denn bloße Worte schienen nicht genug zu sein.

Aber das tat ich nicht. Respektable Frauen wuchsen in dem Wissen auf, dass man Männer nicht anfasste, selbst wenn man sie als Freunde betrachtete. Ich hatte noch nicht einmal Eddie bei der Hand genommen – den Mann, der sich einst mein Verlobter genannt hatte.

„Wir müssen darauf vorbereitet sein, dass er wegläuft, wenn

er uns sieht", sagte Matt mit einem Kopfschütteln. „Gott weiß, warum er geflüchtet ist, als wir ihn bei der Fabrik gesehen haben."

„Du stellst dich an die Tür des Cross Keys, und ich gehe hinein. Wenn ich den Kerl sehe, der sich DuPont genannt hat, gebe ich dir ein Zeichen. Ich denke, man kann mit Sicherheit davon ausgehen, dass DuPont und Chronos ein- und derselbe sind."

„Was würde ich nur ohne dich tun, India?"

Ich verdrehte die Augen. „Mein Plan ist doch nicht übermäßig klug. Du wolltest doch sicher selbst genau dasselbe vorschlagen."

Er grinste und gab mir damit recht. Ich lächelte zurück, genoss es, ihn bei guter Laune zu sehen. „Gestatte mir doch, dich hin und wieder zu loben. Du verdienst es", sagte er. „Du hast immerhin Dr. Hale bezirzt, während ich ihn mehr als einmal ohrfeigen wollte."

„So, wie es sich anhört, warst du damit nicht allein. Erst Chronos, nachdem er herausfand, dass Hale ein Drogistenmagier war, kein Arzt, und dann Dr. Ritter."

„Und vermutlich auch Dr. Wiley, da Hale ihn doch so gern daran erinnert hat, dass er den Patienten für tot erklärt hatte, obwohl er es eindeutig nicht gewesen ist."

„Ich hätte Hale auch entlassen, wenn ich Ritter wäre", sagte ich. „Er erinnert mich an etwas Schleimiges, das man auf dem Grund eines Teiches entdeckt."

Matt lachte leise. „Dafür kann man niemanden entlassen. Man kann ihn wegen Nachlässigkeit entlassen, oder weil er den Ruf des Krankenhauses negativ beeinflusst. Ich weiß nicht, was Hale erreichen wollte, indem er seine Magie an diesem Patienten eingesetzt und dann mit Barratt darüber gesprochen hat. Er ist ein Narr, und jetzt muss er dafür bezahlen."

„Muss er das wirklich?"

Er runzelte die Stirn. „Was meinst du damit?"

„Vielleicht wollte er Dr. Hales Allheilmittel bekannter machen. Wenn sein Name unter der Schlagzeile *Medizinisches Wunder* in der Zeitung steht, wird das dem Mittel Aufmerksamkeit bringen, obwohl die Arznei selbst nicht erwähnt wurde. Er sagte selbst, dass es den Verkauf steigern wird."

„Vielleicht. Aber er hat damit auch die Aufmerksamkeit der Drogistengilde auf sich gezogen und keine Anstellung mehr. Wenn er an den Verkäufen des Allheilmittels beteiligt ist, lohnt es sich für ihn vielleicht trotzdem, aber falls er eine feste Abschlagszahlung dafür erhalten hat, dass sein Name auf dem Schild steht, was hätte er dann davon?"

„Was immer ihm widerfährt", sagte ich, „Gott sei gedankt für Hale, seine Magie und seine Arroganz. Jetzt wissen wir, wo wir Chronos finden."

„Ganz zu schweigen, dass wir es auch Oscar Barratt, dem Reporter, zu verdanken haben."

Ich hatte mich schon über Barratt und sein Interesse an Magie gewundert. Es mochte sich lohnen, mit ihm zu sprechen und herauszufinden, ob er irgendwelche Uhrenmagier kannte. Andererseits, wenn wir Chronos fanden, würde es keine Rolle mehr spielen. Wir brauchten nur diesen einen.

High Holborn war nicht weit entfernt von Worthey's Uhrenfabrik in Clerkenwell, in der wir DuPont gesehen hatten. Das Cross Keys sah aus, als stünde es schon seit Jahrhunderten genau an diesem Ort, seine Holzfassade und die kleinen Glasfenster luden Passanten auf ein ruhiges Bier ein. Ich hielt mit einer Hand meinen Hut, damit er nicht rutschte, während ich den Kopf zurücklegte und nach oben schaute. Die auffällige Goldschrift auf der schwarzen Farbe glitzerte im Sonnenlicht, aber meine Aufmerksamkeit blieb nicht lange darauf gerichtet.

„Kein Wunder, dass Chronos zum Trinken hierherkommt", sagte ich.

Matt folgte meinem Blick zu der großen Uhr, die oben im ersten Stock aus der Mitte des Gebäudes ragte. Er lächelte und öffnete mir die Tür. „Sei diskret."

Ich berührte meine Hutkrempe, um mein Gesicht so gut wie möglich zu verbergen, und trat ein. Matt bezog gleich hinter der Tür neben dem Schirmständer Stellung, den eigenen Hut tief ins Gesicht gezogen.

Ein polierter Tresen lief fast durch den ganzen Raum. Flaschen, Fässer und Gläser waren dahinter, ebenso ein Schankwirt, der mich anschaute, als wäre zuvor noch nie eine Frau in dieses Etablissement gekommen. Leere Tische und Stühle nahmen die andere Seite des Raumes ein, daneben vereinzelte Nischen, die vom Eingang aus nicht zu sehen waren. Ich schaute rasch in jeder davon nach und kehrte zu Matt zurück.

„Hier trinken im Augenblick nur sechs Leute etwas", sagte ich. „Keiner davon ist DuPont. Ich finde trotzdem, du solltest nachsehen, nur für den Fall, dass DuPont und Chronos nicht dieselben sind."

Er nickte dem Schankwirt zu, während er vorbeiging und in jede Nische schaute. Mit einem Kopfschütteln in meine Richtung ging er zum Wirt. Sie redeten miteinander, und Matt griff in seine Tasche und steckte ihm etwas Geld zu. Der Schankwirt schob es ein und nickte.

Matt kam zu mir und legte meine Hand in seine Armbeuge. Er lotste mich zurück zur Kutsche und bat Bryce gutgelaunt darum, uns nach Hause zu fahren. Matts Augen glitzerten erheitert und hoffnungsvoll inmitten seiner müden, dunklen Augenringe. Wir hatten Chronos zwar noch nicht gefunden, aber wir waren dicht dran. Das spürten wir beide.

„Was hat der Wirt gesagt?", fragte ich, während ich in die Kutsche stieg, meine Hand in der von Matt, der mir den Tritt hinaufhalf.

„Dass ein Mann, den man nur Chronos nennt, gelegentlich dort etwas trinkt. Die Beschreibung passt auf ihn."

Ich klatschte in die Hände. „Wir haben ihn, Matt! Wir haben ihn gefunden."

Er schloss die Tür, hatte sich aber noch nicht hingesetzt, als die Kutsche anfuhr. Er wäre auf mich gefallen, hätte er nicht eine Hand an die Decke und die andere in die Verkleidung hinter meinem Kopf gestemmt. Dieser Winkel brachte ihn mir sehr nahe, seine Brust nur ein paar Zentimeter von meinem Gesicht entfernt.

Ich sah im selben Augenblick zu ihm auf, in dem er auf mich hinabschaute. Seine Miene wurde weich, sein Lächeln schwand. Die Hand auf der Decke bewegte sich zu meiner Schulter, sein Daumen strich über die Unterseite meines Kinns.

Ich schluckte, hoffte darauf, dass er mich küsste, wartete

darauf, sehnte mich danach. Sein Blick trübte sich, seine Lippen öffneten sich. Er kam näher, näher, bis er mein ganzes Blickfeld ausfüllte, und mir die Sinne vernebelte.

„India", murmelte er mit belegter Stimme, „wenn ich geheilt bin …"

Wir bogen um eine Ecke, und er verlor das Gleichgewicht. Ehe ich auch nur richtig Luft holen konnte, saß Matt auf dem Sitz mir gegenüber. Er starrte aus dem Fenster, mit einer Miene, als hätten wir nicht gerade einen emotional aufgeladenen Moment erlebt.

„Ist alles gut, Matt?"

„In Ordnung." Er räusperte sich und riss seinen Blick los, um mich anzuschauen. „Bei dir?"

„Auch in Ordnung, danke." Ich hielt meinen Pompadour fester und wartete darauf, dass er weiter sprach, aber das tat er nicht. „Was wolltest du sagen?"

Er strich über die Falte, die sich auf seine Stirn gelegt hatte, bis sie weg war. „Mein Verhalten gerade eben war unverzeihlich. Ich entschuldige mich. Ich … ich weiß nicht, was über mich gekommen ist."

Ich hoffte, es war dasselbe, was auch über mich gekommen war, aber so sah es nicht aus. Er zeigte keinerlei Hinweise auf Verlangen – keine geröteten Wangen, kein beschleunigter Atem, kein starker Wunsch, mir wieder näherzukommen. Er wollte mich nicht einmal direkt anschauen. Seine Ablehnung versetzte mir einen Stich, der mir Tränen in die Augen trieb. Ich musterte meinen Pompadour in meinem Schoß, bis ich mich wieder gefasst hatte. Ich schaute auf, nur um zu sehen, dass er mich beobachtet hatte.

Meine Wangen wurden warm, doch er blieb unbewegt. „Hast du den Schankwirt bezahlt, damit der uns Bescheid sagt, falls Chronos wieder auftaucht?", fragte ich, entschlossen, ihn nicht sehen zu lassen, welche Wirkung er auf mich gehabt hatte.

Er nickte. „Ich habe ihn gebeten, wenn möglich herauszufinden, wo Chronos wohnt, und außerdem jemanden zu schicken, um mich sofort zu holen, sobald er wieder auftaucht. Scheinbar trinkt Chronos dort einmal pro Woche etwas, manchmal zweimal, immer allein. Er bezahlte den Schankwirt, damit er ihm mitteilt, falls sich jemand nach ihm erkundigt. Er nutzt die Angestellten als eine Art Botendienst."

„Aber wenn der Schankwirt Chronos von uns erzählt, läuft er vielleicht wieder weg."

„Und darum habe ich dem Schankwirt mehr bezahlt als Chronos."

Ich stieß langsam die angehaltene Luft aus. „Hoffen wir, dass er gierig genug ist, um seine Dienste an den Höchstbietenden zu verkaufen."

Bristow kam uns an der Tür entgegen, als gerade die Uhr aus Ebenholz und Messing in der Eingangshalle auf elf Uhr fünfzig sprang. „Sie haben Besucher, Sir. Lady Rycroft und die Misses Glass."

„Alle drei?", fragte Matt, der Bristow seinen Hut reichte.

„Alle drei."

„Ist meine Tante Letitia bei ihnen?"

„Jawohl, Sir."

Matt warf einen Blick an mir vorbei durch die offene Tür zum Salon. Hope Glass, die Jüngste, winkte und lächelte. Ihre beiden Schwestern auf dem Sofa neben ihr taten so, als würden sie uns nicht bemerken. Matts beide Tanten waren von unserem Standpunkt aus nicht zu sehen, und auch Willie, Cyclops oder Duke sah ich nicht.

„Wollen wir, India?", fragte Matt.

Es sah aus, als könne ich mich aus dieser Lage nicht herauswinden. Genauso wenig wirkte es, als würde Matt seine üblichen Ausflüchte machen wollen. Vielleicht war es dafür zu spät, nun, da man uns gesehen hatte, aber ich rechnete nicht damit, dass er sich zu ihnen gesellen *wollte*. Seine Tante und seine Cousinen waren in den letzten beiden Wochen zweimal vorbeigekommen, und er hatte sich nicht zu ihnen gesetzt. Sein Onkel hatte ihn nicht besucht, und das erwartete ich auch nicht, nachdem Matt ihn beinahe in seinem eigenen Haus verprügelt hätte. Matts Tante Beatrice sah aus, als hätte sie sich lieber die Zunge abgebissen, als mit einem von uns zu reden, aber ihr Verlangen danach, dass eine ihrer Töchter den Erben ihres Ehemanns heiratete, überstrahlte ihre Abneigung gegen den Amerikaner und seine unwichtige Assistentin.

„Psst", zischte Willie vom Treppenhaus herüber und bedeutete uns, zu ihr zu gehen. Sie verließ die unterste Stufe nicht, als böte sie ihr Zuflucht vor einem womöglich schrecklichen Schicksal.

„Gesellst du dich nicht zu seinen Cousinen im Salon?", fragte ich sie mit gespielter Unschuld.

Sie verzog das Gesicht. „Diese kleinen Trottel sind nicht *meine* Cousinen, und das weißt du auch, India Steele."

„Feigling."

„Eher schlau. Ich muss mich nicht mit ihnen abgeben." Sie warf mir einen selbstgefälligen Blick zu. „Du etwa?"

Da hatte sie mich.

„Wie ist es im Krankenhaus gelaufen?", fragte sie Matt.

„Gut", sagte er. „Wir reden später."

Sie zog die Nase kraus und nickte zum Salon hin. „Du scheinst da ja unbedingt rein zu wollen."

„Ich halte nicht *alle* meine Cousinen für dusselige Trottel, Willie."

„Lass bloß die Finger von Hope", warnte sie ihn. „Englische Fräuleins machen sich nicht gut unter der kalifornischen Sonne."

„Ich habe nicht vor, jemanden mit nach Amerika zu nehmen."

„Und Letty mag sie nicht", fuhr sie fort, als hätte er nichts gesagt. „Ich traue der Meinung deiner Tante mehr als deiner. Männer werden so leicht von einem hübschen Gesicht und einer guten Figur um den Finger gewickelt."

Ich nickte zur Zustimmung; nicht so sehr bei ihrer Beobachtung mit dem hübschen Gesicht, aber ihrem Glauben an die Meinung von Miss Glass. Nach allem, was ich von Hope Glass gesehen hatte, war sie nicht immer das süße Mädchen, das sie vorgab zu sein. Sie war sich ihrer Anziehungskraft auf Männer durchaus bewusst und wusste, wie ich vermutete, wie man sie manipulieren konnte. Ich kam mir ein wenig grausam vor, dass ich so etwas dachte, obwohl ich dafür keinen Beweis hatte. Vielleicht hatte ich doch zu sehr dem vertraut, was Miss Glass von ihrer Nichte hielt.

Oder vielleicht war ich eifersüchtig. Matt schien auf jeden Fall erpicht darauf, sie zu treffen. Er lief bereits auf den Salon zu.

An der Tür wartete er darauf, dass ich ihn einholte, und gestattete mir, vor ihm einzutreten.

„Da bist du ja", sagte Lady Rycroft, als wir dazukamen. „Wir haben eine Ewigkeit auf dich gewartet, Matthew."

„Eine Ewigkeit", wiederholte Miss Glass und funkelte ihren Neffen an. „Sie kamen, kurz nachdem wir von unserem Spaziergang zurückkehrten. Willemina, Cyclops und Duke sind natürlich verschwunden."

„Du hast doch nicht ernsthaft erwartet, dass sie mit uns Tee trinken", sagte Lady Rycroft mit geblähten Nasenflügeln. „Das Mädchen mag ja mit Matt verwandt sein, aber sie ist gröber noch als ein Hilfsarbeiter. Und die Männer!" Sie erschauerte. „Dieser dunkle mit der Augenklappe sieht aus wie ein Strafgefangener."

Ich wartete darauf, dass Matt etwas zu Cyclops' Verteidigung sagte, aber er setzte sich nur auf den Klavierhocker, während ich den Sessel neben Miss Glass beanspruchte.

„Mama", jammerte Hope.

„Ich finde, die Augenklappe gibt ihm etwas Verwegenes", sagte die mittlere Schwester Charity. Sie war nicht so hübsch wie Hope, oder so schlagfertig, aber sie schien von den dreien den ausgeprägtesten Sinn fürs Abenteuer zu haben. Und sie konnte zumindest eine Unterhaltung führen. Die Älteste, Patience, war sehr schüchtern und hob nur selten den Blick von ihrem Schoß. „Damit sieht er aus wie ein Pirat", fuhr Charity fort. „Piraten sind *so* romantisch."

Hope verdrehte die Augen. „Du sagst manchmal die dümmsten Sachen."

„Cyclops ist recht liebenswert", bemerkte Miss Glass. „Ich mag ihn."

„Ich auch", ließ ich mich vernehmen.

Matt lächelte mich schwach an, aber niemand sonst achtete auf mich. Ich fuhr trotzdem fort.

„Und er ist ganz gewiss kein Bandit."

Matt verlagerte sein Gewicht. Ich warf ihm einen finsteren Blick zu, aber er wollte mir nicht in die Augen schauen.

„India, schenk euch etwas Tee ein", sagte Miss Glass. „Jetzt, da Matthew hier ist, bin ich sicher, dass meine Schwägerin noch etwas bleiben wird."

Ich tat, wie geheißen, und reichte Matt eine Tasse. Er wirkte sogar noch erschöpfter, und ich fürchtete, er müsse seine Uhr benutzen. Er würde diesen Besuch jedoch nicht beschleunigen. Er war viel zu stolz, um zu seiner Erschöpfung zu stehen, selbst vor seiner Familie.

„Wir haben Neuigkeiten, Matthew", sagte Lady Rycroft mit einem triumphierenden Lächeln, das ihre mürrischen Züge aufhellte. „Patience wird diesen Sommer in Rycroft heiraten. Wenn du noch im Land bist, bist du herzlich eingeladen."

„Glückwunsch", sagte Matt zu Patience. „Ich freue mich sehr für dich."

Sie schaffte es, das Kinn lange genug zu heben, um ein Dankeschön zu murmeln und tief zu erröten.

„Wer ist der Glückliche?"

„Ein Baron namens Cox", sagte Lady Rycroft.

„Letztes Jahr verwitwet", ergänzte Charity mit einem verschlagenen Lächeln. „Er und seine vier kleinen Kinder sind ganz oben im Cox-Anwesen in Yorkshire. O ja, *was* für ein Fang für unsere *älteste* Schwester."

Patiences Kinn sank noch weiter herab.

„Sei nicht so giftig", tadelte Hope.

Charity schniefte, die perfekte Imitation ihrer Mutter, und wandte sich von ihrer jüngeren Schwester ab.

„Eine weg, zwei zu haben", sagte Hope fröhlicher. „Es ist ein Anfang."

Ihre Mutter schnalzte mit der Zunge. „Wirklich, Hope. Es gibt keinen Grund für diesen Sarkasmus."

„Hat Lord Cox Brüder?", fragte Miss Glass. „Oder in Frage kommende Freunde? Hope hat ganz recht damit, dass wir passende Ehemänner für sie und Charity finden müssen. Wir können nicht darauf bauen, dass Matthew eine von ihnen wählt, Beatrice."

„Genau", sagte Matt nicht zum ersten Mal. „Ich habe im Augenblick nicht die Absicht, jemanden zu heiraten."

„Darauf beharrst du ständig", sagte Lady Rycroft und griff nach ihrer Teetasse. „Aber alle Männer müssen heiraten, Matthew. Du bist keine Ausnahme. Es ist sinnvoll, ein Mädchen zu wählen, das mit dem Haus und dem Anwesen vertraut ist."

Unterhaltungen mit Lady Rycroft verfielen früher oder später immer wieder darauf, dass Matt eine ihrer Töchter heiratete. Normalerweise schaffte er es, ohne großes Aufheben das Thema zu wechseln, aber diesmal wirkte er ungeduldig. Ich wollte ihn daran erinnern, dass er derjenige gewesen war, der recht begierig in den Salon getreten war.

„Erzähl mir, was du heute getan hast, Matt", forderte Hope, ehe die Spannung über das Erträgliche hinaus wuchs.

Er lächelte sie erleichtert an. „India und ich mussten uns um Geschäftliches kümmern."

„Die arme Miss Steele, muss von Pontius zu Pilatus gehen und dir durch die ganze Stadt folgen. Ich hoffe, du hast sie mit einer kleinen Aufmerksamkeit belohnt."

„Sie scheinen mich mit einem Schoßhündchen zu verwechseln", sagte ich, ehe Matt etwas erwidern konnte.

Diese schnippische Anmerkung ließ Hope blinzeln. Lady Rycroft spitzte die Lippen, wodurch sich die Falten von ihrem Mund zum Kinn vertieften. „Wirklich, Letitia, du solltest die Zunge deiner Gesellschafterin im Zaum halten."

„So wie du deine Töchter im Zaum halten solltest", schoss Miss Glass zurück.

„Hope hat nichts Falsches gesagt."

„In der Tat", sagte Hope, eine Hand auf der Brust. „Falls ich Sie beleidigt habe, Miss Steele, tut es mir wahrhaftig leid. Ich hatte nicht die Absicht, grausam zu sein. Ich habe nicht nachgedacht. Wie dumm von mir. Ich fühle mich vollkommen beschämt, dass ich Ihnen Schmerzen zugefügt habe."

Irgendwie hatte sie es geschafft, mich wie eine Närrin dastehen zu lassen, die sich beleidigt fühlte, obwohl kein Anlass bestand. Zumindest war Miss Glass auf meiner Seite – und Charity. Sie verdrehte die Augen vor ihrer Schwester, eindeutig nicht überzeugt von ihrer Entschuldigung.

„Matt, du glaubst mir, oder?", fragte Hope, ihre Stirn in hübsche Falten gelegt.

„Meine Meinung tut nichts zur Sache", sagte er. Ehe jemand etwas erwidern konnte, schob er sich hoch. „Wenn ihr mich alle entschuldigen würdet, ich habe Arbeitsangelegenheiten, um die ich mich kümmern muss. India, ich brauche deine Unterstützung."

Gott sei dafür gedankt. Ich trank meinen Tee aus und folgte ihm aus dem Salon die Stufen hinauf.

„Ich sehe allmählich, was Tante Letitia mit Hope meint", sagte er. „Schade. Ich dachte, sie wäre die Interessante."

Wir kamen gerade am Absatz an, als Hope uns von der Eingangshalle unten etwas zurief. Sie hob ihre Röcke und kam näher, ihre Schwester Charity zwei Schritte hinter ihr. Ihre Mutter, Patience und Miss Glass warteten am Fuß der Treppe.

„Miss Steel", sagte Hope, die zu uns auf den Absatz kam, „ich wollte mich noch einmal entschuldigen. Ich habe meine Worte nicht durchdacht, und ich wollte Sie nicht verletzen. Ich weiß, dass Sie das vielleicht nicht glauben, aber es stimmt." Sie nahm meine Hand. „Ich mag Sie sehr und ich bewundere Sie."

„Mich?"

„Ja, Sie. Sie sind gefasst und selbstsicher, und ich bezweifle, dass Sie jemals etwas Törichtes tun oder sagen."

Ich warf Matt einen Seitenblick zu, der ihr nichts über die törichten Dinge, die ich gesagt oder getan hatte, verriet. „Nicht immer", erklärte ich.

„Ich wünschte, ich wäre mehr wie Sie."

Charity neben ihr verdrehte erneut die Augen, hörte aber auf, als sie Duke und Cyclops erspähte, die oben an der Treppe standen. „Mr. Cyclops!", rief sie und berührte ihre Haare. „Was für eine erfreuliche Überraschung. Gesellen Sie sich zum Tee zu uns?"

Cyclops warf einen Blick auf Duke. Duke zuckte nur mit den Schultern.

„Wir gehen, Charity." Hope nahm ihre Schwester fest am Arm. „Miss Steele, bitte sagen Sie mir, dass Sie mir vergeben, oder ich kann kein Auge zutun."

„Ich vergebe Ihnen", sagte ich. Was hätte ich auch sonst sagen sollen? Ich glaubte nicht, dass ihre Entschuldigung völlig ehrlich war, aber hätte ich das gesagt, hätte ich ungnädig gewirkt. „Danke für Ihre Entschuldigung."

Sie knickste rasch vor mir und zerrte ihre Schwester am Arm die Stufen hinter sich hinab. Charity schenkte Cyclops ein

Lächeln. Seine Augen wurden groß, und er zog sich außer Sichtweite zurück. Auf Dukes breites Gesicht trat ein Grinsen.

Matt und ich gingen weitere Stufen empor und machten uns auf zum Wohnzimmer, einem gemütlicheren Raum als dem Salon, der eher Haushaltsmitgliedern als Besuchern vorbehalten war.

„Sind sie weg?", fragte Willie, die seitwärts auf einem Sessel saß, die Beine über die Armlehne drapiert.

„Sie gehen gerade", sagte Matt, während sich Duke und Cyclops zu uns gesellten.

„Endlich." Sie schwang die Beine zu Boden und beugte sich vor, die Ellbogen auf den Knien. „Also, was ist im Krankenhaus passiert?"

Matt erzählte ihnen, was Hale enthüllt hatte, und wie er den Schankwirt des Cross Keys davon überzeugt hatte, uns in Kenntnis zu setzen, falls Chronos zurückkehrte.

„Gottverdammt", murmelte Willie. Cyclops grinste und Duke schlug sich aufs Knie und jubelte.

„Also warten wir", sagte Cyclops, der immer noch lächelte.

Matt nickte. „Wir warten."

„Ich habe das Warten satt", stöhnte Willie. „Wir haben nichts zu tun, außer spazieren zu gehen und Tee mit deinen verrückten Verwandten zu trinken."

„Du bist nicht verrückt", sagte Duke. „Nur exzentrisch."

Willie schnitt eine Grimasse in seine Richtung, und er kicherte.

„Möchtest du, dass ich die Diener entlasse, damit du an ihrer Stelle die Pflichten übernehmen kannst?", fragte Matt.

Sie sank auf dem Sessel zusammen und verschränkte die Arme.

„Wir kommen der Sache näher, Willie", sagte ich. „In der Zwischenzeit brauchst du ein Hobby."

„Ich hatte ein Hobby. Aber ihr wollt mich ja nicht mehr pokern lassen."

„Das Spielen hat dich ein Vermögen gekostet", erklärte ihr Matt. „Also, wie war dein Spaziergang heute Morgen? Ich sehe, dass du und Tante Letitia es geschafft habt, einander nicht umzubringen."

„Es war in Ordnung, bis wir nach Hause kamen und deine andere Tante und die Cousinen auf uns warteten", sagte Duke. „Wir haben uns dann nach oben verzogen."

„Nicht, dass wir im Salon erwünscht gewesen wären", fügte Cyclops an.

„Du warst erwünscht." Duke zwinkerte ihm zu. „Miss Charity Glass konnte gar nicht aufhören, zu starren. Vorsicht, Cyclops, oder du hängst plötzlich an einer englischen Rose fest."

Cyclops große Schultern bebten, während er lautlos kicherte. „Sie ist nichts für meinesgleichen", sagte er ohne eine Spur Enttäuschung oder Bedauern.

„Mit amerikanischen Rosen macht man nichts falsch", murmelte Willie.

„Stimmt", sagte Duke. „Aber man muss auf die Dornen aufpassen."

Duke und Cyclops lachten. Willie machte eine obszöne Geste mit den Fingern.

„Ich ziehe mich bis zum Mittagessen zurück", verkündete Matt. „India, hättest du einen Augenblick?"

Ich ging mit ihm die Stufen empor, neugierig, warum er unter vier Augen mit mir sprechen wollte. „Wenn es wegen Hope ist, ist schon gut, Matt. Man hat mich schon Schlimmeres genannt als ein Schoßhündchen."

„Um der Gerechtigkeit willen, sie hat dich nicht Schoßhündchen genannt. Sie hat es nur nahegelegt. Und ich neige dazu, ihr zu glauben, als sie sagte, es wäre keine Absicht gewesen."

Meine Schritte wurden langsamer, und er passte seine Geschwindigkeit an meine an. „Du magst sie", sagte ich ausdruckslos.

Er legte den Kopf schief. „Ich bin mir nicht sicher, was du meinst."

„Sie ist hübsch und klug, darum ist das verständlich." Sie war auch jung. Im perfekten Alter, um die Aufmerksamkeit eines Mannes zu erringen.

Wir hielten vor der Tür zu seinen Räumen an, und er drehte sich um, um mich anzuschauen. „India, da verstehst du was falsch. Ich habe nicht die Absicht, sie zu heiraten."

„Das habe ich auch nicht gesagt oder gemeint. Ich weiß, dass du nicht heiraten wirst, bevor du geheilt bist, aber das bedeutet nicht, dass du sie nicht mögen kannst." Ich verschränkte die Arme, um ein plötzliches Frösteln zu vertreiben. „Es tut mir leid, ich bin dir zu nahe getreten. Das geht mich nichts an." Ich drehte mich schon um, doch er nahm mich am Arm, nur um plötzlich wieder loszulassen.

Er verschränkte seine Arme ebenfalls und versteckte die Hände. „Du hast recht", sagte er leise. „Ich mag sie. Ihr gefällt die Situation, in die wir hineingeschoben wurden, nicht besser als mir, doch sie stellt sich diesem Unbehagen mit Humor. Aber dass ich ihre Gesellschaft eine oder zwei Stunden pro Woche genieße, bedeutet nicht, dass ich mein Leben mit ihr verbringen möchte. Kannst du den Unterschied nicht erkennen?"

„Ich schätze schon." Ich schüttelte den Kopf, wollte die gesamte Unterhaltung abschütteln. Hope mochte sich ja Unbehagen mit Humor stellen können, aber ich konnte das nicht. „Wolltest du das mit mir besprechen?"

Er lachte leise. „Wohl kaum". Er wurde nüchtern und räusperte sich. „Ich möchte mich noch einmal für das entschuldigen, was in der Kutsche vorgefallen ist."

„Das musst du nicht."

„Doch, muss ich. Es sieht mir gar nicht ähnlich, eine alleinstehende Frau auszunutzen. Ich fühle mich schrecklich."

„Du siehst schrecklich aus, aber das ist die Müdigkeit. Geh und ruh dich aus, und mach dir keine Gedanken mehr über das, was vorgefallen ist. Eigentlich ist gar nichts vorgefallen. Außerdem hatte ich es bereits vergessen." Ich wartete nicht, um seine Reaktion zu hören oder sehen. Ich drehte mich um und ging, damit er nicht sehen konnte, dass ich gelogen hatte. Denn ich hatte es nicht vergessen. Wie auch? Er hatte mich beinahe geküsst.

* * *

AM FOLGENDEN MORGEN machten Matt und ich uns bereit, das Bureau der *Weekly Gazette* aufzusuchen, um mit Oscar Barratt über Magie und Magier zu sprechen. Wir schafften es jedoch nicht aus dem Haus. Als wir in der Eingangshalle Handschuhe und Hüte nahmen, ertönte ein festes Klopfen an der Tür.

Bristow öffnete für Commissioner Munro von Scotland Yard. Zwei Schutzmänner standen ihm zur Seite. Es war also kein Freundschaftsbesuch.

„Commissioner", sagte Matt, der die Schutzmänner beäugte. „Was verschafft uns die Ehre dieses Besuchs?"

Munros Schnurrbart sank herab, als er die Lippen zusammenpresste. „Ich fürchte, ich bin gekommen, um Sie wegen Mordes an Dr. Hale festzunehmen."

KAPITEL 3

„*M*ord!", brüllte Matt.

„Ihn festnehmen!", platzte es aus mir heraus, während ich mich vor Matt positionierte. „Nein, das können Sie nicht! Er hat niemanden ermordet."

„India", sagte Matt sanft. „Er sagte, er ist gekommen, um mich festzunehmen, nicht, dass er es tatsächlich tut." Er hob die Augenbrauen in Richtung des Commissioners. „Sind Sie nicht deshalb persönlich gekommen, Munro?"

Der Commissioner zögerte, nickte aber einmal. „Dürfen wir eintreten? Wir wollen Ihre Nachbarn nicht ängstigen."

„Meine Nachbarn sind daran gewöhnt, dass ich festgenommen werde", sagte Matt und trat zur Seite.

Munros bereits strenge Züge würden noch düsterer. „Das war ein Missverständnis."

„Möchten Sie in den Salon kommen?", fragte ich und ging voraus, ehe Matt etwas sagte, das er noch bereuen würde.

„Was ist los?", fragte Willie von der Treppe aus. „Was macht er hier? Was ist passiert?"

„Dr. Hale ist tot", erklärte ihr Matt. „Munro will mit uns reden, da wir Hale gestern getroffen haben."

„Zum Glück wart ihr dort, sonst …" Willie sog die Oberlippe ein und ließ sie mit einem Ploppen wieder los. „Ach, egal."

„Würdest du vielleicht Miss Glass von hier fernhalten, bis

der Commissioner gegangen ist", bat ich sie. Sie nickte und eilte die Stufen hinauf.

Munro befahl seinen Schutzmännern, draußen vor dem Salon zu bleiben, und Matt schloss die Tür vor ihren Nasen. Ich wollte unbedingt mehr über Dr. Hale herausfinden, aber Höflichkeit und Sorge schrieben vor, dass ich fragte, wie es dem Commissioner nach dem Tod seines Sohnes ging. Es war erst zwei Wochen her, seit wir herausgefunden hatten, dass sein außerehelicher Sohn von einem Kollegen, einem anderen Kartenzeichner-Lehrling, ermordet worden war.

„Mir geht es gut", sagte er nur.

„Und der Mutter des Jungen?"

„Die habe ich seit der Beerdigung nicht mehr gesehen." Als weder ich noch Matt die darauf folgende Stille füllten, fügte er hinzu: „Sie wird nicht über Daniels Tod hinwegkommen. Ich habe meine Arbeit, doch sie hat nichts."

Und niemanden, hätte ich hinzufügen können, aber das tat ich nicht. Munro war noch mit seiner Frau verheiratet, obwohl ich nicht wusste, ob sie von Daniels Existenz ahnte.

„Zur vorliegenden Sache", sagte Munro mit militärischer Knappheit. „Der Kriminalinspektor, der für den Fall verantwortlich ist, wollte Sie festnehmen lassen. Ich sagte ihm, ich würde erst mit Ihnen sprechen. Das bin ich Ihnen schuldig, Glass, wenn man unsere … Vorgeschichte bedenkt."

„Danke", sagte Matt bedächtig.

„Meinen Sie damit, es besteht immer noch die Möglichkeit, dass er festgenommen wird?", fragte ich. „Aber er hat niemanden umgebracht! Warum sollte er Dr. Hale ermorden? Das ist abstrus. Ihr Inspektor ist inkompetent. Ist es Nunce aus der Vine Street?"

Matt legte seine Hand auf meine, und ich schluckte meine übrigen Fragen und Zurechtweisungen hinunter. Hysterie würde uns nicht weiterbringen. Ich drückte ihm jedoch die Finger, bis weiße Stellen zum Vorschein kamen. Ich wollte, dass er wusste, dass ich ihn nicht im Stich lassen würde, ganz gleich, was Munro tat.

„Miss Steele, Sie scheinen unter dem Eindruck zu stehen, dass ich hier bin, um nur Mr. Glass zu befragen. Sie stehen ebenfalls unter Verdacht."

Ich schluckte schwer und biss mir auf die Zunge.

Matts Griff wurde fester. „Sie erklären besser, worauf ihr Verdacht gründet", knurrte er.

Munro verschränkte die Hände über dem Bauch und lehnte sich zurück in den Ohrensessel. „Sie haben gestern Hale besucht."

„Und?"

„Sie haben sich als Reporter von der *Times* ausgegeben."

„Da brauchen Sie schon mehr, Munro."

„Sie, Mr. Glass, besitzen ein hervorragendes Wissen über Gifte, und Dr. Hale wurde vergiftet."

Ich schnappte nach Luft und blinzelte Matt an. Wie viel wusste er über Gifte? An seinem Gesicht ließ es sich nur schwer ablesen. „Das bedeutet nicht, dass er Dr. Hale ermorden würde", sagte ich.

„Mein Kriminalinspektor sieht das anders. Zumindest rechtfertigt das eine Befragung."

„Wer hat Ihnen gesagt, dass ich mich mit Giften auskenne?", fragte Matt. Sein Ton war lässig, aber seine Körperspannung sagte etwas anderes.

Munro legte die Daumen übereinander. „Das ist unwichtig."

„Mir ist es wichtig."

„Wo waren Sie gestern Abend?", fragte Munro.

„Hier, die ganze Nacht."

„Ich kann mich für ihn verbürgen", sagte ich rasch.

Munros Blick fiel auf meine Hand, die mit der von Matt verbunden war.

Matt zog sich zurück. „Sie meint, dass wir zusammen bis zehn Uhr im Wohnzimmer waren, mit meinen Freunden, meiner Cousine und meiner Tante. Sie und die Diener können bestätigen, dass weder ich noch India irgendwohin gegangen sind."

„Und nach zehn?"

„Ging ich zu Bett, allein. Sie werden mein Wort als Gentleman dafür nehmen müssen, dass ich mich nicht nachts hinausschleiche, um jemanden zu ermorden."

Munros „Hmmm" verriet nichts und beruhigte mich nicht im

Geringsten. „Warum haben Sie Hale gestern aufgesucht? Warum haben Sie vorgegeben, Reporter zu sein?"

„Das ist eine Privatangelegenheit."

Munro wartete, aber Matt blieb stumm. Die beiden Männer beäugten einander, keiner schaute weg, doch war es Munro, der zuerst sprach. „Gerade helfen Sie sich selbst nicht, Glass. Erzählen Sie mir, weshalb Sie gestern dort waren."

Matt sagte immer noch nichts. Munro blähte die Nasenflügel, unterbrach die Stille jedoch nicht. Das war ein Vorgehen, das manchmal eingesetzt wurde, um jemanden zum Reden zu bringen. Bei Matt funktionierte es nicht, aber bei mir schon.

„Wir haben in der *Weekly Gazette* einen Artikel über ein medizinisches Wunder gelesen, das Hale an einem Patienten durchgeführt hat, und hofften, er könne ein ähnliches Wunder für uns vollbringen. Mr. Glass ist nämlich krank, und amerikanische Ärzte sagten ihm, dass es kein Heilmittel gibt."

Matt wirbelte herum, um mich anzustarren, und ich bekam die volle Wucht seines Zorns zu spüren. Ich hob das Kinn. Ich bedauerte nicht, dass ich es Munro gesagt hatte. Das war kein guter Zeitpunkt, sich seine Handlungen von Stolz diktieren zu lassen.

„Sie sehen nicht krank aus", sagte Munro.

„Wir wollten unvoreingenommen mit Dr. Hale sprechen", erklärte ich Munro. „Wir wollten ein Gefühl dafür bekommen, wie das Wunder gewirkt worden war, ehe wir ihn über Matts Krankheit in Kenntnis setzen. Darum haben wir uns als Reporter ausgegeben."

„Und was haben Sie erfahren?", fragte Munro.

„Dass der Patient, den er gerettet hat, vermutlich nicht tot war, aber tatsächlich wenig später verstarb."

„Das haben auch meine Männer herausgefunden. Es wurde kein Wunder gewirkt. Ihr Besuch war verschwendete Zeit."

Aus unserer Sicht haben wir unsere Zeit in keiner Weise verschwendet. Wir hatten dank Hale nun eine Möglichkeit, Chronos zu treffen. Zum Glück hatten wir vor seinem Ableben mit ihm gesprochen.

Munro erhob sich. „Danke, dass Sie ehrlich zu mir waren, Miss Steele, und es tut mir leid, dass ich Sie erschreckt habe. Wir müssen alle Möglichkeiten in Erwägung ziehen, und als ich hörte, dass gestern ein Mann namens Glass, zusammen mit seiner Assistentin Miss Steele, Hale besucht hat, war meine Neugier geweckt."

„Neugier oder Argwohn?", drängte Matt.

Munro ignorierte die Frage.

„Wenn Sie nicht erfahren hätten, dass ich mich mit Giften auskenne, dann wären Sie nicht gekommen", sagte Matt. Wieder antwortete Munro nicht. „Ich habe mein Interesse an Chemie nie vor Ihnen erwähnt."

„Ich überprüfe die Leute, die für mich arbeiten, gerne genau", sagte Munro schließlich. „Sie sind da keine Ausnahme, trotz der Aufgabe, die Sie und Miss Steele kürzlich für mich übernommen haben." Er legte seine Hände hinter dem Rücken aneinander. „Ich hoffe, dass verstehen Sie, Glass. Ich bin mir sicher, Sie würden es genauso machen."

„Meine Informationsquellen sind mir immer bekannt. Ich vertraue ihnen bedingungslos. Ich vertraue keiner Information, die mir von Fremden mit unbekanntem Ruf zugetragen werden."

Mir wurde plötzlich klar, worauf Matt sich bezog. Dem Commissioner war Matts Interesse an Chemie von jemandem zugesteckt worden, der seinen Ruf beflecken wollte: Sheriff Payne. Er *musste* es sein. Payne hatte Munro bereits aufgesucht und schon einmal versucht, Matt in Diskredit zu bringen. Zum Glück hatte Munro den Aussagen des niederträchtigen Sheriffs nicht sofort geglaubt.

„Danke, dass sie selbst hergekommen sind, Sir", sagte ich. „Wir wissen Ihre Bemühungen um die Entdeckung der Wahrheit zu schätzen."

„Ich werde meinen Inspektor darüber in Kenntnis setzen, dass er an anderer Stelle nach Verdächtigen suchen muss. Er ist jung und enthusiastisch, deshalb bin ich sicher, dass er schon bald etwas aufdecken wird."

„Ist es klug, einem jungen Mann die Verantwortung für einen Mordfall zu überlassen?", fragte Matt.

Munro plusterte sich auf. „Stellen Sie meine Methoden infrage?"

„Vielleicht kann ich ihm helfen", fuhr Matt fort. „Ihn auf den richtigen Pfad führen, sowas in der Art."

„Das wäre dann ein Interessenkonflikt."

„Nur, wenn ich schuldig wäre, was ich nicht bin."

Munro knurrte. „Ich werde Ihr Angebot im Kopf behalten."

Er öffnete die Tür, und seine Schutzmänner reihten sich hinter ihm ein.

Matt berührte mich an der Schulter und sagte lautlos: „Stell ihm Fragen." Glaubte er, Munro würde ihm nicht antworten, aber mir mehr sagen?

„Wie wurde Hale vergiftet?", fragte ich und dachte rasch nach. „War es in seinem Essen?"

„Das ist noch nicht klar", sagte Munro, ohne langsamer zu werden. „Allerdings wurde ein Fläschchen seines Allheilmittels in der Nähe seiner Leiche gefunden, der Inhalt war über all seinen Papieren vergossen."

„Wo wurde er gefunden?"

„Im Krankenhaus, seinem Bureau, wo er am Schreibtisch saß. Die Art des Giftes ist unbekannt. Die Hinweise auf dem Leichnam passen nicht zu einem uns bekannten Gift."

„Hale war Drogist", sagte Matt. „Er hat vielleicht sein eigenes Gift angefertigt."

„Und es unabsichtlich oder absichtlich geschluckt?" Munro nickte langsam. „Das ist möglich."

Matt bedeutete mir, dass ich weitere Fragen stellen sollte, aber Bristow öffnete bereits die Eingangstür.

„Er wurde an seinem Schreibtisch im Krankenhaus gefunden", sagte ich, „aber er wurde von seiner Stelle entlassen, als wir gingen."

„Er hatte noch bis zum Ende des Tages", sagte Munro. „Um fünf, als Dr. Ritter klar wurde, dass niemand gesehen hatte, wie Hale ging, sah er in seinem Bureau nach und fand ihn dort."

„Wie schrecklich für ihn."

„Er sieht jeden Tag tote Leute", sagte Munro mit unverblümter Gleichgültigkeit. „Ich bezweifle, dass der Anblick eines weiteren ihn getroffen hat."

Ja, doch es war jemand, den er kannte, jemand, mit dem er

zusammengearbeitet hatte. „Hatte Dr. Hale Angehörige?", fragte ich.

Matt nickte, zufrieden mit dieser Frage.

„Keine, von denen wir wissen. Wir sind noch nicht sicher, wer erbt oder ob es überhaupt ein Testament gibt."

„Hatte er Feinde? Außer Dr. Wiley vielleicht."

Munro blieb auf der Schwelle stehen. Auch seine Schutzmänner hielten an wie Automaten mit rostigen Mechanismen. „Wiley?"

„Sie wissen nicht von ihm?", fragte Matt ganz unschuldig. „Sind Sie sicher, dass Sie meine Unterstützung nicht benötigen?"

Munro runzelte die Stirn. „Guten Tag, Mr. Glass, Miss Steele."

Bristow schloss die Tür, und Matt starrte sie an. „Wir müssen dem nachgehen. Ich überlasse unsere Freiheit nicht einem jungen, aber enthusiastischen Inspektor. Das ist das perfekte Rezept für eine irrtümliche Inhaftierung."

„Das sehe ich genauso." Aber ich hatte eine dringendere Sorge und musste für reine Luft sorgen. Ich wartete darauf, dass Bristow sich in den hinteren Teil des Hauses zurückzog, ehe ich sprach. „Matt, es tut mir leid, dass ich ihm von deiner Krankheit erzählt habe, aber ich habe keine Möglichkeit gesehen, da herauszukommen."

Er seufzte. „Ich auch nicht, doch …"

„Doch dir wäre es trotzdem lieber, er würde es nicht wissen."

„Mir wäre es am liebsten, wenn keiner es weiß, India. Nicht einmal du." Er lächelte sanft, um seine beißenden Worte abzumildern. „Aber ich verstehe, weshalb du es ihm erzählt hast, und ich mache dir keinen Vorwurf."

„Das will ich doch hoffen." Ich raffte meine Röcke und ging die Stufen empor. Er holte mich rasch ein.

„Weshalb?"

„Weil ich nicht an deinem Stolz schuld bin, Matt. Du willst nicht, dass es Leute wissen, weil du nicht schwach wirken willst."

„Zeige mir einen Mann, der das will."

„Fahr mich nicht an, weil ich dir deinen Fehler aufzeige. Es ist immerhin nur ein kleiner Fehler, und du hast nur wenige andere, die von Bedeutung sind, wenn überhaupt."

„Ich bin zutiefst erleichtert", murmelte er.

Ich hielt auf dem Absatz an. „Jetzt bist du verstimmt."

„Bin ich nicht."

„Und du benimmst dich wie ein Kind."

Er runzelte die Stirn. „Ich glaube, *du* bist *mir* gegenüber verstimmt."

„Warum sollte ich dir gegenüber verstimmt sein?"

„Um der Sache willen, die gestern in der Kutsche passiert ist."

„Überhaupt nicht. Das hatte ich schon vergessen, um ehrlich zu sein." Ich ging weitere Stufen hinauf. Er folgte mir nicht, bis ich schon halb oben war.

„*Ich* hatte es nicht vergessen", sagte er leise.

Wir fanden die anderen im Wohnzimmer, wo sie Karten spielten. Willie warf ihr Blatt ab, als wir eintraten, aber die anderen machten weiter.

„Will er, dass du den Mordfall untersuchst?", fragte Duke, der zwei Karten abwarf und zwei neue von Cyclops entgegennahm.

Matt schüttelte den Kopf. „Wo ist meine Tante?"

„In ihrem Empfangszimmer, wo sie Briefe schreibt", sagte Willie. „Matt, was ist los? Du siehst nicht sonderlich gut aus. Brauchst du schon deine Taschenuhr?"

„Nein", knurrte er. „Und würdet ihr bitte alle aufhören, über meine Gesundheit zu reden?"

„Ich hab nur gefragt. Du hast heute Morgen aber schlechte Laune."

Matt stellte sich an den Kamin, wo ein heruntergebranntes Feuer den Raum wärmte. „Munro kam nicht, um mich um Hilfe auf der Suche mach Hales Mörder zu bitten. Er kam, um uns zu unserer Verwicklung in den Mord an Hale zu befragen."

Willie sprang auf. „Zu befragen oder festzunehmen?" Sie marschierte zur Tür, die Hände in die Hüften gestemmt, nur um dort anzuhalten und sie zuzuschlagen.

„Er hat sie nicht festgenommen, Willie." Cyclops nickte in unsere Richtung. „Sie sind doch hier."

„Ich habe Lust, ihm nachzulaufen und ihm zu sagen, was Sache ist. Er hat euch verdächtigt, und das nach allem, was ihr für ihn getan habt!"

„Was haben wir für ihn getan?", schoss Matt zurück. „Sein Sohn ist gestorben."

„Das ist nicht deine Schuld. Wenn du und India nicht gewesen wärt, hätte man seine Leiche nie gefunden."

Matt fuhr sich mit der Hand durchs Haar und rieb sich über den Nacken. „Darum kam er ja persönlich vorbei. Er hat uns vorerst geglaubt …"

„Geglaubt!" Willie gestikulierte wild und ließ die Hände dann auf die Hüften fallen. „Warum sollte er denken, ihr hättet irgendetwas mit dem Mord an Hale zu tun?"

„Wenn du ihn ausreden lässt", sagte Duke, „erzählt er es uns vielleicht."

Ich setzte mich aufs Sofa und klopfte auf den Platz neben mir. „Wenn du weiter so auf und ab läufst, hinterlässt du noch Spuren auf dem Teppich, Willie. Komm, setz dich zu mir, und Matt wird erzählen, was passiert ist."

„Und bitte in allen Einzelheiten", sagte sie zu ihm, setzte sich aber pflichtschuldig hin.

Matt erzählte ihnen, warum uns die Polizei verdächtigte. „Der Commissioner hat mit Payne gesprochen", schloss er. „Oder sein Inspektor. Er muss derjenige sein, der ihm die Vorstellung eingeredet hat, dass ich mich mit Giften auskenne."

Willie schoss abermals hoch. „Wenn ich wüsste, wo dieser niederträchtige Hund wohnt, würde ich hingehen und ihm den Schädel wegpusten."

„Und alles für Matt noch schlimmer machen", erklärte ich ihr.

„Setz dich, Willie", fuhr Duke sie an. „Und hör auf, die ganze Zeit so vorschnell zu sein. Hör doch einfach nur zu."

Sie setzte sich nicht hin, sondern stellte sich mit verschränkten Armen neben Matt und warf Duke mörderische Blicke zu, als wäre es seine Schuld, dass Matt sich in dieser misslichen Lage befand. Der arme Duke seufzte nur.

„Du hast einen Plan, um deinen Namen reinzuwaschen",

sagte Cyclops, dessen Lippen ein Lächeln umspielte. „Du wirst den wahren Mörder finden."

„Ich werde es versuchen", sagte Matt.

„Wie?", fragte ich.

„Ich weiß es noch nicht, aber ich werde mein Schicksal nicht einem jungen und enthusiastischen Inspektor überlassen, der womöglich von Payne beeinflusst wird."

„Das sehe ich auch so", sagte ich. „Also denken wir mal darüber nach. Wo sollen wir anfangen? Die vergiftete Flasche mit Allheilmittel in die Hände bekommen, mit Dr. Ritter oder Wiley sprechen, und vielleicht den Krankenschwestern? Manchmal erfährt man bei den niederen Rängen mehr als bei denen, die die Verantwortung tragen."

Matt trommelte mit den Fingern auf den Kaminsims, während er langsam nickte. „Cyclops, Duke und Willie, seht zu, was ihr im Krankenhaus erfahren könnt. Es muss doch über Hales Tod getratscht werden."

„Wie?", fragte Duke. „Niemand von uns besitzt medizinisches Vorwissen. Wir können nicht so tun, als wären wir Ärzte."

„Einer von euch geht als Patient", sagte ich. „Und die anderen beiden als die besorgten Freunde."

Duke stellte sich neben Cyclops. „In Ordnung. Schlag mir ins Gesicht." Er legte den Kopf erst auf die eine Seite, dann die andere. „Ich bin bereit."

„Ich mach das!" Willie schob sich vom Kaminsims weg, aber Matt erwischte sie am Arm.

„Oder du könntest einfach eine Krankheit vorspielen", sagte er.

„Spielverderber."

„Was macht ihr beiden?", fragte Cyclops.

„Oscar Barratt besuchen, den Verfasser des Artikels über Hales medizinisches Wunder", sagte Matt. „Nun haben wir noch etwas, das wir ihn fragen müssen – weiß er, wer Dr. Hale ermorden wollen würde?"

* * *

Das Bureau der *Weekly Gazette* war den Hauptsitzen der einflussreichsten Londoner Zeitungen auf der Fleet Street so nahe wie irgend möglich, ohne tatsächlich an der Fleet Street zu liegen. Wir fuhren an den herrschaftlichen Gebäuden des *Evening Standard* und des *Daily Telegraph* vorbei in eine Gasse, die wie die Müllhalde der Fleet Street wirkte. Zeitungspapier flatterte und wirbelte in einer wilden Böe, sammelte sich in Eingängen und an Laternenpfosten. Auf der Fleet Street wimmelte das Leben, und sie verdiente sich den Ruf als das Herz von Londons Nachrichtenszene. Die Lower Mire Lane fühlte sich hingegen an, als würde sie sich mit schmutzigen Fingernägeln an die Mantelstöße ihrer gediegeneren Schwester krallen. Ein frisch bemaltes rotes Schild über dem Eingang der *Weekly Gazette* war ein leuchtender Fleck in einer ansonsten eintönigen, verlassenen Straße.

Wir hatten beschlossen, unsere eigenen Namen zu benutzen und Oscar Barratt von unserem Interesse an Magie zu erzählen, da wir ziemlich sicher waren, dass er um die Existenz von Magie wusste. Wenn man seine Artikel unter diesem Blickwinkel analysierte, wiesen sie auf jeden Fall in diese Richtung. Matt hatte mir nicht verboten, meine eigene Magie zu erwähnen, und ich nahm an, er wollte erst selbst entscheiden, ob Barratt eine Bedrohung war. Genauso wie ich.

Wir fragten einen Jungen mit Pickeln im Gesicht im Empfangsbureau, ob Mr. Barratt zu sprechen sei, und nannten unsere Namen.

„Worüber wollen Sie mit ihm sprechen?", fragte er und klang gelangweilt. Vielleicht kamen ständig Leute herein und baten darum, mit einem Reporter zu sprechen. Oder vielleicht mochte er seine Arbeit einfach nicht.

„Den Mord an Dr. Hale", sagte Matt.

Die Augen des Jungen leuchteten auf, und er rannte durch eine Tür hinter einem Schreibtisch, als wäre unsere Ankunft das Spannendste, das ihm die ganze Woche widerfahren war.

„Das war eine erstaunliche Reaktion", sagte ich.

„Grelle Nachrichten sind immer gut, und die *Weekly Gazette* ist diesbezüglich eine der schlimmsten", sagte Matt.

„Du magst sie nicht? Aber ich dachte, du liest sie gern. Du kaufst sie jede Woche."

„Ich kaufe fast jede Zeitung und jedes Magazin, das ich in die Finger bekomme. Man weiß nie, wann etwas Interessantes auftaucht, wie zum Beispiel in der gestrigen Ausgabe. Ich lese sie zwar, aber mir gefällt die sensationslüsterne Art der Nachrichten nicht. Ich wäre nicht überrascht, wenn die Hälfte davon erfunden ist. Zumindest werden einschlägige Fakten oft weggelassen oder verzerrt."

„Wie die Tatsache, dass Dr. Hales Wunderpatient gar nicht tot war und er ein Heilmittel eingesetzt hat?"

„Ganz genau." Er nahm die frisch gedruckte neueste Ausgabe vom Schreibtisch und blätterte durch die Seiten.

Ich seufzte.

Er schaute von der Zeitung auf. „Stimmt etwas nicht?"

„Ich lese nicht oft Zeitung, aber ich habe immer gedacht, sie würden die Tatsachen wiedergeben, so gut es dem Reporter eben möglich ist. Der Gedanke, dass sie das nicht tun, ist ein wenig beunruhigend. Ich werde niemals wieder etwas glauben, das ich in der Zeitung lese. Mr. Barratt ist in meiner Wertschätzung beträchtlich gesunken."

Die Tür hinter dem Schreibtisch flog auf, und ein Mann trat ein. Seine Wangen waren leicht gerötet, seine Atemzüge gehetzt. „Es tut mir leid, dass ich Sie habe warten lassen", sagte er. „Ich bin gerannt, um aus dem Hinterzimmer nach vorne zu kommen." Er streckte Matt eine Hand hin. „Oscar Barratt, zu Ihren Diensten."

Mr. Barratt sprach mit dem Akzent eines gebildeten Londoner Gentlemans, aber ohne die gerundeten Vokale von Miss Glass und ihresgleichen. Er war etwa in meinem Alter, oder ein wenig älter, was mich überraschte. Ich hatte einen Mann mittleren Alters mit viel Erfahrung erwartet. Er war außerdem gutaussehend, mit dunkelbraunen Haaren, glatter Haut und einem kleinen Ziegenbärtchen. Seinen braunen Augen entging nichts, als er Matt kurz musterte und seine Aufmerksamkeit dann mir zuwandte. Er lächelte und schüttelte meine Hand fest, als wäre ich ihm gleichgestellt. Das war erfrischend.

„Mein Name ist Matthew Glass", sagte Matt, „und das ist Miss Steele."

„Glass und Steele! Ich kenne diese Namen. Sie waren in die Suche nach dem Leichnam des Kartenzeichner-Lehrlings involviert. Und Miss Steele, Sie waren direkt daran beteiligt, vor ein paar Wochen den Dark Rider zu fassen."

„Sie haben von uns gehört", sagte ich ziemlich dümmlich. Wer hätte gedacht, dass aus mir eine wohlbekannte Gestalt geworden war?

„Ich habe in der Zeitung über Sie gelesen, aber nicht selbst über die Vorfälle berichtet. Ich bin erfreut, Sie zu treffen – und ein wenig ehrfürchtig. Sie sind ziemlich bemerkenswert, Miss Steele. Ziemlich bemerkenswert."

Mein Gesicht brannte, und ich wünschte, er hätte mich nicht mit so leuchtenden Augen und einem so neugierigen Lächeln angeschaut. „Oh", murmelte ich. „Dankeschön, aber ich habe keine wichtige Rolle gespielt."

„Unsinn", spuckte Matt aus. „Sie war bei beiden Vorfällen sehr wichtig. Nun zur Sache. Wir wollten Sie zu Ihrem Artikel in der letzten Ausgabe der *Gazette* befragen." Er deutete auf die Seite, die offen auf dem Schreibtisch lag. „Wissen Sie, dass Dr. Hale ermordet wurde?"

Barratt nickte. „Ich habe es gehört."

„Wie haben Sie es erfahren?"

Die Eingangstür öffnete sich, und ein Mann mit einem Karren voller großer Päckchen, die in braunes Papier geschlagen waren, trat ein. Das Öffnen der Tür löste eine kleine Glocke darüber aus. Der picklige Junge kam wieder aus dem Hinterzimmer.

„Kommen Sie mit in mein Bureau", sagte Barratt zu uns. „Dort ist es ruhig, wenn die Druckpresse nicht läuft."

„Sie drucken die *Gazette* hier?", fragte Matt, während wir durch die Tür in eine große Kammer gingen, in der sich weitere Bündel stapelten. Manche waren offen und zeigten stapelweise unbeschriebenes Papier.

„Im Keller." Barratt deutete mit der Hand auf eine Tür hinter einem Mann, der nicht von seinem Schreibtisch aufsah. „Hier drin kann man nicht reden, wenn die Druckpresse läuft. Sie ist allerdings größtenteils nachts in Betrieb, bereit für die Auslieferung am Morgen, und nur einmal pro Woche. Ich war gerade unten und habe mit meinem Herausgeber gesprochen, und dem leitenden Schriftsetzer." Er führte uns durch eine weitere Tür, einen kurzen Gang entlang in ein kleines Bureau. Eine große Karte von London direkt gegenüber des Schreibtisches bot eine schöne Abwechslung zu den Stapeln von Zeitungen, reihenweise Büchern und herausgerissen Artikeln, die an ein Korkbrett gesteckt waren. „Sie hatten Glück, mich zu erwischen", sagte Barratt. „Ich wollte gerade aufbrechen und sehen, was ich über Hales Tod herausfinden kann. Ich habe es gerade erst selbst gehört."

„Wie?", wiederholte Matt seine Frage.

Barratt zögerte, als wäre er von Matts Heftigkeit überrascht. „Durch einen meiner Informanten im Krankenhaus."

„Sie haben Informanten im Krankenhaus?"

Barratt lächelte ihn eigentümlich an. „Natürlich."

„Aber Sie sind ein Reporter, kein Polizist", sagte ich.

Barratts Lächeln wurde noch breiter. „Wir Reporter wollen auch die Wahrheit finden, Miss Steele."

„Ist das so?" Ich bemühte mich, meinen Blick auf ihn gerichtet zu lassen, damit er nicht zu Matt wanderte. „Das ist sehr ehrenhaft von Ihnen."

Barratt deutete eine Verbeugung an. „Dankeschön. Sie sind der erste Mensch, der in meinem Beisein je einen Reporter ehrenhaft genannt hat. Bitte sagen Sie mir, dass Sie das glauben, und es nicht nur sagen, weil Sie etwas von mir wollen."

„Oh, ich, äh …"

Er zwinkerte und wirkte überhaupt nicht enttäuscht. „Ist schon gut, Miss Steele. Ich habe ein dickes Fell. Also sagen Sie mir, haben Sie Informationen zu Dr. Hales Tod?"

„Wenn wir Informationen über den Mord hätten, würden wir zur Polizei gehen", sagte Matt. „Wir wollen eine andere Angelegenheit besprechen, die mit Hales Tod zu tun haben könnte oder auch nicht."

Barratt deutete auf die Stühle. „Dann setzen Sie sich lieber."

Matt hielt mir einen Stuhl hin. „Wir wollten vor Dr. Hales Tod schon mit Ihnen sprechen", erzählte ich Barratt. „Gestern haben wir nämlich Ihren Artikel über Hales medizinisches Wunder gelesen und beschlossen, selbst herauszufinden, ob es wahr ist oder nicht."

„Warum sollte es nicht wahr sein?", fragte Barratt, der die Hände ausbreitete.

„Man weiß doch, dass Reporter ihre Berichte übertreiben, um mehr Zeitungen zu verkaufen", sagte Matt.

„Ich nicht."

Matt knurrte. „Spielen Sie uns nicht den Unschuldigen, Mr. Barratt. Sie sind nicht anders."

Warum war Matt so unfreundlich zu ihm? Wir brauchten Barratt, damit der unsere Fragen beantwortete.

„Was Mr. Glass sagen will", erklärte ich, „ist, dass wir erfahren haben, dass Sie bei ihrer Geschichte ein paar Fakten zurückgehalten haben. Zum Beispiel war der Patient vermutlich zu diesem Zeitpunkt *nicht* tot, und Dr. Hale hat ein Arzneimittel benutzt. Es war kein Wunder."

Barratt wirkte überhaupt nicht besorgt, dass er erwischt worden war. Er nickte einfach. „Der Zeuge, mit dem ich gesprochen habe, hat geschworen, dass der Patient tot war, als Hale sich um ihn gekümmert hat. Ein weiterer Zeuge behauptete, er wäre nicht tot gewesen, aber völlig sicher könne er nicht sein, darum beschloss ich, diesen Weg nicht weiter zu verfolgen. Ich hatte einen Abgabetermin, verstehen Sie, und die Geschichte musste geschrieben werden, damit sie rechtzeitig in Druck kam. Was die Tatsache angeht, dass Dr. Hale ein Arzneimittel eingesetzt hat, habe ich diesen Punkt in meine Geschichte eingearbeitet. Mein Herausgeber hat es ohne mein Wissen gelöscht. Ich wünschte, er hätte das nicht getan, aber er ist mein Arbeitgeber und kann tun, was er möchte."

„Das ist nicht gerecht", sagte ich. „Ihr Name steht in der Verfasserzeile, nicht seiner. Das sollte er nicht dürfen."

Barratt zuckte mit den Schultern. „Ich muss versuchen, die Wahrheit zu berichten, wie ich sie sehe, Miss Steele. Die Aufgabe meines Herausgebers ist es, mehr Zeitungen zu verkaufen. Manchmal bedeutet das, dass er Teile verändert, hier und da, um die Geschichte für die Öffentlichkeit interessanter zu gestalten. Nun, darf ich Ihnen eine Frage stellen?" Das sagte er an Matt gerichtet, nicht mich. „Warum sind Sie so interessiert an Dr. Hales medizinischem Wunder?"

Ich biss mir auf die Innenseite der Wange und warf Matt einen Seitenblick zu. Ich konnte mir nicht vorstellen, dass er vor Barratt eingestand, dass er krank war.

„Wir sind an Magie interessiert." Matts Worte fielen schwer in die Stille.

Ich schnappte nach Luft und hielt sie an.

Barratt schien ebenfalls das Atmen eingestellt zu haben. „Fahren Sie fort." Er hatte kein verächtliches Geräusch gemacht, gelacht oder die Existenz von Magie geleugnet. Dieser Mann wusste Bescheid. Dessen war ich mir sicher.

„Sie haben einige Artikel geschrieben, die auf magische Ereignisse anspielen", sagte Matt.

„Nur in unklaren Begriffen."

„Dr. Hales sogenanntes Wunder war der letzte."

„Und?", wollte Barratt wissen.

„Weshalb?", drängte Matt. „Was wollen Sie erreichen?"

Barratt erhob sich und kam um den Schreibtisch. Erst dachte ich, er würde es tun, um Matt einzuschüchtern und ihn zu zwingen, die Frage zurückzuziehen, aber dann antwortete er. „Ich will Leute herauslocken. Leute mit Interesse an Magie, wie Sie, die Hinweise darauf suchen, dass Magie existiert. Meine Berichte dienen als solche Hinweise."

„Noch einmal", sagte Matt, seine Stimme ein leises Knurren, „weshalb?"

Barratt öffnete die Arme, dabei warf er einen Stapel Zeitungen um, die sich auf seinem Schreibtisch türmten. Sie flatterten neben Matts Füßen zu Boden. Eine fiel zwischen Matt und mich. Matt hob einige auf und reichte sie Barratt.

„Nun?", fragte Matt. „Sagen Sie uns, was für ein Interesse Sie daran haben, Leute herauszulocken, die neugierig auf Magie sind."

Barratt starrte auf die Zeitungen in seiner Hand hinab. Ein kleines Stirnrunzeln erschien zwischen seinen Augenbrauen. Er warf einen Blick auf Matt, dann wieder auf die Zeitungen und seufzte. Vielleicht brauchte er genau die, die zwischen Matt und mich gefallen war. Ich hob sie auf, nur um sie mit einem Keuchen wieder loszulassen.

Die Zeitung war warm. Im Zimmer war es jedoch kühl.

„India?", fragte Matt. „Was ist los?"

Barratt beobachtete mich mit einer Intensität, die ich bisher nur auf Matts Gesicht gesehen hatte. Es war, als wäre die Welt geschrumpft, und nur er und ich wären im Raum.

„Miss Steele?", fragte er, seine Stimme kaum mehr als ein Flüstern. „Was ist los?"

Ich hob die Zeitung erneut auf. Dieses Mal drang ihre Wärme in mich ein, strömte sanft meinen Arm hinauf. Es war magische Hitze von der Art, die auf meine Magie reagierte. „Sie sind ein Magier." Die Worte entwichen mir, ehe ich sie durchdachte; ehe mir klar wurde, zu welchem Schluss er kommen würde. Ich ließ rasch die Zeitung auf den Schreibtisch fallen, dann versteckte ich meine Hand in den Falten meines Rocks.

Barratts Blick folgte ihr, er wanderte dann nach oben bis zu meinem Gesicht. „Ja, Miss Steele. Das bin ich. Und ich sehe an Ihrer Reaktion, dass Sie es auch sind."

KAPITEL 4

„Ich habe gewisse magische Fähigkeiten", sagte ich, ehe Matt mich aufhalten konnte. Ehe ich mich selbst aufhalten konnte. Ich wollte es Barratt sagen, aber die Angst könnte mich verstummen lassen, wenn ich es zuließ. „Uhren", sagte ich.

Mr. Barratt lächelte, ein ehrliches, von Herzen kommendes Lächeln. „Danke, dass Sie es mir sagen, Miss Steele. Ich erkenne, dass es Ihnen Sorgen bereitet, einem Fremden eine so persönliche Information zu geben."

„Aus gutem Grund", sagte Matt. „Falls das außerhalb dieses Raumes Erwähnung findet, werden Sie einen weiteren Besuch von mir erhalten. Mit deutlich reduzierter Höflichkeit."

Barratt hielt ergeben die Hände hoch. „Ich sehe, dass Sie sie beschützen."

Diese Aussage schien Matts schlechte Laune ein wenig zu vertreiben. Er tippte mit dem Finger auf die Zeitung, die ich aufgehoben hatte. „Sie sind ein Papiermagier?"

„Tinte. Miss Steele hat die Wärme der Tintenmagie gespürt, nicht des Papiers."

„Was erreicht man mit Tintenmagie?", fragte Matt.

Barratt setzte sich und zog ein Stück leeres Papier zu sich, dann tauchte er seinen Füller in das Tintenfass. Er begann zu schreiben. ‚Sehen Sie diese Worte an, Miss Steele‘, schrieb er. ‚Es sind bemerkenswerte Worte für eine bemerkenswerte Frau.‘

„Nichts passiert", knurrte Matt.

Barratt begann, poetische Worte in einer anderen Sprache zu rezitieren. Ich verstand sie nicht, aber sie klangen traumhaft, wenn sie mit einer so volltönenden, vielschichten Stimme gesprochen wurden. Sie bezauberten mich.

Bis sich die Worte vom Papier erhoben.

Ich lehnte mich zurück und starrte sie an. Die Worte stiegen vom Papier auf, als wären sie Blätter, die von einer Brise herumgeweht wurden. Die Buchstaben wirbelten durch die Luft, hielten aber die Position innerhalb ihres Wortes und Satzes, sodass sie wie schwebende Bänder wirkten.

„Wunderschön." Ich griff vor, und als Barratt lediglich ein paar Zeitungen zur Seite des Schreibtisches schob, ohne mich abhalten zu wollen, berührte ich einen.

Die Tinte zerbrach, und die Sätze fielen in sich zusammen, strömten über meine Finger, die Tischfläche und einige Zeitungen. „Oh! Es tut mir so leid", sagte ich.

Barratt lächelte und reichte mir ein Tuch aus seiner Schreibtischschublade. „Ist schon gut, Miss Steele."

„Das war schön", sagte ich und wischte mit dem Tuch über meine Handschuhe. „Nicht nur, wie die Worte herumgeschwebt sind, sondern auch der Zauber, den Sie gewirkt haben. Das war reine Poesie. Ich hätte stundenlang zuhören können, wie Sie ihn aufsagen."

Er lachte leise. „Sie schmeicheln mir."

Als mir klar wurde, wie mein Schwärmen klang, schluckte ich mein restliches Lob herunter. Das war nicht die Botschaft, die ich ihm übermitteln wollte.

„Schon recht schön", sagte Matt, immer noch dieses leise Knurren in der Stimme. „Aber wozu ist das gut?"

„Das Schweben ist nicht sonderlich nützlich, aber es hat Wirkung." Barratt grinste, und Matts Gesicht wurde noch finsterer. „Ich kenne noch einen Zauber, der die Tinte schneller trocknen lässt, sodass ich sie nicht verwische. Ich schreibe immer noch mit der Hand, verstehen Sie? Einige meiner Kollegen schreiben inzwischen mechanisch, mit einer Schreibmaschine, aber mir ist es so lieber." Er zuckte mit den Schultern, die Handflächen nach oben gerichtet. „Es ist leider nicht die nützlichste Magie. Meine Familie stellte Generationen lang Tinte her. Sie fertigen die beste Tinte der Welt an. Mein Bruder führt inzwischen das Geschäft, und ich habe beschlossen, mir meinen eigenen Weg zu ebnen, außerhalb des Familienbetriebs." Er nahm mir das Tuch ab und wischte die verspritzte Tinte auf. „Aber ich konnte der Tinte einfach nicht entkommen. Sie ruft mich, verstehen Sie. Ich fühle mich gezwungen, in ihrer Nähe zu sein. Sie verstehen das, Miss Steele."

„Ja", sagte ich leise. „Ja, ich verstehe es."

„Mein Vater sagte mir, dass es einen Zauber gibt, mit dem Tintenmagier schneller schreiben können, aber er kannte ihn nicht. Niemand kennt ihn mehr. Seit die Magier aufgehört haben, ihre Magie offen zu praktizieren, stehen sie nicht mehr miteinander in Verbindung und teilen keine Zauber mehr. Einige Magier tauchten unter und praktizierten gar nicht mehr, andere brachten ihren Kindern nur grundlegende Zauber bei, weil sie fürchteten, die Gilden würden von ihnen erfahren, falls Sie etwas zu Elaboriertes anfertigten. Und so ging die Kunst der Magie verloren. Ich halte es für eine Tragödie. Sie etwa nicht, Miss Steele?"

„Ich … Ich bin mir nicht sicher, wie ich es finde. Ich habe nämlich erst kürzlich meine Magie entdeckt. Ich kenne keine Zauber. Mein Vater war talentfrei und hat mir nie davon erzählt. Ich weiß nicht, wie viele Generationen ich zurückgehen muss, um herauszufinden, von welchem Vorfahren ich sie geerbt habe."

Mit jedem Wort, das ich sagte, verfinsterte sich sein Gesicht zusehends. „Das tut mir leid für Sie. Vielleicht können wir zusammenarbeiten, um mehr über Ihre Magie herauszufinden. Ich fürchte, ich kenne keine Uhrenmagier, aber man weiß ja nie, wann einer auftaucht. So wie Sie beide heute."

„Berichten Sie deshalb über Magie?", fragte Matt. „Um Magier anzuziehen?"

Barratt nickte. „Ich will für uns eine sichere Gemeinschaft schaffen. Einen Ort, an dem wir wieder unsere Magie besprechen und praktizieren können, wo uns niemand fürchtet."

„Wie uns die Gildenmitglieder fürchten", sagte ich.

„Sind Sie an eine der Gilden geraten?" Er legte den Kopf schief. „Ich hege den Verdacht, dass der junge Kartenzeichner, dessen Leichnam gefunden wurde, magisch war."

Matt nickte. „Von einem eifersüchtigen Rivalen getötet."

„Glauben Sie, der Gildemeister hat ihn dazu angestiftet? Ich habe Gerüchte gehört, dass die Gildemitglieder früher Magier getötet haben, vor Jahrhunderten, daher auch die Notwendigkeit, dass Magier sich versteckt halten. Natürlich nur Gerüchte."

„Wir haben diese Gerüchte auch gehört", sagte ich. Es war zutiefst beunruhigend, wenn es stimmte.

„Der Gildemeister der Kartenzeichner hat die Entführung organisiert, aber nicht den Mord", sagte Matt. „Es ist möglich, dass der Gildemeister der Uhrmachergilde auch hinter der Entführung steckt. Der Mörder agierte jedoch allein."

Barratt warf einen Blick auf mich. „Die Gilde der Uhrmacher hat Ihnen Probleme bereitet, Miss Steele?"

„Sie wollten mich nicht in die Gilde lassen", erklärte ich ihm. „Mein Vater versuchte, sie vor seinem Tod zu überzeugen, aber sie weigerten sich. Sobald er verstorben war, bekam ich keine Arbeit mehr." Ich erwähnte die Rolle von Eddie Hardacre, der zu diesem Zeitpunkt mein Verlobter gewesen war, nicht. Je weniger ich an ihn dachte, desto besser. „Keines der Gildenmitglieder wollte mich anstellen. Tatsächlich schienen sie alle misstrauisch mir gegenüber zu sein. Sie nannten mir niemals den Grund, aber ich nahm an, dass es daran lag, dass sie irgendwie von meiner Magie erfahren haben."

„Wie haben *Sie* es herausgefunden?"

„Man hat mir klargemacht, dass ich sehr geschickt darin bin, Uhren und Taschenuhren zu reparieren. Matt wusste ein wenig über Magie und deutete an, dass ich magisch sein könnte. Von da an fand ich heraus, dass Magie Spuren aus Wärme hinterlässt. Vieles von dem, was ich erfahren habe, kam von der Familie des Kartenzeichner-Lehrlings und einem Verdächtigen in diesem Fall." Ich erzählte ihm nicht, dass meine Taschenuhr und eine andere Uhr mir das Leben gerettet hatten, und ich erwähnte auch nicht, wie die Kombination aus meiner Magie mit der eines anderen die Zeitspanne von dessen Magie erweitern konnte, wie es auch bei Matts Taschenuhr der Fall war. Manche Dinge ließ man bei einem ersten Treffen besser unerwähnt.

„Faszinierend", sagte Barratt. „Ich bin so froh, dass Sie heute hergekommen sind, Miss Steele. Darf ich Kontakt zu Ihnen aufnehmen, um Ihre Erfahrungen eingehender zu besprechen? Vielleicht, falls ich weitere Magier versammeln kann, können wir uns alle treffen."

Ich warf einen Blick auf Matt, nur um festzustellen, dass er mich bereits anstarrte, düstere und furchteinflößende Schatten in den Augen. Wollte er nicht, dass ich andere Magier traf? Machte es ihn nervös, dass uns Magier in seinem Haus aufsuchen könnten? Vielleicht sorgte er sich, seine Tante könnte etwas herausfinden, das ihren fragilen Verstand zusätzlich verwirren würde.

„Ich werde mich bei Ihnen melden, wenn ich bereit bin", sagte ich zu Mr. Barratt.

Er warf auch einen Blick auf Matt und seufzte. „Ich bin froh, dass mein Artikel funktioniert hat", sagte er. „Es ist schade, dass Hale gestorben ist, ehe wir weiter mit ihm über seine Magie sprechen konnten."

„Mehr als schade für Hale und seine Familie", sagte Matt.

„Er hatte keine Familie. Das habe ich ihn gefragt, als wir uns trafen, denn ich war neugierig auf die Herkunft seiner Magie. Seine Eltern starben, als er jung war, und ein Großvater zog ihn auf. Er war es, der ihm seine Drogistenmagie beigebracht hat."

„Wissen Sie, wer sein Vermögen erbt?", fragte Matt.

Barratt schüttelte den Kopf. „Keine Ahnung. Sie klingen, als würden Sie herausfinden wollen, wer ihn getötet hat. Ist das eine neue Herausforderung für Sie beide, nach ihren vorausgehenden investigativen Erfolgen?"

„Nein", erwiderte ich im selben Augenblick, in dem Matt sagte: „Ja."

Barratt lachte leise. „Was immer Sie für Gründe haben, ich werde versuchen, zu helfen, wo ich nur kann." Er beugte sich vor. „Solange ich der einzige Reporter bin, mit dem Sie sprechen, sobald Sie herausfinden, wer Hale getötet hat."

„*Falls* wir herausfinden, wer ihn getötet hat", sagte ich.

„Mr. Glass?", fragte Barratt. „Versprechen Sie es?"

„Das hängt davon ab, wie hilfreich Sie sind", sagte Matt.

„Das ist nur gerecht. Was wünschen Sie sonst über Hale zu erfahren?"

„Haben Sie auch mit Dr. Wiley gesprochen?"

„Dem Arzt, der den Patienten für tot erklärt hat? Überhaupt nicht, aber wir kamen im Korridor an ihm vorbei, während Hale mit mir unterwegs war. Wenn Blicke töten könnten, wäre er definitiv ein Verdächtiger."

„Was ist mit Dr. Ritter, dem Vorgesetzten?"

„Ihm bin ich nicht begegnet. Hale ließ durchscheinen, dass die Krankenhausverwaltung nicht glücklich damit sein würde, seine Geschichte in der Zeitung zu sehen, aber er lachte nur darüber. Er erwähnte keinen Namen."

„War Hale begierig darauf, dass Sie seine Magie in dem Artikel erwähnen?", fragte ich.

Barratt nickte. „Er hielt es für eine gute Idee, alle Magier in London zusammenzubringen. Er will nicht – wollte nicht –, dass die Magie völlig aus der Welt verschwindet, selbst eine recht nutzlose Magie wie meine. Er hielt meine Artikel für einen sehr guten Weg, um Magier hervorzulocken." Er rieb sich über die Stirn. „Ich kann immer noch nicht glauben, dass er weg ist. Er war die einzig offen magische Person, der ich je begegnet bin."

„Er hatte nichts zu befürchten", sagte ich. „Da er nicht als Drogist gearbeitet hat, brauchte er die Zustimmung der Gilde nicht."

„Selbst ich muss aufpassen, meine Magie vor den Gilden verborgen zu halten", gab Barratt zu. „Falls die Tintenmachergilde etwas über mich erfahren würde, würde sie meine Magie zu meiner Familie zurückverfolgen und sie aus der Gilde werfen."

„Und dann müssten sie ihr Geschäft aufgeben", sagte ich leise. Ohne Gildenmitgliedschaft hatte man nicht die Erlaubnis, etwas herzustellen und zu verkaufen. So war das Gesetz. „Hale hatte keine Familie, darum war es für ihn nicht von Belang."

„Das englische System der Gilden ist veraltet und ungerecht", sagte Matt. „Man sollte es ändern. Jeder Mann und jede Frau sollte Waren herstellen oder Geschäfte betreiben dürfen, nicht nur Gildenmitglieder."

„Gesprochen wie ein Ausländer", sagte Barratt mit einem

humorlosen Lachen. „Hier steht eine Menge auf dem Spiel. Die Gilden wollen mit jedem Quäntchen Energie ihre Macht erhalten, und sie haben Freunde im Parlament, die das Gesetz nicht ändern werden. Ich fürchte, so schnell wird es nicht verschwinden." Seine Augen blitzten auf, während er den Füllhalter aufnahm und in das Tintenfass tauchte. „Außer, die Öffentlichkeit verlangt es, natürlich. Dann würden die Parlamentsmitglieder das zur Kenntnis nehmen müssen."

„Ist es das, was sie letztlich erreichen wollen?", fragte Matt. „Öffentliche Aufmerksamkeit?"

„Sehr langsam und vorsichtig, Mr. Glass. Vielleicht wird die Öffentlichkeit eines Tages Magie erneut zu schätzen wissen, aber wir müssen sie auf eine Art und Weise wieder einführen, dass niemand Angst vor uns hat. Der erste Schritt ist, sie zurück ins öffentliche Bewusstsein zu holen."

„Durch Zeitungsberichte", sagte ich.

„Durch Zeitungsberichte, die das Gute zeigen, das die Magie bewirken kann."

„Das Negative zeigen Sie nicht?", fragte Matt. „Lassen Sie wieder Tatsachen weg?"

Barratt schob mir ein leeres Blatt Papier hin. „Halten Sie das bitte, Miss Steele. Sie haben recht, Mr. Glass, ich habe nur über positive Aspekte der Magie berichtet, aber das liegt allein daran, dass mir noch keine negativen vorgestellt wurden. All der Schaden entstand durch die Talentfreien und die Verfolgung von Magiern." Er lächelte mir zu, als er seinen melodischen Gesang erneut aufnahm.

Die neuen Worte stiegen von seinem Blatt auf und schwebten durch die Luft, tanzten rhythmisch, kreisten, stiegen auf und wippten zur Musik seines Zaubers. Dann legten sich die Worte schließlich auf das Blatt, das ich flach auf der Hand hielt.

„Lowther Street 24, Chelsea", las ich.

„Meine Adresse", sagte er. „Ich wohne allein. Bitte besuchen Sie mich jederzeit – hier oder dort. Ich würde gerne mit Ihnen über Magie sprechen, Miss Steele. Oder eigentlich über alles, was Sie möchten."

„Das ist sehr nett von Ihnen, Mr. Barratt. Wirklich sehr nett."

Ich faltete das Blatt zusammen und steckte es in meinen Pompadour.

Matt rieb sich übers Kinn, dann stand er auf. „Wir sollten gehen, India."

„Aber ich habe noch weitere Fragen." Ich wandte mich an Barratt. „Es klingt nicht, als hätte Dr. Hale sich selbst umgebracht. Nicht, wenn er zusammen mit Ihnen diese Pläne schmiedete. Ist das auch Ihre Schlussfolgerung?"

„So ist es", sagte Barratt. „Er war hoffnungsfroh für die Zukunft. Sie glauben, er hätte sich das Leben genommen?"

„Es ist eine Möglichkeit, aber eine, die ich auch als unwahrscheinlich erachte. Dafür schien er nicht der Typ zu sein. Und ich glaube auch nicht, dass er unabsichtlich Gift in sein Fläschchen mit Allheilmittel gab. Weshalb sollte er in seinem Beruf überhaupt Gifte einsetzen?"

Er legte nachdenklich die Stirn in Falten. „Sie müssen mehr darüber herausfinden."

„Danke, Mr. Barratt", sagte Matt angespannt. „Wir wissen, was wir als nächstes tun müssen."

„Wirklich?", fragte ich und erhob mich.

Matt dankte Barratt, der im Gegenzug meine Hand nahm und sich darüber beugte. „Für Sie gern geschehen", sagte Barratt zu mir, obwohl ich nicht diejenige gewesen war, die ihn angesprochen hatte.

Er begleitete uns hinaus in den Eingangsraum. Matt öffnete die Tür, blieb aber stehen. Er wirkte, als würde er aus irgendeinem Grund mit sich ringen, um dann schließlich nachzugeben. „Falls Sie von irgendwelchen Uhrenmagiern oder magischen Ärzten hören, geben Sie uns in der Park Street Nummer 16 in Mayfair Bescheid", sagte er mit leiser Stimme. „Ich bezahle Sie natürlich für Ihren Aufwand."

Barratt blinzelte. „Sie müssen mich nicht bezahlen. Ich helfe Ihnen gerne. Aber warum Ärzte, Mr. Glass? Uhrmacher verstehe ich. Miss Steele will mehr über ihre Magie erfahren. Aber ein Arzt?"

„Auf Wiedersehen, Mr. Barratt", erwiderte Matt, der die Tür weiter für mich aufhielt.

„Nun", sagte ich, während ich Barratt bei der Abfahrt durch

das Fenster zuwinkte. „Das war sehr erhellend. Ich bin so froh, dass wir mit ihm gesprochen haben. Danke, dass du das vorgeschlagen hast."

Matts Züge entspannten sich zum ersten Mal, seit wir Barratt begegnet waren. Er lächelte beinahe. „Ich bin froh, dass du glücklich bist, India. Das gleicht es aus, seine Anwesenheit ertragen zu müssen."

„Ertragen? Was meinst du denn damit? Ich fand ihn sehr angenehm."

„Aber natürlich. Er hat auch mit dir geflirtet."

„Hat er nicht!"

Er hob die Augenbrauen.

Ich konnte nicht sagen, ob ihn Barratts kokette Art störte oder nicht. War es zu viel verlangt, dass er ein wenig eifersüchtig darauf war, dass ein anderer Mann Interesse an mir zeigte? „Bist du darum so streng mit Mr. Barratt gewesen?", fragte ich. „Weil er geflirtet hat?"

Matt schaute einfach aus dem Fenster, und mir wurde das Herz schwer. „Er ist ein Verdächtiger im Mord an Hale."

„Unsinn", sprudelte es aus mir hervor.

Er drehte sich langsam zu mir um, seine Kiefermuskeln waren wieder angespannt. „Wir können ihn nicht ausschließen, India."

„Warum nicht? Welchen Grund hätte er, Hale zu töten?"

„Mir ist noch kein Motiv eingefallen. Er hat kürzlich mit Hale gesprochen und über ihn geschrieben. Wie ich schon sagte, schließen wir ihn noch nicht aus."

Ich schüttelte den Kopf. „Er ist kein Mörder. Er war sehr nett zu uns."

„Er war nett zu *dir*, India. Zu mir war er nur höflich. Ich glaube, er würde lieber mit dir sprechen, ohne dass ich anwesend bin."

Ich öffnete und schloss den Mund, ohne etwas zu sagen. Es wollten einfach keine Worte herauskommen.

„Vergiss nicht die Tatsache, dass er wichtige Fakten aus seinem Artikel über Hale weggelassen hat", fuhr er fort. „Ich glaube nicht, dass das alles die Schuld seines Herausgebers war."

„Wenn du ihn nicht magst, warum hast du ihm deine Adresse gegeben?", fragte ich. „Du willst doch eindeutig nicht, dass er zu Besuch kommt."

Er schluckte und schaute auf seine Hände hinab. „Falls er bei seiner Arbeit einen Uhrenmagier trifft, will ich, dass er uns besucht. Ich will, dass er dir sagt, wo du noch jemanden wie dich findest. Ich weiß, dass du einsam bist."

Ich verkniff mir eine schnippische Antwort. Er schien plötzlich verloren. „Ich bin nicht einsam, Matt. Nicht, seit ich dir und deinen Freunden begegnet bin. Und der einzige Uhrenmagier, den ich treffen will, ist Chronos, damit er deine Uhr reparieren kann."

Er schaute mir in die Augen und schenkte mir ein schwaches Lächeln. „Dann kann ihn Barratt vielleicht zu uns schicken, falls er ihm begegnet."

„Ich bezweifle, dass Mr. Barratt ihm begegnen wird", sagte ich seufzend. „Chronos ist nicht darauf aus, sich zu zeigen. Er wird sich von Reportern fernhalten."

Matt schloss die Augen und legte den Kopf zurück. Auf der restlichen Fahrt nach Hause ruhte er.

* * *

AN DIESEM NACHMITTAG, während wir darauf warteten, dass Duke, Willie und Cyclops aus dem Krankenhaus zurückkehrten, konnte Matt nicht stillsitzen. Er tigerte im ganzen Wohnzimmer auf und ab, bis seine Tante ihn wegschickte.

„Mach einen kurzen Spaziergang, um dich zu beruhigen, ehe unsere Gäste eintreffen", sagte sie.

Das ließ Matt auf der Stelle innehalten. „Gäste? Nicht schon wieder meine Cousinen."

„Willst du nicht Hope Glass treffen?", fragte ich, weil ich ihn necken und zum Lächeln bringen wollte. Es war ein Reinfall, und er schaute mich nur durch zusammengekniffene Augen an.

„Im Augenblick nicht", wand er sich heraus. „Weshalb?"

Ich hob eine Schulter und las den Brief meiner Freundin Catherine Mason weiter. Sie wollte mich besuchen, und ich freute mich ungemein. Ein Besuch bei ihr war schwierig geworden, da sich ihre Eltern inzwischen Sorgen machten, wenn ihre Tochter Zeit mit jemandem verbrachte, der der Uhrenmachergilde nicht passte. Ich wollte die Lage für sie nicht noch schlechter machen, als sie ohnehin schon war.

„Mrs. Haviland und ihre Tochter Oriel", sagte Miss Glass.

Matt stöhnte. „Schon wieder? Tante, ich habe dir doch erzählt, warum ich niemanden heiraten kann, und wenn ich es könnte, würde ich nicht Oriel Haviland wählen."

Sie schaute ihn über ihre Lesebrille hinweg an. „Oriel Haviland kommt, weil ich konkret an der Anwesenheit ihrer Mutter interessiert war. Sie und Lady Abbington sind befreundet, und da ich die Gräfin kaum kenne, hielt ich es für klug, eine gemeinsame Bekannte einzuladen."

„Ah, ja, die verfügbare Witwe", sagte Matt ausdruckslos. „Diejenige, die deiner Ansicht nach besser zu mir passt als Oriel."

„Sie hat einen eigenen Kopf, und sie ist sehr anmutig."

„Trotzdem hat sich an meiner Gesundheit nichts verbessert. Ich werde niemanden heiraten, solange ich krank bin."

„Du wirst bald ein Heilmittel finden." Sie wandte sich wieder ihrer Korrespondenz zu, die offen auf ihrem Schoß lag. „Warst du nicht gestern im Krankenhaus, um mit diesem klugen Arzt zu sprechen, der ein Wunder vollbracht hat?"

„Dir entgeht nicht viel, was?", sagte er mit einem schiefen Lächeln und einem Kopfschütteln.

„Die Leute neigen dazu, Frauen ab einem bestimmten Alter zu unterschätzen. Oder einfach nur Frauen." Sie zwinkerte mir zu.

Ich freute mich zu sehen, dass ihr Verstand heute scharf war. Es war ein paar Tage her, dass sie Unsinn über einen Ritter auf einem weißen Pferd erzählt und Matt mit seinem Vater verwechselt hatte. Diese Episoden schienen seltener zu werden, aber sie kamen immer noch vor und machten uns allen Sorgen, besonders Matt.

„Muss ich denn für deine Besucher anwesend sein?", fragte Matt, der mit den Fingern auf den Kaminsims trommelte.

„Ja", sagte sie, ohne aufzuschauen.

„Ich weiß nicht, ob ich heute eine gute Gesellschaft bin."

„Du bist immer gute Gesellschaft, Matthew, insbesondere, wenn es um das schönere Geschlecht geht. Sie finden dich charmant. Stimmt das nicht, India?"

Das taten wir, oh ja. „Außerordentlich", gelang es mir, zu sagen.

Matts Finger gaben das Trommeln kurzzeitig auf, während er mich durch gesenkte Wimpern anschaute. Ich kehrte wieder zu Catherines Brief zurück, mein Gesicht wurde heiß, und Matts Finger nahmen ihren ungeduldigen Rhythmus erneut auf.

Miss Glass legte ihren Brief beiseite und machte ein klickendes Geräusch mit der Zunge. „Wirst du wohl mit diesem infernalischen Trommeln aufhören!"

„Gehen wir spazieren, Matt", sagte ich rasch. „Du scheinst raus zu müssen."

Er nickte.

„Nein!", rief seine Tante. „Bleib hier, Matthew."

„Aber es war dein Vorschlag, dass ich spazieren gehe", sagte er.

„Ich meinte, du solltest allein gehen, um deine Gedanken zu klären. Das kannst du nicht, wenn du mit jemandem spazieren gehst." Sie warf mir einen entschuldigenden Blick zu. „Ich mag dich, India, aber du bist manchmal eine zu große Plaudertasche."

„Ist sie nicht, Tante. Indias Worte sind immer wohlbedacht." Er hielt mir eine Hand hin. „Gehen wir, solange die Sonne scheint."

Miss Glass wirkte gequält. „Du musst aufpassen, India. Du und Matthew verbringt im Augenblick zu viel Zeit miteinander. Man wird reden."

„Sie ist meine Assistentin, das ist alles." Er streckte die Finger aus. „India?"

„Machen Sie sich keine Sorgen, Miss Glass", sagte ich und zwang ein Lächeln in meine Stimme. „Niemand von Bedeutung wird mich und Matt auf diese Art in Verbindung bringen. Dazu bin ich schon viel zu alt und gewöhnlich."

Es überraschte mich, dass plötzlich ihre Augen feucht wurden. „Oh, India, wenn es um Männer geht, bist du genauso naiv wie ein Mädchen, das halb so alt ist wie du. Ich hoffe, dass du meine Einmischung nicht so verstehst, dass es für dich keinen Mann gibt. Den gibt es." Die unausgesprochenen Worte ‚nur nicht Matthew' hingen zwischen uns in der Luft.

Ich schluckte trotz des Kloßes in meinem Hals. „Ich verstehe vollkommen." Ich nahm Matts Hand und gestattete ihm, mich aus dem Wohnzimmer zu führen, wie ein Gentleman eine Lady zum Tanzen führen würde.

„Ich weiß nicht mehr, was ich zu ihr sagen soll", merkte er an, während wir die Stufen hinabgingen. „Sie hört nicht auf mich. Und dass sie auch zu dir so unhöflich ist. Das ist unverzeihlich."

„Sie war nicht unhöflich", erwiderte ich. „Zumindest war das nicht ihre Absicht. Ich glaube, sie war recht mitfühlend."

„Du bist viel zu nett zu ihr."

Dabei war sie es, die nett zu mir war, da sie mich als ihre Gesellschafterin akzeptierte, wo ich doch nicht mehr war als eine Verkäuferin. Aber ich wollte, dass dieses Gespräch ein Ende hatte, darum sagte ich das Matt nicht.

Wir holten uns bei Bristow Handschuhe und Hüte ab und begaben uns in den Hyde Park. Für einen Wochentag war es dort voll. Die späte Frühjahrssonne lockte die Damen von Mayfair zu einem Spaziergang heraus, genauso wie Kindermädchen, die Kinderwagen schoben, und Gouvernanten, die sich bemühten, ihre ausgelassenen Mündel im Zaum zu halten. Es gab nur wenige Männer, darum fiel Matt auf, besonders durch seine Größe. Etliche Passanten taxierten ihn mit ihren Blicken, und ihm fiel es entweder wirklich nicht auf, oder er tat zumindest so.

Leute mit Stil traten normalerweise erst nach fünf Uhr in Erscheinung und fuhren langsam den Carriage Drive in einer offenen Kalesche entlang oder stolzierten zu Pferd über die Rotten Row. Mir gefiel die Stille des frühen Nachmittags viel besser.

„Es ist eine Weile her, dass ich zu dieser Jahreszeit im Hyde Park war", sagte ich. „Ich hatte vergessen, wie schön er ist. Die Luft ist hier heute beinahe klar."

„Du musst öfter aus London raus, India. Die Luft ist nicht klar."

Ich lachte und hob mein Gesicht zur Sonne, nur um ihn dabei

zu erwischen, wie er mich mit ernster Miene anschaute. Ich wollte nicht ernst sein. Ich wollte meine Röcke raffen und vom Pfad abweichen. Ich wollte durchs Gras laufen und Schmetterlinge jagen. Die letzten paar Wochen waren anstrengend gewesen, während ich gesehen hatte, wie Matts Gesundheit sich verschlechterte, und aufgrund unserer Ermittlungen zum Tod des armen Daniel Gibbons. Ich wollte all das hinter uns lassen.

„In einem lag meine Tante richtig", sagte er leise. „Du bist weder alt noch gewöhnlich."

Ich richtete meine Aufmerksamkeit wieder nach vorne. „Können wir dieses Gespräch beenden, bitte, ich will nicht darüber sprechen."

„Also gut." Aber nach einigen Schritten in angespannter Stille sagte er: „Glaubst du das wirklich?"

„Nicht, Matt. Es ist ein wunderschöner Tag, verderben wir ihn nicht."

„Eddie Hardacre muss sich eine Menge vorwerfen lassen", murmelte er.

„Es ist wohl kaum seine Schuld, dass ich mit siebenundzwanzig nicht verheiratet bin."

„Vielleicht wartest du einfach auf den richtigen Mann. So wie ich auf die richtige Frau gewartet habe."

„Ich hoffe, die richtige Frau ist jemand aus dem Reigen deiner Tante, oder du tust mir leid. Sie wird sehr verstimmt sein, wenn dem nicht so ist."

„Können wir das Thema wechseln?"

„Bei *dir* ist es also in Ordnung, wenn du das Thema wechseln möchtest?"

„Du hast schon öfter Diskussionen fortgeführt, lange, nachdem ich mir ihr Ende gewünscht habe." Sein Lächeln verbannte den grimmigen Zug um seinen Mund und die Schatten in seinen Augen. Er schien im Augenblick aufrichtig glücklich zu sein.

Ich stieß ihn mit dem Ellbogen an. „Was ist ein sicheres Thema? Nicht unsere derzeitige Ermittlung, denn man kann uns belauschen, und nicht unsere Beziehungen zu nicht existierenden Liebschaften."

„Es gibt immer das Wetter. Ihr Engländer scheint davon besessen zu sein."

„Oder du kannst erzählen, warum du gestern Cyclops' Ruf nicht verteidigt hast, als deine Cousinen ihn als Piraten bezeichneten."

„Das würde ich gern, aber ich tue es nicht. Seine Vergangenheit muss er offenlegen, nicht ich. Ich hoffe, das verstehst du."

„Aber ja, Matt, und ich respektiere dein Schweigen. Also gut, dann das Wetter."

Wir redeten überhaupt nicht über das Wetter. Stattdessen stellte er mir Fragen über Unternehmen, Handel und Produktion in England. Ich antwortete, so gut ich konnte, was sich schrecklich unzureichend anfühlte. Er wusste vermutlich mehr als ich, wenn man bedachte, welchen Anteil seines Tages er damit verbrachte, die Zeitung zu lesen.

„Woher kommt dein Interesse?", fragte ich, während wir allmählich auf die Park Lane zurückkehrten.

„Ich denke darüber nach, meine Investitionen hier zu erweitern."

„Dann brauchst du einen Bevollmächtigten, der dich ordentlich berät, keine Assistentin, die kaum etwas außerhalb des Uhrmacher-Gewerbes kennt."

„Ich mache es lieber selbst, statt einen Bevollmächtigten anzustellen. Mein Anwalt reicht für die Verträge aus, aber du kannst mir bei mehr Dingen mit Rat und Tat zur Seite stehen, als du denkst."

„Wie denn zum Beispiel?"

„Wie zum Beispiel, was hältst du von dem Fudge, dass ich von Mrs. Potter anfertigen ließ?"

„Was hat denn Fudge damit zu tun?"

„Vielleicht investiere ich in seine Herstellung. In Amerika ist es sehr beliebt, und ich bezweifle, dass der Geschmack der Engländer so anders ist."

„In diesem Fall mochte ich es sehr. Du bist sehr unternehmungslustig für einen Menschen …" Ich biss mir auf die Zunge und hielt den Blick starr geradeaus gerichtet.

„Für einen Menschen in meinem Zustand?"

„Ich … Es tut mir leid, Matt. Ich wollte deine Gesundheit nicht zur Sprache bringen."

Er seufzte. „Ist schon gut. Ich wollte dich nicht anfahren. Ich wünschte einfach, du würdest meine Gesundheit nicht als etwas betrachten, das mich zurückhält. Das tut sie nicht. Zumindest will ich das nicht."

Ich nahm seinen Arm fester. Seine Muskeln spannten sich an, dann ließen sie locker. „Warum lässt du dich dann davon bei deinen Heiratsplänen zurückhalten?"

Seine Schritte wurden langsamer. „Das ist etwas anderes."

„Sollte es aber nicht sein."

„India, ich kann keine Frau an mich binden, während ich krank bin. Ein Ehemann sollte seine Liebsten beschützen können. Ich weiß nicht, wie lange ich noch eine gewisse Stärke besitze."

Der Schmerz in seiner Stimme ging mir ans Herz. Ich verabscheute es, wie seine Erschöpfung ihn schwächte, und ich verabscheute, dass er dachte, er würde dadurch zu einem Mann von geringerem Wert. „Das sehe ich anders. Eine Frau, die dich liebt, wäre glücklich, dich auch nur ein paar Tage lang zum Gatten zu haben."

„Du bist zu freundlich", murmelte er. „Aber in dieser Sache sind wir wohl unterschiedlicher Meinung."

Wir kehrten zum Haus zurück, um festzustellen, dass die Havilands und Lady Abbington in unserer Abwesenheit eingetroffen waren. Matt wartete auf mich, während ich meinen Hut Bristow reichte.

„Nach dir", sagte er.

Ich schüttelte den Kopf. „Dieses Mal nicht. Sie sind deine Gäste. Ich bin …" *überflüssig,* wollte ich sagen. „Ich bin ein wenig müde", sagte ich stattdessen. Und das war ich wirklich. Ich war es müde, Frauen zu sehen, die um seine Aufmerksamkeit buhlten, zu sehen, wie er sie bezauberte, ohne sich auch nur anzustrengen, ich war es müde, mir zu wünschen, ich wäre geeignet, um auch um sein Herz werben zu dürfen.

Eine kleine Falte erschien zwischen seinen Augenbrauen. „Also gut."

Ich las in meinen Räumen, bis Matt eine halbe Stunden später an meiner Tür klopfte. Sein Gesicht war aschfarben, doch lag es erst ein paar Stunden zurück, dass er seine Uhr zum letzten Mal benutzt hatte.

„Geht es dir besser?", fragte er.

Ich nickte und hob die Hand, um ihm an die Wange zu fassen, fing mich aber und nestelte stattdessen an meinen Haaren herum. „Sind die anderen schon wieder da?"

Er schüttelte den Kopf. „Wenn sie nicht bald nach Hause kommen, gehe ich zum Krankenhaus."

„Wie war die berühmte Lady Abbington?", fragte ich.

„Das ist schwer zu sagen. Sie hat nicht viel gesprochen. Mrs. Haviland hat die Konversation beherrscht."

„Ich hörte auch, wie jemand eine sehr schöne Melodie auf dem Klavier spielte."

„Das war Oriel Haviland, gedrängt von ihrer Mutter. Durch diese beiden konnte ich Lady Abbington kaum kennenlernen."

„Dann mach dich auf einen weiteren Besuch von ihr gefasst – nächstes Mal ohne die Havilands. Deine Tante wird nicht so leicht aufgeben."

Er lächelte, aber das Lächeln vertrieb die Erschöpfung nicht aus seinen Augen.

„Geh und ruh dich aus, Matt."

Er nickte. „Ich wollte erst noch sehen, ob es dir gut geht."

Ich verschränkte die Arme, um mich so still zu halten wie möglich. „Weshalb sollte es das denn nicht?"

„Ich bin mir nicht sicher. Du wirktest … vorhin nicht ganz bei dir."

Ich zuckte mit den Schultern, weil ich nicht sicher war, wie ich ihm antworten sollte. Ich wollte nicht, dass er merkte, was ich wirklich für ihn empfand. Ich war mir ohnehin nicht einmal sicher, was ich für ihn empfand. Ich wusste nur, dass ich gern Zeit mit ihm verbrachte und mir Sorgen um seine Zukunft machte. Quälende Sorgen manchmal.

Mrs. Bristow erschien hinter Matt, und Matt trat zur Seite, um die Haushälterin durchzulassen. Sie hielt mir ein Tablett hin. Darauf stand ein zugedeckter Teller.

„Miss Glass bat mich, Ihnen die zu bringen", sagte sie und hob den Deckel an.

Zwei runde Windbeutel so groß wie meine Faust lagen auf dem Teller, darüber ein leichter Überzug aus Puderzucker. „Ich liebe Windbeutel", sagte ich. „Sind die vom nachmittäglichen Tee übrig geblieben?"

„Wir hatten keine Windbeutel", wandte Matt ein, der verstimmt klang.

„Miss Glass hat Mrs. Potter darum gebeten, sie zuzubereiten, während Sie auf Ihrem Spaziergang waren", sagte Mrs. Bristow. „Sie hat explizit nach Windbeuteln gefragt, weil das Ihre Lieblingsspeise ist."

„Ich frage mich, warum deine Tante sie von Mrs. Potter nur für mich zubereiten ließ", sagte ich zu Matt.

„Sie fühlt sich schuldig wegen vorhin." Er legte die Hand auf den Türgriff. „Genieß deine Windbeutel, India. Ich sehe dich zum Abendessen, wenn sie dir nicht den Appetit verderben."

Ich aß meine Windbeutel am Fenster, schaute über die Dächer hinaus. Mein Zimmer im vierten Stock erlaubte mir einen exzellenten Blick über die Stadt und den Himmel. Er war blauer als seit Monaten, ganz gleich, was Matt sagte. Ich lächelte und dankte dem Schicksal, das es so gut mit mir gemeint und mich an einen Ort versetzt hatte, an dem man mich respektierte und schützte. Ich musste mir keine Sorgen um die nächste Mahlzeit machen, oder ob ich auch nur ein Dach über dem Kopf haben würde, wie es der Fall gewesen war, nachdem mein Vater verstorben war.

Ganz gleich, was für Ängste Miss Glass hatte, ich würde das, was ich jetzt hatte, nicht für Matts Aufmerksamkeit aufs Spiel setzen. Ich würde ihm nicht sagen, was ich empfand und seine Ablehnung und seinen Zorn riskieren. Mir gefiel das Leben, das ich in der Park Street Nummer 16 führte, viel zu sehr.

* * *

CYCLOPS, Duke und Willie kehrten rechtzeitig zurück, um mit uns zu Abend zu essen. Matt wirkte erfrischt, und seine Tante speiste in ihren Räumlichkeiten. Ich war bei ihr gewesen, kurz bevor der Gong zum Abendessen erklang, um ihr für die Windbeutel zu danken.

Sie hatte mich ausdruckslos angestarrt und gesagt: „Was für Windbeutel? Diese Dinger esse ich nicht. Sie machen zu dick. Das weißt du doch, Veronica."

Ich lächelte traurig und schloss ihre Tür, während ich mich fragte, wer Veronica war.

„Was habt ihr herausgefunden?", wollte Matt wissen, sobald er Bristow hinausgescheucht und die Tür geschlossen hatte, sodass wir fünf allein im Speisesaal waren.

„Wie kommst du darauf, dass wir etwas herausgefunden haben?", sagte Willie, die sich Bohnen auf den Teller schaufelte.

„Dukes Gesicht."

Duke kontrollierte seine Gesichtszüge – oder versuchte es zumindest. Letztlich gelang es ihm nur, eine Augenbraue höher zu ziehen als die andere, und die Wangen einzusaugen.

Willie schüttelte den Kopf. „Darum verlierst beim Pokern, Duke. In deinem Gesicht kann man lesen wie in einem Buch."

„Ha!", rief er. „Dann muss es dir ja schwerfallen. Du hast seit Jahren kein Buch zu Ende gelesen."

Matt wandte sich an Cyclops. „Nun?"

„Es ist nicht das, was wir herausgefunden haben", sagte Cyclops, „sondern was wir gefunden haben." Er öffnete seinen Jackenaufschlag und zog ein Fläschchen aus seiner Innentasche hervor. Er reichte es Matt über den Tisch. „Das ist das Fläschchen, in dem das Gift gewesen ist."

„Ihr habt es gestohlen!", rief ich. „Cyclops!"

„Was sein muss, muss sein, India", erwiderte der große Mann.

Matt nahm den Korken heraus. „Seid ihr sicher, dass das die Flasche ist, die neben Hales Leichnam gefunden wurde?"

Duke nickte. „Sie wurde von einem Schutzmann bewacht."

„Die Polizei nutzt die Gerätschaften des Krankenhauses und einen Arzt, um sie zu analysieren", sagte Cyclops.

„Im Keller", sagte Willie, die sich ein wenig Rindfleisch genehmigte. „Sie waren zu dritt mit dem Arzt dort unten. Es war nicht leicht, an ihnen vorbei zu kommen, aber Cyclops ist gut." Sie schenkte ihm ein Grinsen.

Cyclops warf einen Blick auf mich und konzentrierte sich anschließend auf seine Kartoffeln.

Matt roch an der Flasche, dann roch er ein weiteres Mal. „Ich kann keine Giftdämpfe feststellen, aber es gibt auch einige, die keinen Geruch haben. India, du hast Dr. Hales Allheilmittel schon einmal benutzt." Er reichte mir das Fläschchen. „Riecht es sonst auch so?"

Ich nahm es und schnüffelte daran, dann hielt ich die Flasche weit von meiner Nase weg. Sehr weit. „Mein Gott", sagte ich und holte Luft.

„Was ist?" Er nahm mir das Fläschchen ab und roch abermals. „Was hast du gerochen?"

„Es ist nicht der Geruch", erklärte ich ihnen. „Es ist die Wärme, die vom Inneren ausgeht. Magische Wärme."

„Bist du sicher?", fragte Willie, die über den Tisch nach dem Fläschchen griff.

Matt reichte es ihr. „Ist auch das Glas selbst warm?"

Ich schüttelte den Kopf. „Es kam auf jeden Fall aus dem Inneren. Matt, was immer in diesem Fläschchen war, es lag ein Zauber darauf. Wenn der Inhalt dieser Flasche magisch war, dann kann das nur bedeuten, dass ein Drogistenmagier der Mörder ist."

Willie reichte Duke die Flasche, der daran schnüffelte, und er reichte sie dann an Cyclops weiter, der ebenfalls daran roch.

„Sollte das Allheilmittel eigentlich so riechen?", fragte Cyclops.

„Soweit ich mich erinnere", sagte ich. „Wir können doch eine weitere Flasche suchen und es vergleichen. Vielleicht hat Mrs. Bristow eine."

Matt stand auf und zog an der Klingelschnur. Einen Augenblick später trat Bristow ein, und Matt bat ihn, ein Fläschchen Allheilmittel zu holen, falls seine Frau eines hatte. Der Butler ging, ohne bei dieser Frage mit der Wimper zu zucken.

„Könnte es jemand außer einem Drogistenmagier gewesen sein?", fragte Duke. „Könnte ein Zauber auf eine andere Flüssigkeit gewirkt worden sein, wie etwa Wasser, das man dann heimlich in dieses Fläschchen gab?"

„Sowas wie einen Wassermagier gibt's nicht", sagte Willie.

„Woher willst du das wissen?"

„Weil Magie in Dingen enthalten ist, die man herstellen kann. Uhren, Karten, Arzneimitteln."

„McArdle war ein Goldmagier. Gold kann man nicht erzeugen."

„McArdle konnte keine Magie auf Gold wirken, das noch in seiner Rohform war", erklärte ihm Matt, „nur auf Gold, das von einem Goldschmied bearbeitet worden war."

„Wie die Römermünzen", sagte Willie, die sich Bohnen in den Mund schaufelte.

„Bier", sagte Duke, „oder Wein. Die werden hergestellt. Falls ein solcher Magier existiert, könnte er so etwas in das Fläschchen eingefüllt haben."

Cyclops hob sein Weinglas. „Bier oder Wein in dem Fläschchen hätten wir gerochen."

Bristow kehrte zurück und reichte Matt das Allheilmittel, ehe er wieder verschwand. Matt roch an beiden Fläschchen, dann reichte er sie mir.

„Sie riechen gleich", sagte ich und reichte die Fläschchen an Cyclops weiter. „Eines, was wir bedenken müssen, ist die Tatsache, dass die Magie vielleicht bereits verschwunden ist, ganz gleich, wie sie dort hineingekommen ist."

Alle rochen an beiden Fläschchen, und wir waren alle der Meinung, dass sie den gleichen Geruch hatten. Das bedeutete aber nicht, dass nicht eine winzige Menge einer Flüssigkeit, die mit Magie angereichert war, eingefüllt worden sein konnte.

„Tinte", stieß Matt hervor. „Tinte ist eine Flüssigkeit."

„Matt", tadelte ich. „Mr. Barratt ist kein Mörder."

„Barratt hat mit ihr geflirtet", erklärte er den anderen, als würde das meine Sichtweise erklären.

„Er war charmant", sagte ich, „aber ich bin vollkommen neutral. Er hatte keinen Grund, Hale zu töten."

„Keinen bisher bekannten."

„Ich glaube, India hat recht", sagte Cyclops. „Ich glaube nicht, dass er der Giftmörder ist."

„Woher willst du das wissen?", fragte Willie, die nicht mehr auf ihr Essen achtete.

Cyclops hob beide Flaschen hoch. „Da der Inhalt der beiden gleich riecht, ist es unwahrscheinlich, dass eine weitere Substanz dazugegeben wurde, besonders eine so auffällige wie Tinte." Er goss einen Tropfen jeder Flüssigkeit auf eine Serviette. Sie waren beide klar. Tinte hätte die Farbe verändert. „Der Magier hat wohl gewusst, wie man die ursprüngliche Arznei in ein Gift verwandelt. Ich bin kein Experte, aber ich möchte wetten, dass das nur ein Drogist kann."

Matt spießte ein Stück Rindfleisch mit der Gabel auf. „Du hast vermutlich recht. Aber abgesehen von Hale wissen wir von keinen weiteren Drogistenmagiern."

„Dann werden wir welche finden müssen", sagte ich. „Wir sollten bei Dr. Hales Geschäftspartner beginnen."

„Richtig. Wir werden morgen früh hinfahren." Matt musterte eines der Fläschchen. „Unten auf dem Etikett steht eine Adresse: Pitt Medicine Company, 167 New Bond Street. Du und ich werden gehen, India. Cyclops, du bringst das Fläschchen lieber ins Krankenhaus zurück. Die talentfreien Polizisten und der Arzt werden darin nichts finden, aber wir sollten das Richtige tun."

Cyclops schaute auf die Fläschchen, die nebeneinander vor Matt standen. „Welche ist welche?"

Ich hob beide auf und legte eine Hand über die Öffnungen. „Die hier enthält das magische Gift." Ich reichte das Fläschchen Cyclops. „Ich bringe die andere Mrs. Bristow zurück."

„Kommst du mit mir zurück zum Krankenhaus?", fragte Cyclops Willie. „Wir gehen heute Abend."

„Darauf kannst du Gift nehmen", sagte sie. „Hier gibt es nichts zu tun, außer Letty das Pokern beizubringen."

Matt sah sie durch zusammengekniffene Augen an. „Du bringst meiner Tante *nicht* bei, Poker zu spielen."

Willie grinste ihn an und stopfte sich weiter voll.

Ich drängte Cyclops vor seinem Zimmer in die Ecke, ehe er, Duke und Willie zum Krankenhaus zurückkehrten. Sie hatten vor, spät hinzufahren, wenn nur wenige Angestellte da waren, die sich über Nacht um die Patienten kümmerten.

„Ist alles in Ordnung?", fragte er mich mit gefurchter Stirn. „Stimmt irgendwas nicht mit Matt?"

„Nichts dergleichen", versicherte ich ihm. „Ich will wissen, wie ihr das Fläschchen ins Krankenhaus zurückbringen wollt."

Er lehnte eine Schulter gegen die Wand neben der Tür und verschränkte die Arme. Der schwach beleuchtete Gang ließ sein heiles Auge dunkler wirken, sein Gesicht ernster. „Ist das alles?"

Ich biss mir auf die Innenseite der Wange. „Ja-ha."

„Willst du nicht wissen, wie ich an drei Schutzmännern und einem Arzt vorbeigekommen bin, um das Fläschchen zu stehlen?"

„Na, jetzt, wo du es erwähnst, das habe ich mich tatsächlich schon gefragt."

„Es war nicht allzu schwer. Willie und Duke haben sie abgelenkt, und ich nahm das Fläschchen."

„Wie haben Willie und Duke sie abgelenkt? Und überhaupt, woher habt ihr gewusst, dass das Fläschchen im Keller war?"

„Eine der Krankenschwestern war offen für ein wenig Bares."

„Ihr habt sie bestochen?"

„Bestechen ist besser als verprügeln."

Da war was dran.

„Sie hat uns erzählt, das Fläschchen wäre im Labor im Keller, und von den Wachen hat sie uns auch erzählt. Wir drei haben uns als Krankenpfleger ausgegeben und sind nach unten gegangen. Niemand hat uns aufgehalten. Krankenpfleger sind wie Diener."

„Unsichtbar?"

Er nickte. „Sobald wir unten waren, benahm sich Willie wie eine Wahnsinnige. Sie machte eine Szene, brabbelte vor sich hin, hatte Schaum vorm Mund und so weiter. Zwei der Schutzmänner jagten ihr nach. Als sie weg waren, haben ich und Duke die Lampen gelöscht. Da unten gibt es keine Fenster. Der andere Schutzmann kam heraus, um nachzuschauen. Willie machte weiter und lockte ihn noch weiter weg. Duke und ich gingen in das Labor, gaben uns als Krankenpfleger aus und fragten den Arzt nach einer Lieferung. Er wusste nicht, wovon wir sprachen, also musste er die Papiere suchen. Als er uns den Rücken zugekehrt hatte, ließ ich das Fläschchen mit Allheilmittel, das er untersucht hatte, in meine Tasche gleiten, und wir gingen raus. Willie schloss sich uns auf der Treppe an."

Ich starrte ihn an, verblüfft über diesen dreisten Diebstahl. „Alles Mögliche hätte schiefgehen können. Was, wenn die Schutzmänner Willie nicht verfolgt hätten? Was, wenn der Arzt euch befohlen hätte zu gehen, ohne seine Papiere zu überprüfen?"

Er hob eine mächtige Schulter. „Wir hätten die Taktik geändert und etwas anderes probiert. Wir waren zu dritt, sie zu viert. Zwei waren so dünn wie Maisstängel. Sie hätten sich nicht groß gewehrt."

„Ihr hättet sie also doch verprügelt?"

„Wir hätten keinem von ihnen zu sehr wehgetan."

Ich war ziemlich beeindruckt, dass sie es geschafft hatten, das Fläschchen zu stehlen, ohne dass jemand verletzt worden war, aber ich machte mir Sorgen, wie weit sie gegangen wären. „Was ist mit dem Zurückbringen heute Nacht?", fragte ich.

„Das wird nicht so schwer. Das Labor wird dunkel sein, und niemand hat da unten etwas verloren."

„Es wird abgeschlossen sein."

„Eine versperrte Tür hat mich noch nie aufgehalten. Oder Duke, oder Willie."

„Oder Matt", fügte ich an. „Habt ihr diese Kniffe bei Matts Banditenverwandtschaft gelernt?"

„So haben *sie* es gelernt." Er stieß sich von der Wand ab. „Ich wurde nicht von meiner Familie ausgebildet. Ich habe diese Talente, weil ich von Gesetzeshütern durch ganz Nevada gejagt wurde."

Es lief mir eiskalt den Rücken hinab, aber ich erschauerte nicht und zeigte auch sonst nicht, dass mich seine Worte betroffen machten. Ich wollte nicht, dass er glaubte, ich hätte Angst vor ihm, denn die hatte ich nicht. Er war ein guter Mensch, und Gesetzeshüter waren nicht immer ehrlich. Das hatte Sheriff Payne bewiesen.

Er hob die Augenbraue über seinem heilen Auge. „Fragst du mich als nächstes, warum sie mich gejagt haben?"

„Ich habe das Gefühl, dass ich in deine Privatsphäre eindringe", erwiderte ich vorsichtig.

Er lachte leise. „Ihr Engländer seid zu höflich. Wie schafft ihr nur, irgendwas über irgendwen herauszufinden?"

„Wir tratschen hinter seinem Rücken über ihn.“

Sein grollendes Lachen entspannte mich ein wenig. Ich lachte ebenfalls.

„Ich erzähle es dir ein andermal“, sagte er. „Zunächst muss ich ein Fläschchen von Dr. Hales Allheilmittel ins Krankenhaus zurückbringen.“

* * *

IM LADEN der Pitt Medicine Company in der New Bond Street gab es zehnmal mehr Gefäße, als Dr. Hale in seinem Bureau aufbewahrt hatte. Auf einigen priesen die Etiketten Wunderkuren für alle Arten von Gebrechen an, von Kopfschmerzen bis hin zu Verdauungsproblemen und allem dazwischen. Es gab eine überraschende Anzahl von weiblichen Beschwerden. Hätte auch nur die Hälfte davon funktioniert, wäre die Welt ein Ort ohne Schmerzen gewesen, aber da ich in der Vergangenheit schon einige ausprobiert hatte, wusste ich, dass nur wenige so gut wirkten, wie ihre Etiketten behaupteten. Es sollte verboten sein, dass Drogisten mit solchen Falschaussagen weiterkamen.

Es waren jedoch nicht die Arzneien, Tinkturen und Salben, die meine Aufmerksamkeit auf sich zogen. Es war die lange Standuhr, die wie eine Wache am Eingang stand, ihr Pendel schwang schwerfällig vor und zurück. Ihr Rhythmus sprach zu mir, und ich stellte mich vor sie, um sie zu inspizieren. Mit einem Stirnrunzeln zog ich meine Uhr aus meinem Pompadour. Die Standuhr ging drei Minuten nach.

Matt war ebenfalls nicht an den Arzneien interessiert. Er konnte sich nicht von den großen Glasgefäßen auf dem Tisch lösen, die in Flüssigkeiten aufbewahrte Kuriositäten enthielten. Er beugte sich vor, um eine Sammlung von Gläsern zu mustern, eines enthielt eine aufgerollte gelbe Schlange, das andere die Klaue eines nicht identifizierbaren Tieres, und ein weiteres zierten die skelettartigen Überreste einer Art Nagetier.

Ich wandte mich ab und lächelte den bebrillten Mann hinter dem Tresen an, auf dem eine Pyramide aus Dr. Hales Allheilmittel höher als sein Kopf aufgeschichtet war. „Guten Morgen. Sind Sie Mr. Pitt?“

„Tatsächlich, der bin ich, Madam." Er lächelte und schob sich die Brille hoch. Er wirkte nicht wie ein Mann, der gerade seinen Geschäftspartner verloren hatte. Er war ein Mittdreißiger mit einem angenehmen, wenn auch etwas blassen Gesicht und Augen, die von so hellem Blau waren, dass sie beinahe komplett weiß wirkten. „Wie kann ich Ihnen und Ihrem Mann helfen?"

„Wir sind nicht verheiratet", wandte ich ein. „Mr. Glass ist ein privater Ermittler, und ich bin seine Assistentin." Matt und ich hatten unsere Rollen in der Kutsche besprochen und uns entschieden, dass ein förmlicher Ansatz in diesem Fall besser funktionieren würde, wenn man all die Fragen bedachte, die wir hatten.

„Partnerin", korrigierte mich Matt, der sich von den Kuriositäten löste. „Miss Steele ist meine Partnerin, nicht meine Assistentin. Sie wurde erst kürzlich befördert und hat sich noch nicht daran gewöhnt."

Mr. Pitt wirkte ebenso überrascht, wie ich mich fühlte, obwohl ich versuchte, eine freundlich professionelle Fassung zu wahren. „Ermittler?", fragte Mr. Pitt. „Hat das etwas mit Jonathons Tod zu tun?"

„Dem Tod von Dr. Hale, ja", bestätigte Matt.

„Ich habe bereits mit der Polizei gesprochen. Ich habe dem nichts mehr hinzuzufügen."

„Vielleicht haben wir andere Fragen", fuhr Matt unbeirrt fort.

Pitt widmete sich wieder dem Auspacken leerer Gefäße aus einer Holzkiste auf dem Tresen. „Arbeiten Sie für die Gilde?"

„Welche Gilde?"

„Die Drogistengilde. Welche denn sonst?"

„Ich frage nur nach, damit wir eine gemeinsame Sprache sprechen, Mr. Pitt." Matts Stimme war erfüllt von Geduld und Höflichkeit, und Mr. Pitt wirkte ein wenig beschämt über seinen streitlustigen Tonfall. „Wir arbeiten nicht für die Gilde", fuhr Matt fort. „Unser Auftraggeber will jedoch anonym bleiben."

Er hielt in seiner Arbeit inne. „Anonym? Weshalb?"

„Es ist jemand, der ein Interesse daran hat, dass der Gerechtigkeit Genüge getan wird. Jemand, der kein Vertrauen auf Scotland Yard hat."

„Ich verstehe", sagte Mr. Pitt vorsichtig. „Das ist wirklich faszinierend, Mister Glass, und solange Ihr Auftraggeber nicht die Gilde ist, werde ich mein Bestes geben, Ihre Fragen zu beantworten."

Weshalb gefiel es ihm nicht, wenn die Gilde Nachforschungen anstellte?

„Wissen Sie, wer Dr. Hales Erben sind?", fragte Matt.

„Wie es der Zufall so will, ja." Er lächelte uns ohne große Begeisterung humorlos an. „Das bin ich."

„Sie?", sprudelte es aus mir heraus. „Hatte er denn keine Familie?"

Mr. Pitt schüttelte den Kopf „Nicht einmal entfernte Verwandte."

„Sie standen sich nahe?"

„Eigentlich nicht, obwohl er ab und zu in meinem Haus zu Abend aß. Er tat meiner Frau leid, verstehen Sie, und sie bat ihn, sich einmal in der Woche zu uns zu gesellen. Sie dachte, er wäre einsam, obwohl ich das nicht glaube. Ihm war es einfach nicht wichtig, Freunde zu finden, und er hat nie geheiratet. Er hat nie irgendein Interesse gezeigt. Jonathon war ... seltsam. Es war nicht so, dass ihn niemand mochte; es wurde nur einfach niemand warm mit ihm. Ich war für ihn das, was einem Freund am nächsten kam, darum nehme ich an, hat er alles mir überlassen." Er hob einen Finger. „Das hat er mir zumindest gesagt, als er vor drei Jahren sein Testament niederschrieb. Es ist durchaus möglich, dass er seither ein weiteres verfasst hat und sein Vermögen jemand anderem gab. Ich werde es morgen herausfinden, dann wird im Bureau seines Anwalts das Testament verlesen. Meine Anwesenheit wurde erbeten."

Er klang recht nüchtern, ohne einen Hauch Gram über Hales Tod. Wenn es wirklich so war, dass dieser Mann einem Freund am nächsten kam, war das ziemlich traurig.

„Ehe nun Ihr Ermittlerhirn anfängt, mir den Mord in die Schuhe zu schieben", sagte Mr. Pitt, „darf ich Sie darauf hinweisen, dass ich an jenem Tag nicht einmal in der Nähe des Krankenhauses war. Ich bin auch bereits wohlhabend, durch den Erfolg meines Allheilmittel." Er nickte in Richtung der Pyramide. „Ich brauche Jonathons Geld nicht."

„*Ihrem* Allheilmittel?" Matt schnappte sich ein Gefäß von

ganz oben und inspizierte es betont. „Auf dem Etikett steht Dr. Hales Name."

Mr. Pitt blähte die Nasenflügel. Er lächelte Matt kühl an. „Ich habe es erfunden und ihn darum gebeten, dafür seinen Namen herzugeben. Dr. Hales Allheilmittel klingt besser als Pitts Allheilmittel. Hale klingt doch fast wie heil. Pitt dagegen hat keinen schönen Klang."

„Ganz zu schweigen davon, dass es so scheint, als hätte ein Arzt die Wirksamkeit bestätigt", sagte Matt.

„Ein Arzt *hat* sie bestätigt. Ich erkenne an Ihrem Akzent, dass Sie kein Engländer sind, Mr. Glass, aber ich kann Ihnen versichern, mein Allheilmittel hat hier einen exzellenten Ruf. Haben Sie es schon benutzt, Miss Steele?"

„Habe ich", sagte ich. „Ich fand, es war sehr zuträglich für alle möglichen Beschwerden." Vielleicht war das ein wenig zu dick aufgetragen, aber es brachte Mr. Pitt auf jeden Fall zum Lächeln. Ich wollte ihn lieber durch ein wenig Schmeichelei auf unsere Seite ziehen, als gar nicht.

„Hervorragend. Es freut mich sehr, das zu hören. Meine Frau schwört darauf. Sie sagt, es beruhigt Kinder, die nicht schlafen können, wenn sie Schmerzen haben, und es wirkt Wunder auf die Beschwerden, an denen das schönere Geschlecht leidet."

„Durchaus", erwiderte ich knapp.

„Also, sehen Sie, Jonathons Tod bereitet meinem Geschäft Probleme." Er warf einen Blick auf die Uhr und schüttelte den Kopf. Ich wollte gerade erwähnen, dass sie nachging, als er sagte: „Es ist schon mitten am Vormittag, und ich hatte noch keinen einzigen Kunden. Sie bleiben draußen vor der Tür stehen und gaffen und flüstern, dann gehen Sie weiter, ohne hereinzukommen. Ich werde dem Mörder den Hals umdrehen, wenn ich ihn finde. Er ruiniert mich."

Dr. Hale hatte er mehr als nur ruiniert, aber das sprach ich nicht aus.

„Liegt das daran, dass die Zeitungen geschrieben haben, dass das Gift in einem Fläschchen Allheilmittel war?", fragte Matt.

Mr. Pitt nickte. „Verdammt unverantwortlich von denen, wenn Sie mich fragen, und wirklich unnötig."

Eine Kundin wirkte, als wolle sie eintreten, aber ihre Begleiterin schüttelte den Kopf, deutete auf die Fläschchen auf dem Tresen und sagte etwas, das die Dame aufkeuchen ließ. Sie gingen eilig weiter.

„Ich werde diesen Rückschlag verkraften", sagte Mr. Pitt, der dabei einem General ähnelte, der sich an seine Truppen wandte. „Ich werde den Namen ändern, wenn es sein muss, obwohl es teuer wird, alles neu zu etikettieren."

„Ganz zu schweigen von der Schande", sagte ich. „Über das Andenken von Dr. Hale, meine ich."

„Natürlich."

„Hatte Dr. Hale irgendwelche Feinde?", fragte Matt. „Jemanden, der seinen Tod wollte?"

„Vielleicht", druckste er herum. „Ich erzähle Ihnen das nicht gerne, aber ich weiß, dass ich es tun muss. Ich habe es bereits der Polizei erzählt. Jonathon erwähnte einen Vorfall, der sich vor zwei Wochen ereignete. Ein Mann hat ihn bedroht, verstehen Sie. Jemand, mit dem wir beide bekannt sind, ein Drogist. Sein Name lautet Oakshot. Er war der Ehemann einer Patientin von Jonathon, die leider verstarb. Er warf Jonathon vor, ihr zu viel Morphium verabreicht zu haben. Sie war sehr zierlich, und Morphium ist gefährlich, wenn man es einem bereits kranken Patienten in der falschen Dosis verabreicht. Man muss vorsichtig sein."

„Weshalb hatte Oakshot den Verdacht, dass Dr. Hale ihr eine Überdosis verabreicht hat?", fragte Matt.

„Jonathon glaubt – glaubte –, einer der anderen Ärzte hätte Oakshot das in den Kopf gesetzt. Die anderen Ärzte im Krankenhaus hatten etwas gegen ihn, seit er dort angestellt wurde. Ärzte und Chirurgen blicken auf Drogisten herab, verstehen Sie. Sie betrachten uns als unwesentlich bessere Kräuterkundler." Er verdrehte die Augen.

„Aber Dr. Hale war als Arzt qualifiziert", sagte ich.

„In der Tat. Er ging nach Oxford und schloss seine medizinische Ausbildung am St. George's Hospital ab. Aber sein Hintergrund als Drogist war den anderen zuwider. Er schaffte es nie, seine Vergangenheit ganz abschütteln. Es hat ihn jedoch nie bekümmert. Zur Meinung der anderen hatte er ein zwiespältiges Verhältnis, bis Oakshot ihm vorwarf, seine Frau getötet zu haben. Das hat Jonathan zutiefst getroffen." Er nahm ein Tuch und fing langsam an, den Tresen zu polieren, obwohl die Oberfläche bereits glänzte.

„Vergeben Sie mir, Mr. Pitt", sagte ich, „aber ich muss fragen. *Hat* Dr. Hale Mrs. Oakshot eine Überdosis Morphium verabreicht? Hat es ihn deswegen so getroffen? Weil er sich schuldig fühlte?"

Mr. Pitt hielt mit dem Polieren inne. „Jonathon hat das zwar nicht vor mir zugegeben, aber ich glaube, Sie könnten Recht haben. Es war unmöglich zu beweisen oder das Gegenteil nachzuweisen, aber er wirkte auf jeden Fall, als würde er an sich zweifeln, nachdem Oakshot ihm den Vorwurf gemacht hatte."

„Was hat das Krankenhaus getan?", fragte Matt.

„Nichts, soweit ich weiß."

„Besitzt Mr. Oakshot ein Geschäft?"

„Er stellt Arzneimittel her, hat aber selbst keine Verkaufsstelle. Seine Waren werden an viele Apotheken in ganz England geliefert." Er deutete auf die Regalbretter rechts von uns, auf denen sich Gefäße reihten. „Viele davon sind von Oakshot's hergestellt."

„Hat er ein eigenes Allheilmittel?", fragte Matt.

Ich runzelte die Stirn. Wollte er andeuten, dass Oakshots Motiv für den Mord an Dr. Hale aus zwei Teilen bestand – Rache für den Tod seiner Frau *und* ein ausradierter Geschäftsrivale, dessen Name Pate für das Etikett einer anderen Arznei stand?

„Natürlich. Jeder Drogist, der etwas auf sich hält, hat sein eigenes Allheilmittel."

„Was für einen Ruf hat Oakshot in Ihrem Geschäftsbereich?", fragte Matt.

„Einen hervorragenden. Er ist der größte Hersteller von Arzneimitteln in London, mit einem Ruf, auf den wir übrigen neidisch sind. Sie können es selbst sehen, wenn Sie möchten. Seine Fabrik befindet sich in Hackney Wick."

Matt trat an den Tresen. „Ein Ruf, der ihm Neid einbringt? Meinen Sie, dass seine Arzneimittel besonders gut wirken?"

Ich trat ebenfalls an den Tresen, wollte unbedingt Mr. Pitts Reaktion mitbekommen.

Er warf uns abwechselnd einen Blick zu und räusperte sich. „Was wollen Sie andeuten, Mr. Glass?"

Matt drückte die Handflächen auf dem Tresen. „Sind Oakshots Heilmittel ebenso gut wie Dr. Hales?"

Mr. Pitt lehnte sich zurück. Er warf noch einen Blick an mir vorbei auf die Tür, dann beugte er sich vor. „Fragen Sie, was ich glaube, dass Sie fragen?", sagte er mit leiser Stimme.

„Ist Mr. Oakshot ein magischer Drogist wie Dr. Hale?", drängte Matt.

Mr. Pitt schnappte zwischen geschlossenen Zähnen nach Luft. „W…woher wissen Sie das? *Was* wissen Sie?"

„Wir wissen, dass Dr. Hale seine Medikamente mit Magie anreichern konnte, aber die Magie hat nicht lange gehalten", mischte ich mich ein. „Das hat er uns gegenüber zugegeben, als wir mit ihm gesprochen haben, nachdem der Zeitungsartikel in der *Weekly Gazette* erschienen war."

„Er hat das vor Ihnen zugegeben?", entfuhr es ihm. „War er wahnsinnig?"

„Er hat uns vertraut", sagte ich.

Matt warf mir einen finsteren Blick zu und schüttelte kaum wahrnehmbar den Kopf.

„Wir wissen über Magie Bescheid, verstehen Sie", sagte ich. „Dieser Artikel hat uns zu ihm geführt." Es war die einzige Antwort, die mir einfallen wollte, die nichts über meine Magie verriet.

Mr. Pitt presste die Lippen aufeinander. „Ich hatte befürchtet, es würde jedem als Hinweisschild dienen, der hinter Magiern her ist. Jonathon war das egal. Er war glücklich." Mr. Pitt schüttelte den Kopf. „Dieser Narr. Ich habe ihn gewarnt, dass das eine schlechte Idee ist, dass Leute, die Magie fürchten, ihn aufsuchen könnten, aber er wollte nicht hören."

„Wir gehören nicht zu diesen Leuten", versicherte ich ihm. „Wir haben ein Interesse an Magie, aber das liegt nur darin, dass wir mehr darüber erfahren wollen. Wir sind neugierig."

„Ein großer Teil unserer Arbeit hat auf die eine oder andere Weise mit Magie zu tun", sagte Matt. „Wir denken darüber nach, es zu einer Spezialität unserer Agentur zu machen."

Ich blinzelte ihn an. Er klang aufrichtig. Allerdings hatte er sich auch schon öfter als erstaunlicher Schauspieler erwiesen.

„Und Sie haben in diesem Artikel über Jonathon gelesen." Mr. Pitt schüttelte den Kopf. „Dieser Reporter muss sich für eine Menge verantworten. Sein Bericht war unverantwortlich. Haben Sie mit ihm gesprochen?"

Matt nickte. „Wissen Sie von jemandem, der Hale angreifen würde, weil er magisch war?"

Mr. Pitt seufzte. „Andere Drogisten vielleicht, aus Neid. Auch die Gildenmitglieder, aus demselben Grund. Die Gilden mögen nämlich keine Magier. Sie fürchten, es würde die talentfreien Mitglieder aus dem Geschäft treiben."

„Talentfreie?", fragte ich müßig.

„Ein Wort, das Jonathon für jene ohne Magie gebrauchte."

„Warum sollte sich die Gilde Sorgen über Dr. Hale machen, wenn er nicht als Drogist praktizierte?", fragte Matt. „Er war für sie keine Bedrohung."

„Ich weiß es nicht, Mr. Glass. Einige von ihnen hegen irrationale Ängste, verstehen Sie, und glauben, dass jeder gute Drogist magisch ist. Oakshot selbst wurde auch schon von ihnen aufgesucht."

„Glauben Sie, dass er ein Magier ist?"

Mr. Pitt zuckte mit einer Schulter.

„Sind Sie schon mit der Gilde aneinandergeraten, Mr. Pitt?", fragte ich.

Er deutete auf die Pyramide aus Allheilmittel. „Es rumorte ein wenig, als wir es zum Verkauf freigaben, und Jonathon und ich wurden vom Gildemeister befragt. Doch das führte zu nichts. Jonathon setzte seine Magie darin nicht ein. Er sagte, das wäre recht nutzlos, da sie nicht von Dauer war."

„Sie kann wochenlang anhalten", sagte ich. „Womöglich sogar Monate."

„Das haben wir zumindest gehört", ergänzte Matt rasch. „Aber Miss Steele hat recht. Wenn Hale Ihr Allheilmittel mit Magie angereichert hätte, könnte es anschließend kurzzeitig wirken. Das könnte vielleicht ausreichen, um ihm den Ruf eines Wunderheilmittel zu verschaffen."

„Ich sehe, worauf Sie hinaus wollen, aber in Ihrer Theorie ist ein Fehler. Jonathon gibt einfach nur seinen Namen dafür her. Er hat es nicht hergestellt. Das war ich. Allein."

Das Schweigen, das darauf folgte, wog immer schwerer. Unsere unausgesprochenen Fragen hingen schwebend in der Luft wie jene Kuriositäten in ihren mit Flüssigkeit befüllten Gefäßen.

„Nein, ich bin *nicht* magisch", sagte er schließlich. Er richtete seinen Blick erst auf Matt und dann auf mich.

Mir wurde klar, dass ich eine Möglichkeit hatte, herauszufinden, ob er die Wahrheit sagte oder nicht. Ich nahm ein Fläschchen des Allheilmittels von der Pyramide, öffnete es und roch daran. Keine Wärme. Ich machte es noch bei ein paar anderen Fläschchen, nahm zufällig welche von den Regalen und tat so, als würde ich daran riechen, während ich tatsächlich versuchte, magische Wärme aufzuspüren. Mr. Pitt beobachtete mich eine Weile, dann tat er meine Handlungen wohl als harmlos ab. Er wandte sich wieder an Matt.

„Was mich beunruhigt", sagte Mr. Pitt, „ist die Frage, wie das Gift überhaupt erst in Jonathons Allheilmittel gelangte?"

„Eine gute Frage", sagte Matt. „Die Sache ist die, Dr. Hale hat keines der Symptome gezeigt, die ein bekanntes Gift hervorruft. Es war außerdem farb- und geruchlos."

„Das ist ungewöhnlich. Sind Sie sicher?"

Matt nickte. „Wir glauben, in das Fläschchen wurde ein magisches Gift hineingegeben."

Mr. Pitts ohnehin schon blasses Gesicht wurde noch weißer. Blaue Adern stachen auf seiner Stirn und an der Kehle hervor, und sein Mund bewegt sich, aber ein paar Sekunden lang kamen keine Worte heraus. „Woher wissen Sie das?", murmelte er.

„Wir haben unsere Methoden", sagte Matt.

Mr. Pitt schüttelte den Kopf. „Nein, das glaube ich nicht. Er würde sich nicht umbringen."

„Das haben wir nicht angedeutet", sagte ich.

Mr. Pitt wandte sich ruckartig mir zu.

„Die Frage ist", sagte Matt, „kennen Sie irgendwelche anderen Drogistenmagier?"

„Das glauben Sie also?" Mr. Pitt knüllte das Tuch, das er noch in der Hand hielt, zusammen und wischte den Tresen in einem langsamen Bogen ab. Er ließ sich Zeit mit seiner Antwort. „Ich habe meine Verdachtsmomente, aber ich bin mir nicht sicher. Und nein, ich werde den Mann, den ich verdächtige, nicht beim Namen nennen. Das wäre nicht gerecht.“

„Wir wollen ihm nicht schaden“, sagte Matt. „Wir wollen ihn nur befragen.“

„Ich kann es nicht. Es tut mir leid. Wenn die Gilde davon Wind bekommt, werden sie ihn verfolgen. Er könnte seine Lizenz verlieren, und der Mann hat Kinder, um die er sich kümmern muss.“

Nicht Kinder *und* eine Frau? Hatte er diese Kleinigkeit vielleicht weggelassen, weil der Mann inzwischen Witwer war? Wie Mr. Oakshot?

„Haben Sie noch weitere Fragen?“, wollte Mr. Pitt wissen.

„Nur eine“, sagte Matt. „Der Reporter von der *Weekly Gazette* hat uns erzählt, dass Dr. Hale mit ihm freiheraus über seine Magie gesprochen hat. Wenn er Angst vor der Gilde hatte, weshalb sollte er das tun?“

„Das ist doch das Problem. Jonathon fürchtete die Gilde nicht, denn er war kein praktizierender Drogist – und außerdem ein Narr. Ihm wurde von diesem Reporter völlig der Kopf verdreht. Verdammt unverantwortlich, bitte entschuldigen Sie meine Ausdrucksweise, Miss Steele.“

„Ich verstehe nicht ganz“, sagte ich und gab es auf, magische Wärme entdecken zu wollen. „Was meinen Sie damit, ‚ihm völlig den Kopf verdreht‘?“

„Dieser Reporter hatte die großartige Vorstellung, dass Magier und Talentfreie in Frieden zusammenleben könnten, ohne Angst oder Neid. Ich wollte ihn vom Gegenteil überzeugen, aber Jonathon wollte nicht auf mich hören. Der Reporter hat ihm die Ohren vollgequatscht, hat ihm erzählt, wie wunderbar das Leben sein könnte, wenn sich nur alle vertragen würden.“ Er schnalzte mit der Zunge. „Dieser Kerl sollte sich dafür schämen, Aufmerksamkeit auf die Magie zu lenken. Wer weiß, vielleicht hat er Jonathons Tod herbeigeführt, indem er diesen Artikel über sein ‚medizinisches Wunder‘ geschrieben hat.“

Ich prallte zurück. „Man kann doch nicht dem Opfer vorwerfen, dass es ermordet wurde. Es ist voll und ganz die Schuld des Mörders."

„Ich werfe es nicht dem Opfer vor, Miss Steele. Ich werfe es diesem Reporter vor. Die Magier, über die er schreibt, sind die Opfer, nicht er."

Ich zügelte meine schlechte Laune, nicht ganz sicher, warum ich so wütend war. Oscar Barratt hatte edle Absichten. Absichten, die er nun beiseite stellen musste, bis der Mörder gefasst wurde. Auf gewisse Weise *war* er ein Opfer.

„Vielen Dank, Mr. Pitt", sagte Matt. „Wir kaufen ein Fläschchen Allheilmittel, dann lassen wir Sie zufrieden. Die Vorräte meiner Haushälterin gehen zuneige."

Ich kehrte zu der Uhr zurück, während Mr. Pitt Matt ein Fläschchen einpackte. Ich öffnete das Glasgehäuse und stellte den Minutenzeiger richtig.

„Vielen Dank, Miss Steele", sagte Mr. Pitt, der vom Verpacken aufschaute. „Ich muss sie jeden Tag nachstellen, aber heute Morgen habe ich es vergessen, wegen all der Zeitungsberichte über Jonathons Tod, die ich lesen musste."

„Jeden Tag?", fragte ich. „Man muss sie wohl reparieren. Soll ich einmal nachsehen?"

„Sie kennen sich mit Uhren aus?"

„Mein Vater hatte früher ein Geschäft."

„Dafür haben wir keine Zeit." Matt schnappte sich die eingepackte Flasche vom Tresen, ehe Mr. Pitt sie ihm reichen konnte. „Vielen Dank, Mr. Pitt. Sie waren uns eine große Hilfe." Er hielt mir die Tür auf und wartete mit hochgezogenen Augenbrauen.

Ich seufzte, warf einen Blick auf das Uhrengehäuse und verließ den Laden. „Es hätte nicht lange gedauert", erklärte ich ihm, als ich an ihm vorbeiging.

Matt hielt die Tür weiter für einen Gentleman mit einem Gehstock mit silberner Spitze auf. Seine Kutsche wartete hinter unserer.

„Guten Morgen, mein Lord", begrüßte ihn Mr. Pitt.

Ich freute mich, zu sehen, dass Mr. Pitt nicht alle Kunden verloren hatte. Oder vielleicht hatte der Lord die Zeitung einfach noch nicht gelesen.

Ich stieg in die Kutsche, während Matt Bryce die Adresse von

Mr. Oakshots Fabrik gab, dann nahm er mir gegenüber Platz. Er betrachtete mich mit einem leichten Stirnrunzeln. „Du fühlst dich gezwungen, Uhren und Taschenuhren zu reparieren, oder?"

„Ich sehe es nicht gern, wenn die Zeit bei ihnen zu langsam läuft, falls du das meinst."

„Du *musst* sie reparieren, mit ihnen Umgang haben."

„Willst du mir wieder meine Taschenuhr wegnehmen und alle anderen Uhren umdrehen?" Ich packte meinen Pompadour fester. „Beim ersten Mal war es auf gewisse Weise amüsant, aber du hast dein Argument untermauert. Es besteht kein Bedarf, das zu wiederholen."

Er lächelte schief. „Nein, India, das werde ich nicht."

Trotzdem ließ ich nicht locker. „Was hältst du von Pitt?"

„Intelligent, vorsichtig, vielleicht sagt er uns nicht die ganze Wahrheit", erklärte er.

„Weshalb glaubst du das?"

„Er hatte geschmeidige Antworten auf jede Frage."

Ein Lachen stieg meine Kehle empor. „O Matt, wenn das sein Verbrechen wäre, würde man dich jeden Tag einsperren. Du bist der geschmeidigste Mann, dem ich je begegnet bin."

„Ich bin völlig aufrichtig", widersprach er.

„Wenn man schnelle, geschmeidige Antworten auf alles hat, wird man dadurch nicht *unaufrichtig*. Dasselbe gilt für Mr. Pitt. Ich glaube, du irrst dich, was ihn betrifft. Ich glaube, er ist einfach nicht sonderlich getroffen von Dr. Hales Tod, aber ich denke nicht, dass er daran beteiligt war. Ich glaube ihm, wenn er sagt, dass er nicht magisch ist. Ich habe nicht die geringste Wärme in einem seiner Arzneimittel entdeckt. Und außerdem hatte er durch Dr. Hales Tod mehr zu verlieren als zu gewinnen. Niemand wird sein Allheilmittel noch anfassen, jetzt, da die Zeitungen es gewissermaßen als Mordwaffe enthüllt haben. Er wird Verluste machen."

Matt nahm seinen Hut ab, fuhr sich mit der Hand durchs Haar und zerwühlte es. Kurzzeitig sah er überhaupt nicht mehr aus wie der Gentleman, als der er für gewöhnlich auftrat, sondern eher wie der Bandit, den die Familie seiner Mutter gern in ihm gesehen hätte. Aber dann glättete er sein Haar und setzte sich den Hut erneut auf den Kopf. Ich seufzte. Beide Versionen von Matt waren unbestreitbar umwerfend attraktiv, und für mich ein großes Tabu.

„Ich glaube, wir sollten bei der Drogistengilde vorbeischauen", sagte er. „Wir könnten dort etwas erfahren, allerdings vermutlich nicht durch direkte Fragen."

„Wir haben inzwischen eine ziemlich lange Liste von Leuten, die wir aufsuchen müssen. Vor morgen werden wir keine Zeit haben, wenn wir heute noch mit Dr. Wiley und Ritter sprechen wollen."

„Und ich muss mittags und am Abend nach Hause zurückkehren, um zu ruhen", stieß er hervor. „Ja, ich weiß. Es ist nicht nötig, mich daran zu erinnern."

„Das habe ich gar nicht. Sprich nicht so mit mir."

Er zuckte zusammen und rieb sich über die Stirn. „Tut mir leid, India. Du hast recht, und ich habe mich ohne Anlass beschwert. Ich bin in letzter Zeit nicht ganz bei mir."

Ich biss auf die Innenseite meiner Wange. „Mir tut es auch leid, Matt. Es gab keinen Anlass, dass ich dich so anfahre. Ich bin in letzter Zeit auch nicht ganz bei mir. Ich weiß nicht, warum."

* * *

Schwarzer Rauch bauschte sich über den Kaminen von Mr. Oakshots Fabrik auf und schloss sich den Schwaden an, die aus den umgebenden Fabriken ausgespuckt wurden, um Hackney Wick zu verhüllen. Auf dem kurzen Fußmarsch von unserer Kutsche zu dem roten Ziegelgebäude ließ sich Ruß auf unseren Kleidern nieder, und ich drückte mir gegen den Gestank der brennenden Kohle und Gott wusste, was noch, ein Taschentuch über die Nase.

Wir fanden Mr. Oakshot in einem Bureau im ersten Stock, wo er mit hinter dem Rücken verschränkten Händen vor einem großen Fenster stand, das den Blick auf die Fabrikhalle unterhalb freigab. Er drehte sich um, als Matt sich räusperte.

„Guten Morgen", sagte Matt und streckte eine Hand aus. „Mein Name ist Matthew Glass, und das ist meine Partnerin, Miss Steele."

Mr. Oakshot wirkte wie ein Mensch, der sich ausruhen

musste. Er war ungefähr vierzig, und wie bei Matt zerrte Erschöpfung an seinen Zügen. Seine Augen waren verdüstert und rot umrandet. Er schüttelte Matt fest die Hand. „Ihr Akzent klingt ein klein wenig amerikanisch", sagte er. „Wollen Sie etwa meine Arzneimittel in Ihrem Land vertreiben?"

„Eigentlich sind wir private Ermittler, die den Tod von Dr. Hale untersuchen."

Mr. Oakshot riss seine Hand zurück und ballte sie an seiner Seite zur Faust. „Raus hier!", brüllte er. „Ich will seinen Namen nicht hören."

„Wir werden nur einen Augenblick Ihrer Zeit beanspruchen", sagte Matt. „Wir haben einige Fragen, die wir gerne …"

Mr. Oakshot trat näher an Matt heran, bis sie Zehenspitze an Zehenspitze standen, und fletschte die Zähne. „Gehen. Sie. Mir. Aus. Den. Augen."

„Aber …"

Mr. Oakshot packte Matt an den Jackenaufschlägen und schwang eine Faust.

KAPITEL 6

Matt wehrte Mr. Oakshots Faust mit dem Unterarm ab. Mr. Oakshot schlug erneut zu, und Matt erwischte ihn am Handgelenk.

„Nicht vor Miss Steele", sagte Matt sehr viel ruhiger, als ich mich fühlte.

Mr. Oakshot entzog sich Matts Griff und richtete seine Weste und seine Krawatte. Er versuchte nicht, noch einmal zuzuschlagen, aber Matts Haltung blieb angespannt, bereit für einen Kampf.

„Es tut uns sehr leid, vom Tod Ihrer Frau zu hören", sagte ich, während mir das Herz gegen die Rippen hämmerte. Mr. Oakshot wandte sich mir zu, der Blick aus seinen dunklen, haselnussbraunen Augen bohrte sich in meinen, forderte mich heraus. „Sie haben unser aufrichtiges Beileid. Wir haben erfahren, dass Dr. Hale glaubte, Ihrer Frau womöglich eine Überdosis Morphium verabreicht zu haben."

Bei meinem mitfühlenden Tonfall schwand der wilde Ausdruck aus seinen Augen. Er holte tief und bebend Luft. „Hale glaubte das, ja? Das ist nicht das, was er mir gesagt hat." Er wandte sich zurück zum Fenster, die Schultern in sich zusammengesunken, die Hände locker an den Seiten. Er war das Abbild eines entmutigten, geschlagenen Mannes.

Matt nickte mir zu, drängte mich dazu, fortzufahren. Ich

stellte mich neben Mr. Oakshot ans Fenster. Unter uns feuerten Arbeiter in Kitteln Brennöfen an, die große, mit Flüssigkeit gefüllte Kessel erhitzten. Dampf stieg in Schwaden auf und wirbelte zwischen die Dachbalken. Die Fabrikarbeiter wischen sich den Schweiß von der Stirn, während sie in den Kesseln rührten und Zutaten hineinschütteten. Am anderen Ende füllten Männer an einem langen Tisch Flaschen ab, und zwei andere klebten Etiketten auf die Flaschen, ehe sie sie in Kisten packten. Es war eine umtriebige Fabrik.

„Erzählen Sie uns, was an jenem Tag im Krankenhaus geschah?", bat ich.

Mr. Oakshot verschränkte die Arme und ließ sie auf seinem Bäuchlein ruhen. „Sie war schon einige Zeit krank gewesen. Ein Tumor im Magen, sagten die Ärzte. Sie konnten sie nicht heilen. Meine Medikamente …" Seine Stimme brach für einen Moment. „Meine Medikamente konnten sie auch nicht heilen, nur kurzzeitig ihren Schmerz lindern. An jenem Tag fühlte sie sich elend – jenem Tag, an dem sie starb. Sie schlief kaum, wegen der Schmerzen, und sie konnte nichts bei sich behalten. Ich brachte sie ins Krankenhaus, und Hale versicherte mir, dass er sich um sie kümmern würde. Es war an jenem Tag sehr viel los. Es kamen viele Patienten herein, und es gab nicht genug Mitarbeiter. Sie erlaubten mir nicht, dass ich bei meiner Frau blieb, darum ging ich spazieren. Als ich zurückkam …" Er räusperte sich. „Als ich zurückkam, war sie verstorben." Er neigte den Kopf und schloss die Augen.

Ich berührte ihn am Arm. „Wer hat Ihnen gesagt, dass Dr. Hale womöglich einen Fehler mit der Morphiumdosis gemacht hat?"

Er nahm ein Taschentuch aus seiner Tasche und wischte sich die Nase ab. „Der Arzt, der die Verantwortung hatte."

„Dr. Ritter?"

Er nickte. „Er hat es nicht direkt zugegeben. Er sagte nur, dass Hale mit den Gedanken nicht ganz bei der Sache gewesen war, dass er an diesem Tag viele Patienten zu versorgen gehabt hatte, und dass ihm schon einmal derselbe Fehler unterlaufen war, obwohl jener Patient überlebt hatte. Er sagte, Hale hätte im Vergleich zu den anderen Ärzten nur eine beschränkte Erfahrung, und dass er – Ritter – mit ihm reden würde, um der Sache auf den Grund zu gehen."

„Wissen Sie, ob er das getan hat?"

„Das habe ich nie herausgefunden. Ich ging selbst in Hales Bureau und sagte ihm, was ich von ihm hielt. Damals wollte mich niemand aufhalten, aber sie kamen, als sie das Geschrei hörten." Er starrte auf den Fabrikboden hinab, und sein Körper entspannte sich ein wenig. Die geschäftigen Abläufe schienen ihn zu trösten, das Füllen der Kessel und das Verpacken der Flaschen in Kisten. Vermutlich hatte er jahrelang jeden Tag auf diese Szenerie hinabgeschaut.

„Ich bedaure es nicht", fuhr er fort. „Auch wenn er jetzt tot ist, und man von den Toten nicht schlecht reden sollte, bedaure ich es nicht, dass ich ihn zur Rede gestellt habe."

Ich warf einen Blick auf Matt, um zu sehen, ob er die weitere Befragung übernehmen wollte, doch er schüttelte leicht den Kopf, was ich so auffasste, dass er wollte, dass ich fortfuhr. „Sie kannten Dr. Hale persönlich, da er ein Drogist war, ehe er Arzt wurde", sagte ich.

Mr. Oakshot nickte. „Er war ein guter Drogist. Als er das alles aufgab, um Arzt zu werden, war ich überrascht."

„Wie gut war er?"

Sein Rücken versteifte sich. „Einer der besten in London. Warum?"

„Es gehen seltsame Gerüchte über ihn um."

„Was für Gerüchte?"

„Der Reporter, der über das medizinische Wunder berichtete, deutete an, er wäre ein Magier."

Mr. Oakshots Augen leuchteten kurz auf, und sein Blick huschte zu Matt und dann zurück zu mir. Er schluckte schwer. „Sie haben zu viele Märchen gelesen, Miss Steele. So etwas wie Magie gibt es nicht. Jene Gerüchte sind das Produkt umtriebiger Menschen, die mehr Zeitungen verkaufen wollen."

„Sie glauben, der Reporter hätte das erfunden?"

„Was für eine andere Erklärung gibt es denn für so einen Unsinn? Dr. Hale war ein großartiger Drogist, der sein Geschäft aufgab, um Arzt zu werden. Wie mich machten ihn harte Arbeit und ein Talent für Chemie gut. Es gibt kein Geheimnis für den Erfolg, Miss Steele. Keine Magie."

„Danke, dass Sie das bestätigen", sagte ich. Es war nicht sinnvoll, ihn weiter zu bedrängen. Anders als Mr. Pitt wollte Mr. Oakshot die Existenz von Magie vor uns nicht zugeben. „Sind Sie ein aktives Mitglied der Drogistengilde?", fragte ich stattdessen.

„Ich bin in der Assistentenkammer."

Die Assistentenkammer war das Allerheiligste jeder Gilde. Ihre Mitglieder verliehen Auszeichnungen, teilten gebrechlichen Mitgliedern oder Witwen Pensionen zu und regelten die Finanzen und Mitgliedschaften der Gilde. Falls jemand in der Drogistengilde wusste, dass Dr. Hale ein Magier war, dann wusste es Mr. Oakshot vermutlich auch. Ich war mir sicher, dass es jemand in der Gilde wusste – oder zumindest argwöhnte.

Seine hohe Stellung in der Gilde entschied die Sache für mich – ich würde ihm nicht verraten, dass ich magisch war, oder dass wir wussten, dass Dr. Hale von einem mit Magie angereicherten Arzneimittel vergiftet worden war. Das Risiko war zu groß.

Aber was war mit Mr. Oakshot selbst? War er ein Magier, wie Mr. Pitt nahelegte, und hatte es geschafft, es vor den anderen Gildenmitgliedern geheim zu halten?

Ich sah mich im Bureau um. Gläser und Karaffen standen auf einem Buffet, und in einem hohen Bücherregal waren Bücher über Kräuter, nicht Arzneimittel, wie in Pitts Apothekenladen. Etwas, das wie ein Rezeptbuch aussah, lag offen auf dem Schreibtisch, daneben Mörser und Stößel, und ein Haufen dunkelrote Beeren, Samenkörner und Wurzeln in einer Schale. Ich zählte nur fünf Fläschchen und drei Töpfchen auf dem Schreibtisch, alle mit den charakteristischen Oakshot-Etiketten, die einen belaubten Eichenbaum zeigten. Weshalb bewahrte er sie hier drin auf und nicht unten in der Fabrik? Hatte er auf ihren Inhalt Zauber gewirkt? Oder auf einige der Rohzutaten?

„Darf ich?", fragte ich, während ich mir ein Fläschchen Magenbitter griff und den Korkverschluss abnahm. „Wacholder?"

„Unter anderem." Er schloss das Rezeptbuch und warf einen Blick auf Matt hinter mir.

Ich steckte den Verschluss wieder auf die Flasche und nahm eine weitere Flasche, um auch daran zu riechen. Wie bei der ersten spürte ich auch hier keine magische Wärme.

Mr. Oakshot beobachtete mich genau und furchte die Stirn. Er sah aus, als würde er mich gleich fragen, was ich da tat, als ich nach der dritten Flasche griff, doch Matt lenkte ihn ab.

„Gehen Sie ab und zu auch selbst in die Fabrik?", fragte Matt.

„Hin und wieder, aber meine Anwesenheit ist zum größten Teil unnötig", erklärte Mr. Oakshot. „Mein Vorarbeiter hat die Aufsicht über die Arbeit. Ich bleibe hier oben, kümmere mich um die Bestellungen und stelle außerdem von Zeit zu Zeit neue Arzneimittel her."

„Sie mischen immer noch mit, selbst nachdem Sie dieses Imperium aufgebaut haben?" Matt deutete auf das Fenster und die Fabrik darunter.

„Es ist vielleicht ein Imperium in England, Mr. Glass, aber ich habe noch nicht den Rest der Welt erobert. Meine Frau und ich hatten vor, eine Fabrik auf dem Kontinent einzurichten." Er fuhr mit den Fingern über die polierte Holzfläche seines Schreibtisches. „All das ist jetzt zum Stillstand gekommen. Es kommt vielleicht niemals dazu."

„Warum nicht? Sie sind noch jung, und denken Sie daran, was Sie Ihren Kindern hinterlassen würden."

Mr. Oakshot seufzte. „Ich habe im Augenblick einfach nicht die Energie."

„Vielleicht eines Tages."

„Vielleicht."

Ich nahm das letzte Töpfchen und roch betont an der grau gefärbten Salbe darin. Sie war nicht warm.

„Ich muss Ihnen eine weitere Frage über Dr. Hale stellen", sagte Matt leise. Er wartete, bis Mr. Oakshot nickte, ehe er fortfuhr. „Wo waren Sie an dem Tag, an dem er starb?"

„Das habe ich bereits der Polizei erzählt", sagte Mr. Oakshot. „Ich war hier. Mein Vorarbeiter kann sich für mich verbürgen."

„Den ganzen Tag lang?"

„Ich ging kurz nach draußen, um zu Hause nachzusehen, ob meine Kinder gut versorgt sind. Ich bin nicht einmal annähernd in die Nähe des Krankenhauses gekommen. Ich habe zu Hale gesagt, was ich sagen wollte, und wollte diesen Ort und ihn in Zukunft meiden."

„Wussten Sie, dass er vergiftet wurde?", fragte Matt.

„Ich habe es heute Morgen in der Zeitung gelesen. Das Gift war sehr wahrscheinlich in einer Flasche des Allheilmittels, das er in seinem Schreibtisch aufbewahrt." Er stieß ein humorloses Lachen aus. „Das finde ich besonders befriedigend."

„Weshalb?"

„Weil sein Allheilmittel sich viel besser verkaufte als meines, seit es auf den Markt kam. Von seinen enormen Verkäufen haben sowohl Hale als auch Pitt profitiert. Aber gerade heute sind die Bestellungen für mein Allheilmittel drastisch gestiegen. Ich gehe davon aus, dass diese Entwicklung sich fortsetzt, wenn Apotheken im ganzen Land bemerken, dass sie Dr. Hales Allheilmittel nicht mehr verkaufen können." Seine Augen leuchteten, und die Art, wie er die Lippen verzog, ließ mich erschaudern. „Wie ich sagte, es ist sehr befriedigend."

„Weil Sie glauben, dass es Vergeltung für den Tod Ihrer Frau ist", sagte Matt.

„Nicht nur. Dr. Hales Tod hat meinen Zorn auf ihn nahezu ausgelöscht. Die Befriedigung, von der ich spreche, ist nicht persönlich, sie ist geschäftlich. Mein Allheilmittel war die am besten verkaufte Medizin, bis seines auf den Markt kam. Ich habe seither versucht, mir wieder einen Anteil zu erarbeiten, aber bisher ohne Erfolg. Sein Allheilmittel wurde immer beliebter. Bis heute. Aber heute gewinne ich."

Die Bitterkeit in seinem Tonfall und der ebenso tief befriedigte Unterton waren kaum zu überhören. Er hatte jeden Grund, Dr. Hales Tod zu wollen, sowohl persönlich als auch beruflich. Er war gerade ganz oben auf meine Liste der Verdächtigen aufgestiegen.

Ich stellte den letzten Topf wieder auf den Schreibtisch. „Sie sagten *sein* Allheilmittel. Mr. Pitt behauptet, *er* hätte es hergestellt, und dass Dr. Hale ihm einfach nur seinen Namen verliehen hätte. Glauben Sie das nicht?"

Er setzte sich an seinen Schreibtisch und arrangierte alles betont neu. „Das kann ich nicht wissen. Die beiden blieben unter sich. Sie verrieten niemals jemandem, was in ihrem Allheilmittel war."

„Dr. Hale war kein Mitglied mehr bei der Drogistengilde", sagte Matt. „Ist Mr. Pitt ein aktives Mitglied?"

„Ja. Er kommt nur zum Saal, wenn es zwingend erforderlich ist. Er schließt sich uns nicht bei den Mahlzeiten oder Versammlungen an. Nun, wenn Sie keine weiteren Fragen haben, die unmittelbar mit Dr. Hales Tod zusammenhängen, möchte ich Sie bitten, zu gehen. Ich bin sehr beschäftigt."

„Vielen Dank", sagte Matt. „Sie waren uns eine große Hilfe."

Mr. Oakshot lehnte sich zurück und legte die Hände über dem Bauch aneinander. „Es tut mir leid wegen vorhin. Ich war … aufgeregt."

„Wir verstehen", sagte ich.

„Was werden Sie tun, wenn Sie herausfinden, wer ihn ermordet hat?"

„Es der Polizei sagen", erwiderte Matt.

„Ich hoffe, ich kann dem Mörder die Hand schütteln, ehe er gehenkt wird."

Ich eilte mit Matt hinaus, Mr. Oakshots makabre Worte hallten in meinen Ohren nach. „Ich weiß, dass er trauert, aber seine Reaktion auf Hales Tod hat etwas Finsteres", sagte ich, während Matt mir in die Kutsche half.

Er klappte den Tritt hoch und wies Bryce an, uns nach Hause zu fahren. „Wir sollten ihm Freiheiten zugestehen", sagte Matt, der sich mir gegenüber niederließ. „Es scheint, als hätte er seine Frau sehr geliebt. Ich glaube, ich wäre genauso wütend auf Hale, wenn seine Inkompetenz zum Tode von jemandem geführt hätte, der mir wichtig ist."

Ich beobachtete ihn genau, und er betrachtete mich im Gegenzug ausdruckslos, als wollte er mich auffordern, seine Ansicht anzugreifen. „Würdest du ihn denn töten?"

„Für seine Inkompetenz? Nein."

Aber würde Matt jemanden töten, der absichtlich jemanden ermordete, der ihm wichtig war? „Wenn Mr. Oakshot ein Magier ist, verbirgt er es sehr gut. In den Fläschchen auf seinem Schreibtisch war keine Wärme."

„Er kann durchaus andere Arzneimittel mit Magie angereichert haben. Einfach nur nicht diese", sagte er.

„Die Arbeiter unten in der Fabrik würden sich wundern, warum er Fläschchen mit nach oben in sein Bureau nimmt."

„Nicht, wenn er das macht, nachdem sie alle ihr Tagwerk beendet haben und gegangen sind."

Da hatte er recht, und ich pflichtete ihm mit einem Nicken bei. „Wir können ihn nicht ausschließen, aber ich kann mir nicht vorstellen, dass er Teil der Assistentenkammer wäre, wäre er magisch."

„Das könnte der perfekte Ort sein, um sich zu verstecken, direkt vor aller Augen. Ich habe das auch schon gemacht, mehrfach."

„Das hast du? Wie faszinierend. Erzähl mir davon."

Er lächelte. „Du scheinst sehr interessiert daran, etwas über meine Vergangenheit zu erfahren."

„Das liegt daran, dass du mir so wenig erzählt hast. Jede Einzelheit, die ich herausbringe, ist ein kleines Puzzleteil, das ich vorher noch nicht hatte."

„Also bin ich nun ein Puzzle."

„Das warst du doch schon immer, Matt, und das weißt du auch."

Er legte den Kopf zurück und lachte. „Und ich dachte, du hättest mich durchschaut. Du scheinst meistens zu erraten, was ich denke. Also, was willst du denn wissen?"

„Erzähl mir erst einmal davon, wie du es schaffst, dich vor aller Augen zu verbergen. War das, als du ein Gesetzloser in der Bande deines Großvaters warst, oder nachdem du gegangen bist und angefangen hast, auf der Seite des Gesetzes zu arbeiten?"

„Beides. Es gibt nicht viel zu erzählen. Als die Gesetzeshüter kamen, um nach uns zu suchen, gab ich vor, ein unschuldiger Passant zu sein, und wies ihnen den Weg zu den Männern meines Großvaters – in genau der anderen Richtung als jener, in die sie tatsächlich unterwegs waren. Und später, als ich auf der richtigen Seite des Gesetzes arbeitete, tat ich so, als wäre ich der Gehilfe meines Großvaters, um die Banditen hereinzulegen, mit denen er arbeitete. Eine Weile funktionierte das, bis sich die

Nachricht verbreitete. Danach musste ich mich bedeckt halten. Ich hielt mich von meinem Großvater und seiner Bande fern."

„War das, als du dich mit Duke und Cyclops angefreundet hast?"

Er nickte. „Duke war schon lange ein Freund von Willie gewesen, und er wurde auch meiner, als sie mir Zuflucht bot. Cyclops traf ich eines Abends, als wir draußen übernachteten." Er lächelte. „Ich stolperte über sein Lager, aber es schien verlassen zu sein, darum nahm ich mir das Essen, das liegen geblieben war. Ich ahnte ja nicht, dass er mich kommen gehört und sich versteckt hatte, damit er mich überfallen konnte."

„Und hat er dich überfallen?"

„Ja. Er wollte mich töten, aber ich schaffte es, ihm zu erklären, dass ich nicht sein Feind war, ehe er mich bewusstlos schlug."

„Du hast ihn davon überzeugt, dich nicht anzugreifen? Warum bin ich nicht überrascht?"

„Nur, nachdem ich selbst ein paar gute Schläge landen konnte, danke aber auch. Er überwältigte mich nicht völlig, auch wenn es nicht leicht war. Wir kämpften so lange, dass wir beide am Rande der Erschöpfung standen und einfach nicht weitermachen konnten. Es dauerte ein paar Minuten, ehe ich wieder genug Luft in die Lunge bekam, um mit ihm zu reden."

Trotz seiner putzigen Nacherzählung vermutete ich, dass es furchterregend gewesen war. Cyclops war ein Hüne. Matt hatte vielleicht den athletischeren Körperbau, aber falls Cyclops ihn zu fassen bekam, würde es ihm schwerfallen, sich herauszuwinden.

Wir kamen zu Hause an, und Matt zog sich in seine Räume zurück, sobald Duke ihm versicherte, dass das Fläschchen sich wieder im Krankenhaus befand, ohne dass jemand erwischt worden war. Sie hatten eine Krankenschwester bezahlt, damit sie sagte, es wäre ihr mit der Wäsche in die Hände gefallen. Matt überließ es mir, ihnen zu erzählen, wie unsere Befragungen gelaufen waren, und ihre Fragen zu beantworten. Das Gespräch nahm ein jähes Ende, als Miss Glass das Wohnzimmer betrat. Bristow und der Diener, ein blonder Jüngling namens Peter, folgten ihr mit Tabletts in den Händen.

„Ein leichtes Mittagessen", verkündete Miss Glass. „Ich will mir für heute Abend den Appetit nicht verderben."

„Heute Abend?", wiederholten wir alle.

„Meine Dinnerparty." Sie schaute mich an. „Habe ich die nicht erwähnt?"

„Nein", murrte Willie. „Hast du nicht. Bedeutet das, dass wir Gefangene in unseren eigenen Zimmern werden, damit deine Gäste uns nicht zu Gesicht bekommen?"

Miss Glass nahm sich ein Sandwich vom Tablett. „Danke, Bristow, das war dann alles. Sorgen Sie dafür, dass für heute Abend das edle Spode-Porzellan bereitsteht."

„Mr. Glass besitzt kein Spode, Ma'am", ließ sich der Butler vernehmen.

„Kein Spode?" Sie schnalzte mit der Zunge. „Das wird sich ändern müssen. India, mach dir eine Notiz, ein Spode-Set für Matthew zu kaufen."

Ich blinzelte langsam. „Ich setze es auf meine Liste von Aufgaben, sobald die Ermittlung abgeschlossen ist." Was konnte ich sonst sagen? Ich nahm an, als seine Assistentin war es meine Aufgabe, ihm ein Spode-Set zu kaufen. Oder war ich jetzt eine Partnerin? Und was bedeutete das überhaupt?

„Tun Sie Ihr Bestes, Bristow. Kein Spode", murmelte Miss Glass mit einem Seufzer, während der Butler hinausging. „Was wird nur aus dieser Welt?"

Willie nahm ein Sandwich und zog die beiden Brotschichten auseinander, um den Inhalt zu beäugen. „Was in Gottes Namen ist so besonders an Spode?"

„Du würdest die Notwendigkeit von feinem Porzellan nicht verstehen, Willie."

Willie pulte eine Gurkenscheibe aus ihrem Sandwich, öffnete den Mund und ließ die Scheibe hineinfallen. „Da hast du recht", sagte sie kauend. „Porzellan zerbricht zu leicht. Blech andererseits, das hält ewig. Es sieht mit ein paar Dellen sogar noch besser aus."

Miss Glass rümpfte die Nase. „Du ruinierst lieber nicht das Dinner für Matthew", warnte sie sie. „Ich habe unermüdlich gearbeitet, um sicherzustellen, dass Lady Abbington heute

Abend kommen kann. Es ist eine ganze Reihe Briefe hin und her gegangen."

„Lady Abbington?", wiederholte ich dumpf. „Aber sie war doch erst gestern zum Tee hier."

„Matthew hat nicht viel mit ihr gesprochen, dank Mrs. Havilands übermäßigem Geplapper. Ich habe diesmal die Havilands nicht eingeladen, damit er mit Lady Abbington reden kann, soviel er will."

„Sie haben Lady Abbington allein eingeladen?"

„Unsinn. Das wäre seltsam. Ich habe Richard, Beatrice und ihre Töchter eingeladen."

„Lord und Lady Rycroft! Aber ich dachte, Sie wollen nicht, dass Matt eines ihrer Mädchen heiratet."

„Das wird Matt nicht gefallen", intonierte Willie.

Entweder hörte Miss Glass sie nicht, oder sie beschloss, sie zu ignorieren. „Lady Abbington ist eine elegante, in sich ruhende Frau, und sehr temperamentvoll. Neben ihr werden meine Nichten gewöhnlich und dumm wirken."

„Dazu müssen Sie sich nicht im selben Zimmer befinden", warf Willie ein.

„Nicht für dich und mich, Willemina, aber Matthew ist anders. Er ist ein Mann."

Duke und Cyclops wechselten einen Blick. Sie sahen aus, als wären sie lieber woanders.

„Matt ist nicht an den Glass-Mädchen interessiert." Willie warf mir einen Blick zu, und ihr Mund verzog sich zu einer schmalen Linie. „Und das weißt du auch, Letty."

„Vorsicht ist besser als Nachsicht. Ich habe eine Theorie." Miss Glass warf einen Blick zur Tür und beugte sich vor. „Je öfter Matthew sie sieht, desto eher wird er zum selben Schluss kommen, den wir schon alle gezogen haben. Es sind schreckliche Mädchen, von denen keine einzige Verstand hat."

„Hope wirkt klug", ließ Duke hören. „Und nett."

Miss Glass und Willie warfen ihm einen finsteren Blick zu. Ich womöglich auch. Er wandte sich an Cyclops. Cyclops biss von seinem Sandwich ab und starrte gen Boden.

„Sind das alle?", fragte ich. „Oder wird es noch weitere Gäste geben?"

„Vier weitere", murmelte Miss Glass in ihr Sandwich.

„Noch weitere zur Auswahl stehende Mädchen?", fragte Willie lachend. „Der arme Matt. Er wird belagert."

„Zwei Frauen und zwei Männer. Die Frauen stehen nicht zur Wahl, soweit es Matt betrifft."

Willie verdrehte die Augen in meine Richtung und lächelte. „Stehen sie etwa unter ihm?"

„Eine ist in der Tat unpassend." Miss Glass' Blick huschte zu mir, dann zurück zu dem Tablett mit Sandwiches. Meine Brust zog sich zusammen. „Die andere ist seine Cousine."

„Noch mehr gottverdammte Cousinen!" Willie schüttelte den Kopf. „Die hier wurde wohl auf einem Dachboden eingesperrt, was?" Sie lachte so sehr, dass sie schnaubte und sich an ihrem Sandwich verschluckte. Sie hustete und wischte sich mit dem Ärmel über den Mund, nur um innezuhalten. Ihr Gelächter endete. Sie starte Miss Glass an. „O nein, Letty, das nicht. Ich werde mir den Hintern nicht auf einem hochwohlgeborenen Dinner plattsitzen."

„Mir gefällt der Gedanke auch nicht sonderlich, aber ich habe entschieden, dass es nötig ist."

„Warum ich?"

„Nicht nur du, Willie", sagte ich. „Miss Glass hat vier Gäste erwähnt." Ich nickte zu Duke und Cyclops hin.

Duke stöhnte. Willie brach in Gelächter aus. „Na, dann ist alles gut. Wenn ich leiden muss, dann müsst ihr es auch."

„Aber ich habe keinen Anzug für ein Dinner", jammerte Duke.

„Borg dir einen von Matthew", sagte Miss Glass. „Cyclops?"

Cyclops hob ergeben die Hände. „Ich habe einen Anzug. Danke, dass Sie mich einschließen, Miss Glass. Ich freue mich auf meine erste englische Dinnerparty."

„Verräter", murmelte Willie.

„Guter Mann." Miss Glass legte einen Finger an ihren Augenwinkel. „Hast du eine Augenklappe in einer anderen Farbe als schwarz? Es wäre eine Hilfe, wenn du weniger wie ein Pirat aussiehst."

„Er kann nicht *nicht* furchterregend aussehen", erklärte ihr Willie. „Wenn die Damen in Angst ausbrechen, ist das ihre eigene blöde Schuld, dass sie die falschen Schlüsse ziehen, ohne ihn erst einmal kennenzulernen."

„Das sehe ich ganz genauso, aber darum habe ich nicht gefragt. Ich mache mir Sorgen, dass Charity ihn ein wenig zu sehr mögen könnte. Sie hält Piraten für romantisch, und es würde mich nicht überraschen, wenn sie mit Cyclops flirtet."

„Du willst nicht, dass sie mit Cyclops wegläuft und den Ruf der Familie ruiniert, was?"

„Ich mache mir keine Sorgen um sie oder den Ruf der Glasses. Sondern um Cyclops. Ich mag dich, Cyclops, mein Lieber", sagte sie zu dem großen Mann. „Falls ich es vermeiden kann, würde ich dir lieber keine meiner Nichten antun. Keine Sorge, du wirst nicht neben ihr sitzen."

Es dauerte weitere zwei Stunden, ehe Matt sich zu uns gesellte. Er aß die Sandwiches auf, während wir ihn über die Pläne für das Abendessen in Kenntnis setzten. Erst weigerte er sich, teilzunehmen, bis seine Tante ihm erklärte, dass wir alle eingeladen waren.

„Sie alle?", fragte er und warf einen zweifelnden Blick auf Willie.

„Sie alle", bestätigte Miss Glass.

„Dann gestatte ich es, aber in Zukunft brauche ich etwas mehr Vorwarnzeit."

Matt und ich bereiteten uns darauf vor, zum Krankenhaus aufzubrechen, um mit Dr. Ritter und Dr. Wiley zu sprechen, als ein Kriminalinspektor von Scotland Yard auftauchte. Er war allein. Wenn das nicht gewesen wäre, hätte ich mir Sorgen gemacht, dass er gekommen war, um Matt festzunehmen.

„Können wir uns unterhalten, Mr. Glass?", fragte Kriminalinspektor Brockwell.

„Wir können hier sprechen", sagte Matt, der auf die Eingangshalle wies, in der wir standen.

„An einem etwas zurückgezogeneren Ort." Brockwell schaute an Matt vorbei zum Haupttreppenhaus, in dem Duke stand, die Arme vor der Brust verschränkt, die Augen zusammengekniffen. Er wirkte, als würde er den Inspektor hinausbugsieren, wenn er auch nur das Wort Verhaftung in den Mund nahm.

„Im Salon", sagte Matt. „Macht es Ihnen etwas aus, wenn meine Assistentin Miss Steele sich zu uns gesellt?"

„Wie Sie wünschen."

Ich schätzte Brockwell auf Anfang dreißig, ziemlich jung für eine so gehobene Stellung bei der Polizei. Er setzte sich auf einen Sessel und kratzte sich an einer seiner buschigen Koteletten. Er wartete, bis wir beide saßen, ehe er tief Luft holte.

„Ich habe eine Beschwerde über Sie erhalten, Mr. Glass." Er betonte jedes Wort mit geduldiger Genauigkeit, sodass die Konsonanten wirkten, als würden sie den Satz durchlöchern.

„Eine Beschwerde worüber?", fragte Matt, der überhaupt nicht verstört wirkte. „Und von wem?"

„Über Ihren Besuch bei einer gewissen Person, die in den Hale-Fall verwickelt ist. Man muss keine Namen nennen."

„Sprechen Sie mit Commissioner Munro", sagte Matt. „Ich habe seine Erlaubnis, zu ermitteln."

Brockwell hielt inne, aber ob diese Pausen einfach zu seiner schwerfälligen Art gehörten oder ein Zeichen seiner Unsicherheit waren, konnte ich nicht sagen. „Das hat der Commissioner mir gegenüber nicht erwähnt."

Matt saß ruhig da und wartete darauf, dass der Inspektor fortfuhr. Keinen der Männer schien die angespannte Stille nervös zu machen, aber meine Nerven gingen mit mir durch. Ich schloss meine Faust fest und bohrte die Nägel in meine Handfläche, um mich abzulenken.

„Ich weiß nicht, warum Munro Ihnen gestatten sollte, sich einzumischen, wo Sie doch auch ein Verdächtiger sind", sagte Brockwell schließlich.

„Das müssen Sie nicht wissen", schoss Matt zurück.

„Das sehe ich anders." Brockwell erhob sich und marschierte gemächlich durch das Zimmer, inspizierte Gegenstände, Bilder und sein Spiegelbild im Spiegel über dem Kaminsims. Er kratzte sich erneut an der Schläfe.

Matt lehnte sich im Sessel zurück. Wie konnte er nur so ruhig bleiben?

„Die Sache ist die", sagte Brockwell schließlich. „Ich habe alles über Sie gehört, Mr. Glass."

„Sie haben was gehört?", erwiderte Matt, der sich an Brockwells gemächliche Sprechweise anpasste. Sein Körper spannte sich jedoch an.

„Dass Ihre Vergangenheit in Amerika bunt war, um es gelinde zu sagen."

O nein. Falls Commissioner Munro nichts verraten hatte, war es wohl Sheriff Payne gewesen, in der Hoffnung, Matts Ruf zu ruinieren und Brockwells Argwohn heraufzubeschwören.

„Munro weiß bereits von meiner Vergangenheit", sagte Matt. „Er hat mit den Gesetzeshütern in den Staaten Kontakt aufgenommen, um zu bestätigen, dass ich bisweilen für sie arbeite."

„Ja, und ich habe aus guter Quelle, dass Commissioner Munro nur die Hälfte dessen weiß, was Sie getan haben. Die illegale Hälfte haben Sie ihm nämlich verschwiegen."

Matt stand auf und marschierte hinüber zu Brockwell. Er war um einiges größer und hatte breitere Schultern, doch Brockwell zog sich nicht zurück. Er schaute Matt direkt in die Augen. „Ich möchte wetten, Inspektor, dass Sie derjenige sind, der die Hälfte nicht weiß. Glauben Sie nicht alles, was Sheriff Payne Ihnen erzählt."

Überraschung flackerte über Brockwells Gesicht, ehe sich seine Züge wieder glätteten. „Ich glaube niemals jemandem unbesehen, Mr. Glass. Ich bin mir bewusst, dass ein charmantes Äußeres den niederträchtigsten Charakter beherbergen kann. Selbst die allerbesten Familien haben Geheimnisse."

Das war ziemlich sicher eine Anspielung auf Matt und seine hochstehenden englischen Verwandten. Dieser Mann war schamlos.

„Das ist empörend", sagte ich und sprang auf. „Sie kommen her und beleidigen Mr. Glass, der der Polizei gegenüber nichts als eine Hilfe gewesen ist. Vergessen Sie nicht, dass er zwei Verbrechen für Ihre Organisation aufgeklärt hat."

„Ich glaube, Sie haben das erste davon aufgeklärt, Miss Steele", sagte Brockwell, einen Hauch Erheiterung in der Stimme. Das brachte mich nur noch mehr auf.

„Da tun Sie es schon wieder, Inspektor, Sie ziehen Schlussfolgerungen, ohne alle Informationen haben. Mr. Glass war sehr wohl bei der Aufklärung des Falles mit dem Dark Rider involviert, aber er gestattete es mir, die Lorbeeren dafür einzuheimsen, damit ich die Belohnung beanspruchen konnte." Es verschaffte mir eine große Befriedigung zu sehen, dass Brockwell unsicher wirkte. „Der Sheriff will, dass Sie glauben, Matt wäre korrupt, und doch ist er es, der korrupt ist. Auch wenn es nicht bewiesen werden kann, heißt das nicht, dass es nicht stimmt, und bis zu dem Zeitpunkt, an dem es bewiesen ist, sollten Sie dem Vorbild Ihres Commissioners folgen und Matt erst einmal glauben. Jetzt gehen Sie bitte."

Ich marschierte zur Tür und wartete auf Brockwell. Nachdem er einen verlegenen Blick auf Matt geworfen hatte, kam er zu mir.

„Es tut mir leid, dass ich Sie verstimmt habe, Miss Steele", sagte er mit einer kurzen Verbeugung.

„Bei mir sollten Sie sich nicht entschuldigen."

Er schenkte Matt ein angespanntes Lächeln, aber keine Entschuldigung. „Es bleibt bei der Tatsache, dass Sie meine Ermittlung behindern, indem Sie mit einem meiner Verdächtigen sprechen."

„Inwiefern ist das behindernd?", fragte Matt. „Würden wir die Antworten vergleichen, könnten wir womöglich etwas erfahren."

Brockwell schien das in Erwägung zu ziehen, schüttelte aber den Kopf. „Ich mache das allein."

„Es ist nicht nötig, allein zu arbeiten. Zusammen können wir den Mörder schneller finden."

„Ich arbeite vollkommen tadellos allein, Mr. Glass. Ich habe den Rang des Kriminalinspektors nicht erreicht, indem ich meine Ergebnisse mit anderen teile."

Was für ein arroganter Mann! Und auch noch ein Narr. Ich schüttelte den Kopf Richtung Matt, weil ich ihn wissen lassen wollte, dass ich es für sinnlos hielt, Brockwell weiter zu bedrängen.

„Solange ich Munros Ermächtigung zum Ermitteln habe, werde ich weiterhin befragen, wen ich will", sagte Matt. „Ist das klar?"

„Sonnenklar", stieß Brockwell hervor. „Guten Tag, Miss Steele."

Er marschierte an mir vorbei und nahm seinen Hut, den

Bristow ihm entgegenhielt. Willie und Duke standen an der offenen Eingangstür Wache und sahen ihm nach, als er ging. Brockwell stolzierte die Stufen hinab, an dem Zweispänner mit Bryce auf dem Kutschsitz vorbei, der auf uns wartete. Duke schlug die Tür zu.

„Was wollte denn dieser Kackhaufen?", fragte Willie.

„Mir sagen, dass ich nicht weiter ermitteln soll." Zu Bristow sagte Matt: „Meinen Hut, bitte. India, unser Abstecher im Krankenhaus wird warten müssen. Ich werde Commissioner Munro einen Besuch abstatten."

„Allein?", fragte ich.

Er nickte. „Duke, Willie, holt Cyclops. Ich will, dass ihr drei loszieht und nach Sheriff Payne sucht."

Duke und Willie wechselten einen Blick. „Wo sollen wir anfangen?", fragte Duke.

„Ich habe keine Ahnung." Matt klatschte sich den Hut auf den Kopf, zog seine Handschuhe an, und Bristow öffnete die Tür. Matt wandte sich mir zu. Seine Züge entspannten sich ein wenig.

„Bist du sicher, dass du nicht willst, dass ich dich zu dem Gespräch mit Munro begleite?", fragte ich.

„Das ist nicht nötig. Ich glaube nicht, dass wir heute überhaupt noch ins Krankenhaus kommen. Weshalb besuchst du nicht Miss Mason, während ich weg bin?"

Ich sah ihm nach, dann hörte ich Duke, Willie und Cyclops in der Bibliothek zu, wie sie ihre Suche nach Payne planten. Matt hatte ihnen eine unmögliche Aufgabe gestellt, doch keiner beschwerte sich, nicht einmal Willie. Mit meiner Hilfe erstellten sie eine Liste von Hotels, aber keiner von ihnen betrachtete das als brauchbare Möglichkeit. Falls Payne längere Zeit in London war, hatte er bestimmt eine billigere Bleibe gefunden, vielleicht in einem Privathaus. Falls dem so war, würde es extrem schwer sein, ihn aufzuspüren.

„Wollt ihr, dass ich euch helfe?", fragte ich.

„Wir drei werden heute ausreichen", versicherte mir Cyclops. „Nimm dir doch du den Nachmittag frei, wie Matt vorgeschlagen hat. Wir können dich zu Miss Mason fahren, wenn du möchtest, und dann von dort aus unsere Suche starten."

„Ich glaube, es ist klug, wenn ich mich eine Weile von den Masons fernhalte. Könntet ihr mich stattdessen zum Cross Keys fahren? Ich würde gern etwas trinken."

„Du solltest nicht allein gehen", sagte Duke. „In Kneipen treibt sich alles mögliche Gesindel herum."

„Das Cross Keys ist ganz respektabel, und es ist mitten am Nachmittag. Danke für deine Sorge, Duke, aber ich komme schon zurecht."

Willie griff mit einer Hand fest an meine Schulter. „Ganz genau, India. Ich halte das für eine sehr gute Idee."

* * *

Ich verbrachte eine Stunde im Cross Keys, saß in einer Nische und beobachtete, wie die Leute kamen und gingen. Niemand störte mich. Der Mann, den ich unter dem Namen DuPont kannte, kam nicht herein, obwohl ich keine großen Hoffnungen hegte, dass er das tun würde. Laut dem Schankwirt, der sich von meinem letzten Besuch an mich erinnerte, war Chronos gar nicht wieder aufgetaucht, und er bestätigte sein Versprechen, Matt Bescheid zu sagen, falls er das tat.

Ich erwischte einen Omnibus zurück zur Park Street, aber wegen des Nachmittagsverkehrs kam er nur schleppend voran. Matt spazierte kurz nach mir herein. Ich erzählte ihm, wo ich gewesen war, und er erzählte mir, wie sein Treffen mit Munro gelaufen war.

„So gut, wie es zu erwarten war", erzählte er mit einem Seufzen. „Er sagte, er würde mit Brockwell sprechen."

Die Uhr auf dem Kaminsims in der Bibliothek läutete sechs Uhr. „Ich bereite mich am besten für das Dinner vor", sagte ich.

„Deine Tante ist vor einer halben Stunde nach oben gegangen. Die anderen sollten bald zurück sein."

„Bevor du das machst." Er griff in seine innere Jackentasche und zog ein kleines Päckchen heraus, das er mir reichte. „Nach dem Treffen mit Munro war ich einkaufen, und ich habe dir etwas mitgebracht, das du heute Abend tragen kannst."

Ich starrte das in braunes Papier eingeschlagene Päckchen an. „Weshalb machst du mir Geschenke?"

„Kann man sich nicht unter Freunden hin und wieder etwas schenken?"

„Nein!"

Er lächelte, und dieses Lächeln war herrlich durchtrieben. Es machte mich froh, ihn bei so guter Laune zu sehen, trotz des heutigen Rückschlags mit Brockwell. „Öffne es einfach, India."

Ich schlug das Papier auf, dann hob ich den Deckel der Schachtel an. In ein Bett aus königsblauem Samt schmiegte sich eine Silberbrosche in der Form eines geflügelten Drachens. Seine leuchtend grünen Augen glitzerten. War das Strass oder ein echter Smaragd? Ich kannte mich mit Edelsteinen nicht gut genug aus, um den Unterschied zu erkennen, und ich wollte nicht gierig erscheinen, indem ich fragte.

„Die ist wunderschön", hauchte ich. „Sie wird sich an meinem salbei- und elfenbeinfarbenen Kleid hervorragend machen. Ich will nicht undankbar erscheinen, Matt, aber warum schenkst du mir das?"

„Weil ich gegangen bin, ohne dir dafür zu danken, dass du dich für mich gegen Brockwell gestellt hast. Ich will, dass du weißt, dass ich das zu schätzen weiß." Er nickte zu der Schachtel hinüber. „Drachen sind wild, und das bist du auch, wenn du möchtest."

„Ein einfaches Dankeschön hätte es auch getan."

„Weshalb eine einfache Geste machen, wenn man auch eine große machen kann? Gefällt sie dir?"

„Außerordentlich. Vielen Dank."

Er lächelte, und seine Wangen röteten sich leicht. „Ich hatte die Wahl zwischen diesem Drachen, einem Käfer und einem Schmetterling. Ich finde nicht, dass Schmetterlinge oder Käfer sonderlich wild sind."

„Du hast eindeutig noch niemals eine Stinkwanze getroffen."

* * *

LORD UND LADY RYCROFT trafen zusammen mit ihren Töchtern als erste ein. Wir hatten seit der ersten Begegnung zwischen Matt und seinem Onkel nicht viel von Lord Rycroft gesehen. Letztes Mal hatte Matt Lord Rycroft beinahe verprügelt, nachdem dieser einige Beleidigungen geäußert hatte, die Matt verletzend fand. Seine frostige Begrüßung legte nahe, dass er seinem Neffen noch nicht vergeben hatte.

Matt jedoch begrüßte seinen Onkel höflich, zusammen mit seiner Tante und seinen Cousinen. Wir versammelten uns im Salon, um etwas zu trinken und uns zu unterhalten, aber es war schrecklich gestelzt. Lord und Lady Rycroft schafften es kaum, Willie, Duke und Cyclops anzuschauen. Sie waren in der Lage, so zu tun, als wären Matts Freunde und die arme Verwandte gar nicht anwesend, wenn sie sie nur stark genug ignorierten. Mir ging es da kaum besser, da ich von beiden nur kühl begrüßt wurde.

Ihre Töchter waren nicht ganz so unhöflich, und ich bemühte mich darum, Patience Fragen zu ihrer Hochzeit zu stellen. Sie wurde nach ein paar Minuten offener und zeigte mir scheu ihren Verlobungsring.

„Er ist sehr hübsch", sagte ich.

„Genau wie Ihre Brosche." Sie nickte zu dem Drachen hin, der an meinem Kleid steckte. „Ist das ein Familienerbstück?"

„Meine Güte, nein. Meine Familienerbstücke bestehen nur aus Uhren. Ihr Cousin hat sie mir heute erst geschenkt."

Hope hatte sich gerade mit Matt unterhalten, schwenkte aber plötzlich herum, um mich anzuschauen. Ihr Blick fiel ebenfalls auf die Brosche. „Wie süß", verkündete sie. „Man sehe sich diese Smaragdaugen an."

Charity, die auf meiner anderen Seite saß, beugte sich vor, um die Brosche zu inspizieren. „Sind die Smaragde echt?"

„Natürlich sind das verdammte echte Smaragde", empörte sich Willie. „Wenn ihr Matt besser kennen würdet, würdet ihr wissen, dass er keine Fälschungen mag." Sie lächelte Hope bösartig an. „In keiner Form."

Hope plusterte sich auf, und Matt verwickelte sie schnell wieder in eine Unterhaltung.

„Kümmern Sie sich nicht um meine Schwestern, Miss Steele", flüsterte Patience. „Sie sind eifersüchtig, dass Matthew Ihnen seine Aufmerksamkeit schenkt."

Ich warf einen Blick auf Matt. Er schien seine ganze Aufmerksamkeit in diesem Augenblick auf Hope zu richten.

„Dankeschön, Patience. Sie sind sehr freundlich. Ihr zukünftiger Ehemann hat großes Glück. Ich hoffe, er weiß das zu schätzen."

Sie grinste glücklich, was ihre sonst einfachen Gesichtszüge aufhellte und ihre Augen zum Leuchten brachte. Sie war nicht hübsch, besonders nicht im Vergleich zu ihren Schwestern, aber allmählich genoss ich ihre Gesellschaft. Ich würde viel lieber neben ihr sitzen, als neben Charity oder Hope.

Wir sprachen noch ein wenig über ihre Hochzeit, während Miss Glass versuchte, mit ihrem Bruder und ihrer Schwägerin eine Unterhaltung zu führen, nur um finstere Blicke und knappe Antworten von Lord Rycroft zu erhalten. Lady Rycroft war zu sehr von Matt und Hope abgelenkt, um mit jemandem zu sprechen. Willie und Duke mussten selbst zurechtkommen, während Cyclops sich buchstäblich von Charity Glass in die Ecke gedrängt fand. Sie stellte sich unangebracht dicht an ihn und blinzelte ihn übertrieben unschuldig an. Er beobachtete sie vorsichtig mit seinem einen Auge, als würde er erwarten, dass sie jeden Augenblick über ihn herfiel.

Energische Schritte näherten sich dem Salon und boten eine willkommene Abwechslung von der Spannung, die in der Luft lag, und wir drehten uns alle um, um Lady Abbington zu begrüßen. Aber es war nicht Lady Abbington.

Es war Sheriff Payne.

KAPITEL 7

*M*att sprang auf und marschierte Payne entgegen. „Was wollen Sie?", fragte er. In seiner Stimme lag ein stählerner Unterton.

„India", flüsterte seine Tante. „Das ist wieder dieser schreckliche Mann."

„Er ist einfach an mir vorbeigepflügt, Mr. Glass", sagte Bristow aufgebracht.

„Was hat das zu bedeuten?", wollte Lord Rycroft in der verdrießlichen Art wissen, die einzigartig für die herrschende Klasse war. „Wer ist dieser Emporkömmling?"

Duke ließ die Knöchel knacken, und Cyclops wand sich aus seiner Ecke. Er stellte sich neben Matt. Willie, die ihre Männerkleidung nicht ausgezogen hatte, murmelte fluchend vor sich hin, dass sie ihren Colt im Zimmer gelassen hatte. Ich trat vor, um mich neben Miss Glass zu stellen. Ihre zitternde Hand berührte meine.

Payne leckte sich über die Lippen. „Sie *Hundesohn*."

„Hinaus mit Ihnen, ehe ich Sie verprügle", brüllte Matt.

„Sie wagen es, einen Gesetzeshüter zu verprügeln?"

„Hier hüten Sie kein Gesetz."

„Mädchen!", rief Lady Rycroft, die mit den Armen wedelte, als würde sie den Verkehr regeln. „Mädchen, zu mir!" Aber keine ihrer Töchter regte sich. Sie waren fasziniert von dem Drama, das sich vor ihnen abspielte.

„Ich freue mich, dass Sie Besuch haben", sagte Payne, sein schmaler Mund verzog sich zu einem noch schmaleren Lächeln. „Jeder hier soll von Ihrer diebischen Familie drüben in der Heimat hören."

„Das hier *ist* meine Familie", sagte Matt, der beinahe amüsiert klang. „Und sie wissen bereits von meiner amerikanischen Seite. Glauben Sie mir, sie sind regelrecht angeekelt von meiner Vergangenheit. Nichts, was Sie sagen, könnte es schlimmer machen."

Ein Schweißfilm legte sich auf Paynes hohe Stirn unter seiner Hutkrempe. Matts Gleichgültigkeit machte ihm zu schaffen. „Sind Sie sich da sicher? Sie kennen alle Einzelheiten?" Je mehr er sagte, desto deutlicher wurde sein amerikanischer Akzent und desto weniger zuversichtlich klang er.

„Sie sind wütend, weil ich mit Munro gesprochen habe", sagte Matt, seine Stimme wieder geprägt von diesem stählernen Unterton. „Ich verstehe. Es muss frustrierend sein, an jeder Wegkehre ausgebremst zu werden."

„Ich wurde nicht ausgebremst, Glass. Nicht im Geringsten." Payne kicherte. Seine Augen blitzten auf, und er stellte seine Füße etwas breiter hin, als würde er sich auf ein längeres Stelldichein einrichten. „Wollen Sie, dass ich ihnen etwas sage, das sie noch nicht wissen?"

„Duke, Cyclops, helft doch Bristow, Sheriff Payne zur Tür zu bringen."

„Sheriff?" Lord Rycrofts Gebrüll erschreckte Miss Glass. Er rückte zu Matt auf, stellte sich zwischen ihn und Payne, obwohl beide größer waren als er und ihm mühelos über den Kopf schauen konnten. „Matthew, ich verlange, zu erfahren, was hier vorgeht."

„Klappe", fuhr ihn Willie an. „Das geht Sie gar nichts an."

Rycroft hängende Wangen wabbelten empört, was bewies, dass er Willie und die anderen nicht komplett ignorieren konnte, ganz gleich, wie sehr er es versuchte.

„Ich werde Sie hängen sehen, Glass", knurrte Payne. „Ob

nun hier oder drüben in der Heimat, für mich macht das keinen Unterschied."

Miss Glass keuchte und drückte sich eine Hand auf die Brust. Eines der Glass-Mädchen wimmerte, während ihr ihre Mutter mit einem Taschentuch vor dem Gesicht herumwedelte.

„So *tu* doch was, Richard", flehte sie ihren Mann an. Aber Lord Rycroft schaute nur Payne an, erfüllt von rechtschaffener Entrüstung, und sagte nichts.

Duke und Cyclops nahmen Payne an den Armen und zerrten ihn zurück, seine Fersen schleiften über den Teppich. Er suchte mit den Füßen Halt und wollte sich freikämpfen, schaffte es aber nicht. Sein Hut fiel ab, und Bristow hob ihn auf. Sie brachten ihn zur Tür, als gerade die Uhr auf dem Kaminsims läutete. Payne warf einen Blick darauf und blinzelte.

Dann, als hätte das Läuten etwas in ihm ausgelöst, schwand sein Zorn. Sein trockenes, raues Kichern füllte die Stille, die sich über den Salon gelegt hatte. „Ich kenne Ihr Geheimnis", stieß er hervor, während sie ihn aus dem Zimmer schleiften. „Ich weiß, dass Sie Ihre Uhr brauchen. Ich weiß, was sie tut."

O nein.

„Woher wissen Sie das?", fuhr ihn Willie an.

Matts Hand schoss vor und packte Willie am Arm. Er hatte wohl etwas zu fest zugedrückt, denn sie zuckte zusammen.

Paynes Einsprüche wurden schließlich leiser, und die Eingangstür öffnete und schloss sich. Eine angespannte Stille folgte, in der keiner zu wissen schien, was zu tun oder zu sagen war. Lord Rycroft durchbrach sie schließlich.

„Komm, Beatrice, wir gehen."

„Nein", wandte Matt ein. „Bleibt. Er ist jetzt weg. Sie haben nichts zu befürchten, Onkel."

„Fürchten vor einem irren Amerikaner?" Er schnaubte und warf sich in die Brust. „Wohl kaum. Beatrice, du hast die Wahl."

Lady Rycroft blinzelte Tränen weg, die sich in ihren Augen gesammelt hatten, und sah ihre Töchter nacheinander an, obwohl ihr Blick am längsten auf Hope gerichtet blieb.

„Bleiben wir doch, Mama", sagte Hope. „Ich bin mir sicher, er kommt nicht zurück, nun, da er gesagt hat, was er sagen wollte."

Damit war es entschieden, und es stand nicht mehr zur Debatte, dass sie gingen. Lady Abbington traf sieben Minuten später ein, gnädigerweise ohne von dem Drama zu ahnen, das ihrem Eintreffen vorausgegangen war. Sie schwebte mit all der Gelassenheit und Anmut in den Salon, die Miss Glass ihr zugeschrieben hatte. Ich fand rasch heraus, dass Lady Abbingtons bezaubernde Art oder Schönheit keine Übertreibung gewesen waren. Ihr blondes Haar war elegant mit einer hineingeflochtenen Perlenschnur verschönert, und ihr tiefviolettes Kleid stellte ihre winzige Taille und die cremefarbene Haut an ihrem Hals zur Schau.

Aber es war die Selbstsicherheit, die sie ausstrahlte, die meine Aufmerksamkeit auf sich zog. Nach der Vorstellung unterhielt sie sich mühelos sowohl mit Matts Tanten als auch seinem Onkel, und keiner von ihnen erwähnte Paynes Besuch. Matt gesellte sich zu ihnen, nahm an der Konversation teil, ohne etwas dazu beizutragen, und warf kaum einen Blick in Lady Abbingtons Richtung. Seine Gedanken waren anderswo. Zweifelsohne bei Payne. Er berührte gedankenverloren die Brusttasche, in der er seine Taschenuhr aufbewahrte, was meine Theorie bestätigte.

Am Schweigen von Willie, Duke und Cyclops erkannte ich, dass auch sie an Payne dachten. Ich wünschte, wir hätten seine Vorwürfe miteinander besprechen können, aber das würde warten müssen. Vorerst blieben mir nur die besorgten Gedanken, die in meinem Kopf umherkreisten. Bestimmt wusste Payne nichts Genaues über Matts Uhr – nicht gesichert zumindest. Er hatte wohl geraten, basierend auf dem, was er vor ein paar Wochen gesehen hatte, als er eines Abends Matt dabei beobachtet hatte, wie er seine Uhr in der Kutsche benutzt hatte. Ob er wusste, dass Magie eine Rolle spielte, konnte ich nicht sicher sagen, aber er schien zu wissen, dass die Taschenuhr Matt wichtig war.

Schließlich erklang der Essensgong, und wir begaben uns in den Speisesaal. Miss Glass lastete die ungerade Anzahl und das ungleiche Geschlechterverhältnis der Anwesenheit ihren Nichten an, eine Aussage, die bei ihrer Schwägerin für Empörung sorgte, und von Hope lachend abgetan wurde.

Das Lachen verging ihr jedoch, als sie sah, dass sie an einem Ende des Tisches saß und Matt am anderen. Ihre Mutter schürzte die Lippen und wirkte, als würde sie gegen die Tischordnung aufbegehren wollen, als sich Charity zu Wort meldete.

„Tausch doch den Platz mit mir, Hope", sagte sie von ihrem Platz neben Matt aus. „Du weißt doch, dass ich es nicht leiden kann, so nahe am Kamin zu sitzen."

„Das Feuer wurde gelöscht", erklärte ihr Miss Glass.

„Aber ich mag es dennoch nicht, in der Nähe eines Kamins zu sitzen, Tante Letitia. Es liegt an den Kaminsimsen, weißt du?" Charity wartete nicht auf eine Antwort, sondern ging einfach an das andere Ende des Tisches.

Hope versuchte zu lachen und so zu tun, als wäre sie nicht peinlich berührt, aber das Kerzenlicht enthüllte, wie rot sie wurde. Mit gesenktem Kopf ging sie schweigend zum leeren Platz ihrer Schwester und setzte sich.

Anfangs dachte ich, Charity hätte vorgehabt, ihrer Schwester einen Sitzplatz neben Matt zu verschaffen, doch dann erkannte ich, dass Hope neben Cyclops gesessen hatte. Charity lächelte ihn an, während sie auf Hopes freien Stuhl sank.

„War das nicht aufregend, als dieser Sheriff aufgetaucht ist?", fragte sie leise. Da ich auf Cyclops' anderer Seite saß, konnte ich sie wunderbar verstehen. „Sie waren so mutig, Mr. Cyclops, und so stark. Genau wie ein Pirat."

Er schluckte und bedeutete Bristow, sein Weinglas aufzufüllen.

Ich biss mir auf die Lippen, um ein sich anbahnendes Lächeln zu verhindern. Es fühlte sich gut an, an diesem Abend etwas zum Lächeln zu finden, aber ich bezweifelte, dass Cyclops es zu schätzen wusste. Ich sah auf und erwischte Matt dabei, wie er mich beobachtete, eine Augenbraue fragend hochgezogen. Ich schaute zur Seite, um anzudeuten, dass ich über Cyclops' missliche Lage lächelte. Er hatte es wohl verstanden, denn er grinste ebenfalls. Sowohl Hope als auch Lady Abbington bemerkten unsere wortlose Kommunikation.

„Was wollte der Sheriff?", fragte Charity. „Und was hat er damit gemeint, dass Cousin Matthew seine Uhr braucht?"

„Wer weiß?", erwiderte Cyclops. „Ihr Vater hat recht; er ist wirr im Kopf."

Ich fragte mich, ob Matt am anderen Ende des Tisches ähnliche Fragen ertragen musste. Hope schien einen Großteil der Unterhaltung zu übernehmen, was Matt von Lady Abbington auf der anderen Seite ablenkte. Sie jedoch konnte den Blick nicht von ihm wenden und schaffte es schließlich, seine Aufmerksamkeit von Hope abzuziehen.

Aber nicht lange. „Hope, meine Liebe", meldete sich Lady Rycroft laut vom anderen Ende des Tisches. „Erzähl Matthew doch von Rycroft, und dass es im Sommer so herrlich aussieht. Oh, und erzähl ihm, wie viele Pferde dein Vater in den Ställen hält."

Es wurde still im Raum.

Hope schloss flatternd die Augen, und sie holte tief Luft, als würde sie sich stählen. Dann erzählte sie Matt, wie der See in der Sonne glitzerte und sich perfekt für Picknicks oder Bootsausflüge anbot.

„Und all das wird eines Tages Matthew gehören", sagte Lady Rycroft zu Lady Abbington, wiederum laut genug, dass es alle hören konnten. „Er wird meine Mädchen aus ihrem Haus werfen, außer er heiratet eine von ihnen."

„Mama", sagte Hope stöhnend.

Patience neigte den Kopf, aber nicht ehe ich sah, wie ihre Wangen rot wurden.

„Mach kein solches Drama, Beatrice", sagte Miss Glass mit einem Kopfschütteln. Zu Lady Abbington fügte sie hinzu: „Meine Schwägerin übertreibt gerne. Patience heiratet bald, und ich bin mir sicher, auch Charity und Hope werden bald Angebote bekommen. Besonders Hope. Männer scheinen sie zu mögen. Und natürlich besteht mein Neffe darauf, aus Liebe zu heiraten." Die unausgesprochene Botschaft, dass er sich nicht in seine Cousinen verliebt hatte, hing in der Luft.

Lady Rycroft starrte Miss Glass an, als könne sie nicht glauben, dass ihre eigene Schwägerin ihr in aller Öffentlichkeit in den Rücken fiel. Dann wandte sie sich flehentlich ihrem Mann zu.

Lord Rycroft stürzte sich mit aller Kraft auf seine Suppe,

schlürfte einen Löffel nach dem anderen, sodass er nicht sprechen konnte.

„Matthew ist ziemlich romantisch", fuhr Miss Glass fort, sich offenbar nicht bewusst, welche Anspannung sie herbeigeführt hatte. „Wo stehen Sie bei der Vorstellung, aus Liebe zu heiraten, Marianne?"

Lady Abbington schien einen kurzen Augenblick aus dem Gleichgewicht gebracht, doch sie erholte sich rasch. „Ich halte das für eine sehr edle Vorstellung, und ganz gewiss romantisch, aber sie ist nicht immer praktisch."

„Ganz genau", sagte Lady Rycroft. „Die Liebe mag ja für die unteren Klassen gut und schön sein, aber nicht für uns."

„Ich halte es schon in seltenen Fällen für möglich", fuhr Lady Abbington fort. „Eine Heirat aus Liebe funktioniert am besten, wenn beide Hälften der Verbindung etwas Gleichwertiges in die Ehe einbringen, und keiner mehr Vorteile hat als der andere. Auf diese Weise fühlt sich weder der Mann noch die Frau, als hätte man sie ausgenutzt, und man kann der Liebe freien Lauf lassen."

„Sehr klug, Marianne", sagte Miss Glass. „Findest du nicht auch, Matthew?"

„Durchaus", erwiderte er. „Wo wir schon vom Heiraten reden, erzähl uns von deinem Verlobten, Patience."

Patience sprach leise, aber begeistert von Lord Cox, und mit sogar noch größere Begeisterung von seinen vier Kindern. Es war offensichtlich, dass sie sie vergötterte und sich darauf freute, bei ihrer Heirat mit ihrem Vater im Nu vierfache Mutter zu werden.

„Da haben wir es", sagte Miss Glass, als sie eine Pause machte, „das ist doch eine Liebesheirat."

„Weil sie gleichwertig ist", stellte Lady Abbington fest. „Meinen Glückwunsch, Patience, Sie scheinen sich eine seltene Gelegenheit geschnappt zu haben. Ich hoffe, Ihre Schwestern haben ebenso großes Glück. Und Sie, Miss Steele, Miss Willie?"

„Bei mir wird nicht geheiratet", erklärte Willie. „Ich lasse mich nicht von einem Mann versklaven und stehe ihm jederzeit zur Verfügung."

Charity lachte schnaubend in ihr Weinglas.

„Miss Steele?", fragte Lady Abbington. „Was halten Sie von der Heirat aus Liebe?"

„Ich bin ganz bei Ihnen", sagte ich. „Eine glückliche Ehe, die auf Liebe basiert, kann nur zwischen Ebenbürtigen funktionieren, aber nicht aus den Gründen, die Sie nennen, meiner Ansicht nach. Wenn zwei Menschen sich lieben, wird sich keiner von ihnen fühlen, als würde er oder sie ausgenutzt, denn beide *haben* etwas Gleichwertiges in die Verbindung eingebracht – Liebe."

Sie gab in diesem Punkt mit einem leichten Schulterzucken nach. Selbst das wirkte elegant und mühelos. „Aber?"

Matt legte sein Messer und seine Gabel ab und betrachtete mich aufmerksam.

„Aber es sind höchst selten einfach nur zwei Leute, die man bei einer Ehe bedenken muss", fuhr ich fort. „Es gibt Verpflichtungen, besonders für jene Partei, die am wenigsten zu gewinnen hat, und die Zukunft von anderen Familienmitgliedern muss mitbedacht werden."

„Ganz genau", sagte Lady Rycroft und schaute mit erhobenen Augenbrauen ihre Schwägerin an.

Ich war sehr beflissen darum, Miss Glass nicht anzusehen. Sie würde das Gefühl haben, ich wäre ihr in den Rücken gefallen. Es war jedoch Matt, der sich zu Wort meldete.

„Ich sehe das anders, India. Man sollte sich nicht von der Ansicht der Familie leiten lassen, wenn es um die Ehe geht. Das führt nur zu Unglück für beide Parteien."

„Ich setze mich nicht dafür ein, dass Leute, die sich überhaupt nicht leiden können, heiraten sollen", sagte ich. „Überhaupt nicht. Aber ich glaube, dass die Liebe nicht gegen äußere Einwirkung bestehen kann, nicht langfristig. Es gibt zu viel Druck, besonders auf die Partei, deren Stellung durch eine Heirat zu ihrem Vorteil erhöht wurde. Sie – oder er – würde sich früher oder später schuldig fühlen, und das könnte die Liebe, die sie anfangs verspürt haben, vergiften."

„Gut ausgedrückt." Lady Abbington klatschte leise.

„Ich glaube, es muss ein Gleichgewicht zwischen Gefühlen und Verpflichtungen herrschen", verdeutlichte ich.

„Das sehe ich auch so. Mr. Glass?", wollte sie wissen. „Was sagen Sie?"

Matt musterte mich mit einem kurzen, doch intensiven Blick. Dann nahm er Messer und Gabel wieder auf. „Ich sage, wir wechseln das Thema."

„Da bin ich dabei." Willie bedeutete Bristow, ihr Weinglas aufzufüllen. „So etwas wie Liebe gibt es sowieso nicht. Das haben sich nur die Dichter in alten Zeiten ausgedacht, damit die Damen die Röcke für sie heben."

„Willemina!", tadelte Miss Glass.

Die Falten, die rund um Lady Rycrofts Mund herabhingen, vertieften sich, und sie schüttelte den Kopf. „Verschließt eure Ohren vor solcher Grobheit, Mädchen."

Sowohl Hope als auch Charity schienen zu versuchen, nicht zu lachen, doch Patiences Gesicht wurde rot. Willie wirkte, als würde sie gern eine scharfe Bemerkung hinzufügen, doch ich schüttelte den Kopf in ihre Richtung, und sie schloss den Mund wieder, wobei sie die Augen verdrehte.

Lord Rycroft erhob sein Glas auf sie. „Ich hätte nie gedacht, dass ich einmal einer Amerikanerin beipflichten würde, die wie ein Mann aussieht und so klingt, als wäre sie gerade erst aus der Gosse gekrochen, doch das tue ich."

„Nun", sagte Lady Rycroft mit erzwungener Fröhlichkeit. „Wir werden bald für die Hochzeit nach Rycroft fahren, und ich kann es nicht erwarten, nach Hause zu kommen. Ich vermisse meine Freunde und Nachbarn dort. Heutzutage kommen so wenige nach London. Stellen Sie das auch fest, Marianne?"

Lady Abbington und Lady Rycroft verfielen in eine Diskussion über die gesellschaftliche Szene in London, wodurch Hope Matts Aufmerksamkeit beanspruchen konnte. Ich war sicher, dass Lady Rycroft das absichtlich so eingefädelt hatte.

Das Dinner schien ewig zu dauern, und anschließend fühlte es sich an wie eine weitere Ewigkeit, während wir Damen im Salon darauf warteten, dass sich die Männer wieder zu uns gesellten. Die Unterhaltungen waren gestelzt, und um alles noch schlimmer zu machen, war Willie mit den Männern gegangen. Ich hatte keine Verbündete. Ich stand auf, um die Uhr auf dem Kaminsims zu inspizieren. Sie ging ganz genau, doch vielleicht sollte ich ihr Innenleben dennoch überprüfen. Wenn schon sonst nichts passierte, war es wenigstens eine Beschäftigung.

Die Gentlemen und Willie gesellten sich dann wieder zu uns, aber nur kurz. Miss Glass, die den ganzen Abend lang in bester Verfassung gewesen war, nannte Matt beim Namen seines Vaters und flehte ihn an, zu Hause zu bleiben, oder ihr Vater würde wütend werden.

Charity kicherte hinter vorgehaltener Hand.

„Hör auf damit, Letitia", zischte Lord Rycroft seine Schwester an. „Du machst dich zur Närrin."

Sie schien nicht zu hören.

„Kommen Sie mit mir, Miss Glass", sagte ich und nahm sie am Ellbogen. Sie stützte sich schwer auf mich, aber sie war so zerbrechlich, dass ich ihr Gewicht mühelos halten konnte. Ich half ihr die Stufen hinauf und ließ dann nach ihrer Dienstmagd schicken.

Als Polly eintraf, ging ich in mein Zimmer, nicht in den Salon. Man würde mich nicht vermissen, und ich fand den ganzen Abend unheimlich frustrierend. Meine Nerven brauchten irgendetwas zur Beruhigung. Ich setzte mich an meinen Schreibtisch und öffnete das Gehäuse meiner Taschenuhr. Sie lief perfekt, aber ich würde mich ein wenig besser fühlen, wenn ich daran herumbastelte.

Fünfzehn Minuten später klopfte es leise an meiner Tür. Ich öffnete sie und sah Matt, dessen Haare ganz durcheinander waren, als wäre er immer wieder mit den Händen durchgefahren. Das Weiße seiner Augen war von winzigen roten Äderchen durchzogen, und seine Haut wirkte bleich im Licht seiner Lampe.

„Sie sind weg", sagte er einfach.

„Alle? Schon?"

Er nickte. „Das war ein anstrengender Abend. Ich werfe dir nicht vor, dass du nicht zurückgekehrt bist, aber sei bereit für Willies Zorn. Sie glaubt, du hättest sie im Stich gelassen."

Das brachte mich zum Lächeln. „Du klingst, als hättest du keinen Spaß gehabt."

Er legte einfach nur den Kopf zur Seite.

„Und dabei war das alles für dich", sagte ich. „Du hast Lady Abbingtons Gesellschaft nicht genossen?"

Er hob eine Schulter. „Sie wirkt recht angenehm."

„Lady Rycroft wird sich freuen zu hören, dass du sie lediglich als angenehm beschreibst. Ihre Intrigen haben gewirkt."

„Ich glaube, es war Charitys Intrige, sich neben Cyclops zu setzen, die dem Abend einen … interessanten Auftakt gegeben hat."

„Wie geht es ihm?"

„Er erholt sich im Salon mit einem hochprozentigen Getränk. Willst du zu uns kommen? Wir wollten gerade über Payne sprechen, aber ich dachte, du solltest dabei sein."

Ich wollte meine Taschenuhr nicht mit dem Innenleben über den Schreibtisch verteilt liegen lassen, darum sammelte ich alles auf, mitsamt der Uhr, und folgte ihm nach unten in den Salon.

„O-ho!", rief Willie, eine Hand auf der Hüfte. „Die verlorene Tochter kehrt heim."

„Nimm sie nächstes Mal mit", bettelte Duke mich an. „Sie hat von dem Augenblick an gegrummelt, indem du weg bist, und nicht aufgehört, bis alle Gäste gegangen sind."

„Wie geht es Miss Glass?", fragte Cyclops.

„Ich habe sie Polly überlassen. Vermutlich tut ihr etwas Ruhe gut." Ich warf einen Blick auf Matt und sagte ihm fast, dass auch ihm etwas Ruhe guttun würde, aber ich sah davon ab. Ich wollte nicht unter seinem finsteren Blick zugrunde gehen.

„Was glaubt ihr denn, was Payne gemeint hat?", fragte Duke, während er Kognak in die Gläser auf dem Buffet goss. „Glaubt ihr, er weiß Bescheid?"

„Nicht über die Magie", sagte ich, während ich die Bestandteile meiner Taschenuhr auf meinem Schoß ausbreitete. „Das kann er auf keinen Fall wissen." Ich schüttelte den Kopf, als Duke mir ein Glas anbot.

„Da stimme ich zu", sagte Matt leise. „Selbst wenn er mit Abercrombie und Hardacre über mich gesprochen hat, wissen Sie nicht, dass meine Uhr magisch ist. Das weiß niemand, nur wir."

„Und Chronos", wandte Cyclops ein. „Aber von ihm sollte Payne nichts wissen."

„Also kann er die Einzelheiten keinesfalls kennen", sagte ich. „Er weiß nur, was er an jenem Tag gesehen hat, an dem du deine Taschenuhr in der Kutsche benutzt hast."

„Dass meine Adern violett werden, wenn ich meine Taschenuhr in der Hand halte", schloss Matt.

„Genau. Dann steht es fest. Er hat geblufft. Darin seid ihr Amerikaner ja großartig."

„Das liegt ganz am Pokern", sagte Willie mit einem Nicken. „Verdammt, ich wünschte, ich hätte meine Pistole gehabt, als er hereingeplatzt ist. Ich hätte ihn nicht umgebracht", protestierte sie, als wir sie alle anstarrten. „Ich hätte nur dafür gesorgt, dass er einen Streifschuss abbekommt."

Duke wirbelte den Kognak in seinem Glas herum. „Und hättest die Damen halb zu Tode erschreckt."

„Vielleicht wären sie dann gegangen." Sie klang, als würde sie diese Information für zukünftige Dinnerpartys abspeichern.

Ich beugte mich ins Licht der Lampe und setzte die letzte Feder passgenau ein. „Payne schien auch ohne den Einsatz deines Colts erschüttert genug zu sein, Willie." Ich schaute auf und sah, dass Matt mich beobachtete. Oder vielmehr beobachtete er, was ich tat.

„Ihm gefiel nicht, dass Matt mit Munro über ihn gesprochen hat", sagte Cyclops. „Er hat offenbar nicht damit gerechnet, dass Munro im Zweifel zu Matt hält."

„Weil Payne nicht weiß, dass Daniel Gibbons Munros Sohn war", sagte Willie. „Gott sei es gedankt."

Matt bohrte sich Zeigefinger und Daumen in die Augen. Ich räusperte mich, und er ließ die Hand herabfallen. Ich schraubte das Gehäuse auf der Rückseite meiner Taschenuhr zu und schloss meine Faust darum, dann sah ich ihn mit hochgezogen Augenbrauen an.

Er nahm seine Taschenuhr aus seiner Innentasche und legte den Kopf in den Nacken. Die Uhr leuchtete, pulsierte, als wäre sie lebendig, und violettes Licht strömte durch seine Adern, verschwand unter seinen Haaren. Einen Augenblick später steckte er die Uhr zurück in die Tasche, und seine Adern glühten nicht mehr. Die gräuliche Blässe war verschwunden, aber er wirkte immer noch müde.

Die anderen sahen das wohl genauso, denn sie beschlossen alle sofort, dass es Zeit war, zu Bett zu gehen. Duke trank seinen Kognak aus, und Willie wünschte allen eine gute Nacht. Ich stand auf, um ihr zu folgen, aber Matt nahm mich an der Hand, als ich vorüberging.

„Bleib", murmelte er.

Cyclops sah mich durch zusammengekniffene Augen an. „Nur einen Augenblick lang", erklärte ich sowohl ihm als auch Matt. „Ich bin zu müde, um lange aufzubleiben."

Cyclops schloss die Tür und ließ mich und Matt allein zurück.

„Ist alles in Ordnung?", fragte ich.

„Ich bin mir nicht sicher." Matt erhob sich und nahm sanft meine Hand. Er öffnete meine zur Faust geballten Finger, um meine Taschenuhr freizulegen. „Stimmt damit etwas nicht?"

„Nein, alles in Ordnung."

Er nahm meine Hand. Mir stockte der Atem, als seine Wärme durch meine Haut drang. Magische Wärme, wie mir plötzlich klar wurde. Meine Magie reagierte auf die Magie seiner Taschenuhr, die auf seinen Körper übergegangen war. „Weshalb hast du sie dann auseinandergenommen?", fragte er.

„Ich weiß es nicht genau. Mir war einfach danach. Heute Abend war … anstrengend, und die Arbeit an Uhren beruhigt mich."

„Ich verstehe."

Ich musterte die Uhr in meiner Handfläche. „Ich glaube, es ist der methodische und akkurate Ansatz dieser Arbeit. Er beschäftigt meine Gedanken genauso wie meine Hände. Da ich meine Uhr inzwischen so gut kenne, könnte ich es vermutlich bewerkstelligen, ohne darüber nachzudenken." Ich zwang mich dazu, mit dem Geplapper aufzuhören. „Gibt es sonst noch etwas, worüber du mit mir sprechen möchtest?"

Er strich mit seinem Daumen über meinen, eine langsame, träge Bewegung. Es war eine Geste, die mich hätte beruhigen sollen, aber in meinem Herzen brach Panik aus. Ich konnte immer noch nicht zu seinem Gesicht aufschauen.

„India, was du beim Dinner über die Ehe gesagt hast …"

Ich riss meine Hand zurück und verschränkte beide Hände hinter dem Rücken. „Sprechen wir nicht darüber. In dieser Angelegenheit müssen wir einfach damit leben, nicht einer Meinung zu sein."

„Fürs erste."

„Was soll das bedeuten? Du kannst meine Meinung nicht ändern, und ich deine auch nicht."

„Das besprechen wir später, zu einem Zeitpunkt, wenn es eine Rolle spielt."

„Eine Rolle wofür?"

Er marschierte zur Tür und öffnete sie für mich. „Gute Nacht, India."

„Du kannst mir die Antwort nicht verweigern, Matt. Das ist nicht gerecht. Insbesondere, da *du mich* ja gebeten hast, noch hierzubleiben."

„Du hast recht. Ich wollte dir eigentlich sagen, dass es mir leidtut, wie sich der heutige Abend entwickelt hat. Nächstes Mal, mit einer längeren Vorwarnzeit, werden wir beide die Gelegenheit haben, uns zu entschuldigen."

Ich lachte. „Wenn du glaubst, deine Tante lässt dir einen Ausweg, irrst du dich gewaltig. Ich hingegen bin für ihre Zwecke nicht relevant. Ich könnte stattdessen mit den anderen einen Abend im Theater genießen. Etwas Lustiges, vielleicht sogar etwas Frivoles. Das würde Willie sicher gefallen."

Ich ging hinaus, er folgte mir und nahm sich dabei die Lampe vom Tisch. „Du würdest mich nicht nur den Damen ausliefern, sondern auch noch alle meine Verbündeten mit dir nehmen?"

Ich nickte und ging die Stufen empor. „Auf diese Weise kannst du Lady Abbington richtig kennenlernen. Und natürlich auch Hope."

Er kniff die Lippen zusammen und blieb still, bis wir an meinem Zimmer ankamen. Ich griff nach dem Türknauf, aber seine Hand kam mir zuvor. Sein Gesicht war meinem ganz nahe. Seine Augen leuchteten im Licht der Lampe.

„Ich wünschte, ich wüsste, was du darüber denkst, India", murmelte er, seine Stimme vielsagend und tief, „aber mit einem Mal will es mir nicht mehr gelingen, deine Gedanken zu lesen."

Mein Mund wurde ganz trocken. Ich wollte schlucken, aber das half nicht. „Ich bin so froh, dass ich nicht völlig vorhersehbar und langweilig bin", entgegnete ich ihm, in der Hoffnung, er würde nicht sehen, wie heiß meine Wangen waren und wie sehnsüchtig mein Blick.

Ein schiefes Lächeln trat auf sein Gesicht. „Du bist alles andere als langweilig. Ich finde dich durch und durch faszinierend."

Du meine Güte. Ich wollte mir etwas Kluges einfallen lassen, das ich sagen konnte, aber meine Gedanken waren völlig leer.

Er öffnete die Tür, was sein Gesicht meinem noch näher brachte. Sein Atem spielte in meinen Haaren. „Gute Nacht, India."

„Gute Nacht, Matt. Schlaf gut."

* * *

DR. RITTER WEIGERTE SICH, uns zu treffen, bis Matt ihm sagte, sein Freund, der Reporter, würde einen negativen Artikel über die Nachlässigkeit des Krankenhauses bei der Behandlung von Mrs. Oakshot schreiben.

„Die Macht der Zeitung", flüsterte Matt mir zu, während eine Krankenschwester uns in Dr. Ritters Bureau führte.

Das Zimmer war doppelt so groß wie das von Dr. Hale. Ritters Bücherregale waren mit Büchern und Magazinen vollgestellt, nicht mit Arzneimitteln, und ein Porträt der Königin blickte auf seinen kahlen Kopf hinab, während er hinter dem Schreibtisch saß.

Er schüttelte Matt nicht die Hand und hieß uns auch nicht willkommen, sondern begrüßte uns im Stehen mit auf die Tischfläche gestützten Handknöcheln. „Mrs. Oakshots Tod war ein unglückseliger Fehler, der Dr. Hale unterlief", sagte er mit lauter Stimme. „Es ist nicht die Schuld des Krankenhauses, und Ihr Freund sollte auch nichts anderes berichten. Haben Sie gehört?"

„Wir wollen nur Fragen stellen", sagte Matt „und wenn Sie bereit gewesen wären, sich mit uns treffen, hätten wir nicht zu verzweifelten Mitteln greifen müssen."

„Ist das dieser Barratt von der *Weekly Gazette*? Das würde mich nicht überraschen. Er schreibt so einigen frei erfundenen Unsinn."

„Warum haben Sie Mr. Oakshot erzählt, dass Dr. Hale Mrs. Oakshot eine Überdosis Morphium verabreicht hat?"

Dr. Ritter richtete sich langsam auf, die Empörung schwand aus seiner Haltung. „Ich habe ihm gar nichts *erzählt*."

„Sie haben es nahegelegt, das behauptet zumindest Mr. Oakshot."

„Diese Unterhaltung war privat und geht Sie nichts an." Er setzte sich und musterte die Papiere, die auf seinem Schreibtisch lagen. „Bitte gehen Sie. Ich bin beschäftigt."

„Sie hatten nicht das Recht, ihm das zu sagen", wandte ich ein. „Er hat getrauert und suchte nach jemandem, dem er die Schuld zuschieben konnte."

„Und er hat jemanden gefunden. Das hat niemandem geschadet, Miss Steele."

„Niemandem geschadet! Er ist verdächtig im Mord an Dr. Hale, und wenn man ihn für den Schuldigen hält, ist das Ihre Schuld. Können Sie noch in den Spiegel schauen, wenn seine Kinder zu Waisen werden?"

„Hinaus", knurrte er.

Matt nahm mich am Ellbogen. Vielleicht hatte er Angst, dass ich über den Schreibtisch springen und Dr. Ritter ohrfeigen würde, oder vielleicht wollte er einfach noch nicht gehen. „Die Sache ist die, Dr. Ritter, Sie sind auch verdächtig."

„Ich muss doch sehr bitten!", stammelte er.

„Sie hatten Zugang zu Dr. Hales Fläschchen mit Allheilmittel, Sie sind ein Arzt, darum haben Sie Ahnung von Arzneimitteln und Giften, und Sie haben vor seinem Tod mit Dr. Hale gestritten."

„Ich habe nicht mit ihm gestritten, ich habe ihn aus seiner Stellung entlassen. Er hat meine Entscheidung akzeptiert."

„Hat er das?", fragte Matt. „Oder hat er Sie bedroht, und Ihnen wurde klar, dass Sie ihn zum Schweigen bringen müssen?"

„Womit hätte er mich denn bedrohen sollen?"

Matt zuckte mit den Schultern. „Ich bin sicher, er könnte etwas finden, das die Zeitungen nur zu gern berichten würden."

Dr. Ritter presste die Lippen so fest aufeinander, dass sie weiß wurden. „Raus jetzt!"

Matt lotste mich zur Tür, und wir brachen eilig auf.

„Wir haben gar nichts herausgefunden", sagte ich, „aber ich

fühle mich besser. Er sollte wissen, welchen Schaden er womöglich angerichtet hat, indem er Mr. Oakshot von Dr. Hales Inkompetenz in Kenntnis gesetzt hat.“

„Das sehe ich auch so“, sagte Matt. „Dr. Wiley!“, rief er, als der Arzt vor uns den Gang betrat. „Können wir Sie kurz sprechen?“

Dr. Wiley schaute an uns vorbei, dann blickte er hinter sich. Er sah aus, als würde er sich gerne umdrehen und verschwinden, aber er blieb stehen. Er brachte sogar ein zögerliches Lächeln zustande.

„Sie sind Miss Steele und Mr. Glass, oder nicht?“, fragte er. „Sind Sie aus medizinischen Gründen hier?“

„Nichts dergleichen“, sagte Matt. „Wir helfen der Polizei bei der Ermittlung zu Dr. Hales Tod.“ Matt ließ es klingen, als wäre das unser offizieller Auftrag. Diese neue Taktik funktionierte besser als die vorherige. Dr. Wiley erhob keinen Widerspruch, und er wollte auch nicht vor uns flüchten.

„Sie wollen mich noch weiter ausfragen?“ Er zog sein Klemmbrett an die Brust. „Kriminalinspektor Brockwell hat mich bereits eingehend befragt. Ich habe dem nichts mehr hinzuzufügen.“ Eine Krankenschwester eilte vorbei, und er sah ihr nach, bis sie außer Hörweite war, dann beugte er sich zu uns vor. „Ich hatte nichts mit dem Tod von Hale zu tun. Ich bin nicht einmal überzeugt, dass es ein Mord war. Vermutlich hat er es sich selbst angetan.“

„Warum sollte er das tun?“, fragte Matt.

„Aus Schuldgefühlen, weil er am Tod eines Patienten beteiligt war, oder aus Scham, weil er seine Stelle hier verloren hat. Oder wenn Sie nach jemandem suchen, dem Sie es anlasten wollen, dann sollten Sie den Witwer jener Patientin aufsuchen, Mr. Oakshot. Er war äußerst aggressiv zu Dr. Hale, nachdem seine Frau gestorben ist.“ Er hob einen Finger. „Mir ist noch jemand eingefallen, der wütend auf Hale war.“

„Wer?“, fragte ich.

„Ein Kerl namens Clark von der Drogistengilde.“

Ich schnappte nach Luft. Mord und Magie schienen immer auf die Gilden zurückzugehen. „Aber Dr. Hale war doch gar

kein Mitglied dieser Gilde mehr", sagte ich. „Er war kein praktizierender Drogist."

„Trotzdem war Mr. Clark an jenem Tag nicht lange nach
Ihnen da, wie es der Zufall so will. Er sprach mit Hale in seinem
Bureau und wirkte gar nicht glücklich, als er herauskam. Eine
der Krankenschwestern hörte laute Stimmen, konnte aber den
Wortwechsel nicht verstehen."

„Wurde Dr. Hale noch lebend gesehen, nachdem Mr. Clark
gegangen war?"

Dr. Wiley nickte. „Ich habe selbst mit ihm gesprochen. Wir
mussten seine Patienten besprechen, verstehen Sie, da ich viele
von ihnen übernehmen sollte, bis ein Ersatz eingestellt werden
kann. Das habe ich alles der Polizei erzählt."

„Und sie wird zu schätzen wissen, dass Sie es für mich
wiederholen", sagte Matt. „Können Sie uns sagen, wo Sie waren,
nachdem Sie sich mit Dr. Hale getroffen haben?"

Er stutzte. „Ich war bis sechs Uhr bei einem Patienten, dann
ging ich nach Hause."

„Kann das irgendjemand bestätigen?"

„Meine Unterschrift ist auf der Patientenkarte. Ich habe sie
unterschrieben und kurz vor meinem Aufbruch die Zeit eingetragen. Bitten Sie die Krankenschwester am Empfangstisch, sie
Ihnen zu zeigen. Sagen Sie ihr, ich hätte das genehmigt."

„Vielen Dank, Dr. Wiley."

Er setzte seinen Weg durch den Gang fort, und wir machten
uns in die entgegengesetzte Richtung auf. „Was hältst du von
dem Kerl namens Clark von der Drogistengilde, der mit Hale
gesprochen hat?", fragte ich leise.

„Ich glaube, den müssen wir als nächstes aufsuchen. Aber
lass uns zuerst Wileys Geschichte bestätigen."

Ich überließ es Matt, die diensthabende Krankenschwester
nach allen Karten zu fragen, die Dr. Wiley am Nachmittag von
Hales Tod unterschrieben hatte. In derartigen Dingen war er gut,
und sie holte sie uns bereitwillig. Wir brüteten über den
Papieren und bestätigten, dass Wiley um fünf Minuten vor sechs
die Patientenakte unterschrieben hatte.

„Warte kurz", sagte ich, während ich die Liste von Namen
und Zeiten durchging. „Es gibt eine Unterschrift nach seiner, die

auf fünf Uhr fünfundvierzig datiert ist. Sollten diese Notizen nicht chronologisch geordnet sein? Jemand, der den Patienten vor ihm untersuchte, sollte doch über Wiley unterschrieben haben, nicht darunter."

Matt stellte der Krankenschwester die entsprechende Frage, und sie bestätigte es mit einem Stirnrunzeln. „Das ist meine Unterschrift", sagte sie. „Ich belüge Sie nicht, Sir, das verspreche ich Ihnen, aber ich schaue nie auf die Zeit, die über meiner eingetragen wurde, außer ich muss einem Patienten in regelmäßigen Abständen Medikamente geben." Sie tippte auf die Zeile auf der Patientenkarte, in der sie unterschrieben hatte. „Ich habe nur seinen Puls überprüft."

„Dr. Wiley hat wohl die Uhr falsch abgelesen", sagte Matt leise. „Nichts, worüber man sich Sorgen machen müsste."

„So war es wohl." Sie verzog den Mund, und ihre Stirn runzelte sich noch mehr.

„Haben Sie auch einen Mann namens Clark gesehen, der an diesem Nachmittag mit Dr. Hale in seinem Bureau sprach?"

„Habe ich, Sir. Er verließ Dr. Hales Zimmer mit einem finsteren Ausdruck in den Augen, während er tonlos vor sich hin murmelte."

„Was hat er denn gemurmelt?"

„Ich konnte nur ein paar Worte verstehen. Irgendwas darüber, mit diesem Reporter zu sprechen. Mehr habe ich nicht gehört."

Matt dankte ihr, und wir begaben uns aus dem Krankenhaus zu unserer wartenden Kutsche.

„Also war Wiley nicht zu der behaupteten Zeit bei dem Patienten, und er hat uns absichtlich angelogen", schloss ich.

„So scheint es. Die Frage ist, weshalb?"

„Und worüber hat er sonst noch gelogen?"

„Wissen Sie, wo der Saal der Drogistengilde ist?", fragte Matt Bryce.

„Jawohl, Sir, der ist in der Black Friars Lane."

„Fahren Sie uns bitte dorthin."

Zwanzig Minuten später kamen wir am beeindruckenden Säuleneingang des Gildensaals an. Das obligatorische Wappen über den verschlossenen Bogentüren zeigte einen goldenen

Mann mit Pfeil und Bogen in der Hand, aus seinem Kopf strömten Sonnenstrahlen. Einhörner knieten zu seinen Seiten.

„Warum die Einhörner?", fragte ich Matt, während wir darauf warteten, dass jemand auf unser Klopfen reagierte.

„Ich weiß nicht, aber ich denke, die Gestalt ist Apollon, der griechische Gott der Medizin, unter anderem."

„Wenn ich ein Wappen hätte, hätte ich auch gerne Einhörner darauf. Die sind sehr viel beeindruckender als Pferde."

Er lachte leise, beherrschte seine Züge aber schnell wieder, als sich die Tür öffnete. Ein livrierter Diener führte uns durch den Hof dahinter. Das Gebäude ragte drei Stockwerke an allen Seiten des Hofes auf, während hinten ein Treppenhaus zu einer Tür emporführte. Mitten im Hof lehnte ein Jüngling an einem Lampenpfosten, ein offenes Buch in der Hand.

„Wir suchen nach Mr. Clark", sagte Matt zu dem Diener. „Wir glauben, er ist hier Mitglied."

„Er ist der Gildemeister, Sir", sagte der Diener.

„Ist er derzeit hier?"

„Das ist er, Sir, aber ich fürchte, er ist beschäftigt. Möchten Sie warten?"

„Gerne."

„Und Sie sind?"

„Mr. und Mrs. Wild. Meine amerikanische Firma möchte besprechen, ob sie möglicherweise von der Gilde mit Arzneimitteln versorgt werden könnte. Ich erhielt Mr. Clarks Namen von einem Geschäftspartner."

Die Augen des Dieners hellten sich auf. „Ich bin mir sicher, Mr. Clark wird sehr bald für ein Gespräch mit Ihnen zur Verfügung stehen." Dem Jüngling rief er zu: „Cartwright, bring Mr. und Mrs. Wild in den Salon."

Cartwright steckte sich sein Buch unter den Arm und lächelte. Mit seinem schlanken Körperbau und dem Flaum aus hellen Haaren, der sich darum bemühte, auf seinem Kinn Wirkung zu erzielen, konnte er nicht älter als achtzehn sein. Langen, entschlossenen Schrittes ging er voraus zur Treppe, bis Matt ihn bat, um meinetwillen langsamer zu gehen.

Ich schaute ihn finster an, um zu zeigen, dass ich mühelos fähig war, mit ihnen mitzuhalten, und er zwinkerte mir zu.

„Es tut mir leid, Mrs. Wild", sagte der junge Mann. „Mr. Clark sagt auch immer, dass ich es eilig habe."

„Sind sie sein Lehrling?", fragte Matt.

„Ich bin *ein* Lehrling, aber nicht seiner."

„Ist er ein guter Mensch?"

Cartwright schaute Matt durch zusammengekniffene Augen an, als er die Tür oben an den Treppen öffnete. „Er ist ein exzellenter Drogist. Er überwacht die Herstellung der Arzneimittel hier."

„Die Gilde stellt in diesen Räumlichkeiten selbst her?"

„Ja, Sir, im Keller. Wir versorgen einige große Organisationen, darunter die Royal Navy, Army und die Ostindienkompanie. Mr. Clark überwacht das alles. Ihre Firma wird in guten Händen sein, Sir."

„Das werde ich berücksichtigen, wenn ich meine Entscheidung fälle. Ich habe noch nicht entschieden, ob ich zu Oakshot oder vielleicht sogar einer kleineren Firma wie Pitt's gehe."

„Sir, ich würde Sie warnen, zu keiner der beiden zu gehen."

„Weshalb?"

„Mr. Pitts Herstellung ist nicht ausgestattet für große, internationale Bestellungen. Obwohl er einen guten Ruf und eine treue Kundschaft hat, ist er einfach nicht für die Massenproduktion aufgestellt. Und obwohl man Mr. Oakshot als hervorragenden Drogisten betrachtet ... Nun, etwas ist bei ihm einfach nicht ganz richtig, Sir." Er deutete auf eine Tür, und wir traten ein, aber er blieb draußen.

„Was meinen Sie damit?", fragte Matt.

„Das ist schwer zu sagen, aber Mr. Clark mag Mr. Oakshot nicht, und wenn Mr. Clark jemanden nicht mag, dann gibt es einen guten Grund. Ich gehe und sage Mr. Clark, dass Sie hier sind, ja?"

„Ja, natürlich. Oh, und eine Sache noch. Mir ist wohl meine Taschenuhr kaputtgegangen." Matt tätschelte seine Jackentasche auf Brusthöhe. Was hatte er nur vor? „Kennen Sie jemanden, der gut Uhren repariert?"

„Sie könnten beim Gildensaal der Uhrmacher nachfragen, Sir. Der ist in der Warwick Lane, nicht weit von hier."

„Kennen Sie den Meister dort?"

„Er heißt Mr. Abercrombie."

„Sind Sie ihm schon begegnet?"

„Einige Male. Er speist manchmal hier mit Mr. Clark." Mit einem knappen Nicken eilte der Junge davon.

„Sehr klug angestellt, Matt", sagte ich.

„Dankeschön", erwiderte er. „Also sieht es aus, als gäbe es eine Verbindung zwischen den beiden Gilden."

„Das hat womöglich nichts zu bedeuten." Wenn das nichts zu bedeuten hatte, weshalb hämmerte dann mein Herz, und weshalb wirbelten schreckliche Szenarien durch meinen Verstand?

„Oder vielleicht hat es zu bedeuten, dass sie Informationen über gewisse Themen austauschen. Zum Beispiel über Magie. Ich bin froh, dass wir erfundene Namen benutzt haben."

Er musterte die vom Boden bis zur Decke reichende Glasvitrine mit Arzneigefäßen, während ich mich neben die Standuhr stellte. Sie hatte ein wunderschönes goldenes Ziffernblatt mit schwarzen Zeigern und Ziffern und ein goldenes Schloss. Ich fragte mich, ob der Schlüssel in der Nähe aufbewahrt wurde.

„Du willst sie öffnen, nicht wahr?", murmelte Matt, der plötzlich hinter mir stand.

„Ich dachte, du würdest diese Gefäße betrachten."

„Man kann nur eine gewisse Anzahl von Arzneietiketten lesen, bis sie langweilig werden." Er zog einen Handschuh aus und berührte das Schloss. „Sollen wir nach dem Schlüssel suchen?"

„Den hat vermutlich der Diener. Er wirkte sehr verantwortungsbewusst, und nicht wie jemand, der eine Standuhr unverschlossen lässt. Jeder könnte daherkommen und sie manipulieren."

„Du magst das vielleicht nicht glauben, India, aber es gibt nur sehr wenige Menschen, die Uhren manipulieren würden. Wir wollen sie nicht alle auseinandernehmen."

Ein Mann trat ein, seine Schritte waren rasch und akkurat. Schlanke Finger knöpften seine Jacke zu, dann strichen sie eine Haarsträhne auf Abwegen zurück. Er hatte ein glattrasiertes Gesicht, und sein Blick aus himmelblauen Augen huschte zwischen mir und Matt hin und her. Er schüttelte Matt die

Hand und stellte sich als Mr. Josiah Clark, der Gildemeister, vor.

„Bitte setzen Sie sich", sagte er. „Wollen wir sehen, was ich für Sie tun kann, Mr. Wild. Cartwright erzählt, Sie hätten eine Firma in Amerika. Was macht denn Ihre Firma?"

„Tatsächlich muss ich Ihnen etwas gestehen", sagte Matt. „Ich habe das Ihrem Diener und Ihrem Lehrling nur erzählt, damit ich Sie treffen kann."

Mr. Clarks Miene fiel in sich zusammen. Er warf einen Blick zur Tür. Matt stand auf, schloss sie und setzte sich dann wieder.

„Mrs. Wild und ich sind private Ermittler, die der Polizei bei der Aufklärung des Todes von Dr. Hale helfen."

Mr. Clark sprang auf. „Hinaus mit Ihnen."

„Setzen Sie sich, Mr. Clark, oder ich bin geneigt, Kriminalinspektor Brockwell zu sagen, dass Sie keine Hilfe waren und er sich vielleicht Ihren Betrieb hier genauer ansehen sollte."

„Meinen Betrieb! Hier geht nichts Ungesetzliches vor."

„Zweifellos hat Ihnen Brockwell erzählt, dass Dr. Hale ermordet wurde."

„Ich habe nicht mit der Polizei gesprochen, und ich erwarte es auch nicht."

Matt schaute mich an.

„Ich habe mir nichts zuschulden kommen lassen, Mr. Wild, falls Sie wirklich so heißen."

„Sie hatten am Tag seines Todes Streit mit Dr. Hale", erklärte Matt. „Worüber haben Sie gestritten?"

„Das geht Sie nichts an!"

„Mr. Clark, Ihnen scheint nicht klar zu sein, dass ich Kriminalinspektor Brockwell von Ihrer widerstrebenden Kooperation berichten werde. Er wird Ihr Schweigen nicht mit gewogenem Blick betrachten. Wenn Sie wirklich nichts zu verbergen haben, dann erzählen Sie einfach die Wahrheit."

Mr. Clark blickte sehnsüchtig zur Tür und seufzte dann. Er setzte sich wieder. „Dr. Hales Name erschien an jenem Morgen in der Zeitung. Es wurde berichtet, dass er ein medizinisches Wunder vollbracht hätte. Ich wollte mehr darüber wissen, wie er den Patienten zurück ins Leben geholt hatte, und so führte eins zum anderen."

„Und was haben Sie erfahren?“

„Dass er keinerlei Wunder wirken musste. Der Patient war zu dem Zeitpunkt, an dem er seine Medizin verabreichte, noch am Leben.“

„Wenn das also alles war, warum haben Sie dann mit ihm gestritten?“

Mr. Clark schluckte, und sein Blick huschte erneut zur Tür. „Er diffamiert den guten Namen der Gilde durch seine lächerlichen Behauptungen.“

„Aber die Gilde wurde in dem Artikel doch gar nicht erwähnt, und er ist nicht einmal mehr Mitglied.“

„Ihm wurde an jenem Tag seine Mitgliedschaft entzogen, wie es der Zufall so will. Wir haben eine Sondersitzung einberufen und ihn hinausgewählt.“

„An jenem Tag?“, wiederholte ich. „Wegen dieses Artikels?“

Mr. Clark hob eine Schulter und ließ sie herabsacken.

„Oder wegen seiner Magie?“, fragte Matt.

Mr. Clark wurde blass, er riss seine Augen auf. „W…wie … Was meinen Sie damit?“

„Tun Sie nicht so, als wüssten Sie nichts über Magie. Sie wussten, dass Hale ein Drogistenmagier war, und Sie waren froh, als er Arzt wurde. Aber als Sie diesen Artikel in der *Weekly Gazette* lasen, machten Sie sich Sorgen, dass Hale den Leuten von der Magie erzählen könnte. Nachdem Sie mit ihm gesprochen hatten, wurde Ihnen klar, dass er die Magie durch Artikel wie jenen, den Mr. Barratt geschrieben hat, an die Öffentlichkeit bringen wollte. Das hat Ihnen Sorgen bereitet, nicht? Denn wenn die Öffentlichkeit erfahren sollte, dass einige Arzneimittel mit Magie angereichert werden können, würden Sie nur zu solchen Drogisten gehen, nicht zu talentfreien wie Ihnen.“

Jedes Wort verhielt sich wie ein Schlag gegen Mr. Clarks Brust, schob ihn weiter in seinem Sessel zurück, bis er wirkte, als würde er darin versinken. „Man musste ihn aufhalten!“

Matt beugte sich vor, seine Augen leuchteten. Ich konnte es kaum glauben – der Meister der Drogistengilde gab zu, dass er über Magie Bescheid wusste.

„Was Hale erreichen wollte, war Wahnsinn. Reiner Wahnsinn“, sagte Mr. Clark mit hoher Stimme. „Die Öffentlichkeit darf es nicht erfahren. Tausende Drogisten im ganzen Land würden ihre Kundschaft verlieren."

„Also haben Sie ihn umgebracht", sagte Matt.

„Nein!" Mr. Clark sprang auf, und auch Matt erhob sich. „Natürlich nicht. Ich habe ihm gesagt, er solle aufhören, mit Reportern zu sprechen, besonders nicht mit diesem Barratt." Er wedelte mit dem Finger vor Matt. „Wenn Sie nach einem Mörder suchen, sollten Sie *ihn* unter die Lupe nehmen."

„Weshalb?", fragte ich.

„Weil Hale sagte, Barratt würde verzweifelt nach Magiern suchen, die ihm von ihrer Magie erzählen, und Hale hätte das Gefühl, er käme aus dieser Sache nicht mehr heraus." Mr. Clark sprach schnell, die Worte überholten einander, während sie im über die Lippen kamen. „Vielleicht hat er Barratt gesagt, dass er nicht mehr in seinen Artikeln erwähnt werden möchte, und Barratt wurde wütend."

„Das ist lächerlich", wandte ich ein.

„Dr. Hale war am Leben, als ich das Krankenhaus verließ", sagte er. „So viel weiß ich."

Ich dachte, Matt würde ihn zu seiner Verbindung zu Abercrombie befragen, aber das tat er nicht. „Guten Tag, Mr. Clark. Danke für Ihre Zeit."

Wir marschierten rasch die Stufen hinab durch den Hof zum Eingang, wo der Diener uns mit einem Lächeln hinausließ.

„Nach Hause", sagte Matt zu Bryce, während er hinter mir in die Kutsche stieg. „Also, was meinst du, India? Ist Clark schuldig?"

„Ich weiß es nicht genau, aber ich bin äußerst argwöhnisch. Zum Glück haben wir ihm nicht unsere Namen genannt, denn ich bin sicher, er wird den Besuch vor Abercrombie erwähnen."

„Wenn er Abercrombie erzählt, dass ein Amerikaner und eine Engländerin da waren, um über Magie zu reden, wird Abercrombie die richtigen Schlüsse ziehen."

Ich packte meinen Pompadour fester.

„Bleib dicht bei mir, India."

Ich nickte. „Das ist schon in Ordnung. Abercrombie hat lediglich eine Entführung in die Wege geleitet. Er hat niemanden …"

„Getötet?", beendete er den Satz für mich. „Niemanden, von dem wir wüssten."

Wir fuhren schweigend weiter, bis wir fast in der Park Street waren. Meine Gedanken waren bei der Verbindung zwischen Abercrombie und Clark, aber Matt hatte seine in eine andere Richtung schweifen lassen, wenn man seine nächste Aussage betrachtete.

„Wir wissen nun, dass Oakshot einer der besten Drogisten ist", sagte er. „Es könnte ein Hinweis darauf sein, dass er ein Magier ist."

Die Kutsche wurde langsamer, und Matt stieg als erster aus, um den Tritt für mich auszuklappen. Er streckte mir eine Hand hin, und ich wollte sie gerade ergreifen, als ein kleiner Junge sehr dicht vorbeiging und in ihn hinein prallte.

Matt behielt das Gleichgewicht, aber er drehte sich rasch um, um den Jungen zur Rede zu stellen, was nur dazu führte, dass der Junge abermals in ihn hineinstolperte.

„Geht es dir nicht gut?", fragte Matt ihn.

Der Junge steckte sich die Hände unter die Achseln, zuckte mit der Schulter und lief weg.

„Ist mit ihm alles in Ordnung?", fragte ich und reckte den Hals, um besser zu sehen. „Er sah halb verhungert aus."

„Verdammter Mist!", knurrte Matt. „Er hat meine Uhr gestohlen!"

att rannte dem Jungen nach.

„Dieb!", rief ich. „Haltet den Jungen auf!" Aber die beiden Damen, die die Park Street entlang flanierten, gingen einfach nur zur Seite, als der Junge vorbeikam, ohne ihm wenigstens ein Bein zu stellen, um ihn zu Fall zu bringen.

Der Junge verschwand um die Ecke, Matt war ein paar Schritte hinter ihm. Zu weit hinter ihm. Einen flinken Jungen, der in der Menge verschwinden oder durch ein offenes Fenster schlüpfen konnte, würde er nicht einholen können. Eine schwere Last drückte auf meine Magengrube. Wenn Matt ihn nicht erwischte und seine Uhr nicht zurückbekam …

Bristow trat zu mir heraus auf den Bürgersteig. „Miss Steele? Stimmt etwas nicht?"

„Ein Taschendieb hat Matts Uhr gestohlen."

„Den habe ich gesehen! Er hat hier fast eine Stunde herumgelungert."

„Wo genau?"

„Erst war er genau hier, bis ich ihn vertrieben habe. Er ging dann nur weiter zu den Nachbarn." Er schüttelte den Kopf. „Ich hätte ihn wohl ganz vertreiben sollen."

Wenn er es doch nur getan hätte.

„Es war, als hätte er vorsätzlich gewartet", sagte Bristow.

Auf Matt gewartet. Jemand hatte den Jungen bezahlt, um

Matts magische Uhr zu stehlen. Bei dem Gedanken drehte sich mir der Magen um.

„Bitte halten Sie ein Mittagsmahl bereit, wenn Mr. Glass zurückkehrt", sagte ich zu Bristow. „Er wird bald wieder da sein."

Glaubte ich das? Ich war mir nicht sicher. Ich hoffte und betete, aber die panische Enge in meiner Brust wurde mit jeder Sekunde stärker. Wenn Matt seine Uhr nicht zurückerhielt, würde er krank werden und sterben.

Bristow stieg die Stufen empor, und Bryce fuhr weiter. Ich dachte darüber nach, ihm zu befehlen, den Dieb zu jagen, aber ein kleines Kind gelangte an Orte, die eine Kutsche nicht erreichte.

Eine eisige Brise peitschte die Straße entlang. Ich zitterte und schlang die Arme um meinen Körper. Fußgänger liefen an mir vorbei. Die Zeit tickte langsam weiter.

Und schließlich sah ich Matt vorne um die Ecke biegen. Ich lief zu ihm und traf ihn auf halbem Weg. Er wirkte besorgt. Die Anspannung in meinen Eingeweiden verschlimmerte sich.

„Matt!" Ich packte ihn an den Schultern und musterte sein Gesicht. Er wirkte erschöpft, aber nicht entsetzt.

„Ich habe ihn erwischt", sagte er, „habe ihn aber die Uhr behalten lassen."

Mein Mund klappte auf.

„Es war meine normale Uhr, India, nicht meine magische."

Ich tastete über seine Jackenbrust und spürte die beruhigende Ausbuchtung seiner magischen Uhr, die sicher in der Innentasche steckte. Meine Augen schlossen sich flatternd, und ich holte bebend Luft.

„An die könnte ein Taschendieb nur kommen, wenn ich bewusstlos bin", sagte Matt. „Darum bewahre ich sie in einer Tasche mit Knöpfen auf. India, geht es dir gut?" Er nahm meine Hand. „Du bist blass."

„Ich dachte, es wäre die andere", sagte ich schwach. „Und als du verschwunden bist, dachte ich, du erwischst ihn vielleicht nicht und … Ich denke, du weißt, in welche Richtung meine Gedanken danach wanderten."

Er legte meine Hand in seine Armbeuge und lotste mich zum

Haus. Ich war dankbar für seine beruhigende Präsenz. „Es tut mir leid, dass ich das nicht klargestellt habe, bevor ich ihn verfolgt habe. Ich habe nur so lange gebraucht, weil ich den Jungen ordentlich ausgefragt habe, ehe ich ihn gehen ließ.“

„Du hast ihn gehen *und* deine Uhr behalten lassen.“

„Er ist ein Kind, India. Ich konnte ihn doch nicht den Schutzmännern ausliefern. Er braucht das Geld, das diese Uhr ihm einbringen wird, mehr, als ich die Uhr brauche.“

Ich seufzte. „Ich weiß. Aber ich glaube, dass er hinter der anderen her war. Bristow sagte, der Junge wäre schon einige Zeit hier gewesen.“

Er nickte. „Mir hat er erzählt, ein Gentleman hätte ihn bezahlt, um auf mich zu warten und dann meine Uhr zu stehlen. Wäre das nur eine Zufallsbegegnung gewesen, hätte ich sie abgetan, aber sobald ich ihn erwischt hatte, stammelte er los und erzählte von dem Gentleman.“

„Hat er ihn dir beschrieben?“

„Er sagte, es wäre einfach ein Gentleman, der wie jeder andere auch aussah. Weder alt noch jung, noch klein, dick oder dünn. Er hatte keine Merkmale, an die der Junge sich erinnern konnte, und keinen Akzent.“

„Also nicht Payne.“

„Oder Payne hat seinen Akzent verschleiert, oder vielleicht jemand anderen bezahlt, um an den Jungen heranzutreten. So macht er es nämlich, er nimmt sich soweit wie möglich aus der Szene des Verbrechens heraus, lässt sich mit niemandem in Verbindung bringen. So kommt er davon, indem er sich heraushält, denn wenn sein Name dann in diesem Zusammenhang fällt, kann er all die Mittelsmänner Lügner schimpfen.“

Ich packte seinen Arm fester. „Vielleicht war es auch nicht Payne.“

„Mir will niemand einfallen, der argwöhnen könnte, dass meine Uhr wichtig ist.“

„Chronos weiß es. Er weigert sich, mit dir zu sprechen, darum will er dir vielleicht die Uhr ganz wegnehmen, aus Gründen, die wir noch nicht kennen. Und dann ist da noch Abercrombie. Als er diese Schläger anheuerte, um dich zu entführen und zu verhindern, dass du Mirth an der Bank triffst, ließ er dir deine Uhr, also weiß er, dass sie wichtig ist."

„Aber nicht, dass sie mich am Leben hält. Er weiß nicht, dass sie etwas anderes ist als eine gewöhnliche Uhr von sentimentalem Wert. Wenn er sie damals nicht gewollt hat, wird er sie doch auch jetzt nicht wollen. Ich wette trotz allem auf Payne."

Matt schleppte sich die Eingangsstufen zum Haus empor und unterdrückte ein Gähnen, während Bristow ihm den Hut abnahm. Wir aßen schnell mit seiner Tante zu Mittag, ehe er sich zu einer dringend benötigten Ruhepause in seine Räumlichkeiten zurückzog. Miss Glass und ich unterhielten uns leise, während wir in unsere Stickereien vertieft waren. Meine Nerven hatten sich nach dem Schock des Diebstahls ein wenig beruhigt, aber immerhin hielt unsere Konversation meinen Verstand davon ab, zu sehr in diese Richtung abzuschweifen. Denn dann wären meine Sorgen nur erneut auf mich niedergeprasselt.

„Veronica", sagte Miss Glass, nachdem wir eine Stunde zusammen gesessen hatten. „Wann kommt Harry zurück?"

Ich legte meinen Stickrahmen auf dem Platz neben mir ab und stand auf. „Bald", erklärte ich ihr. „Nun lassen Sie sich von mir in ihr Zimmer geleiten. Sie brauchen etwas Ruhe."

Sie berührte sich an der Schläfe. „Ich fühle mich ein wenig ermattet." Miss Glass' wirre Episoden ereigneten sich, wenn sie entweder müde oder überspannt war. Nach einem Nickerchen ging es ihr üblicherweise besser.

Ich kehrte zurück ins Wohnzimmer, nachdem ich Miss Glass' Dienstmagd hinauf zu ihrer Herrin geschickt hatte, wurde aber bald gestört, da es an der Tür läutete.

„Mr. Barratt! Was für eine Überraschung", sagte ich zur Begrüßung.

„Keine unangenehme, hoffe ich", erwiderte der Reporter.

„Überhaupt nicht, doch fürchte ich, dass Mr. Glass im Augenblick unabkömmlich ist."

„Dann unterhalte ich mich mit Ihnen allein." In seinen Augen leuchtete Erheiterung. „Was für eine glückliche Fügung für mich."

Ich lächelte und bedeutete ihm, dass er sich setzen sollte. „Bringen Sie bitte Tee, Bristow."

Der Butler ging, und Mr. Barratt setzte sich auf den Sessel. „Ich habe nicht erwartet, Sie hier zu sehen, Miss Steele. Sollten Sie Mr. Glass nicht in seinem Bureau Gesellschaft leisten und sich um geschäftliche Dinge kümmern?"

Ich hatte ihm nicht gesagt, dass Matt sich um geschäftliche Dinge kümmerte, oder dass er in seinem Bureau war. Mr. Barratt angelte nach Informationen. Ich würde ihm zwar nicht erzählen, dass Matt sich ausruhte, doch ich scheute mich nicht davor, ihn über unsere häuslichen Verhältnisse in Kenntnis zu setzen. „Ich wohne hier", sagte ich. „Ich diene als Gesellschafterin für Matts Tante, wenn er mich gerade nicht braucht."

„Tatsächlich? Also bekommen Sie ihn sehr häufig zu Gesicht?"

„Das ist unvermeidlich."

„Selbst in einem Haus dieser Größe?"

Ich lachte. „Es gibt nur sechs Zimmer, wenn man die Schlafzimmer der Diener und den Dachboden ausschließt. Gar nicht mal so groß, verglichen mit anderen."

Er lachte ebenfalls. „Nicht in meiner Welt, Miss Steele."

„Oder in meiner. Es ist ein enormer Unterschied zu den Räumlichkeiten über dem Uhrenladen meines Vaters. Nach seinem Tod brauchte ich Arbeit, und Matt brauchte eine Assistentin. Für mich hat es hervorragend funktioniert. Wenn man bedenkt, dass ich keine Erfahrung als Assistentin hatte, außer als die meines Vaters, bin ich mir nicht sicher, ob er genauso viel Nutzen aus unserem Arrangement gezogen hat wie ich."

„Das sehe ich anders", erwiderte er freundlich. „Ich glaube, er hat bei diesem Arrangement sehr wohl gut abgeschnitten. Sehr, sehr gut, kann er doch immerhin jeden Tag Ihre Gesellschaft genießen."

Mein Gesicht wurde heiß, und ich versuchte, seine Schmeichelei weg zu lachen, aber ich spürte seinen Blick auf mir. Es war beunruhigend; nicht weil mich seine Schmeicheleien verlegen machten, sondern weil sie mir gefielen.

„Erzählen Sie mir von sich", sagte er nach einer unbehaglichen Pause. „Ich würde Sie gern besser kennenlernen."

„Weshalb?"

„Weil ich Sie mag, und so machen es Menschen nunmal, wenn sie einander mögen."

„Oh. Ja. Natürlich." Ich klang wie ein ungebildeter Tölpel.

„Und Sie sind eine Magierin, und davon sind mir nur wenige begegnet."

„Pssst." Ich warf einen Blick zur Tür, als Bristow gerade eintrat, ein Tablett in den Händen. Er stellte es auf dem Tisch ab, und ich schenkte den Tee ein. „Es gibt nicht viel zu erzählen", sagte ich zu Mr. Barratt, nachdem Bristow gegangen war. „Meine Mutter starb, als ich noch jung war, und mein Vater ist vor einem guten Monat gestorben. Ich bin mein ganzes Leben lang von Uhren umgeben gewesen und habe ihm im Laden geholfen, wann immer ich konnte."

„Sie sagten, er wäre talentfrei gewesen, und Sie hätten bis vor kurzem nicht erfahren, dass Sie eine Magierin sind. Das muss eine ziemliche Überraschung gewesen sein."

Er hatte ja keine Ahnung. Als meine Uhr mich gerettet hatte, hatte ich gedacht, ich würde wahnsinnig werden und mir Dinge einbilden. „Erzählen Sie mir, Mr. Barratt, manifestiert sich Ihre Magie noch auf andere Art, als die, die Sie mir im Bureau der *Gazette* gezeigt haben?"

Er stellte seine Tasse ab und schenkte mir seine ganze Aufmerksamkeit. „Was meinen Sie damit?"

Wie viel sollte ich ihm erzählen? Wie sehr konnte ich ihm vertrauen? Wenn ich Antworten wollte, musste ich ihm vertrauen, zumindest ein wenig. „Was ich Ihnen erzählen werde, darf vor niemandem wiederholt werden. Verstehen Sie das? Ich will es nicht morgen Vormittag in Ihrer Zeitung lesen."

Er stellte die Füße nebeneinander und lehnte sich vor, fixierte mich mit einem neugierigen Blick. „Ich verspreche, Ihr Geheimnis zu wahren, Miss Steele."

Ich nahm einen Schluck, dann stellte auch ich meine Tasse ab. Die kleine Verzögerung schien ihn zu ärgern, aber er drängte mich nicht. „Meine Taschenuhr hat mir einmal das Leben gerettet, ebenso eine Uhr, an der ich gearbeitet hatte."

„Wie hat sie Ihnen das Leben gerettet?"

„Ich warf die Uhr nach einem Angreifer. Es war kein sonderlich guter Wurf, und ich hätte ihn verfehlt, aber die Uhr wich von ihrer Bahn ab und traf ihn am Kopf."

Er lehnte sich wieder zurück, ein wenig ernüchtert. „Vielleicht zielen Sie besser, als Sie denken."

„Meine Taschenuhr sprang aus meinem Pompadour und wickelte sich mit der Kette um das Handgelenk des Dark Rider, als er mich angriff. Sie sorgte dafür, dass er heftige Zuckungen bekam."

Er beugte sich wieder vor und legte den Kopf schief. „Sie ist herausgesprungen?"

„Aus eigenem Antrieb, ja. Ich weiß, dass das seltsam klingt, aber ich schwöre, dass es sich so zugetragen hat."

„Ich glaube Ihnen. Haben Sie ihr befohlen, dass … sie das für Sie tun soll?"

Ich schüttelte den Kopf. „Ich wüsste gar nicht, wie das geht."

„Haben Sie irgendwas zu ihr gesagt? Überhaupt etwas gesagt?"

„Nein. Es war, als würde sie es wissen."

Er rieb sich mit der Hand übers Kinn und starrte ins Nichts. „Bemerkenswert."

„Sie wissen mehr über Magie und Magier als sonst jemand", sagte ich. „Haben Sie schon einmal gehört, dass so etwas noch jemandem geschieht?"

„Nein. Niemals. Diejenigen, denen ich begegnet bin, setzen einfache Zauber ein, um einfache Magie zu wirken, die zum größten Teil nutzlos – und flüchtig – ist. Ich habe gehört, dass frühere Generationen stärkere Zauber wirkten. Doch überhaupt kein Zauber … Das ist neu und sehr faszinierend. Sie sind etwas Besonderes, Miss Steele."

„Ist besonders ein höfliches Wort für seltsam?"

Er lächelte. „Nicht in diesem Fall. Dass Sie von einer Uhr und Ihrer Taschenuhr gerettet wurden, ist etwas Gutes. Sie haben Glück. Ich frage mich, wie das funktioniert. Ich meine, weshalb Sie? Weshalb kann ich keine Tinte heraufbeschwören, damit sie jemandem ins Auge spritzt, nur so als Beispiel?"

„Sind Sie jemals in Lebensgefahr gewesen?"

„Nein."

„Vielleicht ist das der Grund. Vielleicht funktioniert es nur, wenn es eine Bedrohung gibt."

Er dachte einen Augenblick lang darüber nach, dann schüttelte er den Kopf. „Mein Vater starb, als ihn eine Kutsche auf Abwegen überfuhr, während er die Straße überquerte. Er war auch Tintenmagier und hatte ein Fläschchen mit einer Probe in der Tasche. Sie hat ihn nicht gerettet."

„Oh. Das tut mir leid."

„Ist schon gut, Miss Steele, aber ich glaube, das ist ein Gegenbeweis für Ihre Theorie und ein Beweis für meine. Sie *sind* etwas Besonderes. Die Frage ist, weshalb?"

In der Tat, weshalb. „Ich weiß sehr wenig über meine Großeltern oder Urgroßeltern, also habe ich es vielleicht von ihnen geerbt. Ich wünschte, ich wüsste mehr über diese Magie und woher sie kam. Dieses Nichtwissen ist furchtbar frustrierend."

„Das kann ich mir vorstellen." Er stand auf und setzte sich neben mich auf das Sofa, so nahe, dass sich unsere Knie beinahe berührten. „Es muss doch Leute geben, die noch leben und Ihre Großeltern kannten. Könnten Sie mit ihnen reden?"

„Über Magie?" Ich schüttelte den Kopf. „Es ist keine gute Idee, dass vor den Talentfreien zu erwähnen."

„Weshalb nicht?"

„Weil sie zu dem Schluss kommen würden, dass ich frage, weil ich die Magie geerbt habe, und sie werden mich fürchten oder verabscheuen, da sie Angst haben, ihre Kundschaft zu verlieren."

„Ich rate Ihnen nicht, die Aufmerksamkeit der Öffentlichkeit auf Sie zu lenken, sondern nur ein paar Freunde zu fragen."

„Tun Sie das nicht? Ist es nicht das, worum es bei diesem Treffen hier geht?"

Er kniff die Augen zusammen. „Was meinen Sie damit?"

„Sie wollen meine Hilfe, um Magie in die Öffentlichkeit zu tragen, ob nun durch Ihre Zeitung oder einfach dadurch, dass Sie mit Leuten darüber sprechen. Nun, Mr. Barratt?" Ich drängte ihn, als er nicht antwortete. „Stimmt das denn nicht?"

Er atmete langsam aus, nahm sich Zeit für seine Antwort. „Die Sache ist mir wichtig", begann er vorsichtig. „Ich will die Magie in die Öffentlichkeit tragen. Aber ich möchte auch aufrichtig erleben, wie Sie mehr über Ihre Magie herausfinden, nicht, um mir zu helfen, sondern um sich selbst zu helfen. Ich weiß, wie frustrierend das für Sie sein muss. Ich kann mir nicht vorstellen, nicht zu wissen, wo meine Magie herkam und nicht mit ähnlich gesinnten Magiern darüber sprechen zu können." Er legte seine Hand über meine.

Ich starrte darauf hinab. Ich hätte mich zurückziehen sollen, aber ich wollte es nicht. „Danke für Ihr Verständnis", sagte ich. „Das bedeutet mir viel. Ich habe nämlich keine magischen Freunde und ..."

Ein Schatten trat in das Licht, das durch die Tür hereinfiel. Ich schaute auf und sah Matt dort stehen, der zerrupft von seinem Nickerchen wirkte und verblüfft, einen Besucher zu sehen. Sein Blick hob sich von der Verbindung unserer Hände zu meinem Gesicht. Er mahlte mit den Zähnen.

„Barratt", knurrte er. „Was machen Sie hier?"

Ich riss meine Hand weg.

„Ich kam, um mich mit Ihnen zu treffen", sagte Mr. Barratt, der sich erhob. „Ich hatte das Vergnügen, Tee mit Miss Steele zu trinken, während Sie Ihre Geschäfte abschlossen. Wir haben über ihre Magie gesprochen."

Matt marschierte herein und stellte sich neben den Kamin. „*Deine* Magie, India?"

An seinem finsteren Blick erkannte ich, dass er nicht wollte, dass ich darüber mit Mr. Barratt sprach. Doch obwohl er Reporter war, glaubte ich, dass er mein Geheimnis wahren und es nur enthüllen würde, wenn ich ihm die Erlaubnis dazu erteilte.

Ich schenkte Matt Tee ein und hielt ihm die Tasse hin. „Ja, meine Magie." Ich hörte den harschen Unterton in meinen Worten und bedauerte ihn nicht. Er konnte mich in dieser Sache nicht herumkommandieren. „Es ist schön, mit anderen Magiern darüber zu sprechen", fügte ich sanfter hinzu. Er nahm die Tasse entgegen, aber ich ließ sie nicht los. Ich hielt sie fest, bis er mir wieder in die Augen schaute.

Er hob sein Kinn leicht an, und ich gestattete ihm, die Tasse mitsamt der Untertasse zu nehmen.

„Es gibt Dinge, die nur ein anderer Magier versteht", sagte

Mr. Barratt gutgelaunt. „Miss Steele braucht einen Freund, mit dem sie hin und wieder darüber reden kann, das ist alles."

„Und Sie sind nun dieser Freund", sagte Matt angespannt.

Mr. Barratt lächelte.

Es war an der Zeit, das Thema zu wechseln, ehe sich die Anspannung in der Luft noch länger dehnte. „Nun, da du hier bist, Matt, kann uns Mr. Barratt vielleicht ein wenig mehr über sein Gespräch mit Dr. Hale erzählen."

„Hervorragender Gedanke", sagte Matt mit sehr viel mehr Enthusiasmus, als die Situation hergab. „Laut unserer Quelle behauptete Dr. Hale, Sie hätten ihn dazu gedrängt, über seine Magie zu sprechen."

„Gedrängt? Ich habe nichts dergleichen getan. Er sprach bereitwillig mit mir. Er glaubte, meine Artikel wären ein guter Weg, um mehr Magier herauszulocken."

„Uns hat man etwas anderes erzählt. Hat er Ihnen vielleicht mitgeteilt, dass er es sich anders überlegt hat? Haben Sie sich mit ihm gestritten?"

Ich wollte Matts Aufmerksamkeit auf mich ziehen, aber er schaute mich einfach nicht an. Zweifelsohne wusste er, dass ihn dann mein scharfer Blick getroffen hätte, und davon wollte er nicht aufgespießt werden.

„Wer ist Ihre Quelle?", fragte Mr. Barratt.

„Beantworten Sie einfach die Frage", erwiderte Matt.

„Ihre Quelle liegt falsch. Dr. Hale und ich sprachen noch einmal, nachdem der Zeitungsartikel an jenem Morgen erschienen war …"

„Sie meinen, an dem Tag, an dem er starb. Warum haben Sie uns nicht gleich erzählt, dass Sie da auch mit ihm gesprochen haben?"

„Es war nicht relevant", sagte Mr. Barratt, seine Stimme eisern. „Wie ich sagte, wir sprachen über seine Bedenken, und ich versicherte ihm, dass die Artikel vage genug gehalten sein würden, dass die Talentfreien sich keine Gedanken darüber machen würden. Tatsächlich waren wir beide der Ansicht, dass die Artikel wichtig waren – dass das Auffinden weiterer Magier wichtig war –, mit dem Ziel, eines Tages an die Öffentlichkeit zu treten. Wie ich hatte er es satt, seine Magie zu verstecken."

„Sie wird nicht über Nacht akzeptiert werden", sagte Matt. „Wenn man der Öffentlichkeit dieses Wissen vermittelt, werden darauf jahrelange Unruhen zwischen den Talentfreien und den Magiern folgen. Vielleicht sogar Jahrzehnte. Die Talentfreien haben Angst, ihre Geschäfte zu verlieren, ihre Lebensgrundlagen, und sie werden nicht einfach nur dasitzen und zulassen, dass ihnen die Magier alles wegnehmen. Sie leben in einer Märchenwelt, wenn Sie das glauben."

„Ich gebe zu, dass einige Anpassungen nötig sein werden", sagte Mr. Barratt. „Aber das lässt sich bewerkstelligen. Zum einen ist das Land nicht von Magiern überrannt. Die Talentfreien werden immer noch die Möglichkeit haben, mit ihren Geschäften erfolgreich zu sein."

„Ich wünschte, ich könnte Ihre Begeisterung und Ihren Optimismus teilen. Das möchte ich wirklich. Ich will, dass India ihre Magie ohne Angst vor Anschuldigungen ansprechen kann, aber ich habe die schlimmsten Seiten der Menschheit gesehen, und ich habe nur wenig Zuversicht, dass die Magier und die Talentfreien harmonisch zusammenleben können. Wenn der Preis für ihre Sicherheit das Geheimhalten der Magie ist, dann setze ich mich dafür ein, ganz gleich, wie sehr es sie frustriert – oder Sie. Frust ist ein kleiner Preis, wenn man dafür überleben kann."

Er schaute mich immer noch nicht an, aber ich hatte das Gefühl, er würde sich direkt an mich wenden. Ich hatte sein Bedürfnis nach Geheimhaltung immer verstanden, aber als ich hörte, wie seine Stimme vor Überzeugung rau wurde, während er Mr. Barratt seine Gründe darlegte, wurde es mir völlig klar.

„Ich kann gegen Ihre Haltung kein Argument vorbringen, Mr. Glass", sagte Mr. Barratt. „Ich würde Miss Steele auch nur zu gern in Sicherheit wissen."

Matt versteifte sich.

„Aber das betrifft weit mehr als sie, oder mich, oder jeden einzelnen Magier", fuhr Mr. Barratt fort. „Hier geht es nicht um heute oder morgen, oder auch nur das nächste Jahr oder die nächsten zehn Jahre. Was ich will, wird das Leben der nächsten Generation von Magiern und den darauffolgenden Generationen verändern. Ich möchte, dass meine Enkelkinder offen und harmonisch ohne Angst unter den Talentfreien leben."

„Sie haben anscheinend missverstanden, was ich sagen will. Ich möchte Ihnen klarmachen, dass es womöglich keine Enkelkinder von Magiern mehr gibt, weil *diese* Generation ausgelöscht werden wird."

„Sie haben ein schlechteres Bild von Ihren Mitmenschen als ich, Mr. Glass", sagte Mr. Barratt.

„Vielleicht liegt das daran, dass ich mehr von der niederen Erscheinungsform des Menschen gesehen habe als Sie."

„Da ich über die Ripper-Morde berichtet habe, bin ich da, bei allem Respekt, anderer Meinung." Er wirkte, als wolle er noch etwas zu Matt sagen, aber stattdessen wandte er sich an mich. Noch einmal legte er seine Hand auf meine. „Wir machen Miss Steele Angst."

Ich zog meine Hand zurück. „Eine etwas hitzige Diskussion macht mir keine Angst", versicherte ich ihm.

„Sie sind aus hartem Holz geschnitzt. Sie sind mutiger als die meisten Frauen, denen ich begegnet bin." Er lächelte. „Ein weiterer bemerkenswerter Punkt, der für Sie spricht."

„Sie sollten einmal Matts Cousine Willie treffen. Verglichen mit ihr bin ich schwach."

„Wohl kaum", murmelte Matt. „Gab es einen Grund für Ihren Besuch, Barratt, oder sind Sie einfach vorbeigekommen, um mit India Tee zu trinken?"

„Ich kam, um Sie beide zu warnen, dass Kriminalinspektor Brockwell von Scotland Yard mich über Sie befragt hat, unter anderem."

„Vielen Dank für die Warnung", sagte Matt. „Seine Fragen sind lediglich formeller Natur."

„Was für Fragen waren es denn?", wollte ich wissen.

„Wie gut ich Sie kenne, vor allem. Er hat erwähnt, dass Sie krank sind, Mr. Glass, und dass das der Grund war, warum Sie Interesse an Dr. Hale und seinem medizinischen Wunder bekundet haben. Nichts Ernstes, hoffe ich."

„Nein", stieß Matt hervor.

„Danke, dass Sie vorbeigekommen sind, Mr. Barratt", sagte ich rasch. „Es war nett von Ihnen, uns zu warnen."

Er erhob sich und nahm meine Hand. „Danke für das

Gespräch und den Tee. Es war äußerst vergnüglich, zumindest eine Zeit lang."

Hinter ihm sah ich Matt die Augen verdrehen.

„Ich geleite Sie nach draußen", sagte ich.

Ich brachte ihn an die Tür, und Matt folgte uns. Mr. Barratt stieg in eine wartende Kutsche und gab dem Fahrer Befehle. Er winkte uns aus der wegrollenden Kutsche zu.

„Er kann sich ein eigenes Pferd und eine Kutsche leisten", sagte ich. „Das ist überraschend für einen Reporter."

„Geld in der Familie", sagte Matt. „Sein Bruder ist einer der erfolgreichsten Tintenhersteller des Landes, weißt du noch?" Er schloss die Eingangstür und bedeutete mir, dass ich ihm voraus zurück ins Wohnzimmer gehen sollte. Dieses Mal setzte Matt sich hin und nippte an seinem Tee. „Was hat er gesagt, ehe ich hereinkam?"

„Wir haben über meine Familie gesprochen, und woher meine Magie kam." Ich zog in Betracht, an dieser Stelle aufzuhören, aber ich wusste, dass ich mich schuldig fühlen würde, wenn ich die wichtigste Einzelheit für mich behielt. „Nun ... werde bitte nicht wütend."

Er stellte die Teetasse mit einem Klirren ab und funkelte mich an.

„Ich habe ihm erzählt, wie mir meine Taschenuhr das Leben gerettet hat."

Er holte zweimal tief Luft, beim letzten Mal atmete er sehr langsam aus. „Es ist deine Entscheidung, ihm das zu erzählen, wenn du das möchtest."

„Ich weiß. Natürlich ist sie das. Aber ich wusste, dass es dir nicht gefallen würde."

Er nahm die Tasse und nippte an seinem Tee. Meiner war kalt geworden. Wir sollten uns auch Kuchen nehmen. Dann hätten wir den Mund voll, und das würde verhindern, dass wir etwas sagten, dass wir bedauern würden, und wenn wir fertig gegessen hätten, wäre er vielleicht etwas ruhiger.

Aber ohne Kuchen sagte ich letztlich das, was mir durch den Kopf ging. „Sei bitte nicht wütend auf mich, Matt."

„Bin ich nicht."

„Bist du doch. Deine Züge sind ganz hart, und du kannst mich nicht einmal anschauen."

Er schaute mich an, und sein Kinn wurde weicher, aber seine Augen nicht. „Ich bin nicht wütend auf dich, ich bin wütend auf ihn. Ich mag ihn nicht, und mir gefallen seine Vorstellungen nicht. Sie sind draufgängerisch."

Das konnte ich ihm nicht absprechen, nicht, wenn er meine Sicherheit im Sinn hatte. Außerdem pflichtete ihm ein Teil von mir bei. Der andere Teil stimmte Oscar Barratt zu, aber das würde ich nicht laut aussprechen.

Ich schenkte unsere beiden Teetassen neu ein. „Konzentrieren wir uns doch auf die dringenden Dinge, anstatt auf Mr. Barratts Vorstellungen. Wir haben zwei Aufgaben, zwei Aufgaben und sonst nichts. Chronos suchen und Dr. Hales Mörder finden, um deinen Namen reinzuwaschen."

„Es gab noch keine Nachricht aus dem Cross Keys", sagte er. „Was Dr. Hale angeht, weiß ich nicht weiter. Wir haben einige Verdächtige, aber keine brauchbaren Spuren."

„Wir könnten mit Abercrombie reden und herausfinden, was er Mr. Clark von der Drogistengilde erzählt hat."

„Das würde er uns nicht sagen."

„Dann sollten wir uns darauf konzentrieren, herauszufinden, welcher unserer Drogisten ein Magier ist. Das ist alles, was wir über den Mörder sicher wissen."

„Stimmt. Wir müssen wohl ein wenig herumspionieren. Aber zunächst, würdest du mir heute Nachmittag helfen, eine neue Taschenuhr zu kaufen?"

Mein Herz schlug höher, und ich konnte nicht verhindern, dass sich ein Lächeln auf meinem Gesicht ausbreitete. „Ja, gerne. Wir könnten die Masons besuchen. Ich würde dich gern als Kundschaft zu Mr. Mason bringen. Obwohl er womöglich Ärger mit der Gilde bekommt, falls Abercrombie herausfindet, dass ich ihn aufgesucht habe. Ich will ihm keine weiteren Schwierigkeiten bereiten. Andererseits weiß inzwischen jeder respektable Uhrmacher in London, wer und was ich bin. Keiner wird mich in seinem Laden haben wollen." Ich sank mit einem tiefen Seufzen wieder in den Sessel zurück. „Vielleicht sollte ich doch nicht mitkommen."

„Da wir alle bekannten Uhrmacher gemeinsam befragt haben, glaube ich nicht, dass es eine Rolle spielt, ob ich allein gehe oder ob du bei mir bist. Sie werden sich ohnehin an mich erinnern und mich vielleicht nicht bedienen wollen."

„Du bist sehr einprägsam."

„Es liegt am Akzent."

„Nein, Matt liegt es nicht."

Er runzelte die Stirn. „Woran liegt es dann?"

Ich dachte darüber nach, ob ich ihm sagen sollte, dass er zu gut aussah, um leicht vergessen zu werden, als Bristow einen weiteren Besucher ankündigte, meine Freundin Catherine Mason.

„Was für eine wunderbare Überraschung", sagte ich und gab ihr einen Kuss auf die Wange. „Bristow, bringen Sie bitte eine frische Kanne Tee. Und etwas Kuchen."

Catherine lächelte schüchtern, als Matt sie begrüßte. Als sie mich zum letzten Mal besucht hatte, war er nicht da gewesen, genauso wenig wie die anderen. Wir tauschten uns über Nichtigkeiten aus, bis der Tee und der Kuchen kamen, und da wurde mir klar, dass sie mir etwas sagen wollte. Vielleicht hielt sie Matts Anwesenheit davon ab.

„Catherine, stimmt etwas nicht?", stieß ich hervor. „Ist es dein Problem mit Mr. Wilcox?"

„Lieber Gott, nein", sagte sie. „Ich habe mit Mr. Wilcox besprochen, dass wir nicht zusammenpassen, und habe ihn seither nicht mehr gesehen. Ich glaube, ich habe seine Gefühle ein wenig verletzt."

„Lieber verletzt du sie jetzt ein wenig als später so richtig."

„Du bist so klug, India."

„Das ist sie wirklich", sagte Matt, der seine Teetasse abstellte. „Vielleicht sollte ich euch beiden Ladys allein sprechen lassen."

„Bitte bleiben Sie." Catherine stellte ihre Tasse ebenfalls ab. „Es ist vielleicht am besten, wenn Sie das auch hören."

Jetzt hatte sie mich wirklich neugierig gemacht. „Was ist los, Catherine? Was ist passiert?"

„Mr. Abercrombie besucht immer noch regelmäßig meinen Vater. Mehr denn je sogar. Ich versuche, zu lauschen, wann immer ich kann."

„Bitte sei vorsichtig, Catherine", sagte ich. „Lass dich dabei nicht von ihnen erwischen."

Sie machte ein finsteres Gesicht. „Das ist das Komische. Dein Name wird immer wieder erwähnt, in einer manchmal sehr hitzigen Diskussion, und *du* sagst *mir*, ich solle aufpassen." Sie richtete einen ungemein bohrenden Blick aus leuchtend blauen Augen auf mich. Sie hatte mich noch nie so intensiv angeschaut. Es war beunruhigend. „Ich glaube, es ist an der Zeit, dass du mir sagst, was hier los ist."

Ich warf einen Blick auf Matt. Er schüttelte leicht den Kopf.

„Hör auf, mich wie ein Kind zu behandeln", fuhr mich Catherine an. „Du bist meine Freundin, India, und ich weiß, dass du in Schwierigkeiten steckst. Ich will dir helfen, aber das kann ich nicht, wenn du mich im Dunkeln lässt."

Sie hatte recht. Sie mochte ja hin und wieder albern sein, aber sie hatte ein gutes Herz und war in den letzten Monaten reifer geworden. „Es ist recht viel", fing ich an. „Und du glaubst mir vielleicht anfangs nicht."

„India", warnte mich Matt.

„Wir können ihr vertrauen, Matt. Was spielt es denn noch für eine Rolle? Die ganze Gilde scheint es zu wissen. Früher oder später wird sie es ohnehin herausfinden, und mir wäre es lieber, wenn sie es gleich von mir erfährt."

Er rieb sich über die Stirn und nickte. „Ich schätze, da hast du recht."

„Catherine, glaubst du an Magie?"

Sie starrte mich mit aufgerissenem Mund an. „Ist das ein Witz?"

„Ich meine es sehr ernst. Magie gibt es, auch wenn sie sehr selten ist. Magier sind auf gewisse gestalterische Bereiche spezialisiert und können anhand von Zaubern ihre Werke mit Magie anreichern. Wir haben kürzlich einen Tintenmagier getroffen, der Tinte von einer Seite auf eine andere schweben lassen kann. Wir sind auch Kartenmagiern begegnet, die überaus detaillierte und exakte Karten erstellen können, und einem Goldmagier, der die Kunst vergessen hat, Gold zu vervielfältigen, der aber alte Magie in Goldgegenständen spüren konnte."

Sie stieß ein gestammeltes Lachen aus, aber es erstarb auf

ihren Lippen, als sie meinem ernsten Blick begegnete. „Und du willst mir sagen, dass du eine Magierin bist?"

Ich nickte. „Eine Uhrenmagierin. Darum bin ich so gut darin, Uhren zu reparieren."

„Du bist gut, weil dich dein Vater gut ausgebildet hat. Du verstehst sogar noch die kompliziertesten Mechanismen, weil du klug bist, nicht wegen deiner ... Magie."

„Ich kenne keine Zauber", fuhr ich fort. „Mein Vater hat mein Talent vor mir verborgen gehalten, und mir wurde vorgemacht, dass ich klug bin, wie auch du es nahelegst. Aber das erklärt nicht alles. Ich habe einen äußerst starken Zugang zu Uhren. Ich kann die meisten reparieren und sie unglaublich genau laufen lassen." Ich erzählte ihr nicht, wie meine Uhr mir das Leben gerettet hatte, oder wie Zeitmagie und medizinische Magie in Matts Uhr gekoppelt waren. Sie war noch nicht bereit, *das* zu hören.

„India! Das ist ..." Sie schüttelte immer wieder den Kopf, aber zumindest tat sie meine Erklärung nicht mehr mit einem Lachen ab.

„Es ist ein Schock, ich weiß", sagte ich. „Du wirst Zeit brauchen, um über all das nachzudenken."

Sie brauchte einige Sekunden, um meine Behauptung zu überdenken, und lachte kein einziges Mal mehr und nannte mich auch keine Närrin.

„Sagen wir einmal, dass du nicht kompletten Unfug redest", begann sie vorsichtig. „Was hat das mit Abercrombie und der Gilde zu tun? Warum mag er dich nicht? Wenn du eine Magierin bist, sollte er dann nicht deine Errungenschaften feiern? *Du* solltest Gildemeister sein."

„Er und die Gildenmitglieder haben Angst. Sie sind keine Magier, und sie machen sich Sorgen, dass, wenn Magier eigene Geschäfte haben dürften, die Kunden zu ihnen laufen, um ihre großartigen Werke zu erstehen. Nicht nur die Uhrmachergilde hat Angst, sondern auch die anderen Gilden. Es scheint zwischen allen Gilden eine lockere Vereinbarung zu bestehen, Magier auszuschließen, um ihre Geschäfte zu schützen. Darum wurde ich nicht bei der Uhrmachergilde zugelassen und bekam keine Lizenz. Und ohne Lizenz kein Laden."

„Ich dachte, das wäre, weil du eine Frau bist." Sie klang niedergeschlagen, aber zumindest leugnete sie es nicht komplett.

„Hat Abercrombie deinem Vater gesagt, du sollst dich von mir fernhalten?", fragte ich.

„Genau genommen nicht, nicht mehr. Mein Vater hat mich bedrängt, dich nicht zu besuchen, aber Abercrombie hat in letzter Zeit ganz anders gesprochen. Er will nun, dass ich hierherkomme, aber um dich auszuspionieren."

„Mich ausspionieren! Zu welchem Zweck?"

Sie zuckte mit den Schultern. „Ich weiß es nicht. India, er mag dich nicht, und er misstraut dir."

„Weil ich die Fähigkeit habe, sein Geschäft zu ruinieren, und den Ruf und die Bedeutung der Gilde. Aber ich habe gar kein Interesse an einem Geschäft, Catherine. Überhaupt nicht. Uhrmacher wie dein Vater haben nichts von mir zu befürchten. Sag deinem Vater das. Genau genommen, sag es Mr. Abercrombie, wenn er das nächste Mal vorbeikommt."

„Ich halte das nicht für klug", wandte Matt ein. „Es ist besser für sie, wenn sie sich unschuldig gibt."

„Papperlapapp", sagte Catherine und schnaubte. „Ich habe es satt, dass mich alle für naiv und albern halten. Ich werde es zumindest Vater sagen, und er kann entscheiden, ob er es Mr. Abercrombie sagt oder nicht."

„Ich glaube, das ist ein guter Kompromiss", erwiderte ich.

Cyclops kam herein und blieb im Eingang stehen, als er Catherine erblickte. „Ich entschuldige mich", sagte er. „Ich wusste nicht, dass ihr Gesellschaft habt."

„Ich glaube nicht, dass ihr beiden euch schon ordentlich vorgestellt wurdet", sagte ich. „Cyclops, das ist meine Freundin Catherine Mason."

Cyclops verbeugte sich, und sie knickste leicht und nahm wieder Platz. „Sie sind mir durch das Schaufenster Ihres Vaters aufgefallen", sagte er.

„Ich bin Ihnen aufgefallen?" Catherines blasse Wangen wurden rot. „Als Sie der Kutscher von Mr. Glass waren?"

„Er ist nicht mehr mein Kutscher", versicherte ihr Matt. „Das war ein vorübergehendes Arrangement, das sich nicht vermeiden ließ. Cyclops ist ein guter Freund."

„Dann ist es mir eine Freude, Ihnen endlich richtig vorgestellt zu werden, Mr. Cyclops."

„Bailey", verbesserte Cyclops.

„Bitte?"

„Ich heiße Nate Bailey." Er tastete am Rand seiner Augenklappe herum. „

Den Namen Cyclops erhielt ich, als ich die hier bekam. Aber mir wäre es lieber, wenn Sie mich bei meinem richtigen Namen nennen, Miss Mason."

„Ja, natürlich."

Matt furchte die Stirn. „Willst du, dass wir jetzt alle aufhören, dich Cyclops zu nennen?"

„Nur Miss Mason." Cyclops' Blick huschte zu ihr hin und dann wieder weg. „Es fühlt sich irgendwie nicht richtig an, dass sie mich so nennt."

„Weshalb?"

„Ich sehe das auch so", sagte ich, um es Cyclops zu ersparen, ihm zu antworten.

Matt ließ seinen Blick von Cyclops über mich, zurück zu Catherine und dann wieder zu Cyclops schweifen. Er lächelte in seine Teetasse hinein. „Ich verstehe."

„Ich habe die Suche nach deinem … Kollegen aufgegeben, Matt", sagte Cyclops. „In einer so großen Stadt ist das unmöglich, wenn man keinen Ort hat, an dem man die Suche beginnen kann."

Matt nickte. „Ich schätze, Willie und Duke kommen auch bald zurück. Komm und setz dich zu uns."

„Du bist in einem günstigen Augenblick zurückgekehrt", sagte ich, während ich Cyclops Tee einschenkte. „Wir haben gerade erst Catherine von meiner Magie erzählt und ihr erklärt, warum die Gildenmitglieder vor mir Angst haben. Ich glaube, sie sollte ihrem Vater von mir erzählen. Was meinst du?"

Er nahm die Tasse entgegen und setzte sich ein wenig unbehaglich auf das Sofa. Normalerweise lümmelte er sich hin, genau wie Duke und Willie, aber dieses Mal setzte er sich mit geradem Rücken hin und zog die Beine an, anstatt sie auszustrecken. Ich hoffte, Catherine wusste die tadellose Haltung zu schätzen, die er für sie an den Tag legte. Er ruinierte die

Wirkung ein wenig, indem er die Finger um die Teetasse legte, anstatt sie an ihrem zarten Henkel zu halten. Das hätte allerdings vermutlich, um der Gerechtigkeit Genüge zu tun, ausgesehen wie ein Würstchen, dass man durch ein Nadelöhr fädeln wollte.

„Ich glaube, Miss Mason kann ihren Eltern vertrauen, aber sonst niemandem", sagte er. „Sie nehmen die Existenz von Magie als gegeben hin, Miss Mason?"

„Ich … ich schätze schon." Sie rümpfte die Nase. „Es ist schon ziemlich unrealistisch, aber da ich weiß, dass India keine unrealistische Person ist, muss ich ihr wohl glauben."

„Ich denke, damit schätzen Sie ihren Charakter gut ein."

„Ist Magie einzigartig für England, oder gibt es auch Magier in Amerika, Mr. Bailey?"

„Wir haben zu Hause auch Magier. Ich brauchte etwas Zeit, um zu akzeptieren, dass sie echt waren. Damals habe ich nicht allzu vielen Leuten vertraut, und ich habe Matt noch nicht so gut gekannt, darum war es, als würde ich von einer Klippe springen, als ich an Magie glauben sollte. Bald jedoch erfuhr ich die Wahrheit dahinter, habe mit eigenen Augen gesehen, wie sie funktioniert."

„Wirklich?" Catherine musterte jeden Quadratzentimeter von Cyclops' Gesicht, und ich vermutete stark, dass ihm das gefiel. Er war auf jeden Fall gesprächiger, als ich ihn je zuvor erlebt hatte. „Erzählen Sie mir mehr von Ihrer Heimat. Wie ist Amerika?"

„Ich kann nicht für das ganze Land sprechen, aber es ist mitunter ein wilder Ort, dort, wo Matt und ich herkommen. Kein Ort, den schöne Damen wie Sie aufsuchen sollten, Miss Mason."

Sie beäugte ihn über ihre Teetasse hinweg. „Und was ist mit Damen, die ein Abenteuer suchen?"

Er lachte leise. Das tiefe, vielschichtige Geräusch füllte das ganze Zimmer. Catherine lächelte zurück. „Die werden es sicher interessant finden, wünschen sich aber vielleicht, sie wären zurück in der Sicherheit ihrer englischen Betten, wenn sie dann doch einmal einen Schusswechsel oder eine Rauferei im Saloon mitbekommen."

„Oh, ich weiß nicht. Ich glaube, das hängt sehr davon ab, wie abenteuerlustig sie sind."

Matt wirkte sehr irritiert, während er beobachtete, wie Catherine mit seinem Freund flirtete, und wie Cyclops es genoss. Es schien, als käme das für ihn völlig unerwartet. Aber er kannte sie ja auch nicht so gut wie ich. Catherine mochte mit ihrem hübschen Gesicht und den großen Augen lieblich wirken, aber sie hatte eine schelmische Art und suchte das Abenteuer, wo immer sie es fand – was nicht sonderlich oft vorkam, da ihre Mutter sie achtsam im Blick behielt. Ich schätzte, ihr würde es gefallen, nach Amerika zu reisen, oder irgendwohin, ehe sie sich mit einem Ehemann niederließ. *Falls* sie sich überhaupt niederließ.

Wir sprachen noch weiter über Amerika und dann wieder über Magie, und das Gespräch kehrte zu Abercrombie und der Entschlossenheit der Gilde zurück, mich auszuspionieren.

„Vielleicht könnte Catherine Informationen an sie weitergeben", sagte ich, während mir ein Gedanke kam. „Aber sie könnte falsche Informationen liefern."

Sowohl Cyclops als auch Matt schüttelten die Köpfe, lieferten aber keine Erklärung für ihre Ablehnung. Sie waren in dieser Angelegenheit einfach durch und durch *Männer*, und ich wandte mich an Catherine, um ihre Meinung zu hören. Aber auch sie schüttelte den Kopf.

„Ohne die Zustimmung meines Vaters ist das sinnlos", sagte sie. „Er wird es nicht gestatten, und ich will es nicht hinter seinem Rücken tun. Was, wenn *du* Abercrombie zur Rede stellst?"

„Das habe ich versucht, und er vertreibt mich entweder, oder befiehlt jemandem, mich aus seinem Laden zu bugsieren", sagte ich.

„Ich halte das für eine hervorragende Idee", fiel Matt ein. „Ich habe beschlossen, ihn wegen seiner Treffen mit Clark aus der Drogistengilde zur Rede zu stellen. Damit schlagen wir zwei Fliegen mit einer Klappe." Sein Blick huschte zur Uhr auf dem Kaminsims. „Wir brechen jetzt auf, India, wenn es dir nichts ausmacht."

„Du willst, dass ich mit dir komme?"

„Natürlich. Er wird nicht noch einmal denselben Trick wie beim letzten Mal wagen, als wir in seinem Laden waren, und deine Anwesenheit regt ihn vielleicht so sehr auf, dass er uns mehr Informationen gibt, als er sollte. Außerdem, wer sagt mir sonst, ob er mir eine gute oder eine schlechte Uhr verkaufen will?"

„Ich glaube, Sie werden ihn ganz schön aus dem Konzept bringen", sagte Catherine. „Kommt Mr. Bailey mit Ihnen?"

„Er wird nicht gebraucht. Vielleicht können Sie beide sich ein wenig besser kennenlernen, während wir weg sind."

„Das ist keine gute Idee", sagte Cyclops, der sich erhob.

„Unsinn", Matt drückte die Schulter seines Freundes nach unten, bis Cyclops sich wieder setzte. „Miss Mason scheint es mit dem Gehen nicht eilig zu haben."

„Das habe ich wirklich nicht", sagte sie. „Ich würde Sie gern besser kennenlernen, Mr. Bailey. Das würde mir sehr gefallen."

KAPITEL 9

Beim letzten Mal, als ich Abercrombie's Fine Watches and Clocks auf der Oxford Street aufgesucht hatte, war ich von rechtschaffenen Bürgern gejagt worden, nachdem Mr. Abercrombie mir vorgeworfen hatte, ich hätte eine seiner Uhren gestohlen. Obwohl ich wusste, dass Matt recht hatte, und Abercrombie so etwas nun nicht noch einmal wagen würde, weil er inzwischen wusste, wozu Matt fähig war, war ich nervös, als wir den Laden betraten. Ich ging davon aus, dass unser Empfang zumindest frostig werden würde.

Ich hatte recht.

Abercrombie erspähte uns sofort und eilte nach vorne, ehe uns einer seiner vier Angestellten begrüßen konnte. Er funkelte mich über seinen Zwicker hinweg an, der gefährlich weit unten auf der Nasenspitze saß. „Was wollen Sie?", zischte er tonlos. „Nennen Sie Ihr Anliegen und gehen Sie dann, ohne eine Szene zu veranstalten."

Das schelmische Glitzern in Matts Augen warnte mich vor, dass er das Ganze geplant hatte, aber ich vermutete, Mr. Abercrombie sah es nicht kommen. „Schon gut, Mr. Abercrombie", sagte Matt laut genug, dass die anderen Kunden es hören konnten. „Sie müssen dieses Missverständnis endlich zu den Akten legen. Es fällt Ihnen wohl schwer, zuzugeben, dass Sie sich geirrt haben, als Sie Miss Steele des Diebstahls beschuldigten, aber sie trägt Ihnen nichts nach. Oder sind Sie immer noch verstimmt, dass die Polizei Sie über Ihre Verwicklung in den Mord an Daniel Gibbons befragt hat?"

Einen Augenblick lang übertönte ein Keuchen aus mehreren Kehlen das Geräusch dutzender tickender Uhren. Die Kunden beobachteten die Szene, die sich vor Ihnen abspielte, offen, anstatt nur mit verstohlenen Seitenblicken. Zwei Kunden gingen sogar. Die Angestellten bedienten die Kunden nicht länger und starten stattdessen ungläubig ihren Meister an.

Mr. Abercrombies geölter Schnurrbart ringelte sich auf seiner Oberlippe wie ein Wurm. Er wirkte, als würde er Matt ohrfeigen wollen. Ein Teil von mir wünschte sich, er möge es versuchen, einfach, damit ich mir ansehen konnte, wie Matt stattdessen ihn verprügelte. „Vielleicht möchten Sie mit mir nach hinten kommen." Mr. Abercrombie wartete nicht auf eine Antwort, sondern stapfte davon.

Matt folgte ihm nicht, weshalb auch ich stehen blieb und nicht von seiner Seite wich. Er bot mir seinen Ellbogen. „Ich bin hier, um eine Uhr zu kaufen", sagte er gemächlich. „Was halten Sie denn von dieser hier, Miss Steele?", fragte er, während er auf eine elegante Taschenuhr mit einem Ziffernblatt aus Emaille und einem Kalender deutete.

„Hat sie einen Tourbillon-Rücker?", fragte ich den Gehilfen hinter dem Tresen, der mit offenem Mund und stumm den Kopf schüttelte. „Nein? Was ist dann mit einem Karussell?"

„Äh …" Der Angestellte schaute zu Mr. Abercrombie.

Mr. Abercrombie scheuchte ihn aus dem Weg. „Also wollen Sie dieses alberne Spielchen spielen", sagte er zu uns, sobald wir allein waren. „Nun gut, dann spielen wir." Er nahm die Uhr aus der Glasvitrine und legte sie vor Matt auf den Tresen.

Matt schaute nicht einmal hin. „Ich höre, Sie bitten nun junge Mädchen, uns auszuspionieren."

Mr. Abercrombies Kopf fuhr hoch.

„Das ist sogar für Sie niederträchtig", fuhr Matt fort.

„Ich, ich …" Abercrombie leckte sich über die Lippen. „Ich weiß nicht, was Sie damit meinen."

Ich konnte nicht glauben, dass Matt so unverblümt war, und dennoch wollte ich ihm applaudieren. Es war die beste – und vielleicht einzige – Möglichkeit, um Abercrombie dazu zu bringen, uns in Frieden zu lassen; ihn glauben zu machen, dass wir ihm immer einen Schritt voraus waren.

„Stellen Sie sich nicht dumm", knurrte Matt mit leiser Stimme. „Mason selbst hat nicht geredet, aber nicht alle in seinem Haushalt sind Ihnen treu ergeben. Ich habe eine Idee, lassen wir doch den Mittelsmann weg, und ich berichte direkt an Sie, gleich hier und jetzt."

„Sie sind wahnsinnig", sagte Mr. Abercrombie.

Matt legte die Fingerknöchel auf den Tresen und beugte sich vor. Abercrombie trat einen Schritt zurück, um etwas Abstand und den Tresen zwischen sie zu bringen. „Ich bin verdammt wütend", sagte Matt. „Wie man es eben ist, wenn man entführt und einige Stunden lang gefangen gehalten wurde."

Mr. Abercrombie schluckte schwer und trat noch einen Schritt zurück, sodass er die Uhren an der Wand hinter sich umwarf. Eine fiel zur Seite, und ein Kuckuck sprang heraus, der Abercrombie am Ohr erwischte.

„Ich habe mich auf dieses erste Treffen mit Ihnen gefreut", sagte Matt. „Ich will, dass Ihnen klar ist, dass ich keinen Groll gegen Sie hege."

„Ich … Ich weiß nicht, wovon Sie reden. Das war ich nicht."

Matt stieß ein harsches Lachen aus. „Ich weiß, dass Sie es waren, auch wenn ich keinen Beweis habe."

„Sie haben keinen Beweis, weil ich es nicht …"

Matt knallte eine Faust auf den Tresen. Die verbleibenden Kunden eilten nach draußen, und die Belegschaft blieb auf Abstand. Ich war nicht sicher, ob ich Matt am Arm nehmen und drängen sollte, sich zu beruhigen, oder ob ich zulassen sollte, dass sich sein Zorn abkühlte.

„Wer hat Ihnen von Indias Magie erzählt?", fragte Matt mit einem harten Flüstern.

Auf der Liste aller Fragen, die ich mir von ihm erwartet hatte, war diese nicht vorgekommen. Ich hielt die Luft an und zwang mich dazu, unbeteiligt zu wirken, während Mr. Abercrombies Blick auf mich fiel.

„W…was meinen Sie?", fragte er.

„Sie stellen sich ja schon wieder dumm." Die Kälte in Matts

Stimme ließ es *mir* eiskalt den Rücken hinunter laufen. „Machen Sie das nicht."

Abercrombie nahm seinen Zwicker ab. „Eddie Hardacre hat es mir erzählt."

„Eddie!", rief ich. „Woher wusste er es?"

„Ihr Vater hat es ihm gesagt."

Mein Vater? Aber weshalb? Wie hatte er es jemand anderem erzählen können, aber mir nicht? Ich blinzelte die Tränen weg, die in meinen Augen brannten. Ich weigerte mich, vor Abercrombie zu weinen.

„Um dich in Sicherheit zu wissen", sagte Matt leise, der die Richtung einschätzen konnte, die meine Gedanken einschlugen. „Er wusste, dass er sterben würde, und dachte, Hardacre würde dich schützen, nachdem er weg war."

„Stattdessen hat Eddie mich betrogen." Ich lehnte mich mit den Handflächen auf den Tresen, um mich abzustützen.

Matt legte seine Hand über meine.

„Wir müssen uns unsere Freunde klug wählen, Miss Steele", sagte Mr. Abercrombie und hob das Kinn ein wenig. „Ganz eindeutig haben Sie in dieser Hinsicht ein Problem."

Matt löste seine Hand von meiner. „Sie kennen einen Mr. Clark aus der Drogistengilde", sagte er.

„Was soll das denn damit zu tun haben?"

„Es hat eine Menge mit Magie, den Gilden und …"

Abercrombie stürzte nach vorn an den Tresen. „Seien Sie still", zischte er. „Zügeln Sie Ihre Stimme."

Matts Mund verzog sich zu einem finsteren Grinsen. Es waren jene Momente, wenn ihn der Zorn übermannte, in denen ich das Gefühl hatte, ich würde ihn gar nicht kennen. Es mochte sich ja immer nur gegen jene richten, die es auch verdienten, wie Abercrombie, aber trotzdem ließ es mich frösteln. „Was haben Sie und Clark vor?", knurrte er.

„Nichts! Um Himmels Willen, Mann. Josiah Clark ist nur ein Freund von mir. Hin und wieder speisen wir zusammen in meinem Gildensaal oder in seinem. Daran ist nichts Rätselhaftes, und wir verschwören und sicher nicht gegen … Menschen wie Miss Steele."

„Genauso wie Sie sich nicht mit dem Meister der Gilde der

Kartenzeichner verschworen haben, um Daniel Gibbons zu entführen?"

Abercrombie versteifte sich. „Die Polizei hat mich befragt und gehen lassen. Duffield, der Meister jener Gilde, hat allein gearbeitet."

Das war eine Lüge, aber weder wir noch die Polizei konnten es beweisen.

Matt machte viel Aufsehen darum, weitere Uhren in der Glasvitrine zu inspizieren. Es waren keine Kunden mehr im Laden, nur noch die Angestellten. Wenn schon sonst nichts, so hatten wir zumindest erreicht, dass Abercrombie an diesem Tag ein paar Kunden verlor.

„Bei genauerer Betrachtung", sagte Matt „habe ich es mir anders überlegt. Ich werde keine Ihrer Uhren kaufen. Ihre Sammlung ist für meinen Geschmack viel zu provinziell. Ich glaube, ich gebe mein Geld woanders aus."

Er schob sich meine Hand in die Armbeuge, und wir verließen den Laden zusammen.

„Er ist aus dem Konzept gebracht", sagte Matt, als wir uns in der Kutsche niederließen.

„Was, glaubst du, heckt er mit Mr. Clark aus? Eine weitere Entführung? Den Mord an Hale? Wenn ja, hätten wir vielleicht nicht auf diese Weise im Wespennest herumstochern sollen."

„Was immer es ist, nun ist es wahrscheinlicher, dass er seine Pläne aufgibt, da er jetzt weiß, dass wir ihn beobachten."

„Das wolltest du also da drin erreichen?"

„Falls es mir nicht gelänge, ihm direkt seine Pläne zu entlocken, ja. Ich bezweifle, dass er uns einfach erzählen würde, was er vorhat. Nicht, wenn ich es nicht aus ihm heraus prügele."

„Dann danke ich Gott, dass seine Angestellten geblieben sind", sagte ich, nur halb im Scherz.

„Es waren nicht die Angestellten, die mich im Zaum hielten." Er beobachtete mich unter schweren Lidern, dann wandte er sich ab, um aus dem Fenster zu schauen. Auf unserem restlichen Nachhauseweg hing der Zorn wie eine Gewitterwolke über ihm.

Duke und Willie waren ein paar Minuten vor uns nach Hause zurückgekehrt, und Catherine war weg. Ich wollte Cyclops fragen, ob er ihre Gesellschaft noch lange genossen hatte, nachdem wir abgefahren waren, aber ich erhielt keine Gelegenheit dazu.

„Cyclops, mit mir", befahl Matt, als er an Willie vorbeistapfte, die die Treppe herabkam. „Ich brauche einen Box-Partner."

Cyclops und Duke wechselten Blicke, aber es war Willie, die etwas sagte. „Boxen! Was verdammt noch mal hast du mit ihm angestellt, India?"

„Wir haben Abercrombie besucht", erwiderte ich.

„Ah. Das erklärt einiges."

„Auf jeden Fall."

Cyclops rollte sich die Hemdsärmel nach oben und folgte Matt.

„Beharke ihn nicht zu sehr", sagte ich zu ihm. „Vergiss nicht, dass es ihm nicht gut geht."

„Lass ihn nicht hören, wie du das sagst", riet mir Cyclops.

„Außerdem", sagte Duke, „kann Matt alles einstecken, was Cyclops ihm auftischt, selbst wenn es ihm nicht gut geht."

„Hätte ich einen anderen Charakter, würde ich dir das übel nehmen." Cyclops schlug Duke auf die Schulter und rannte die Stufen hinauf, wobei er immer zwei auf einmal nahm.

„Das sehe ich mir an", sagte Willie. „Kommst du, India?"

„Nein, danke. Es entspricht nicht meiner Vorstellung von einem erbaulichen Nachmittag, zwei Männern zuzusehen, wie sie einander verprügeln."

„Da hast du recht. Es soll auch nicht erbaulich sein. Es geht um rohe Kraft und männlichen Stolz. Das kann man sich verdammt gut ansehen."

„Sorgt dafür, dass Miss Glass keinen Wind davon bekommt", rief ich ihr nach, während sie die Stufen hinauflief. Duke folgte ihr, und ich zog mich in meine eigenen Räume zurück, um mich zu erfrischen und darüber nachzudenken, ob es ein Fehler gewesen war, Abercrombie aufzusuchen.

Letztlich konnte ich es nicht sicher sagen. Ich gab zu, dass Matt vielleicht recht hatte. Abercrombie und Clark mochten ihren Plan schlicht aufgeben, falls Sie je einen gehabt hatten, nun, da sie wussten, dass wir Sie beobachteten.

Oder sie mochten ihn beschleunigen. Oder gegen uns vorgehen, um uns zum Schweigen zu bringen.

* * *

ICH BEGAB mich auf die Suche nach Miss Glass, wurde dabei aber von Brummlauten und Willies gelegentlichem Jubel abgelenkt, die aus dem Salon kamen. Ein winziger Blick auf die boxenden Männer würde gewiss nicht schaden. Vielleicht hatte Willie recht, und Boxen war doch kein so blutrünstiger Sport. Die Queensberry-Regeln hatten dafür gesorgt, dass es respektabler und weniger brutal wurde, das hatte mir mein Vater erzählt, und der Adel lief in Scharen zu den Kämpfen. Natürlich nur die Männer. Frauen waren strikt verboten. Ein weiterer Grund, um zu sehen, worum es bei der ganzen Sache ging, und zu beweisen, wenn auch nur mir selbst, dass man meine Verfassung nicht zart nennen konnte.

Ich öffnete die Tür und spähte durch den Spalt. Sie hatten die Möbel weggerückt, um einen großen freien Raum zu schaffen, in dem Matt und Cyclops einander umkreisten, die Fäuste erhoben. Sie kämpften nicht nach den Queensberry-Regeln. Ich wusste nicht viel über diesen Kodex, aber ich wusste, dass man Handschuhe tragen musste. Sowohl Matt als auch Cyclops hatten sich lediglich weiße Stoffstreifen um die Fingerknöchel gewickelt. Das bot doch gewiss keinen ausreichenden Schutz.

Cyclops stieß mit der linken Hand vor, dann ließ er rasch die Rechte folgen. Matt tauchte unter beiden weg, aber nur knapp, dann griff er geduckt an, womit er Cyclops überraschte. Er versetzte Cyclops einen Hieb in den Magen. Der große Mann knurrte, konnte aber selbst einen Schlag auf Matt landen, ehe dieser es schaffte, außer Reichweite zu tänzeln. Ich vermutete, dass sie sich beide zurückhielten, um einander nicht zu verletzen. Ich hatte gesehen, wie Matt mit den Fäusten Männer zu Boden gehen ließ, und ich vermutete, dass auch Cyclops dazu fähig war, doch keiner der beiden wirkte, als habe er Schmerzen.

„Los schon, Matt", trieb Willie sie an. Sie saß auf der Rückseite eines Sessels, die Füße in den Stiefeln auf dem Sitz. Miss

Glass hätte einen Anfall bekommen, wenn sie das gesehen hätte. „Das kannst du doch besser."

„Willie", knurrte Duke, „nicht heute. Sieh ihn dir an. Er kann doch kaum stehen."

Sicher übertrieb er. Matt wich den meisten von Cyclops' Schlägen gut aus. Ich wollte einen genaueren Blick auf sein Gesicht erhaschen, aber er hatte mir den Rücken zugewandt. Sein Körper schien flink, seine Reaktionen kamen rasch.

Willie, die an einer Stelle saß, an der sie Matts Gesicht sehen konnte, runzelte die Stirn. „Matt", rief sie ihrem Cousin zu, „das reicht jetzt. Hört nun auf."

Matt hörte nicht auf sie und ging abermals auf Cyclops los, aber Cyclops wich zurück, und der Schlag ging vorbei.

Ich umrundete die Möbel und schloss mich Duke und Willie an, um einen besseren Blick auf Matt zu haben. Meine Bewegung zog seine Aufmerksamkeit auf sich, was ihn vom Kampf ablenkte. Mit einem widerlich dumpfen Geräusch landete Cyclops Faust in Matts Gesicht.

Ich zuckte zusammen, und Cyclops packte Matt an der Schulter, um ihn zu stützen.

„Warum bist du nicht ausgewichen?", fragte er.

Willie sprang von ihrem Sessel. „Miss Zugeschnürt hier drüben hat ihn mit ihrem Glorienschein abgelenkt." Sie musterte Matts Gesicht. „Das wird noch richtig schön schwarz. Fang mal besser an, dir eine Erklärung zu überlegen, bei der deine Tante keinen hysterischen Anfall bekommt."

„Es tut mir leid", sagte ich und berührte ihn leicht an der Wange. „Ich dachte, du würdest mich nicht sehen, wenn ich leise bin."

„Du warst leise", erwiderte er, „aber dadurch nicht weniger ablenkend."

„O Matt", sagte ich mit einem Seufzen. „Sieh dich nur an." Es war nicht nur der blaue Fleck, der sich allmählich unter seinem Auge bildete, sondern auch die ungesunde Blässe und die Erschöpfung, die in die Falten seiner Stirn geschrieben stand. „Wo ist deine Taschenuhr?"

Ich ging zu seiner Jacke, die über der Rückseite des Sofas

hing, aber er hielt mich am Arm fest. „Noch nicht, India. Ich benutze sie später, damit sie die Nacht über hält."

Die Tatsache, dass er ihren Einsatz beschränken musste, bereitete mir Sorgen. „In Ordnung. Aber du solltest dich erfrischen. Ein Blick auf dich, und Miss Glass wird wissen, was du getan hast."

„Nachdem wir das Zimmer wieder hergerichtet haben."

Wir stellten die Möbel wieder an ihren üblichen Platz, und Matt zog sich in seine Räumlichkeiten zurück. Cyclops setzte sich mit einem Stöhnen auf das Sofa, und ich setzte mich neben ihn.

„Sherry, India?", fragte Duke vom Buffet aus.

„Ja, bitte." Ich wandte mich an Cyclops. „Blieb Catherine noch lange, nachdem wir gegangen sind?"

„Mindestens eine halbe Stunde", sagte er, streckte den Arm aus und spreizte die Finger.

„Worüber habt ihr gesprochen?"

„Größtenteils Amerika. Sie hatte eine Menge Fragen."

Ich lächelte und nahm das Glas Sherry von Duke entgegen. Er reichte Cyclops einen Kognak. „Sie hat ein neugieriges Wesen."

„Ja, sie hat einen Sinn fürs Abenteuer." Er grinste in sein Glas hinein.

„Warum lächelst du so?", fragte ich, während ich selbst nicht verhindern konnte, dass ich lächelte.

„Kein besonderer Grund, sie hat mich nur überrascht."

„Ah. Du hast eine sittsame englische Rose erwartet."

„So, wie sie aussieht, ja. Sie schien mir die Art Frau, die gern hübsche Kleider trägt und den ganzen Tag nur schwätzt."

Ich lachte. „O Cyclops, du bist auf ihre blasse Schönheit und jugendliche Art hereingefallen. Ich versichere dir, Catherine ist so robust wie nur irgendwer, im Geiste, wenn nicht schon im Körper. Sie mag zwar gern schöne Kleider tragen, und wird auch genauso viel ratschen und tratschen wie jeder andere, aber sie ist viel mehr als das."

Er hob eine Hand. „Ich gebe zu, ich habe mir ein Urteil gebildet, bevor ich sie richtig kannte. Schuldig im Sinne der Anklage, Ma'am."

„Ich bin froh, dass du die echte Catherine kennenlernen konntest. Sie hat einen ziemlich starken Charakter, obwohl sie ein wenig zur Romantik neigt. Männer verlieben sich allzu leicht in sie, verstehst du, und sie fällt auf ihre Schmeicheleien herein, ohne sie erst richtig kennenzulernen. Das endet normalerweise mit Herzschmerz – für die Männer, nicht sie.“

Er hielt sein Glas in den Händen, als würde er sich daran wärmen, wie bei einer Teetasse. „Ich verstehe, dass du dich deshalb um sie sorgst.“

„Nur, wenn der infrage kommende Mann nicht zu ihr passt, ob es nun an seinem Wesen liegt oder ihrem.“ Ich rückte näher und senkte die Stimme. „In deinem Fall jedoch glaube ich, dass ihr gut zusammenpassen würdet. Ihr beiden …“

„Halt an dieser Stelle ein, India. Miss Mason ist nichts für meinesgleichen.“

„Das kannst du doch noch nicht wissen. Das ist viel zu früh. Weshalb lernst du sie nicht besser kennen und urteilst dann?“

Er schüttelte den Kopf und stürzte den Rest seines Kognaks hinunter. „Sie ist nichts für Leute wie mich“, sagte er wieder.

„Cyclops, wenn du auf eure unterschiedliche Hautfarbe abzielst, dann fühle ich mich gezwungen, dir zu erklären, dass es ihr nichts ausmachen würde, und das sollte es dir auch nicht, nicht, wenn ihr euch wirklich mögt.“

„Ihrer Familie wird es etwas ausmachen.“

So sehr ich Mr. und Mrs. Mason mochte, ich wusste, dass er recht hatte, aber nur bis zu einem gewissen Punkt. „Anfangs wohl schon, aber wenn du ihre Tochter glücklich machst, würden sie dich mit der Zeit akzeptieren. Sie sind gute Leute. Doch wir überstürzen das Ganze. Ihr kennt einander noch nicht gut genug, um zu entscheiden, ob zwischen euch etwas ist.“

„Ja, das stimmt, aber das ist es nicht allein.“

„Was ist es dann? Du bist ein guter Mann, freundlich, treu, und ich wette, du kannst dich nützlich machen. Wie könnte denn jemand nur etwas an dir auszusetzen haben?“

„Du weißt nicht alles über mich, India.“

Ich lehnte mich auf dem Sofa zurück und betrachtete die unversehrte Hälfte seines Profils. Er hatte breite Wangenknochen, glatte Haut und einen seelenvollen Blick, aber die Klappe und die Narbe beeinträchtigten sein gutes Aussehen und ließen ihn sogar düster wirken, wenn man seinen Charakter nicht kannte.

„Ich weiß, dass du in Amerika von Gesetzeshütern gejagt wurdest", sagte ich. „Ich weiß nicht, weshalb, und mir ist es gleich, was sie glauben, dass du getan hast, und auch für Catherine wird es keine Rolle spielen. Du musst unschuldig sein, oder Matt wäre nicht dein Freund."

„Es würde eine Rolle spielen, wenn sie – oder irgendeine Engländerin – mit mir nach Hause kommen würde." Er verlagerte sein Gewicht. „Du hast es ohnehin falsch verstanden. Zu dem Zeitpunkt, als ich Kalifornien verließ, um mit Matt hierher zu kommen, wurde ich nicht mehr von Gesetzeshütern gejagt. Nur mein Arbeitgeber war noch hinter mir her."

„Weshalb?" Ich biss mir auf die Lippen und zuckte zusammen. „Entschuldigung, das geht mich nichts an. Das musst du nicht beantworten."

Er lachte halbherzig vor sich hin. „Ich nehme es dir nicht übel, dass du es wissen willst, India. Du hast dich sehr gut darin geschlagen, bisher nicht nachzuforschen."

„Es war nicht einfach. Tut mir leid."

„Ihr Engländer entschuldigt euch die ganze Zeit."

„Tut mir leid."

Wir lachten beide.

„Es gibt nicht viel zu erzählen", fuhr Cyclops fort. „Ich war Aufseher in einer Mine in Nevada. Ich habe mich im Laufe von fünf Jahren hochgearbeitet und respektierte meinen Arbeitgeber, und er respektierte mich. Aber als er plötzlich verstarb, übernahm sein Sohn das Geschäft, und alles änderte sich. Skillitt hieß er. Er wollte an allen möglichen Stellen Kosten sparen. Eine Weile machte ich bei seinen neuen Methoden mit, aber als er mir befahl, billigere, schwächere Balken zu bestellen, um die Schächte abzustützen, weigerte ich mich."

„Schwächere Balken könnten bedeuten, dass die Schächte einstürzen?", fragte ich.

„Ja, und dabei würden Männer ihr Leben verlieren. Ich kündigte und ging in einer anderen Mine arbeiten. Aber eine Woche später stürzte wie bestellt ein Schacht in Skillits Mine ein.

Mr. Skillitt warf es mir vor und sagte, ich wäre es gewesen, der die schwächeren Balken ohne sein Wissen bestellt hätte. Er hetzte mir die Gesetzeshüter auf den Hals, und ich wurde festgenommen, kam vor Gericht und wurde zum Tod am Strang verurteilt."

„O mein Gott."

„Ich floh nach der Urteilsverkündung auf dem Weg zurück ins Gefängnis. Ich wusste nicht, wohin ich floh, ich lief einfach weiter. Fünf Monate lang lebte ich von dem, was ich fand, oder stahl es, wenn ich beim Jagen erfolglos war, aber ich blieb nie lange an einem Ort. Ich landete schließlich in Kalifornien, und dort hat Matt mich gefunden."

„Du hast dich versteckt", sagte ich und erinnerte mich an die Geschichte, die Matt mir erzählt hatte. „Ihr habt gekämpft, ehe ihr beide aufgegeben habt."

Seine Mundwinkel hoben sich. „Der zäheste Kämpfer, den ich je getroffen habe, und dabei ist er auch noch ein Gentleman. Hat mich ziemlich überrascht, als er den Mund öffnete und die ganzen gebildeten Wörter herauskamen."

Das konnte ich mir gut vorstellen. Matt passte nicht in eine vorgefertigte Form. „War es den kalifornischen Gesetzeshütern egal, was du in Nevada getan hast?"

„Es war ihnen nicht egal, aber Matt hat es richtiggestellt. Nachdem ich ihm erzählt habe, was sich zugetragen hat, sorgte er dafür, dass sich der beste Anwalt mit meinem Fall befasste. Der Fall wurde drüben in Nevada in meiner Abwesenheit neu verhandelt, und mir wurde nichts mehr angelastet. Aber Mr. Skillitt war wütend, da meine Verteidigung ihm einen Vorwurf machte. Er kam nie vor Gericht, weil er im Besitz von Vermögen und Einfluss ist, aber sein Ruf erholte sich nie wieder vollständig. Er hat ein paar Kunden und Freunde darüber verloren, und er hasst mich."

„Also hat er dir Männer auf den Hals gehetzt?"

Er nickte. „Normalerweise wurde ich benachrichtigt, bevor sie ankamen, und Matt versteckte mich ganz gut, aber ich musste wachsam bleiben. Skillitt verfolgt mich noch immer. Und nun siehst du, warum ich keine Frau mit mir nach Hause bringen kann. Nicht in dieses Leben."

„Für mich klingt das, als solltest du gar nicht zurückkehren. Hier ist es sehr viel sicherer für dich."

Er hob eine Schulter. „Amerika ist meine Heimat."

„Menschen haben sich immer wieder anderswo eine Heimat gesucht. Du hast hier auf jeden Fall schon mindestens eine Freundin."

„Falls du von dir sprichst, dann bin ich nicht davon überzeugt, dass du hier bleibst. Du könntest dich vielleicht entscheiden, es mit Amerika zu versuchen."

„Ich habe keinen Grund zum Umziehen."

„Wirklich nicht?", fragte er durchtrieben.

„Nein."

„Das Wetter ist dort wärmer."

„Das ist wohl kaum ein überzeugendes Argument. Ich bin an die Kühle und Feuchtigkeit gewöhnt. Außerdem steht der Sommer doch vor der Tür."

„Ja, aber ich denke, dass wir über den Sommer nicht hierbleiben werden." Er warf einen sehnsüchtigen Blick zur Tür, durch die Matt hinausgegangen war. „Ich glaube nicht, dass er uns bis dahin erhalten bleibt, wenn wir seine Uhr nicht reparieren."

* * *

Es war nichts zu machen. Wir mussten uns darauf verlegen, unseren Verdächtigen hinterherzuspionieren. Durch ihre Befragung hatten wir nur sehr wenig erreicht, deshalb war es an der Zeit für etwas verstohlenere Methoden. Nach dem Frühstück wies Matt Cyclops an, Mr. Pitt zu beobachten, Duke schickte er zu Mr. Clark, und er selbst wollte Mr. Oakshot beobachten. Willie beschwerte sich, dass sie nichts zu tun hatte. Sie wollte nicht herumsitzen und mit mir und Miss Glass Tee trinken, bis sie vor Langeweile starb, deshalb gestattete Matt es ihr, zum London Hospital zu gehen und zu versuchen, irgendetwas Nützliches über Wiley und Ritter zu erfahren.

„Ich könnte auch helfen", sagte ich. „Ich könnte alle Arzneimittel darauf überprüfen, ob sie magische Wärme ausstrahlen.

Falls ich etwas finde, frage ich einfach eine Krankenschwester, wer es zuletzt in der Hand hatte."

„Du würdest mich nur aufhalten oder erwischt werden", erklärte Willie. „Du kommst nicht mit."

„Weshalb würde ich erwischt werden?"

„Du bist zu auffällig."

„Bin ich nicht. Ich bin die Art Frau, die mit dem Hintergrund verschmilzt. Ich falle doch kaum jemals jemandem auf."

Willie schnaubte. Matt, Duke und Cyclops waren höflich und diplomatisch anderer Meinung.

„Außerdem", sagte ich, „wenn eine von uns bemerkt wird, dann höchstens du in deiner Männerkleidung."

„India liegt damit nicht ganz falsch", meinte Duke zu Willie. „Du bist wie ein Leuchtturm. Schiffe sehen dich schon Meilen vor der Küste."

„Und machen einen Bogen um mich?" Sie stemmte die Hände in die Hüften und stellte sich breitbeinig auf. „Das willst du wohl andeuten? Dass Männer den Kurs wechseln, wenn sie mich sehen?"

Er hob ergeben beide Hände. „Das hast du gesagt, nicht ich."

„Willie hat recht", sagte Matt. „Du gehst nicht, India. Du kannst nicht einfach in die Medikamentenausgabe spazieren und Schwestern fragen, wer die Medizin in der Hand hatte."

„Ich hatte nicht vor, irgendwo hineinzuspazieren", sagte ich und stemmte auf die gleiche Art die Hände in die Hüften, wie Willie es getan hatte. „Ich hatte vor, dort mithilfe eines Tricks hineinzugelangen."

„Nein. Du bist Willie nur im Weg."

„Ha!" Willie warf mir einen triumphierenden Blick zu.

„Werd bloß nicht übermütig", fuhr ich sie an. „Er weigert sich nur, weil er mich schützen will. Er glaubt, ich kann nicht auf mich selbst aufpassen."

„Kannst du auch nicht", sagten Willie und Duke gleichzeitig. Sie zwinkerte ihm zu. Er erwiderte dem Blick finster und entschuldigte sich bei mir.

„Kannst du nicht, India", sagte er. „Tut mir leid, so ist es eben."

„Ich kann sehr wohl auf mich aufpassen, vielen Dank aber

auch", erwiderte ich verschnupft. „Ich habe einen Mund und ein Gehirn. Ich kann mich aus einer Situation herausreden. Wenn Willie in die Ecke gedrängt wird, schießt sie sich den Weg frei. Meine Methode ist sehr viel zivilisierter und bedarf keines Blutvergießens." Ich wirbelte herum und marschierte aus Matts Bureau, nur um mich von ihm am Arm nehmen und im Korridor aufhalten zu lassen.

„Du bist wütend auf mich", sagte er.

Ich fuhr zu ihm herum. „Ich verstehe dein Argument, Matt, aber ich glaube, du liegst falsch. Ich bin nicht zerbrechlich, darum hör auf, mich zu behandeln, als wäre ich eine Schneeflocke, die beim ersten Wärmehauch schmilzt."

Er packte mich kaum wahrnehmbar fester, ehe er mich losließ. „Du vergisst etwas Bedeutendes."

„Dass ich eine Frau bin, und Willie ein … Was immer sie eben ist?"

Das entlockte ihm beinahe ein Lächeln, aber er drückte die Lippen rasch wieder aufeinander. „Der Hauptgrund, weshalb du nicht ins Krankenhaus gehen solltest, ist, dass man dich dort kennt; nicht nur Wiley und Ritter, sondern auch etliche Krankenschwestern haben dich gesehen. Du kannst dort auf keinen Fall herumschleichen. Und bevor du mir jetzt erzählen willst, dass du niemandem auffällst, möchte ich dich wissen lassen, dass ich diese Behauptung ausdrücklich und kategorisch ablehne."

„Ich … ich bin mir nicht sicher, was ich dazu sagen soll." Ich mochte ja nicht wissen, was ich sagen sollte, aber mein Gesicht wusste definitiv, wie es zu reagieren hatte. Ich wurde rot bis in die Haarwurzeln.

„Sag: ‚Dankeschön, Matt, ich stimme dir zu.'"

Ich zog abermals die Augenbrauen hoch. „Jetzt bist du albern."

„Sag: ‚Ich bin liebreizend.'"

„Das tue ich nicht."

„Mach schon, es ist einfach. ‚Ich bin ausgesprochen hübsch. Mein Gesicht und meine Figur sind wunderbar. Meine Figur ist sogar mehr als wunderbar, sie ist …'"

„Matthew?" Miss Glass kam aus ihrem Schlafzimmer, ihre Lippen vor Entsetzen verkniffen. „Warum erzählst du India, dass du ein wunderbares Gesicht und eine wunderbare Figur hast?"

Matt und ich lachten.

„Keine Sorge, Tante", sagte er. „Wenn ihr mich beide entschuldigen wollt, ich muss mich für die Aufgaben des heutigen Tages fertig machen."

„Wird India dich begleiten?", fragte sie.

„Ja", sagte ich zum gleichen Zeitpunkt, in dem Matt „Nein" sagte.

„Gut. India und ich werden unseren Freunden, den Mortimers, einen Besuch abstatten."

Das klang nach einem ganz guten Plan, da ich ja nicht die Erlaubnis hatte, herumzuspionieren. Die Mortimers waren ohnehin nette Leute, und ich genoss ihre Gesellschaft sehr. Das würde ein schöner Ausflug werden.

Miss Glass und ich brachen noch am Vormittag im Zweispänner auf und kehrten vor dem Mittagessen zurück. Bristow kam uns an der Tür entgegen und nahm uns unsere Hüte und Mäntel ab, während Bryce zu den Stallungen fuhr. Ein Mann, dessen Ankunft ich nicht bemerkt hatte, kam die Stufen empor und tippte sich zur Begrüßung an die Hutkrempe. Er hatte breite Schultern, war aber nicht hochgewachsen, und hatte kurze, wurstartige Finger. Er trug keine Handschuhe, und seine graue Krawatte war ziemlich flüchtig geknotet. Seine übrige Kleidung war aus gutem Stoff und sauber, jedoch einfach.

„Guten Morgen", sagte er mit einem Cockney-Akzent zu Bristow. „Sind Sie Mr. Glass?"

Bristow schniefte. „Mr. Glass öffnet seine Tür nicht selbst. Ich bin der Butler." Ich hatte noch nie gehört, wie er sich aufspielte, und brach beinahe in Gelächter aus.

Aber der Ausdruck auf dem Gesicht des Fremden hielt mich davon ab. Die Adern an seinen Schläfen und am Hals traten hervor, und ich hatte das Gefühl, dass er sich beherrschen musste, um Bristow nicht anzuschreien oder anzugreifen.

„Ist Mr. Glass zu Hause?", fauchte der Mann.

„Ist er nicht", sagte Bristow. „Darf ich ihm eine Nachricht übermitteln?"

„Oder kann ich Ihnen helfen?", fragte ich. „Ich bin seine Assistentin."

„Miss Steele?", fragte der Kerl. Woher kannte er meinen Namen? „In diesem Fall, ja." Er wies mit dem Kopf auf Bristow. „Haben Sie nicht irgendwo anders Butler-Zeug zu erledigen?"

Bristow blähte die Nasenflügel.

„Bristow ist genau dort, wo er sein sollte", wandte ich ein, ehe der Butler versuchen konnte, den Kerl abzuwimmeln. Ich vermutete, dieses Kräftemessen würde er nicht gewinnen. Der Fremde wirkte recht kräftig und zornig zugleich.

Er warf einen Blick auf die Stufen hinter mir und die Wohnzimmertür, hinter die sich Miss Glass zurückgezogen hatte. Hielt er Ausschau nach weiteren Bewohnern? Anderen, die versuchen könnten, ihn hinauszuwerfen?

Ich hatte gar kein gutes Gefühl bei der Sache. „Wer sind Sie und was wollen Sie?", wollte ich wissen.

„Es spielt keine Rolle, wer ich bin oder für wen ich arbeite. Ich bitte Sie nicht, Miss Steele, sondern trage Ihnen auf: Beenden Sie Ihre Ermittlungen."

Sämtliche Luft wich aus meinem Körper, sodass ich mich schwach und wirr im Kopf fühlte. „Wie bitte?", flüsterte ich.

„Sie haben mich gehört. Sagen Sie Mr. Glass, er soll die Ermittlungen zu Hales Tod einstellen. Er hat nichts mit Ihnen zu tun."

Bristow zwängte sich zwischen den Mann und mich. „Hinaus mit Ihnen, oder ich rufe die Schutzmänner."

Der Mann fasste sich an die Hutkrempe. „Sorgen Sie dafür, dass Sie es Mr. Glass ausrichten, Ma'am. Mein Auftraggeber meint diese Sache sehr ernst. Todernst."

Mein Herz hämmerte, mein Blut wurde eisig kalt. Auch bei den Ermittlungen zum Mord an Daniel Gibbons hatte man uns vor dem Weitermachen gewarnt. Damals war es das Werk von Abercrombie gewesen. Hatte er diesen Mann geschickt? Die Fälle waren sich zu ähnlich, um ihre Übereinstimmungen zu ignorieren.

„In wessen Auftrag sind Sie unterwegs?", drängte ich ihn. „Wer will, dass wir aufhören? Und weshalb?"

Er drehte sich um und ging die Stufen hinab, dabei hatte er es nicht eilig. Er war nicht in einem Gefährt gekommen, und so schlenderte er die Straße entlang. In einem Anflug von Wahnsinn nahm ich meinen Hut ab.

„Einen Mantel, Bristow. Und einen Sonnenschirm. Schnell!"

„Sie wollen ihm folgen? Ist das klug?"

„Womöglich nicht, aber es ist notwendig." Ich schob ihm meinen Hut in die Arme. „Los!"

Er eilte in die Garderobe und kam mit meinem blauen Mantel, einem Sonnenschirm und dem Diener zurück. „Nehmen Sie Peter mit", sagte Bristow. Er half mir in meinen Mantel und reichte mir den Sonnenschirm. „Mach, was Miss Steele sagt, und sorg dafür, dass ihr nichts zustößt", befahl er Peter.

Ich lief hinaus, ohne darauf zu warten, ob mir der Diener folgte. Der Fremde verschwand um eine Ecke in die Aldford Street. Ich lief ihm nach, Peter neben mir, und stieß einen erleichterten Seufzer aus, als ich sah, wie der Fremde die Park Lane überquerte. Er warf einen Blick über die Schulter, aber ich versteckte mich hinter dem Sonnenschirm.

„Verhalte dich ganz natürlich", sagte ich zu Peter.

Auf dem Spazierweg im Hydepark war nicht allzu viel los, und der Mann war mit seiner untersetzten Statur leicht zu sehen. Er sah sich noch einmal um, war aber wohl der Meinung, dass ihm niemand gefolgt war, denn er überprüfte es nicht erneut.

Sein langsamer, steter Schritt führte ihn an der Hyde Park Corner aus dem Park und in die Grosvenor Crescent in Belgravia. Wie Mayfair war Belgravia ein Viertel des außerordentlichen Reichtums. Beeindruckende Anwesen säumten die leicht gekrümmten Straßen, die über einen üppigen, rechteckigen Garten hinwegblickten. Ich war hier kürzlich erst mit Matt gewesen. Tatsächlich wurde ich, je näher wir dem Belgrave Square kamen, immer sicherer, dass der Mann geradewegs zu demselben Haus unterwegs war. Als er an der Eingangstür klopfte und von einem Butler eingelassen wurde, den ich erkannte, wusste ich, dass wir die Verbindung gefunden hatten, die wir brauchten.

Dieses Haus gehörte Lord Coyle.

Der Gedanke belebte und entsetzte mich gleichermaßen.

Lord Coyle hatte eine Privatsammlung mit magischen Gegenständen.

Er hatte der Gilde der Kartenzeichner einen magischen Globus bei einem geheimen Handel mit dem Schöpfer des Kunstwerks abgekauft. Magie war ihm nicht fremd.

Aber wie stand er mit Dr. Hale in Verbindung? Und warum wollte er nicht, dass wir den Mord an Hale aufdeckten?

„Komm, Peter", sagte ich. „Gehen wir nach Hause."

Während ich das sagte, öffnete sich die Tür abermals. Ich keuchte auf, als ein weiterer Mann das Haus verließ.

Es war Oscar Barratt.

KAPITEL 10

Matt kehrte zur Mittagszeit allein zurück. Ich wartete bis nach seinem Nickerchen, ehe ich ihm von der Warnung des Fremden berichtete. Wie erwartet regte er sich auf, aber er riss sich soweit zusammen, dass er nur einmal auf den Schreibtisch schlug.

„Das ist nicht alles", sagte ich. „Ich folgte ihm zu …"

„Du bist ihm gefolgt!", brach es aus ihm hervor. „Bist du wahnsinnig? Er hätte dich angreifen können."

„Ich hatte Peter und meine Taschenuhr bei mir, und es war helllichter Tag."

„Trotzdem."

„Trotzdem, hör auf mit den Einsprüchen und hör mir zu. Peter und ich folgten ihm zu Lord Coyles Haus in Belgravia."

Er starrte mich mit offenem Mund an. „Das ist eine interessante Entwicklung", sagte er schließlich und klang ruhiger. „Was hat denn Lord Coyle mit der ganzen Sache zu tun?"

„Er sammelt magische Gegenstände. Vielleicht hat er eine von Hales Arzneien gekauft, um sie seiner Sammlung hinzuzufügen. Aber warum sollte er ihn umbringen? Das ergibt keinen Sinn."

„Vielleicht wollte Hale ihm nichts verkaufen, darum hat Coyle ihn im Zorn getötet." Er musterte die Tischfläche, in Gedanken versunken.

Ich versuchte mir eine Möglichkeit einfallen zu lassen, ihm meine übrigen Neuigkeiten zu erzählen, ohne seinen natürlichen Argwohn auf den Plan zu rufen, aber das konnte ich nicht. Es gab keine Möglichkeit, das zu vermeiden. Er musste es erfahren. „Das ist immer noch nicht alles", sagte ich. „Ein paar Minuten, nachdem dieser Mann Coyles Haus betreten hatte, kam ein weiterer heraus. Oscar Barratt."

„Barratt! So, so. Also ist er doch involviert." Über diese Erkenntnis wirkte er recht erfreut.

„Vielleicht hat es nichts zu bedeuten. Er könnte andere Angelegenheiten mit Coyle besprochen haben."

Matt lehnte sich in seinem Sessel zurück und betrachtete mich. „India, nach dieser Entdeckung kannst du ihn doch unmöglich weiterhin verteidigen. Es besteht eine direkte Verbindung zwischen Barratt und Coyle, und Coyle hat jemanden geschickt, um dich zu bedrohen."

„Eine *indirekte* Verbindung. Und ich verteidige ihn nicht. Ich bleibe gedanklich offen."

Es dauerte lange, ehe er weitersprach, und ich dachte, das wäre es schon, bis er sagte: „Weshalb verteidigst du ihn? Weshalb willst du nicht wahrhaben, dass er ein Verdächtiger im Mord an Hale ist?"

„Ich … ich weiß es nicht."

Er rieb mit dem Daumen über die Armlehne des Sessels, als würde er einen Fleck aus dem Leder entfernen wollen. Diese Bewegung fesselte seine Aufmerksamkeit. „Liegt das daran, dass du dich mit ihm … verbunden fühlst?"

„Ich schätze, das könnte es sein. Wir sind beide Magier."

„Aber das ist die einzige Übereinstimmung zwischen euch." Er schaute mich schließlich an, und ich war entsetzt, als ich sah, dass er bereits erschöpft wirkte, und doch war er gerade erst von seinem Nickerchen aufgestanden.

„Er kommt aus eine Händlerfamilie, wie ich auch", sagte ich, ohne richtig über das nachzudenken, was ich sagte. Ich wollte ihn fragen, weshalb er so schrecklich aussah, doch seine seltsame Stimmung hielt mich davon ab.

„Er kommt aus einer reichen Familie", sagte er. „Deine ist Mittelklasse."

„Danke, dass du mir das darlegst."

„Das war etwas unbeholfen formuliert." Er rieb sich über die Stirn. „India, ich will dir nur raten, lass dich nicht von Barratts Charme einwickeln. Ich kenne solche Typen. Sie freunden sich nur mit Leuten an, die Ihnen beim Erreichen ihrer Ziele helfen können. Sie benutzen Menschen. Ich will nicht, dass du verletzt wirst."

„Danke für deine Sorge", erwiderte ich etwas härter, als ich beabsichtigt hatte, „aber ich kann ganz gut selbst bestimmen, wer ein echter Freund ist, und wer einfach nur so tut."

„Du hast gedacht, ich wäre der Dark Rider", erklärte er. „Und dass Dorchester unschuldig war."

Ich sprang auf eine von außen betrachtet sicher trotzige Art auf, aber es war mir egal. Matts Worte schmerzten, nicht, weil er mich so grob aburteilte, sondern weil er recht hatte. „Du hast vergessen, Eddie zu erwähnen."

Er zuckte zusammen und schloss die Augen. „India, es tut mir leid. Das war grausam. Ich hätte das nicht sagen sollen."

„Vielleicht musste ich das hören. Vielleicht *bin* ich bei Barratt zu vertrauensselig." Ich drehte mich zum Gehen um, weil ich nicht wollte, dass er die Tränen sah, die sich in meinen Augen sammelten. Ich fühlte mich töricht.

Er erreichte die Tür vor mir und fasste mich an den Schultern. Er neigte den Kopf, um mir ins Gesicht zu schauen, was mich dazu zwang, mein Kinn zu senken, damit er mir nicht in die Augen blicken konnte. „Ich habe dich aus der Fassung gebracht. Verdammt. Ich bin ein Idiot, India. Du hast jedes Recht, wütend auf mich zu sein. Also mach schon. Sag etwas über mich, das dich nervt oder ärgert."

„W…was meinst du damit?"

„Zeig mir meine Fehler. Dann geht es dir besser, und wir sind einander wieder ebenbürtig."

Zu meinem Entsetzen zitterte mein Kinn. „Wie könnte ich das tun, wenn ich an dir keinen Fehler finden kann?"

„Doch, kannst du. Zum einen spreche ich, wenn es unangemessen ist. Noch etwas?"

Weshalb konnte er nicht aufhören, so nett zu sein? Es brachte mich zum Weinen.

„India", murmelte er sanft, „es tut mir leid, dass ich dich verletzt habe. Ich hätte diese Dinge nicht sagen sollen."

„Aber ich *bin* ja wirklich schrecklich darin, den Charakter anderer einzuschätzen", sprudelte es aus mir heraus. Ich konnte die Tränen nicht mehr zurückhalten. Sie liefen herab, zusammen mit dem ganzen Ärger und der Erniedrigung, die ich gespürt hatte, nachdem Eddie unsere Verlobung beendet hatte. Ich war stolz darauf, klug zu sein, und trotzdem hatte er mich von vorn bis hinten betrogen.

Matt zog mich in seine Arme, meinen Kopf schob er sich unters Kinn. Er fühlte sich warm, fest und sicher an. Ich wollte dortbleiben; jeder noch so kleine Teil von mir wünschte sich, ich könnte mich von ihm so halten lassen, wann immer ich es wollte. Aber das konnte ich nicht, und darum musste ich noch mehr weinen.

„Das, was Eddie getan hat, ist nicht deine Schuld, es ist seine", sagte Matt, der mir den Nacken massierte. „Dorchester ebenso. Vergiss sie. Es passiert den Besten, dass sie den falschen Menschen vertrauen. Ich wäre lieber wie du und würde glauben, dass zunächst einmal jeder Mensch gut ist, als dass ich in jedem einen schlechten Menschen vermuten würde. Du bist eine positive, zutrauliche Person, India, und das ist mit der Grund, aus dem ich dich bewundere."

Je länger er mir den Nacken massierte, desto mehr trockneten meine Tränen. Aber ich trat nicht zurück. Nun, da ich zu weinen aufgehört hatte, konnte ich seinen Herzschlag hören. Es war ein schnelles Ticken, jedoch rhythmisch und beruhigend. Sicher konnte ein so starkes Herz nicht aussetzen. Sicher würde er ohne die Taschenuhr nicht sterben.

Matt zog mich sanft zurück. Er wischte mit den Daumenkuppen über meine Wangen und küsste mich auf die Stirn. Seine Lippen verweilten, und einen Augenblick lang dachte ich – hoffte ich –, er würde meinen Kopf nach hinten ziehen und mich auf den Mund küssen.

Stattdessen trat er aber mit einem Seufzen zur Seite. Er zog ein Taschentuch aus der Tasche und reichte es mir. „Wirst du bald wieder soweit in Ordnung sein, dass wir ausgehen können?"

„Ja, natürlich." Ich tupfte mir mit dem Taschentuch über die Augen und reichte es ihm zurück. „Wohin gehen wir?"

„Wir besuchen Barratt."

Ich schaute weg. „Oh."

„Ich will wissen, was er mit Coyle zu besprechen hatte. Du musst nicht mitkommen, wenn du es dir nicht zutraust."

„Ich will mit. Was ist mit Coyle selbst? Sollen wir ihn wegen des Mannes, den er geschickt hat, zur Rede stellen?"

„Das machen wir, aber zuerst finden wir heraus, was Barratt weiß. Vielleicht weiß er auch gar nichts. Wie du gesagt hast, er könnte unschuldig sein."

Er verhielt sich um meinetwillen diplomatisch. Ich wünschte, er hätte es nicht getan. Er schien zu denken, dass ich Oscar Barratt in *diesem* Sinne mochte, und das war ganz gewiss nicht die Botschaft, die ich ihm vermitteln wollte. Ich war überhaupt nicht an Barratt interessiert. Ich fand ihn charmant, und es war schön, mit einem anderen Magier über Magie zu sprechen. Aber das konnte ich Matt in nicht erzählen, ohne zu viele Geheimnisse aus dem tiefsten Innern meines Herzens zu verraten.

Ich begab mich in meine Räumlichkeiten, hielt aber im Eingang inne. Miss Glass saß an meinem Ankleidetisch, wo sie meine Schmuckstücke und Kämme neu ordnete.

„Miss Glass! Ist alles in Ordnung?"

„Ich dachte, wir wären Freundinnen, India", sagte sie, ohne aufzuschauen.

„Sind wir." Ich ging neben ihr in die Hocke. Sie sprach gleichmütig, mit fester Stimme, aber sie wirkte ganz neben sich. „Was ist los?"

„Freundinnen verraten einander nicht."

Ich blinzelte. „Wie habe ich Sie denn verraten?" In dem Augenblick, in dem ich es aussprach, wurde mir klar, dass sie Matt und mich zusammen durch seine offene Tür gesehen hatte. Wir hatten sie nicht bemerkt.

„Du weißt, wie."

Ich setzte mich auf den Fuß des Bettes. „Ich war durch den Wind, und Matt hat mich getröstet. Tatsächlich hat er mich vor den Kopf gestoßen, darum gehe ich davon aus, er hat sich schuldig gefühlt. Das war es auch schon, Miss Glass, nichts weiter."

Schließlich begegnete sie meinem Blick mit einem kühlen Ausdruck in den Augen. „Es schien mir nicht nichts zu sein, India, und so würde es auch nicht auf die Dienerschaft wirken, falls Sie es sehen."

„Es wird nicht wieder vorkommen."

„Bist du dir da sicher?"

„Ja. Zwischen uns geht nichts Derartiges vor."

Sie kniff die Lippen zusammen. Sie glaubte mir nicht. „Die Sache ist die, India, so sehr ich dich auch mag, meinen Neffen liebe ich noch mehr. Er ist meine Familie und der Erbe von Rycroft. Er muss seine Pflichten im Sinn haben, und die größte dieser Pflichten ist es, gut zu heiraten und einen Erben zu zeugen. Seine Frau muss aus einer angemessenen Familie stammen."

„Weshalb?", stieß ich hervor. „Was für einen Unterschied macht das?"

Sie schien durch meinen Ausbruch ein wenig überrascht. Ich konnte es ihr nicht zum Vorwurf machen. Ich benahm mich gerade ein wenig untypisch. „Eine Ehe ist ein Bündnis zwischen zwei Familien", fuhr sie fort. „Jeder Partner bringt etwas in die Ehe ein, ob es nun Geld, Land, Einfluss oder ein Titel ist. Falls ein Gentleman ein Mädchen heiratet, das nichts dergleichen einbringt, riskiert er, dass sein Vermögen im Lauf der Zeit schwindet und er außerdem zum Gelächter unter Gleichgestellten wird. Niemand wird ihn mehr ernst nehmen. Willst du das etwa? Dass Matthew wie ein Ausgestoßener behandelt wird?"

„Er ist bereits ein Ausgestoßener", sagte ich. „Er ist nicht einmal Engländer."

„Gewiss ist er das!"

Ich hob die Hände, weil mir nicht nach ihren Vorurteilen war. „Sein Vater ist vor seiner Verantwortung davongelaufen, und dennoch machen sie *ihm* nicht zum Vorwurf, dass er eine arme Amerikanerin geheiratet hat."

„Bring nicht Harry ins Spiel", fuhr sie mich an. „Er war nicht der Erbe, und er hatte seine Gründe, zu gehen. Unser Vater hat ihn nicht gut behandelt." Diesen letzten Teil murmelte sie in ihr Kinn, während ihre Schultern herabsanken. „Armer Harry. Mein armer lieber Bruder, wann kommst du denn wieder nach Hause? Ich bin so allein ohne dich."

Ich trat an ihre Seite und half ihr sanft auf die Beine. „Kommen Sie, Miss Glass, es ist an der Zeit, dass Sie sich ausruhen." So sehr ich es verabscheute, sie so rasch in ihren verwirrten Zustand abgleiten zu sehen, war es in diesem Fall ein Segen. Ich wollte nicht mit ihr über etwas streiten, das es nicht gab und auch nie geben würde.

Sie klammerte sich an mich, während ich sie zur Tür lotste, ihre Finger überraschend stark. „Du verstehst das, nicht, India?"

Ihre klare Stimme überraschte mich. Sie schien sich an unseren Wortwechsel zu erinnern.

„Ich verstehe, Miss Glass. Sie wollen nur, was für den Namen der Rycrofts am besten ist."

„Und für Matthew. Immer und nur für ihn. Er wird eines Tages das Anwesen der Rycrofts erben, und jede Gelegenheit wird ihm zu Füßen liegen, solange er vorsichtig vorgeht und nicht den Fehler von Harry wiederholt und ein unpassendes Mädchen heiratet. Aber wir sind immer noch Freundinnen, oder, India?" Ihre Stimme bebte, und ihre Finger griffen fester um meinen Arm. „Bitte sag, dass wir noch Freundinnen sind."

„Wir sind noch Freundinnen, Miss Glass. Ich habe immer gewusst, dass Matt weit über mir steht, das hat sich nicht geändert. In dieser Sache haben Sie nichts zu befürchten."

„Ich wusste, dass ich dir vertrauen kann."

Matt kam vorbei, als wir das Zimmer verließen. „Tante? Fühlst du dich unwohl?"

„Mir ist ein wenig schwindlig", sagte sie.

„Gestatte mir, dich in deine Räume zu geleiten, während India sich bereitmacht."

„Muss sie mit dir ausgehen?"

Er sah mich an.

„Ja, muss ich", sagte ich zu ihnen beiden. „Ich schicke Polly nach oben. Was die andere Sache angeht, Miss Glass, haben Sie mein Wort."

Sie lächelte mich schwach an. „Danke, India. Du bist ein gutes Mädchen."

Sie gingen weiter, und ich hörte, wie Miss Glass ihn auf den blauen Fleck auf seiner Wange ansprach. Matts Antwort hörte ich nicht, aber ich bezweifelte, dass er zugab, mit Cyclops geboxt zu haben.

Ich machte mich ausgehfertig und fand Polly im Wohnzimmer der Bediensteten, wo sie den Kleidersaum von Miss Glass richtete. Ich schickte sie nach oben und wartete in der Eingangshalle auf Matt. Er kam ein paar Minuten später mit gerunzelter Stirn herunter.

„Ihr geht es gut", sagte er, als ich nachfragte. „Etwas wacklig, aber sie kann zumindest jeden erkennen."

„Das höre ich gern. Diesmal kam es recht plötzlich über sie."

„Weshalb war sie in deinem Zimmer? Und was ist jene andere Sache, die ihr beiden besprochen habt?"

„Es ist etwas, das nur uns betrifft. Sie würde nicht wollen, dass du es erfährst."

Er furchte seine Stirn noch tiefer, aber er drängte mich nicht zu einer Antwort.

Bryce fuhr uns zum Bureau der *Weekly Gazette,* wo wir Oscar Barratt fanden, der in ein Notizbuch schrieb. Er klappte es zu, als er uns sah, und winkte uns herein.

„Was für eine angenehme Überraschung", sagte er mit einem Lächeln, „und auch eine glückliche Fügung. Sie haben mir einen Spaziergang nach Mayfair erspart, um Sie beide aufzusuchen." Er hielt mir einen Stuhl hin, dann kehrte er auf die andere Seite des Schreibtisches zurück. „Übler blauer Fleck, den Sie da haben, Glass."

„Ich bin gegen eine Tür gelaufen", sagte Matt.

„Aber natürlich. Wie kann ich Ihnen denn helfen?"

„Woher kennen Sie Lord Coyle?", fragte Matt.

„Coyle?" Mr. Barratts Blick wanderte zwischen Matt und mir hin und her. „Ich kenne ihn nicht über ein erstes Treffen hinaus, das erst heute Vormittag stattfand. Ihrem Gesichtsausdruck entnehme ich, dass Sie das bereits wissen, Mr. Glass. Darf ich fragen, weshalb Sie das interessiert?"

„Eine Frage nach der anderen", erwiderte Matt ruhig. „Worum ging es bei Ihrem Treffen?"

Mr. Barratt lehnte sich in seinem Sessel zurück und legte die Finger aneinander. „Er hat mich zu sich bestellt, wie es der Zufall so will. Offenbar erwarten Männer wie Coyle, dass man sie aufsucht, wenn sie mit einem sprechen wollen, nicht umgekehrt. Seine Welt funktioniert wohl anders als meine." Er lachte wenig erheitert. „Er sagte mir, er hätte einige meiner Artikel gelesen und wäre neugierig, ob ich damit auf Magie anspielte."

„Das hat er Sie direkt gefragt?", fragte ich.

Er nickte. „Es war ziemlich dreist, aber er schien davon auszugehen, dass meine Antwort es bestätigen würde. Ich schätze, wenn man sich der Magie bewusst ist und danach sucht, kann man den Artikeln entnehmen, dass ich daran glaube."

„Was hat er dann gesagt?", fuhr Matt fort.

„Er fragte, wie viel ich weiß. Ich sagte ihm, ich hätte von Magie gehört, und erzählte, dass einige der Personen in meinen Artikeln behaupteten, Magier zu sein, darunter auch Dr. Hale."

„Stellte er viele Fragen über Hale, oder seinen Tod?"

„Er stellte keine. Er hat Hale nicht mehr gesondert erwähnt, nachdem ich ihm erzählt habe, der Doktor habe behauptet, ein Drogistenmagier zu sein. Wenn ich schätzen müsste, würde ich sagen, dass er an Dr. Hale oder dem Mord an ihm nicht übermäßig interessiert war."

„Das ist merkwürdig", sagte ich. „Man möchte denken, ein Mann mit Coyles Interessen wäre ausgesprochen neugierig."

„Außer er wüsste bereits alles, was er über Hale wissen müsste", sagte Matt, „und seinen Tod."

Konnte Coyle hinter dem Mord stecken? Aber weshalb? Was hätte er davon?

„Was meinen Sie, wenn Sie sagen, ein Mann mit seinen Interessen müsste neugierig sein?", fragte Mr. Barratt.

Er wandte sich an mich, doch ich wartete, dass Matt ihm antwortete. Ich vertraute meinen Instinkten nicht mehr, wenn es um Barratt ging, oder wie viel ich ihm verraten sollte.

„Miss Steele?"

Ich schaute zu Matt, aber er erwiderte den Blick nur mit finsterem Gesicht. Es schien, als würde er mir keine Anweisung geben wollen. Dann sollte es so sein. Er war selbst schuld, wenn ihm nicht gefiel, was ich sagen würde.

„Wir sind ziemlich sicher, dass Lord Coyle über Magie Bescheid weiß", sagte ich.

„Glauben Sie, er ist ein Magier?"

„Das wissen wir nicht. Er sammelt magische Gegenstände, aber wir sind nicht sicher, ob *er* einen davon mit Magie angereichert hat."

„Er sammelt sie? Wozu denn?"

„Es scheint kein Grund dahinter zu stecken. Der Großteil der Magie in seiner Sammlung sollte sich bereits verflüchtigt haben – vor vielen Jahren in manchen Fällen. Er hält seine Sammlung versteckt und holt sie nur zu besonderen Anlässen für auserwählte Gäste hervor."

„Vielleicht ist er einfach ein Exzentriker." Barratt tippte nachdenklich die Finger aneinander. „Das erklärt sein Interesse an meinen Artikeln. Wenn er magische Gegenstände sammelt, wird er wissen wollen, ob es Magier gibt, die ihn mit Artefakten versorgen können, die er seiner Sammlung hinzufügen kann."

„Haben Sie ihm erzählt, dass Sie ein Tintenmagier sind?", fragte Matt.

„Nein. Hätte ich vermutlich, wenn er mich direkt gefragt hätte, aber das tat er nicht. Ich bekam aber das Gefühl, dass er es vermutete. Es war ein sehr merkwürdiges Tauziehen. Ich wartete darauf, dass er mir erzählte, er sei ein Magier, und er wartete auf mich."

„Glauben Sie, er ist einer?"

„Das tat ich zu diesem Zeitpunkt, einfach um mir sein Interesse an meinen Artikeln zu erklären, aber im Lichte dessen, was Sie über seine Sammlung sagen, bin ich mir nicht mehr sicher. Ein gewöhnlicher Mensch könnte durchaus gern magische Gegenstände sammeln, genauso wie ein Mensch, der nicht malen kann, Gemälde sammelt."

„Haben Sie ein paar Minuten, ehe Sie aufgebrochen sind, einen Mann in Coyles Haus eintreffen sehen?" Ich beschrieb ihm den Fremden, aber er schüttelte den Kopf.

„Tut mir leid", sagte er. „Der Butler hat mich hinein und hinaus gelassen. Ein Diener brachte mich hinauf ins Bureau von

Coyle, und ich traf mich mit Coyle. Jemand anderen habe ich nicht gesehen. Weshalb? Wer ist er?"

„Wir nehmen an, er ist Coyles Gehilfe", sagte Matt. „Er befahl uns, unsere Ermittlungen am Mord an Hale einzustellen."

„Gütiger Gott. Das ist dreist. Am helllichten Tage?"

„In Matts Haus", sagte ich. „Miss Glass und ich waren gerade von einem Spaziergang zurück, und er kam direkt an die Tür und bedrohte mich."

Mr. Barratts Augenbrauen wanderten auf seiner Stirn nach oben. „Sie waren allein?"

„Der Butler war da."

„Aber Mr. Glass nicht?"

Matt holte tief Luft und stieß sie langsam wieder aus. Ich bekam das Gefühl, dass er seine Laune in Schach hielt und seine Erwiderung schluckte.

„Matt kann nicht die ganze Zeit zu Hause sein", sagte ich, „und er kann nicht vorausahnen, wenn jemand plant, uns zu bedrohen. Um der Gerechtigkeit Genüge zu tun, er wurde auch bedroht."

„Sie sind eine sehr vernünftige Frau, Miss Steele. Ich kenne Damen, die ihren Mann im Haus tadeln würde, wenn er bei so einem Ereignis nicht zugegen wäre, ob nun zu Recht oder zu Unrecht."

„Mr. Glass ist mein Arbeitgeber, nicht mein Mann im Haus", sagte ich frostig. Um ehrlich zu sein, reichte es mir für diesen Tag von Männern und ihren anmaßenden Vorstellungen.

Mr. Barratt überraschte mich mit einem ehrlichen Lächeln. „Danke, dass Sie das für mich klargestellt haben."

Ich bekam das Gefühl, dass er nach irgendetwas geangelt hatte, und ich hatte den Köder mitsamt des Hakens geschluckt.

Beide Männer musterten einander über den Schreibtisch hinweg, einer lächelte, der andere furchte die Stirn. Es war ein aufregendes Gefühl, der Gegenstand ihrer lautlosen Auseinandersetzung zu sein, bis mir wieder einfiel, dass meine Instinkte auch völlig danebenliegen konnten. Es war schon sehr viel wahrscheinlicher, dass Matt Mr. Barratt nicht vertraute, und Mr. Barratt … Tatsächlich fiel mir kein Grund ein, weshalb er Matt nicht mögen sollte.

„Sie sagten, Sie wollten mich heute aufsuchen", sagte Matt. „Weshalb?"

„Nicht Sie", erwiderte Mr. Barratt. „Ich wollte Miss Steele aufsuchen."

„Mich?" Ich blinzelte ihn an. „Weshalb?"

„Seit wir über ihre Großeltern gesprochen haben, habe ich beschlossen, selbst ein wenig zu investigieren."

Matt beugte sich vor. „Sie haben *was* getan?"

Mr. Barratt hob die Hände. „Hoppla, beruhigen Sie sich. Weshalb sind Sie wütend, Mr. Glass?"

„Sie haben India hinterherspioniert, deshalb."

„Nicht im Geringsten. Ich helfe ihr, die fehlenden Bruchstücke ihrer Herkunft zu finden. Ich wollte, dass sie versteht, wo hier ihre Magie herkommt."

„Ich verstehe", sagte ich, ehe Matt unterbrechen konnte. Auch wenn ich sah, wofür er argumentierte, und es seltsam war, dass Mr. Barratt meine Hintergründe ausforschte, ohne mich vorher gefragt zu haben, erzählte er es mir doch jetzt. Und ich war ausgesprochen neugierig auf das, was er herausgefunden hatte. „Und?", drängte ich.

„Und ich habe zwei Dinge erfahren. Zum einen haben Sie Ihre Magie wahrscheinlich nicht von Ihrem Großvater väterlicherseits geerbt, sondern von Ihrer *Großmutter* väterlicherseits."

„Nun, das ist interessant, und es könnte erklären, warum mein Großvater eine Lizenz von der Uhrmachergilde erhielt. Er war talentfrei und in ihren Augen harmlos. Meine Großmutter hat ihm vielleicht geholfen, aber die Gilde wusste vermutlich nichts von ihr."

„Sie starb vor deiner Geburt?", fragte Matt.

Ich nickte. „Mein Vater sprach liebevoll von ihr, aber nicht allzu liebevoll von meinem Großvater. Ihre Ehe war nicht glücklich. Offensichtlich war mein Großvater ein selbstsüchtiger Mensch, und seine Vernachlässigung bescherte meiner Großmutter ein frühes Grab. Ich fand das immer traurig."

„Unglückliche Ehen sind häufig", sagte Matt leise. „Ich habe auf jeden Fall genug von ihnen gesehen."

„Amen", murmelte Mr. Barratt.

„Wie haben Sie etwas über die Magie meiner Großmutter herausgefunden?", fragte ich ihn.

„Ich fragte einen Uhrmacher im Ruhestand, den ich flüchtig kenne, ob ihm die Steeles aus der St. Martins Lane etwas sagten. Sein Sohn führt inzwischen den Laden hier um die Ecke, aber der ältere Mann erinnerte sich an Ihren Vater und Ihre Großeltern. Nach ein paar hartnäckigen Fragen zum Talent Ihres Großvaters sagte er, dass seine Arbeiten nachließen, nachdem Ihre Großmutter gestorben war. Das brachte mich auf die Idee, dass nicht *er* der Magier gewesen ist, sondern *sie*. Nach ein paar weiteren Fragen wurde ich mir dessen sicher. Er hatte einmal gesehen, wie sie eine ausgesprochen alte Uhr mit Mechanismen repariert hatte, die ihn vor ein Rätsel gestellt hatten."

„Haben Sie vor diesem ehemaligen Uhrmacher Magie erwähnt?", fragte Matt.

„Natürlich nicht." Mr. Barratt schob seinen Stuhl nach vorne und stützte sich mit den Ellbogen auf den Schreibtisch. Seine blauen Augen funkelten. „Das ist nicht alles, was ich bei dem alten Uhrmacher erfahren habe. Während wir redeten, sagte er, dass es merkwürdig sei, dass ich gerade jetzt nach Ihrem Großvater frage."

„Weshalb?", wollte ich wissen.

„Weil er dachte, er hätte ihn kürzlich gesehen."

„Das ist unmöglich. Er ist tot."

„Das habe ich ihm auch gesagt, aber er beharrte darauf, er wäre vor ein paar Wochen an der Straße an ihm vorbeigelaufen. Er rief ihm nach, aber der Mann ging einfach weiter."

„Ihre Quelle muss sich irren."

„Das dachte ich auch, aber ich beschloss, dem nachzugehen." Mr. Barratt lächelte auf merkwürdige Weise vor sich hin. „Ich sah beim allgemeinen Standesamt nach. Die Daten zu Geburt und Ehe sind aufgezeichnet, aber nicht die zu seinem Tod."

„Das muss ein Versehen sein", sagte ich. „Er ist tot. Mein Vater hat mir das erzählt."

Mr. Barratt und Matt wechselten Blicke. „Außer dein Vater hat gelogen", sagte Matt. „Wenn er ihn nicht mochte und nichts mit ihm zu tun haben wollte ..." Er zuckte mit den Schultern, fast, als würde er sich bei mir entschuldigen wollen, dass er das angedeutet hatte.

„Es ist möglich", murmelte ich.

„Getrennt voneinander lassen diese beiden Beweisstücke nicht mehr als Spekulationen zu", sagte Mr. Barratt. „Aber zusammen glaube ich, dass die tatsächliche Möglichkeit besteht, dass Ihr Großvater noch lebt und in London wohnt."

KAPITEL 11

„Ich glaube, wir sollten unsere Pläne ändern", sagte ich, als Matt vor dem Bureau der *Gazette* die Kutschentür für mich öffnete. „Anstatt Lord Coyle zu konfrontieren, sollten wir ihn, denke ich, ausspionieren. Er wird wohl kaum zugeben, dass er jemanden geschickt hat, um uns zu bedrohen, und wenn wir ihn ausspionieren, erhalten wir vielleicht mehr Hinweise gegen ihn."

„Genau das habe ich mir auch gedacht", sagte Matt. Er befahl Bryce, uns zu Scotland Yard zu bringen.

„Du willst mit Munro über Coyle sprechen?", fragte ich, während er sich auf dem Platz mir gegenüber niederließ.

„Brockwell, nicht Munro."

„Aber er will dich einsperren!"

„Nur ein Grund mehr, ihn auf dem Laufenden zu halten. Ich habe nicht gerade das größte Vertrauen, dass die Polizei die richtigen Schlüsse zieht, deshalb müssen wir ihnen so viele Beweise zutragen, wie wir nur können."

„Vielleicht musst du ihn davon überzeugen, Coyle nicht zur Rede zu stellen, damit er unsere Bemühungen, ihn auszuspionieren, nicht ruiniert."

„Oder ich muss ihn überzeugen, mir überhaupt zu glauben."

Darüber sorgte ich mich genauso wie über alles andere. Falls Payne Brockwell in der Tasche hatte, mussten wir vielleicht über seinen Kopf hinweg handeln und noch einmal mit Munro sprechen. Ich wusste, dass es Matt nervte, auch nur daran zu denken, aber uns blieb womöglich keine andere Wahl.

Ich wollte das gerade ansprechen und schaute auf, nur um zu sehen, dass Matt mich beobachtete.

„Denkst du an einen Großvater?", fragte er.

Barratts Andeutung, mein Großvater könne noch leben, hatte mich erschüttert, doch nun, da der anfängliche Schock nachließ, war ich nicht ganz überzeugt von seiner Annahme.

„Du machst ein finsteres Gesicht", sagte er und beugte sich vor. „Geht es dir gut?"

Ich nickte. „Ich habe ihn nie kennengelernt, darum ist diese Nachricht nicht sonderlich verstörend. Aber glaubst du nicht, mein Großvater hätte versucht, mit mir Kontakt aufzunehmen, wäre er in London?"

„Vielleicht wusste er nicht, wo er suchen soll. Vielleicht ist er zu dem Laden gegangen, wo er sah, dass er in Hardacre's umbenannt wurde, und hat aufgegeben."

„Falls dem so ist, hat er zu schnell aufgegeben. Er hätte Eddie fragen können, wo man mich findet."

„Außer, er wollte nicht, dass jemand erfährt, dass er noch am Leben ist. India …" Er rieb sich mit der Hand übers Kinn. „India, hast du in Erwägung gezogen, dass dein Großvater womöglich Chronos sein könnte, der sich in London unter dem Namen DuPont versteckt?"

„Der Gedanke ist mir gekommen. Aber er ist kein Magier, darum kann er nicht Chronos sein. Mr. Barratt sagt, meine Großmutter wäre die Magierin gewesen."

„Barratt könnte sich irren. Er zog seine Schlussfolgerung aus den Beobachtungen einer einzigen Quelle – und die war auch noch ein alter Mann. Wenn dein Großvater Chronos ist, würde das erklären, warum er nicht nach dir gesucht hat – er will seine Identität geheim halten."

„Aus Gründen, die wir noch nicht kennen." Ich seufzte, fühlte mich von alldem ziemlich erschöpft – und von unserem mangelnden Fortschritt bei der Suche nach Chronos. Matt lief die Zeit davon, und auf jeden Schritt vorwärts folgte ein weiterer Schritt zurück.

Er musste es so richtig satthaben, nicht weiterzukommen.

Matt legte seine Hand in meinem Schoß über meine. „Es kommt alles in Ordnung, India. Wir werden ihn finden."

„Meinst du meinen Großvater oder Chronos?"

„Beide." Sein schiefes Lächeln verriet mir, dass er immer noch davon ausging, dass beide ein und dieselbe Person waren.

Auf Kriminalinspektor Brockwell mussten wir fünfunddreißig Minuten warten. Einer seiner Männer brachte uns Tee, den wir im großen Bureau tranken. Matt konnte jedoch kaum stillsitzen und erhob sich oft, um im Raum auf und ab zu gehen oder aus dem Fenster zu schauen. Ich hingegen beschäftigte mich mit der kleinen Kaminuhr, die eine ganze Minute nachging. Sie lief wie am Schnürchen, als Brockwell endlich eintrat.

Er nahm Mantel und Hut ab und hängte sie auf einen Ständer neben der Tür. Er schien nicht überrascht, uns zu sehen, demnach hatte er wohl eine Vorwarnung erhalten. „Kommen Sie mit", sagte er und deutete auf zwei Besucherstühle neben dem Schreibtisch in seinem Bureau.

„Wir haben einen weiteren Verdächtigen für Sie", sagte Matt, während er sich hinsetzte. „Sie müssen gegen ihn ermitteln."

Brockwell knöpfte seine Jacke auf, nahm sich für jeden Knopf schier unendlich lang Zeit, ehe er zum nächsten überging. Er hielt den Blick auf Matt gerichtet, sagte aber nichts. Es war, als könne er sich nur auf eine Sache auf einmal konzentrieren. Oder er wollte Matt absichtlich ärgern, indem er seinen stetigen Frust anfachte. „Muss ich das? Und wer soll das sein?"

„Lord Coyle."

Brockwell kratzte sich über die Koteletten. „Und weshalb sollte Lord Coyle einen Arzt aus dem London Hospital ermorden?"

„Das wissen wir nicht, aber er ist irgendwie darin verwickelt. Er schickte einen Mann zu meinem Haus, um uns zu nötigen, die Ermittlungen einzustellen. Er bedrohte Miss Steele, als ich nicht da war."

„Bedrohte Sie? Miss Steele, ist Ihnen etwas passiert?"

„Nein", sagte ich.

„Wann war das?"

„Vor dem Mittagessen."

Der Inspektor zog an einer Kette seine Taschenuhr heraus und schaute darauf. „Es ist schon fast vier. Warum haben Sie so lange gewartet, ehe Sie herkamen?"

„Wir berichten es Ihnen jetzt", knurrte Matt.

„Ich war überspannt", sagte ich. „Ich brauchte Zeit, um mich zu erholen."

Bei Brockwell schien das zu funktionieren, ihm eine arme, zerbrechliche Frau vorzuspielen. Er nickte mitfühlend. „Also sagen Sie mir, Mr. Glass, wie haben Sie es geschafft, den Mann mit Coyle in Verbindung zu bringen?"

„Miss Steele ist ihm gefolgt", erklärte Matt.

Brockwell wandte sich zu mir. „*Sie* sind ihm gefolgt? Obwohl Sie überspannt waren?"

„Die Überspannung kam später", erwiderte ich rasch. „Er ging zu Lord Coyles Haus. Ich bin dort schon einmal gewesen und habe es wiedererkannt."

„Also schließen Sie daraus, dass der Mann für Coyle arbeitet."

„Das tun wir", sagte Matt. „Daraus lässt sich kein anderer Schluss ziehen."

„Er könnte ein Freund oder Bekannter sein."

„Dann umgibt sich Lord Coyle mit seltsamer Gesellschaft", sagte ich. „Der Mann war ein Schläger mit einem Cockney-Akzent."

„Vielleicht ist es Lord Coyle nicht sonderlich wichtig, wen er zum Freund hat."

Matt holte tief Luft und stieß sie langsam wieder aus. „Sie klingen, als hätten Sie nicht vor, dem nachzugehen."

Brockwell kratzte sich auf der anderen Seite an den Koteletten und nahm sich Zeit für seine Antwort. Ich musste die Armlehne umklammern, damit ich ihn nicht lauthals aufforderte, etwas zu sagen. „Ich kann Lord Coyle nicht auf der Basis Ihres Berichts des Mordes beschuldigen", sagte er schließlich. „Die Verbindung ist dünn."

„Die Verbindung ist klar", fauchte Matt.

„Die Beweislage ist dürftig."

„Selbst dürftigen Beweisen sollte man nachgehen. Sie vergessen, Brockwell, dass ich mir sehr bewusst bin, was ein Mann in

Ihrer Lage an diesem Punkt tun sollte. Mein Beruf in Amerika war dem Ihren sehr ähnlich."

„Das ist nicht das, was ich gehört habe", sagte Brockwell mit offener Gleichgültigkeit, als wäre es ihm völlig egal. Aber seine Augen verrieten ihn. Sie mochten ja hinter träge gesenkten Lidern halb versteckt sein, doch waren sie aufmerksam auf Matt gerichtet.

„Ich habe es Ihnen bereits gesagt", stieß Matt hervor, das Kinn angespannt. „Payne lügt. Haben Sie neue Beweise gegen mich, oder sind Sie nur seine Marionette, die seinen Unsinn nachplappert?"

Brockwell spannte sich an. Es war womöglich keine gute Idee, ihn eine Marionette zu nennen. „Ich habe eine Liste aller Missetaten Ihre Familie." Er wühlte durch einige Papiere auf seinem Schreibtisch und zog eines hervor, das er an Matt weiterreichte. „Jedes Verbrechen und jeder Fehltritt, der je von einem Mitglied Ihrer erweiterten Familie begangen wurde, findet sich hier."

Matt überflog es flüchtig, dann reichte er es zurück. „Nichts davon ist für mich neu, oder für Munro, oder für jeden amerikanischen Gesetzeshüter, der etwas taugt."

„Diese Liste wäre nicht halb so lang, hätte Matt nicht für die amerikanische Polizei gearbeitet", sagte ich, da Matt es nicht weiter ausführte. „Es liegt nämlich an seiner Verbindung zum Johnson-Klan, dass er Banditen so erfolgreich zur Strecke bringt."

Brockwell neigte das Kinn zu einem leichten Nicken. „Ihre Ergebenheit Ihrem Arbeitgeber gegenüber ist bewundernswert, Miss Steele."

„Es ist keine Ergebenheit. Es ist die Wahrheit. Sehen Sie bitte freundlicherweise davon ab, mich vorschnell zu verurteilen, wie Sie es bei Mr. Glass getan haben."

„Vorschnell verurteilen?" Es war die rascheste Antwort, die er je gegeben hatte – sie kam noch, bevor ich fertig gesprochen hatte.

„Ja, Inspektor, Sie haben Matt vorschnell verurteilt, haben die Worte eines anderen als göttliche Wahrheit akzeptiert. Ich bin zwar kein Polizist, aber selbst ich weiß, dass es bessere Wege gibt, eine Ermittlung anzugehen. Nun, werden Sie mit Lord Coyle sprechen, oder nicht?"

Brockwell überdachte seine Antwort. „Nicht ohne weitere Beweise. Ich kann keinen Mann in seiner Stellung beschuldigen, in einen Mordfall verwickelt zu sein. Das hätte Folgen für mich."

„Falls irgendjemand anderes mit dieser Information zu Ihnen gekommen wäre", sagte Matt, „würden Sie dann ermitteln?"

Wieder überdachte Brockwell seine Antwort, ehe er endlich etwas sagte. „Sie sind ein Verdächtiger, Mr. Glass. Es ist möglich, dass Sie mich in die Irre führen wollen. Darum müsste ich wohl ja sagen."

„Wenn wir Sie in die Irre führen wollten, hätten wir niemanden wie Lord Coyle ausgesucht, der bisher nicht mit diesem Verbrechen in Verbindung stand. Außerdem können Sie meinen Charakter in Zweifel ziehen, so sehr es Ihnen beliebt, aber beschuldigen Sie nicht Miss Steele, Sie absichtlich in die Irre zu führen." Matt erhob sich und hielt mir seine Hand hin.

„Falls ich Miss Steele beleidigt habe, dann tut es mir äußerst leid." Brockwell stand auf und verbeugte sich von mir. „Es war nicht meine Absicht. Was Ihren Vorwurf angeht, Mr. Glass, bin ich einfach nur vorsichtig. Um ehrlich zu sein, vertraue ich nur sehr wenigen, aber in Ihrem Fall habe ich sogar noch weniger Grund, Ihnen zu glauben, wenn man bedenkt, was ich weiß." Er tippte auf das Blatt Papier, das die Verbrechen der Johnson-Familie auflistete.

„Damit, Sheriff Payne zu vertrauen, haben Sie keine Schwierigkeiten", schoss ich zurück.

„Habe ich nicht, Miss Steele?"

Ich marschierte zur Tür, meine Röcke wogten wild um meine Beine. Ich nahm an, dass Matt mir folgte, aber als ich mich an der Tür umdrehte, war er noch bei Brockwell am Schreibtisch.

„Sie sollten sich bald entscheiden, wem Sie vertrauen", sagte er zu Brockwell. „Oder Sie könnten feststellen, dass Sie Feinde haben."

„Und Sie, Mr. Glass, sollten aufpassen, nicht herumzulaufen und Adlige wie Lord Coyle anzuprangern, ohne solide Beweise für ihre Schuld zu liefern. Ihre englische Familie wird Sie nicht retten können, wenn Sie einen Fehler machen, und auch nicht Commissioner Munro."

„Dessen bin ich mir nur zu gut bewusst."

„Ich glaube, Ihr Mann, der mit der Augenklappe, beobachtet heute das Gelände von Mr. Pitt", fuhr er fort.

„Macht er das?", fragte Matt träge.

„Halten Sie mich nicht zum Narren, Glass. Sie wissen, dass er das tut. Ich habe ihn zum ersten Mal an jenem Tag bei Ihnen zu Hause gesehen. Er ist sehr auffällig. Sagen Sie ihm bitte freundlicherweise, er soll nicht wieder dorthin kommen. Pitt ist ein Verdächtiger. Wenn er ihn bemerkt, könnte das die Ermittlung ruinieren."

„Weshalb ist Pitt ein Verdächtiger?"

Brockwell lächelte selbstgefällig. „Guter Versuch. Schönen Tag, Mr. Glass, Miss Steele."

„Ich mag diesen Mann nicht", grollte ich, während wir aus dem Gebäude in einen Regenschauer traten. „Er glaubt alles, was Payne ihm erzählt hat."

„Nach Hause, Bryce", befahl Matt, ehe er nach mir in die Kutsche stieg. „Ich weiß nicht", sagte er. „Ich sehe ihn allmählich ein wenig anders. Es gefiel ihm nicht, dass ich ihn Paynes Marionette nannte."

„Oh", murmelte ich. „Du glaubst, ich irre mich auch in ihm?"

Er wirkte gequält. „Vielleicht. Ich weiß es nicht. Aber du irrst dich nicht in jedem. Du *kannst* den Charakter eines Menschen gut einschätzen, India. Die einzigen Leute, die du falsch eingeschätzt hast, waren jene, die dich absichtlich hereinlegen wollten."

„Und Brockwell tut das nicht?"

„Um ehrlich zu sein, weiß ich nicht, was Brockwell vorhat."

Ich wandte mich mit einem Seufzen zum Fenster und sagte nichts. Es fiel mir schwer, zu glauben, dass Payne Brockwell nicht in der Tasche hatte. Er war eindeutig nicht begeistert, dass wir uns einmischen, und er glaubte seinem eigenen Commissioner nicht, was Matts Unschuld betraf.

„Ich wünschte, ich könnte meine Worte zurücknehmen", sagte Matt leise. „Es tut mir leid, India."

„Was?"

„Dass ich dich an dir selbst zweifeln ließ."

Ich hielt den Mund geschlossen und starrte die restliche Fahrt lang aus dem Fenster. Nicht, weil ich seine Entschuldigung nicht zu schätzen wusste, sondern weil ich nicht mehr über unseren kleinen Streit wegen Barratt nachdenken wollte. Ich wollte mit Matt über gar nichts streiten, und am allerwenigsten über Oscar Barratt.

* * *

MATT BENUTZTE vor dem Abendessen seine Taschenuhr, zog sich aber nicht zu einer Ruhepause zurück. Cyclops kam als erster zu Hause an, gefolgt von Duke, und zuletzt Willie. Miss Glass speiste in ihren Räumlichkeiten, deshalb konnten wir im Speisesaal ungestört sprechen, nachdem Matt die Diener entlassen hatte. Wir erzählten den anderen von unserem ereignisreichen Tag, mussten aber häufig pausieren, da Willie mit Flüchen, Ausrufen und der Erklärung, sie hätte mit ihrem Colt dabei sein sollen, ständig dazwischenfunkte.

„Ich gebe zu", erklärte ich ihr, „deine Anwesenheit und deine Pistole wären mir sehr willkommen gewesen, als der Mann von Coyle hier war. Ich hätte dir vielleicht sogar erlaubt, ihm den kleinen Zeh wegzuschießen, wenn das bedeutet hätte, dass er uns verrät, wer ihn wofür bezahlt."

„Es wäre mir ein Vergnügen gewesen, India", sagte sie und salutierte mit ihrem Messer.

„Das ist der Grund, aus dem wir Glück hatten, dass du nicht hier warst", grollte Duke.

„Du hast auf eigene Faust herausgefunden, dass er für Lord Coyle arbeitet", sagte Matt zu mir. „Meinen Glückwunsch, India, nebenbei gesagt. Ich bin sehr beeindruckt."

„Man hätte sie erwischen können!", widersprach Duke. „Willst du, dass sie allen folgt, die dich bedrohen, wenn du nicht da bist?"

„India kann sehr gut selbst entscheiden, ob es sicher ist, das zu tun."

Ich kniff die Augen zusammen. Matts Lob war äußerst

verdächtig. Er fühlte sich wohl immer noch schuldig wegen des Streits, den wir vorhin gehabt hatten.

„Erzählt uns, was ihr heute herausgefunden habt", sagte ich, weil ich unbedingt das Thema wechseln wollte. „Cyclops, du zuerst. Du warst bei Pitt's, oder?"

Cyclops war gerade damit beschäftigt, auf seinem Teller ausreichend Fleischscheiben, gekochte Kartoffeln und Gemüse aufzutürmen, um uns alle zu versorgen, doch hielt er inne, als ich meine Frage stellte. „In Pitts Laden war nicht viel los", sagte er. „Nur ein paar Kunden kamen und gingen."

„Irgendjemand, den du erkannt hast?", fragte Matt. „Oder wiedererkennen könntest, falls du ihn sehen würdest?"

Er schüttelte den Kopf. „Sie waren nicht sonderlich auffällig."

Ich warf einen Blick auf Matt. Würde er Cyclops erzählen, dass Brockwell denselben Begriff benutzt hatte, um ihn zu beschreiben?

„Keiner von ihnen trug besonders hochwertige Kleidung", fuhr Cyclops fort. „Alle betraten den Laden allein und kamen mit einem kleinen Päckchen heraus. Es war jedoch seltsam. Keiner von ihnen wirkte krank."

„Vielleicht haben sie die Medizin für ein krankes Familienmitglied gekauft", sagte ich.

Cyclops zuckte mit den Schultern, dann machte er sich über seinen Teller her. „Ich gehe morgen wieder hin."

„Du solltest dich eine Weile bedeckt halten", sagte Matt. „Brockwell hat dich dort gesehen."

„Verdammt", murmelte Cyclops und stach besonders heftig mit der Gabel in eine Kartoffel.

„Ich habe Neuigkeiten", verkündete Duke.

„Ich auch", ging Willie dazwischen.

„Die Dame hat den Vorrang."

„Nein." Sie schnappte sich ihr Weinglas vom Tisch und wirbelte den Inhalt herum, bis ein Tröpfchen über den Rand schwappte und auf die Tischdecke fiel. „Meine sind die größten Neuigkeiten, darum komme ich zuletzt. Mach weiter, Duke, erzähl ihnen deine kleine Geschichte."

„Es ist keine kleine Geschichte, das sage ich dir. Ich folgte Clark heute zu Abercrombies Laden und sah sie streiten."

„Erzähl weiter", sagte Matt, als Duke innehielt und Willie einen selbstgefälligen Blick zuwarf. „Worüber haben sie gestritten?"

„Ich habe nicht jedes Wort mitbekommen, aber ich hörte sie auf jeden Fall Hales Namen erwähnen, und auch den von India, und Magie. Der Streit war sehr einseitig. Clark hat herumgeschrien, und Abercrombie hat zum Großteil versucht, ihn zu beruhigen."

Mein Blick begegnete dem von Matt. „Sonst noch etwas?", fragte ich.

Duke schüttelte den Kopf und konzentrierte sich auf sein Essen.

„Das war nicht viel." Willie schob ihren Teller weg und warf Duke einen überlegenen Blick zu. „Hört euch das an. Dr. Ritter hat heute Hales Medikamente verkauft. Ihr wisst schon, die, die er in seinem Bureau aufbewahrt hat."

„Sie verkauft!", rief ich. „An wen?"

„Ich weiß es nicht. Ich habe es nicht direkt gesehen. Eine der Schwestern hat mir später davon erzählt."

„Es wäre viel hilfreicher gewesen, wenn du den Käufer verfolgt hättest", murmelte Duke.

Willie verdrehte die Augen, aber er bemerkte es nicht, da er zu sehr mit seinen Bohnen beschäftigt war.

„Es muss Coyle sein", sagte ich. „Er hat Wind von Hales Magie bekommen, vielleicht nach seinem Gespräch mit Barratt, und kaufte die Arzneien, um sie seiner Sammlung hinzuzufügen."

Matt nickte. „Das glaube ich auch. Gute Arbeit, Willie."

„Das ist nicht alles", sagte sie. „Dr. Wiley ist vor der Witwe eines seiner Patienten hochgegangen wie ein Feuerwerkskörper. Und das auch noch vor den Augen anderer Patienten."

„Der Witwe?", wiederholte Matt. „Also ist der Patient gestorben."

„Laut meiner neuen Freundin, der Krankenschwester, war er vor dessen Tod Patient bei Hale. Wiley widersprach Hales Diagnose und änderte die Behandlung. Nun, der Patient ist heute Morgen direkt gestorben. Die Witwe war allerdings kein trauerndes Mauerblümchen. O nein. Sie marschierte zu Wiley, der gerade seine Runde machte, und beschimpfte ihn. Ich konnte sie deutlich am anderen Ende der Station hören, wie sie Wiley einen schlechten Arzt nannte und wünschte, Hale wäre noch hier, weil es unter seiner Aufsicht ihrem Mann besser gegangen wäre. Zu diesem Zeitpunkt erreichte ich die Station, und das gerade noch rechtzeitig. Dann ist Wiley völlig übergeschnappt. Er ließ sich groß und breit darüber aus, was für ein schlechter Arzt Hale war, und dass es reiner Zufall war, dass ihr Mann nicht unter Hales Aufsicht gestorben ist, mitnichten seine gute Behandlung. Er hörte gar nicht mehr auf, über Hales Fehler zu palavern, und darüber, dass manche Patienten einfach so aus nachvollziehbaren Gründen starben, aber manche auch, weil sie keinen Lebenswillen mehr besaßen. Dann hat er ihr vorgeworfen, eine schlechte Ehefrau zu sein, und sagte, ihr Mann wäre gestorben, um ihr zu entfliehen."

Ich keuchte. „Das ist ja schrecklich! Was für ein furchtbarer Mann."

„Wenn ich sie gewesen wäre, hätte ich ihn verhauen", sagte Cyclops.

Duke nickte. „Du gewinnst, Willie."

„So ist es", sagte Matt. „Und nun weiß ich, wo wir am Morgen als erstes hingehen."

* * *

AM NÄCHSTEN MORGEN wollte Miss Glass Matt dazu überreden, zu Hause zu bleiben, aber er weigerte sich. „Es tut mir leid, Tante, aber wir müssen ausgehen. Dringende Geschäfte."

„Haben die zufällig mit dem Mord an diesem Doktor zu tun?", fragte sie und reichte ihm seine Handschuhe.

Er blinzelte sie an.

„Ich bin nicht vollkommen töricht, Matthew", sagte sie. „Ich weiß, dass ich manchmal Aussetzer habe, aber ich sehe Dinge."

„Ja, es hat mit dem Mord an Dr. Hale zu tun. Wir helfen der Polizei bei der Ermittlung."

Sie knöpfte ihm seine Jacke zu, dann tätschelte sie die Jackenaufschläge. „Ich wünschte, du würdest dich nicht in so etwas Vulgäres wie Polizeiarbeit verwickeln lassen."

„Es tut mir leid, dass du Morde vulgär findest, Tante Letitia. Und glaube mir, damit bist du nicht allein."

„Es ist nicht nur der Mord, sondern auch die Polizei selbst. Ich bin froh zu wissen, dass sie uns vor Verbrechen beschützt oder es zumindest versucht, aber ich frage mich, was für eine Art Mensch freiwillig Mördern und Dieben nachjagt, und anderen wenig wünschenswerten Gestalten."

„Die aktive Art Mensch." Er küsste sie auf die Stirn. „Hattest du heute mit India und mir etwas vor?"

„Mit dir, ja. Ich wollte dich mit zum Mittagessen nehmen. Lady Abbington kommt auch, und Oriel Haviland und auch deine Cousinen."

„Ein andermal, Tante. Wenn das vorbei ist."

„Versprichst du es mir?"

Er nahm ihre Hände in seine. „Ich verspreche es. Du kannst mir so viele passende Damen zu Füßen werfen, wie du nur auftreiben kannst. Ich kann nur nicht versprechen, dass ich eine von ihnen mögen werde."

„Das ist eine völlig falsche Grundhaltung, Matthew."

Er lächelte. „Bereit, India?"

„Oh, und India, ehe du gehst", sagte Miss Glass. „Warte hier." Sie verschwand im Wohnzimmer nebenan und kam einen Augenblick später mit einem Stück gefaltetem grünen Stoff zurück. „Den habe ich für dich gekauft."

„Für mich?", fragte ich und nahm das Geschenk entgegen.

„Es ist ein Schal. Er wird wunderbar zu deiner Haut- und Haarfarbe passen." Sie half mir, den Schal um die Schultern zu legen, dann trat sie zurück und lächelte. „Ich hatte recht. Das tut er."

„Das ist sehr freundlich von Ihnen, Miss Glass, aber das wäre nicht nötig gewesen."

„Es ist ein Zeichen, wie sehr ich deine Freundschaft zu schätzen weiß." Sie trat noch einen Schritt vor und nestelte auf der Höhe meines Halses an dem Schal herum. Als es zu lange ging, berührte ich sie am Ellbogen. Sie trat wieder zurück, und dann sah ich, dass sie feuchte Augen hatte. „Du liegst mir sehr am Herzen", sagte sie leise. „Sehr, sehr am Herzen."

„Vielen Dank", erwiderte ich, nicht ganz sicher, wie ich

reagieren sollte. War es ein Trostgeschenk, weil sie sich schuldig fühlte, dass sie mir verboten hatte, mit Matt zusammen zu sein, oder betrachtete sie mich aufrichtig als enge Freundin? Vielleicht ja sogar beides.

Ich nahm den Schal ab und reichte ihn Bristow. „Bitte bringen Sie den in mein Zimmer."

„Meine Tante benimmt sich in letzter Zeit sehr merkwürdig", sagte Matt, als wir abfuhren. „Noch merkwürdiger als sonst, und vor allem bei dir. Ist zwischen euch alles in Ordnung?"

Ich nickte. Ich würde ihm nicht verraten, dass seine Tante eine Liebelei zwischen uns verbat. Das würde mich nur verlegen machen und uns in eine unbehagliche Situation bringen. Das hätte ich nicht ertragen. „Vielleicht ist sie einsam. Wir sind schrecklich oft nicht zu Hause. Ich sollte öfter bei ihr bleiben."

„Sie hat in letzter Zeit ganz schön viele Besuche gemacht. Ich glaube nicht, dass es Einsamkeit ist. Und du bist ohnehin beschäftigt. Auch ich brauche dich."

Die Kutsche wurde langsamer, als wir das London Hospital erreichten. Mein Pompadour, den ich locker gehalten hatte, pulsierte. Überrascht ließ ich ihn los, und er fiel von meinem Schoß und landete zu meinen Füßen auf dem Boden.

Matt hob ihn auf. „Ist alles in Ordnung?"

„Er hat sich bewegt."

Er hielt den Pompadour an seinem Band hoch. Das kleine Täschchen drehte sich langsam, bis es zu Ruhe kam, aber es pulsierte nicht noch einmal. „Jetzt bewegt er sich nicht", sagte er.

„Die Taschenuhr darin hat pulsiert, genau wie an dem Tag, an dem mich der Dark Rider angegriffen hat. Matt, ich glaube …"

Die Kutschtür wurde aufgerissen, und eine Gestalt mit wehendem schwarzem Kapuzenumhang sprang herein. Ich schluckte einen Schrei und drängte mich an die gegenüberliegende Seite der Kutsche. Matt packte den Mann an seinem Umhang und schüttelte ihn. Die Kapuze fiel ihm vom Kopf.

Es war Coyles Gehilfe!

„Wie können Sie es wagen", knurrte Matt, der von seinem Sitz aufstand. Plötzlich schien die Kutsche viel zu eng, die Decke zu niedrig. Die beiden Männer füllten sie aus, und ich saß in der Ecke fest.

Meine Uhr läutete. Matt hielt meinen Pompadour nicht mehr in der Hand, aber ich konnte ihn nicht sehen.

„Lassen Sie mich los, Mr. Glass, oder Sie werden es bereuen", sagte der Mann mit seinem starken Cockney-Akzent. Doch es war sein ruhiger, finsterer Tonfall, der dafür sorgte, dass sich mir die Nackenhaare aufstellten, nicht die Drohung selbst.

Matt drehte seine Faust, zog den Umhang um die Kehle des Mannes enger und zwang ihn dazu, das Kinn zu heben. „Sie kommen mit uns zu Scotland Yard", knurrte Matt.

„Nein, Mr. Glass, das tue ich nicht." Das Klicken, mit dem der Hahn einer Schusswaffe gespannt wurde, brachte mein Herz zum Stillstand. „Lassen Sie mich los, oder ich schieße."

KAPITEL 12

Matt öffnete die Finger und zog seine Faust aus dem Umhang des Mannes. „Hier ist eine Dame anwesend", sagte er durch zusammengebissene Zähne.

„Ich bin nicht blind", erwiderte Coyles Gehilfe.

„Lassen Sie sie gehen, dann reden wir."

„Das Reden haben wir bereits hinter uns, Mr. Glass, und Ihre Frau geht nirgendwohin. Sie ist an der Sache beteiligt. Jetzt heben Sie die Hände, alle beide."

Ich tat es, aber Matt zögerte. „Matt!" Meine Stimme zitterte bei diesem einen geflüsterten Wort.

Langsam hob er die Hände. „Ist bei dir alles in Ordnung, India?"

Ich nickte und versuchte, nicht so auszusehen, als würde ich vor Angst den Verstand verlieren.

Der Mann richtete die Pistole auf Matt. „Befehlen Sie Ihrem Fahrer, weiterzufahren."

„Bryce!", rief Matt. „Fahren Sie los!"

„Wohin, Sir?", rief Bryce zurück.

„Fahren Sie einfach herum", sagte der Mann.

„Irgendwohin!", rief Matt. „Und fahren Sie, so schnell Sie können!"

„Schnell, wie?" Das trockene Kichern des Gehilfen hing in der beengten Luft der Kutsche. „Sie glauben, Sie können mich überwältigen, ohne dass die losgeht?" Er richtete die Waffe auf mich. „Überlegen Sie sich das nochmal."

Die Kutsche rollte an, und der Gehilfe ließ sich auf dem Platz nieder, auf dem vor einigen Augenblicken noch ich gesessen hatte. Ich war an das andere Ende gerutscht, während Matt den Sitz gegenüber in Anspruch nahm. Er ließ Coyles Mann nicht aus den Augen.

„Sie haben meine letzte Warnung ignoriert", sagte der Mann. „Ich habe Ihnen gesagt, Sie sollen Ihre Ermittlungen nicht fortführen, und doch wollten Sie gerade das Krankenhaus betreten, in dem Hale gearbeitet hat."

„Sie sind uns gefolgt", sagte Matt.

Der Mann zuckte mit den Schultern. „Da Sie nicht auf mich hören wollten, muss ich Sie bestrafen, damit Sie wissen, dass ich es ernst meine."

„Bestrafen?", flüsterte ich. „Was wollen Sie tun?"

Meine Taschenuhr läutete, ein jähes Geräusch, das die Anspannung durchdrang.

„Lassen Sie mich es Ihnen zeigen", sagte der Mann. „Nehmen Sie Ihren Handschuh ab, Miss Steele, und geben Sie mir Ihre rechte Hand."

„Tu es nicht, India", fuhr Matt mich an.

Wieder läutete die Uhr, diesmal lauter.

„Entweder geben Sie mir Ihre Hand, Miss Steele, oder ich schieße auf Sie."

Wieder läutete die Uhr, und ich zögerte. Sie warnte mich – davor, ihm die Hand zu geben, oder davor, nichts zu tun? „Was werden Sie tun?", fragte ich.

„Da Sie eine so hübsche Lady sind, werde ich die Hand zuerst küssen." Er lächelte, dabei kamen ein angeschlagener Schneidezahn und weitere krumme Zähne zum Vorschein. „Danach werde ich Ihnen jeden Knochen in jedem Finger brechen."

Ich wich zurück. Mir drehte sich der Magen um, und in meiner Kehle brannte Galle.

Wieder läutete meine Taschenuhr, dieses Mal noch lauter. Der Gehilfe sah sich um, er war verärgert, aber sein Blick richtete sich rasch wieder auf mich.

„Wenn Sie sie anfassen, bringe ich Sie um." Matts raue Stimme füllte die Kutsche und übertönte das Rumpeln der Räder.

„Entweder breche ich Ihnen die Hand, oder ich erschieße Sie, Miss Steele. Sie haben die Wahl."

„Warum?", flüsterte ich.

„Weil Sie meine erste Drohung nicht ernst genommen haben. Vielleicht wird eine gebrochene Hand Sie nächstes Mal daran erinnern, wenn Sie beschließen, die Ermittlung fortzusetzen. Jetzt raus mit diesen hübschen kleinen Fingern, und lassen Sie sie mich zuerst küssen. Falls Sie das nicht tun, bekommen Sie eine Kugel ab. Ich schätze, in die Schulter. Was meinen Sie, Mr. Glass?"

Matts Brust hob und senkte sich in abgehackten Atemzügen. „Wenn Sie ihr wehtun, werden sie diese Kutsche nicht lebend verlassen."

Das Läuten meiner Taschenuhr klang wie eine Glocke.

Der Grobian zuckte zusammen. „Woher kommt denn dieser verdammte Lärm?"

„Das ist meine Taschenuhr", sagte ich. „Sie ist in meinem Pompadour. Ich habe ihn fallen lassen, als Sie uns überfallen haben."

„Heben Sie sie auf und reichen Sie sie mir. Machen Sie langsam."

Ich griff nach unten, und meine Hand erreichte den Stoff des Pompadours. Ich reichte ihn dem Kerl, und er drückte auf das Täschchen, tastete es womöglich nach einer Pistole oder anderen Waffen ab. Dann ließ er es plötzlich los.

Der Pompadour prallte von seinem Schoß ab, sprang ein paar Zentimeter hoch in die Luft, und die Uhr läutete immer wieder mit betäubender Beharrlichkeit. Coyles Mann starrte sie an, seine Augen waren aufgerissen. „Was zum Teufel …?"

Matt stürzte sich vor auf die Hand, die die Waffe hielt. Sie ging los.

„Matt!", schrie ich.

Mein Gott, war er verletzt? Hatte er den Schuss abbekommen?

Auf mich rieselten Lederfetzen, Wolle und Holz herab. Die

lederbeschlagene Decke zeigte ein großes Loch, durch das die wollene Polsterung zum Vorschein kam. Matt war nicht getroffen. Halb seufzte ich vor Erleichterung, halb schluchzte ich.

Matt rang in einer Ecke mit dem Mann, sodass die Kutsche wild schaukelte. Er nagelte die Hand fest, die die Pistole umklammerte, und bohrte dem Mann ein Knie in die Brust. Seine andere Hand legte sich um seine Kehle. Die Augen des Gehilfen traten hervor, und sein Gesicht nahm eine bedrohlich violette Färbung an.

„Bring ihn nicht um!", schrie ich.

Mein Pompadour war abermals auf den Boden gefallen. Ich hob ihn auf und öffnete das Zugband. Meine Taschenuhr war wieder still und sprang auch nicht mehr herum. Ich zog sie heraus und schaute darauf. Sie schien ganz normal zu funktionieren und erwärmte sich sogar, als ich sie berührte. Ich steckte sie nicht zurück in meinem Pompadour, sondern hielt sie in der Hand.

„India, befiel Bryce, zu Coyles Haus zu fahren", sagte Matt, der dem Mann die Pistole abnahm.

„Nicht Scotland Yard?", fragte ich.

„Noch nicht." Er lehnte sich auf dem Sitz zurück und richtete die Pistole auf den Gehilfen.

Ich öffnete das Fenster und gab Bryce neue Befehle, dann schloss ich es wieder.

Coyles Mann rieb sich über die roten Stellen an seiner Kehle und warf Matt einen finsteren Blick zu. „Ich steche Sie nieder, wenn ich wieder frei bin", knurrte er mit rauer Stimme.

„Sie kommen nicht mehr frei", antwortete Matt.

Der Mann stieß ein Lachen aus, das ihn zum Husten brachte.

„Lord Coyle wird Sie nicht retten", erklärte Matt. „Sie sind zu einer Bürde geworden."

Wir fuhren schweigend nach Belgravia. Bryce erinnerte sich wohl von einem früheren Besuch noch, welches Haus Lord Coyle gehörte, denn er fuhr gleich neben den herrlichen Eingang.

„Ist alles in Ordnung, Sir?", fragte der Kutscher, als wir ausstiegen. „Ich dachte, ich hätte einen …" Er verstummte, als er sah, wie Matt die Pistole auf den Kopf des Angreifers richtete.

„Warten Sie hier", wies ich ihn an, dann folgte ich Matt die Stufen hinauf.

Der Butler öffnete die Tür und wich einen Schritt zurück. Matt wartete nicht, bis er hinein gebeten wurde, sondern schubste den Gehilfen unter den Protestrufen des Butlers über die Schwelle.

„Ihren Herrn", fuhr ihn Matt an. „Sofort!"

„I…ich sehe nach, ob er da ist", sagte der Butler.

„Er ist verdammt noch mal besser da."

Die nächsten beiden Minuten strapazierten meine Nerven bis zum äußersten. Matt hielt den Gehilfen mit der linken Hand hinten am Kragen, und seine Rechte drückte ihm die Pistole an die Schläfe. Beide Männer hatten in der Kutsche ihre Hüte verloren.

Endlich stapfte Lord Coyle die Stufen herab, flankiert von zwei jungen Dienern mit weit aufgerissenen Augen und dem Butler, der seine Fassung wiedererlangt hatte und uns nun von oben herab musterte.

„Was hat das zu bedeuten?", verlangte Coyle in einem Tonfall zu wissen, der so robust war wie sein stämmiger Körper.

Matt bugsierte den Gehilfen nach vorn. „Ihr Mann hat uns angegriffen. Er hat gedroht, Miss Steele die Finger zu brechen, wenn wir nicht aufhören, im Mordfall an Dr. Hale weiter zu ermitteln."

„Mein Mann?" Coyle musterte den Grobian von oben bis unten und zog die Nase kraus, als hätte er etwas Unangenehmes gerochen. „Den habe ich noch nie zuvor gesehen."

„Halten Sie mich nicht zum Narren, Coyle. Er wurde gesehen, als er hierherkam."

Coyle warf einen Blick auf seinen Butler.

„Äh … irgendeine Lieferung, wenn ich mich recht entsinne, Sir. Nichts Wichtiges."

„Er kam an den Vordereingang", stellte ich fest, „nicht den Lieferanteneingang."

„Es ist doch wohl kaum die Schuld meines Herrn, wenn dieser Kerl nicht weiß, wie man einen Auftrag ordentlich ausführt." Der Butler richtete sich auf und verschränkte die

Hände hinter dem Rücken. Er wirkte für meinen Geschmack viel zu selbstgefällig.

„Da haben Sie es, Glass", sagte Coyle, der sich mit Daumen und Zeigefinger über den herabhängenden weißen Schnurrbart strich. „Dieser Mann hat nichts mit mir zu tun. Wenn Sie ihn nun bitte freundlicherweise von meinem Grundstück entfernen würden, wäre ich Ihnen zu großem Dank verpflichtet."

Matt zerrte am Kragen des Mannes, und er gab ein würgendes Geräusch von sich. „Mich zu bedrohen ist eine Sache, Coyle, aber wenn Sie Miss Steele bedrohen, kommen Sie nicht so einfach davon."

„Mein lieber Bursche, ich habe niemanden bedroht. Das war er. Jetzt, wenn Sie mich bitte entschuldigen würden."

Matt wirkte, als wolle er widersprechen, doch stattdessen drehte er den Grobian um und marschierte mit ihm aus der Tür. Der Mann stolperte die Stufen hinab, aber Matt gelang es, ihn auf den Beinen zu halten.

„Coyle hat Sie den Wölfen zum Fraß vorgeworfen", knurrte Matt den Mann an. „Möchten Sie vielleicht jetzt zugeben, dass Sie für ihn arbeiten?"

Der Mann sagte nichts. Er wirkte wütend, aber auf Coyle oder auf Matt?

„Ihm ist es egal, was mit Ihnen passiert", sagte Matt. „Er rettet seine Haut auf Ihre Kosten."

Immer noch schwieg der Mann.

„Ist es Ihnen denn egal, was mit Ihnen passieren wird?"

„Die Gesetzeshüter machen mit mir sowieso, was sie wollen. Es gibt nichts, was das ändert."

Mit einem frustrierten Knurren schob Matt ihn in die Kutsche. „India, du setzt dich neben Bryce. Bryce, bringen Sie uns zu Scotland Yard."

Bryce half mir auf den Kutschbock hinauf, dann wartete er, bis Matt die Tür geschlossen hatte. Während der ganzen Fahrt schlug mir das Herz bis zur Kehle, und ich zuckte bei jedem Ruf anderer Kutscher und jedem lauten Geräusch zusammen. Matt schien alles unter Kontrolle zu haben, aber die Enttäuschung wegen Coyles unerschütterlicher Reaktion nagte gewiss an ihm.

Vielleicht hatte er den Grobian inzwischen zu einem Geständnis gebracht.

Die Kutschtür flog auf, ehe die Kutsche vor dem Hauptrevier der Polizei am Victoria Embankment zum Stillstand kam. Matt stieß den Mann vor sich heraus. Er hielt ihn immer noch am Kragen, mit der Pistole an der Schläfe, aber inzwischen hatte der Mann eine blutige Nase und eine Prellung an der Wange.

Ich beäugte Matt, machte aber keine Bemerkung, das traute ich mich nicht. Zorn ließ sein Gesicht hart werden und verdüsterte seine Augen, sodass ich ihn kaum wiedererkannte. Er schien mich gar nicht mehr wahrzunehmen, als er den Gehilfen zum Gebäude von New Scotland Yard schubste. Ich folgte ein paar Schritte hinter ihm.

Im Inneren eilten uns Schutzmänner entgegen. Matt erklärte rasch, dass der Grobian mich bedroht und eine Pistole auf uns gerichtet hatte. Sie nahmen ihn und seine Waffe mit, dann führten sie uns in einen fensterlosen Raum, der wohl als Wartezimmer genutzt wurde, aber eher einer Zelle glich, da er nach abgestandener Luft roch und kaum möbliert war.

„Holen Sie mir Brockwell", verlangte Matt. Er ging fünf Minuten lang auf und ab, bis Brockwell kam, dann hörte er auf damit. Er setzte sich nicht hin.

Brockwell betrat den Raum in seinem gemächlichen, betonten Tempo, was meine sowieso schon strapazierten Nerven nur noch stärker beanspruchte. Matts steife Schultern und seine eisige Stille legten nahe, dass er genauso angespannt war. Er hatte nichts mehr zu mir gesagt, seit er mir befohlen hatte, mich neben Bryce zu setzen.

„Mein Schutzmann erzählte mir, dass Sie jemanden hergebracht haben, nachdem er Sie bedroht hat", sagte Brockwell. „Die arme Miss Steele! Was müssen Sie nur durchmachen. Schutzmann, bringen Sie Tee für Miss Steele."

„Er steht mit dem Mord an Hale in Verbindung", sagte Matt, ehe Brockwell sich an ihn wandte. „Er ist der Mann, der gestern Miss Steele bedroht hat. Heute hat er uns in meiner Kutsche mit einer Pistole bedroht. Wenn ich ihn nicht überwältigt hätte, hätte er Miss Steele die Finger gebrochen, oder sie erschossen, um sich klarer auszudrücken."

„Vielleicht hätten Sie die Ermittlungen einstellen sollen, nachdem er Sie zum ersten Mal bedroht hat.“

Matt schnappte abrupt nach Luft und wirkte, als würde er vor Zorn in die Luft gehen. Ich bekam seine Hand zu fassen und drückte sie so fest, dass es bestimmt wehtat. Er blinzelte nur, aber zumindest wirkte er nicht mehr, als würde er Brockwell ins Gesicht schlagen wollen.

„Wenn Sie ihn befragen“, sagte ich, „müssen Sie ihn nach Lord Coyle fragen.“

„Vielen Dank, Miss Steele“, erwiderte Brockwell. „Ich weiß sehr gut, was ich ihn fragen muss.“

„Er wird es nicht zugeben“, stieß Matt hervor. „Coyle hat es irgendwie geschafft, ihn davon zu überzeugen, nicht zu sprechen. Vielleicht hat er die Familie des Mannes bedroht oder ihnen Geld versprochen, falls ihm etwas passiert.“ Er senkte den Kopf und fluchte tonlos.

„Danke, dass Sie ihn zu hergebracht haben“, sagte Brockwell, der sich erhob. „Bitte bleiben Sie zum Tee. Miss Steele sieht aus, als könne sie eine Tasse gebrauchen. Sie beide eigentlich.“ Er begab sich hinaus, vorbei an dem Schutzmann, der ein Tablett trug.

Matt fuhr sich mit den Händen durch die Haare und schüttelte den Kopf, als der Mann ihm Tee anbot.

„Ich glaube, wir werden gehen“, sagte ich zu dem Schutzmann. „Es tut mir leid, dass Sie sich die Mühe gemacht haben.“

„Nicht weiter schlimm, Ma'am.“ Er beäugte Matt, der abermals auf und ab lief.

Ich packte Matt am Arm und zwang ihn dazu, neben mir stillzustehen. „Wir haben zu arbeiten“, sagte ich. „Weißt du noch?“

Wir folgten dem Schutzmann zurück durch den Irrgarten aus Schreibstuben und Nischen, dann traten wir nach draußen. „Zum London Hospital“, sagte ich zu Bryce.

„Wir sollten nach Hause fahren“, erwiderte Matt. „Brockwell hat recht. Du hast einiges durchgemacht.“

„Das haben wir beide, aber ich scheine mich beruhigt zu haben. Du nicht. Ich glaube, du musst dich erst einmal eine Weile auf die Arbeit konzentrieren, und dann kehren wir in die

Park Street zurück. Wenn wir jetzt nach Hause fahren, sitzt du nur herum und schäumst vor Wut.“

„Ich bin nicht wütend“, brummte er vor sich hin, während er sich neben mich setzte.

Ich nahm seine Hände in meine und rieb sie. Nach kurzer Zeit spürte ich, wie seine Anspannung nachließ und sein Körper sich entspannte. Er nahm meine Hand, zupfte an den Fingerspitzen meines Handschuhs und zog ihn komplett ab. Mit dem Daumen strich er über meine Fingerknöchel, vollkommen auf diese Bewegung konzentriert. Er atmete tief ein, sodass sich seine Brust weitete, und stieß die Luft langsam wieder aus.

„India, das alles tut mir leid. Das hättest du nicht durchmachen sollen.“

„Das ist wohl kaum deine Schuld. Es gibt keinen Grund, aus dem du dich entschuldigen müsstest.“

„Wenn ich dich zu Hause gelassen hätte, hättest du das nicht aushalten müssen.“

„Und genau da liegt das Problem. Ich würde nicht zulassen, dass du mich zu Hause lässt.“ Ich ließ meine andere Hand oberhalb seines Ellbogens um seinen Arm gleiten. „Matt, mach dir keine Vorwürfe. Und außerdem hast du uns gerettet.“

Er knurrte nur.

„Obwohl das meine Uhr auch geschafft hätte, sobald ich sie aus meinem Pompadour gelassen hätte.“

Er hob das Gesicht und deutete ein Lächeln an. „Ich vertraue den Fähigkeiten deiner Taschenuhr noch nicht so weit, dass ich unser Leben in ihre Hände legen würde.“

Ich verdrehte die Augen. „Sehr witzig.“

„Wie bitte?“

„Zeiger. Uhren haben Zeiger. Du würdest dein Leben in ihre Zeiger legen.“

Er lächelte schwach. Ich verbuchte das als kleinen Sieg und erwiderte das Lächeln, aber seine Züge verdüsterten rasch wieder. Er konzentrierte sich auf meine Finger, dachte vielleicht an das, was geschehen wäre, wenn er Coyles Gehilfen nicht daran gehindert hätte, mir die Knochen zu brechen.

Ein unkontrolliertes Zittern fiel über mich her, nur um abrupt zum Stillstand gebracht zu werden, als er meine Hand küsste.

Mir stockte der Atem, als er seine warmen Lippen auf meine Handknöchel drückte.

Ich starrte auf seinen Hinterkopf und griff, ohne richtig darüber nachzudenken, nach vorne, um ihm übers Haar zu streichen.

Doch er zog sich zurück und fing meine Hand ein. Er nahm sie zwischen seine beiden und umschloss sie. „Wir beenden die Ermittlung", sagte er.

„Nein! Matt, du kannst jetzt nicht aufhören."

„Wir müssen unser Vertrauen in Brockwell legen."

„Und abwarten, ob er dich für den Mord an Hale festnimmt?" Ich zog die Hand zurück und schob sie wieder in meinen Handschuh. „Anders als du habe ich sehr wenig Vertrauen in unsere Polizei. Wir machen weiter, bis der Mörder erwischt wird, und damit basta."

„India …"

„Nein, Matt. Ich bestehe darauf. Außerdem weiß Coyle jetzt, dass wir uns im Klaren darüber sind, dass er verwickelt ist, und er weiß, dass auch die Polizei sich darüber im Klaren ist. Er wäre töricht, würde er noch einen Mann zu uns schicken."

„Vielleicht ist er töricht. Wir wissen nicht genug über ihn, um das sicher zu sagen. India, ich bringe dein Leben nicht unnötig in Gefahr."

„Wenn du nicht helfen willst, dann setze ich die Ermittlung eben auf eigene Faust fort."

„Jetzt bist du einfach nur stur und unvernünftig."

Ich verschränkte die Arme. „Ich schätze, Willie wird mir helfen."

Er warf die Arme in die Luft. „Natürlich! Sie ist ja auch bescheuert, und allmählich glaube ich, du bist es auch." Er schüttelte den Kopf. „Ich kann nicht glauben, dass du dich in dieser Sache gegen mich stellst."

„Ich bin froh, dass dir klar ist, dass ich es tun werde."

Er verschränkte ebenfalls die Arme, sodass er meine Haltung nachahmte. „Ich habe wohl keine Wahl, wenn ich dich schützen will."

Wir saßen nebeneinander, ohne auf dem weiteren Weg zum Krankenhaus noch ein Wort zu sprechen.

* * *

LEIDER OPERIERTEN DR. RITTER und Dr. Wiley gerade, und es wurde erwartet, dass das auch noch eine ganze Weile so bleiben würde. Wir beschlossen, nach Hause zu fahren und später zurückzukehren. Matt hatte schon seit dem Vorfall mit Coyles Mann müde gewirkt, darum war es vielleicht das Beste, wenn er gezwungen war, sich auszuruhen und seine Taschenuhr in der Zurückgezogenheit seines eigenen Hauses zu nutzen. Es war allerdings noch nicht einmal Mittag. Es machte mir Sorgen, dass er seine Uhr bereits jetzt brauchte.

Er weigerte sich, sich in seine Räumlichkeiten zurückzuziehen, bis er mit den anderen gesprochen hatte. Miss Glass war auswärts und machte Besuche, darum versammelten wir übrigen uns im Wohnzimmer bei ein paar Tassen Tee. Matt erzählte ihnen, was sich ereignet hatte, als wir zum ersten Mal am Krankenhaus angekommen waren und uns dann aufgemacht hatten, um Lord Coyle zur Rede zu stellen. Es war nicht leicht, da Willie alle paar Worte dazwischenfunkte.

„Dieser gottverdammte Schweinehund", murmelte sie, als Matt schließlich fertig war. „Man sollte ihn festbinden und ausweiden wie ein richtiges Schwein. Ich wünschte, ich wäre dabei gewesen, Matt. Ich hätte geholfen, Coyle zum Reden zu bringen."

„Matt hat sich sehr gut geschlagen, wie erwartet", sagte ich. „Niemand hätte Lord Coyle dazu bringen können, einen Fehler zuzugeben. Dazu ist er viel zu schlau."

„Und er weiß, dass er unberührbar ist", fügte Cyclops hinzu. „Niemand würde es wagen, einem Lord vorzuwerfen, in einen Mordfall verwickelt zu sein."

„Er steht nicht über dem Gesetz", sagte Matt. „Wir müssen nur ausreichend Beweise gegen ihn finden, die die Polizei und die Geschworenen überzeugen."

„Du machst weiter?" Cyclops warf einen Seitenblick auf mich. „Ist das eine gute Idee?"

Matts presste die Lippen aufeinander. „Mir bleibt keine andere Wahl."

218

Ich hob das Kinn. „Ich habe ihm gesagt, dass ich mit oder ohne ihn weiter ermitteln würde."

Willie schlug mir auf die Schulter. Ein wenig von meinem Tee schwappte über den Rand meiner Tasse und sammelte sich in der Untertasse. „Ganz genau, India. Wir lassen uns nicht von Männern wie Coyle Angst einjagen."

„Sein Mann hat versucht, sie zu erschießen!", rief Duke. „Ein kluger Mensch würde sich durchaus von Coyle Angst einjagen lassen."

„Nennst du mich eine Närrin?"

Er hob seine Tasse an die Lippen und nippte.

„Hier geht es nicht darum, närrisch zu sein", erklärte ich ihnen, „sondern darum, sicherzustellen, dass Matts Hals nicht in der Schlinge landet."

Auf diese Verlautbarung folgte Stille von den Männern und ein „Amen" von Willie. „Ihr glaubt, er hat Hale getötet, weil der Doktor sich geweigert hat, ihm seine magische Medizin zu verkaufen, oder?", fragte sie.

Matt nickte und drückte sich einen Finger an die Schläfe, als könnte er so den Schmerz wegbohren. „Wir glauben, dass Coyle herausgefunden hat, dass Hale ein Drogistenmagier ist. Er sprach Hale an, um etwas von seiner magischen Medizin zu kaufen, aber Hale weigerte sich. Darum ließ er ihn töten und bot dem Krankenhaus dann an, Hales Privatfläschchen zu kaufen."

„Das ist eine gute Theorie", sagte Duke mit einem Nicken.

„Für mich klingt das zu drastisch", sagte Cyclops von seinem Stehplatz am Kamin aus. „Warum nicht einfach die Fläschchen aus Hales Bureau stehlen? Warum ihn gleich umbringen?"

„Weil Coyle wahnsinnig ist." Willie machte mit dem Finger kleine Kreise an ihrem Ohr. „Wahnsinnige denken nicht so wie wir anderen. Sie gehen dir gleich an die Kehle. Oder vergiften dich, wie in diesem Fall."

„Das würde bedeuten, dass Coyle einen Zauber auf Hales persönliches Fläschchen Allheilmittel gelegt hat", sagte ich mit einem Kopfschütteln. „Ich glaube, es wäre ein zu großer Zufall, dass er ebenfalls ein Drogistenmagier ist, wo er doch mit dieser Industrie gar nichts zu tun hat."

„Er könnte mit einem Drogistenmagier zusammengearbeitet

haben", sagte Matt. „Was uns zu unseren ursprünglichen Verdächtigen zurückführt."

Die anderen kauten noch einmal altes Zeug durch, warfen Theorien und Hypothesen in den Raum. Ich beteiligte mich nicht. Ich hatte eine Idee, und als Matt mich fragte, was mir durch den Kopf ging, erzählte ich sie ihnen.

„Was, wenn Hale mit dem Giftzauber seine eigene Arznei anreicherte, aber nicht vorhatte, sie selbst zu nehmen, sondern sie jemand anderem zu verabreichen?"

„Und sie dann unabsichtlich selbst genommen hat?", fragte Matt.

„Oder jemand hat die vergiftete Flasche mit der normalen in seiner Schreibtischschublade vertauscht. Das würde bedeuten, dass jemand gesehen hat, wie er den Zauber auf die Arznei legte, und wo er die Flasche verstaute."

„Ritter oder Wiley", schlug Duke vor. „Jemand aus dem Krankenhaus."

„Nicht unbedingt ein Mitarbeiter", sagte ich. „Man gelangt recht einfach hinein und kann im Gebäude herummarschieren. Es hätte jeder unserer Verdächtigen sein können."

Matt kniff sich in den Nasenrücken. „Das würde bedeuten, dass es keinen weiteren Drogistenmagier gibt, und wir mit der Suche nach einem solchen auf dem Holzweg sind."

Das Wohnzimmer wurde von etlichen Seufzern erfüllt, gefolgt von Stille. Matt schloss die Augen. Er wirkte erledigt.

„Matt", sagte ich sanft, „deine Uhr."

Er zog die Uhr aus seiner Jackentasche, klappte das Gehäuse auf und schloss wieder die Augen, während die Magie durch seine Adern floss. Ich sah zu, fasziniert von der Wirkung. Es ließ ihn überirdisch und nicht ganz menschlich wirken, eher so, wie ich mir vorstellte, dass das Elfenvolk aussah.

Eine Bewegung nahe der Tür erschreckte mich. Dort stand Hope Glass, ihre Lippen bildeten ein perfektes O, ihre Augen waren aufgerissen und schauten zu Matt, während die Magie sein Gesicht erhellte und in seinen Haaren verschwand.

„Hope!" Ich sprang auf und eilte vor, um mich zwischen sie und Matt zu stellen und ihr die Sicht zu nehmen.

Duke und Cyclops sprangen ebenfalls auf und bezogen beiderseits von mir Stellung, um einen Schild zu bilden.

„Aber … Matthew!", stieß Hope hervor. „Deine Haut!"

„Da gibt's nichts zu sehen." Willie packte sie an den Schultern, drehte sie um, und bugsierte sie nach draußen.

Hope warf einen Blick zurück, aber Willie stieß die Tür mit dem Fuß zu. Ich hörte Hopes aufgeregte Stimme, die auf der anderen Seite der Tür Fragen stellte, und Willie, die immer zorniger wurde.

„Verdammt", murmelte Matt, der seine Uhr wieder in seine Tasche gleiten ließ. „Ich rede lieber mit ihr."

„Und sagst was?", fragte Duke.

„Ich lasse mir was einfallen." Er marschierte zur Tür und setzte ein charmantes Lächeln auf, während er sie öffnete. „Hope! Was für eine angenehme Überraschung." Er streckte eine Hand aus, und sie zögerte, ehe sie ihre hinein legte.

„Ist alles in Ordnung, Matt?", fragte sie.

„Natürlich", sagte er fröhlich. „Es ist wunderbar, dich zu sehen, und das auch noch ohne die anderen." Er strahlte sie mit seinem einnehmenden Lächeln an, und ihr Gesicht leuchtete, so blendend war es.

Es war ein ehrliches Lächeln, und warum auch nicht? Er gab zu, dass er sie mochte, vielleicht mehr, als er verlauten ließ. Der vertraute Kloß aus Eifersucht zog sich in meinem Inneren zusammen.

„Entschuldigt mich", sagte ich und begab mich zu den Stufen, nur um mich von Willie einholen zu lassen, die mir den Weg versperrte.

Sie packte mich fest am Arm und neigte den Kopf zu mir. „Du kannst jetzt nicht gehen, India", flüsterte sie. „Jemand muss hierbleiben und dafür sorgen, dass sie ihn nicht in eine kompromittierende Situation bringt."

„Willie! Das würde er doch nicht tun."

„Ich sagte, sie würde es tun. Nicht alle Damen sind prüde und anständig wie du. Einige sind verschlagen. Und außerdem, wenn sie alleine sind, wird sie ihn fragen, was sie da gesehen hat, und er könnte es ihr erzählen. Jemand muss ihn davon abhalten, sich ihr anzuvertrauen."

„Das machst du."

„Höfliches Gerede sorgt dafür, dass ich mir die Augen auskratzen will. Du bist gut darin."

„Im Langweiligsein?" Ich raffte meine Röcke und quetschte mich an ihr vorbei. „Schick Duke oder Cyclops hinein. Ich habe Besseres zu tun."

„Etwa?"

„Etwa … nach der Uhr im Salon zu sehen. Die geht etwas nach."

„Feigling."

„India?", rief mir Matt nach. „Gesellst du dich nicht zum Tee zu uns?"

Ich hielt auf der Treppe inne und lächelte zu ihm zurück. Hope, die sich nun an Matts Arm festhielt, musterte sein Profil, vielleicht auf der Suche nach Anzeichen der Magie. „Ich bin im Salon", sagte ich. „Dort muss man die Uhr reparieren."

Er kniff die Augen zusammen.

„Komm, Cousin", sagte Hope. „Wir sind unter uns. Wir können private Familienangelegenheiten besprechen."

Willie seufzte schwer. „Dann komme ich besser mal mit, denn ich gehöre zur Familie." Sie wandte ihnen den Rücken zu und schaute mich so finster an, dass es wirkte, als würden ihr gleich die Augäpfel aus den Höhlen quellen. „Du schuldest mir was", sagte sie lautlos.

* * *

MATT KAM eine halbe Stunde später zu mir in den Salon. Ich schaute hinter ihn, doch er war allein.

„Hast du das Problem gefunden?", fragte er, während er der Kaminuhr vor mir auf dem Tisch zunickte, deren Gehäuse geöffnet war; ihr Innenleben lag ausgebreitet daneben.

„Noch nicht", sagte ich.

„Vielleicht liegt das daran, dass es kein Problem gibt."

Ich achtete nicht auf ihn und musterte das Rad, das Federhaus und die Spiralfeder unter meiner Lupe. Tatsächlich funktionierten alle Teile wunderbar, aber das würde ich ihm nicht verraten. „Ist Hope bereits gegangen?"

„Sie hatte es satt, dass Willie ihre Anwesenheit ständig durch Gähnen, Husten und Schnüffeln kundtat. Ich habe den klaren Eindruck erhalten, dass Willie nicht möchte, dass ich mit Hope allein bin."

„Sie macht sich Sorgen, dass du dich in sie verliebst und hier in England bleiben willst."

Er hob seine Hosenbeine an und setzte sich. „Da ist was dran."

Ich ließ die Feder fallen, und sie rollte vom Tisch.

Matt hob sie auf. „Wie immer hat Willie ihre eigenen Interessen im Sinn. Achte nicht auf sie."

„Ich … das tue ich nicht." Ich nahm die Feder entgegen und steckte sie mit meiner Pinzette zurück in das Uhrengehäuse. „Hat Hope dich zu dem befragt, was sie gesehen hat?"

„Sie bat mich, meine Uhr sehen zu dürfen, darum zeigte ich sie ihr. Das erinnert mich daran, dass wir wirklich eine neue, nicht magische für mich kaufen müssen."

„Hör auf, das Thema wechseln zu wollen. Was hat Hope zu deiner Uhr und der Magie gesagt?"

„Sie hat die Taschenuhr genau gemustert und sie mir zurückgereicht. Dann fragte sie mich, warum meine Haut die Farbe verändert hat, während ich die Uhr festhielt. Ich sagte ihr, dass sie sich irrte, da ich die Uhr doch in diesem Augenblick auch hielt und meine Haut völlig normal war."

„Das wird sie nicht glauben. Hope ist nicht die Art Mädchen, die man leicht dazu bringt, das Gegenteil von dem zu glauben, was sie gesehen hat. Ihre Neugier wurde bestimmt nur weiter angeregt."

„Sprichst du da aus Erfahrung?"

„Das ist nicht zum Lachen, Matt."

Er hob ergeben die Hände. „Ich lache nicht."

„Du hast gelächelt." Ich schloss das Gehäuse auf der Rückseite der Uhr und wischte mit meinem Lappen über die Glaskuppel. „Hope wird nicht aufgeben, bis sie die Wahrheit herausfindet. Sie ist schlau, beharrlich und verschlagen. Irgendwie wird sie von deiner Uhr erfahren."

„Dann sollte ich es ihr vielleicht einfach erzählen."

Ich hörte auf mit dem Polieren und starrte ihn an. „Du machst wieder Witze."

„Um ehrlich zu sein, weiß ich es nicht. Manchmal denke ich, es wäre leichter, wenn sie einfach wüsste, was mit mir los ist. Sie und meine Tante Beatrice würden es dann aufgeben, mich verheiraten zu wollen."

„Da wäre ich mir nicht so sicher. Deine Tante Letitia hält dich immer noch für den Hauptgewinn, und sie weiß, dass du krank bist." Ich musterte die Kuppel der Uhr, auf der Suche nach Streifen. „Auf jeden Fall werden wir Chronos finden, und er wird deine Uhr reparieren, darum ist dein Argument nicht relevant."

Er beobachtete mich weiter, während ich das Uhrengehäuse polierte, meine Bewegungen wurden immer energischer, während sich meine Nerven mit jedem Ticken der Uhr mehr anspannten „Du polierst noch ein Loch durch dieses Glas", sagte er schließlich.

Als ich dennoch weiter machte, beugte er sich vor und legte seine Hand auf meine, damit sie zu Ruhe kam.

„Was ist los, India?"

„Ich mache mir Sorgen. Erst sieht Payne, wie du deine Uhr benutzt, und jetzt Hope."

Er strich mit dem Daumen über meine Hand und zog sie dann zurück. „Hope ist wohl kaum wie Payne."

„Aber was, wenn sie sich jemandem anvertraut, und derjenige die Informationen in irgendeiner Weise gegen dich einsetzt? Ihrem Vater zum Beispiel. Lord Rycroft mag ja dein Onkel sein, aber ich mag ihn nicht."

„Ich mag ihn auch nicht, aber wie du sagst, ist er mein Onkel, und er will letztlich das Beste für mich. Er ist auf meiner Seite, einfach weil ich der Erbe von Rycroft bin. Der Familienname muss weitergetragen werden, du weißt ja Bescheid." Matt verdrehte beim letzten Satz die Augen.

„Du hast mehr Vertrauen in ihn als ich. Ich stimme zu, dass ihm Familie und der Titel sehr wichtig sind, aber du bist noch nicht der Lord, und er scheint es zu verabscheuen, dass der Titel an den amerikanischen Sohn seines Bruders geht."

Er wirkte gequält, und ich bereute sofort, dass ich es so direkt angesprochen hatte. Ich wusste nicht, was in letzter Zeit in mich gefahren war. Ich hatte mich in ein richtig starrsinniges Maultier verwandelt. „Ich bezweifle, dass Hope ihm irgendetwas von dem erzählen wird, was sie heute gesehen hat", sagte er. „Es ist nicht so, als würde ihr jemand glauben, wenn sie behauptet, dabei gewesen zu sein, wie meine Uhr glühte und meine Adern violett wurden."

Das stimmte, aber meine Ängste waren nicht besänftigt. Sein Geheimnis wurde am besten unter uns gewahrt. Ich nahm die Uhr hoch, und meine Arme hatten mit dem Gewicht zu kämpfen.

„Darf ich?" Matt nahm sie mir ab. Die Uhr machte ein sirrendes Geräusch und war dann stumm. Er starrte sie an. „Sollte sie diesen Ton von sich geben?"

„Nein." Ich sah nach, ob sie immer noch korrekt lief und verglich sie mit meiner Taschenuhr. Sie lief wie immer und wiederholte auch das Geräusch nicht. „Vielleicht mag sie dich."

„Oder vielleicht sträubt sie sich dagegen, deine Hände zu verlassen", sagte er mit einem schelmischen Glanz in den Augen. Er stellte die Uhr auf den Kaminsims und rückte sie mittig unter ein Gemälde von einem Glass-Vorfahren. „Ich glaube, diese Uhr ist jetzt meine liebste im ganzen Haus."

„Weil sie dieses Geräusch von sich gegeben hat?"

„Weil wir einander verstehen."

„Es ist eine Uhr, Matt. Sie versteht gar nichts."

Die Uhr sirrte erneut und läutete einmal. Ich lief aus dem Zimmer, nicht wegen der Uhr, sondern weil ich nicht wollte, dass Matt sah, wie rot mich seine koketten Worte werden ließen.

* * *

Es gelang uns, in Dr. Ritters Bureau gelassen zu werden, indem wir der Krankenschwester am Empfangstresen Lügen auftischten. Wir behaupteten, Verwandte des Mannes zu sein, der unter Dr. Wileys Behandlung gestorben war. Dr. Ritter stimmte zu, uns sofort zu treffen.

„Sie!", fuhr er uns an, als wir eintraten. „Sofort hinaus mit Ihnen!" Er wollte die Tür schließen, aber Matt zwängte sich in die Lücke und drückte sie auf.

„Dr. Ritter, wir haben nur eine rasche, diskrete Frage", sagte er. „An wen haben Sie Dr. Hales Arzneimittel verkauft?"

Dr. Ritter stutzte, dann zog er sich mit einem Seufzen hinter seinen Schreibtisch zurück. „Ich weiß nicht, wovon Sie reden."

„Sie haben Dr. Hales private Arzneimittelsammlung an jemanden verkauft. Wen?"

Er nahm einen Stapel Papiere auf und blätterte sie durch. „Sie irren sich."

„Also wenn wir nun Dr. Hales Bureau betreten, werden wir die Gefäße und Flaschen noch auf den Regalen finden?"

„Natürlich nicht. Alles in seinem Bureau wurde hinab in den Lagerraum oder die Arzneimittelausgabe geschickt. Seine persönlichen Habseligkeiten wurden seinem Geschäftspartner, Mr. Pitt, überlassen."

Matt beugte sich über den Schreibtisch. „Sie lügen."

Dr. Ritter schob seinen Sessel so weit wie möglich zurück. „Mr. Glass, wenn Sie jetzt nicht gehen, kreide ich Sie bei Kriminalinspektor Brockwell an. Er versicherte mir, dass Ihre Ermittlungen nicht von ihm unterstützt werden, und dass Sie nicht mit ihm arbeiten. Ich schätze, er würde Sie nur zu gern festnehmen." Er warf Matt von seiner weit entfernten Position aus einen triumphierenden Blick zu.

Ich schlang meine Hand um Matts Arm, musste aber nichts sagen. Er drehte sich um und ging, wartete aber an der Tür, bis ich aufholte.

„Das ist deine Vorstellung von diskret?", fragte ich, während wir durch den Gang zurückliefen.

„Wenn du glaubst, dass du ihm mit Nettigkeit eine Antwort entlocken kannst, dann nur zu und versuche es."

Wir fanden Dr. Wiley in seinem Bureau weiter unten im Gang, den Kopf auf die Hände gestützt, ein medizinischer Text offen vor ihm auf dem Schreibtisch. Er tat mir ein wenig leid. Er hatte keine gute Woche gehabt, wo er doch einen Patienten für tot erklärt hatte, nur um zu sehen, wie er von einem Rivalen wieder zum Leben erweckt wurde. Und dann war ihm ein weiterer Patient weggestorben, und die Witwe warf ihm Nachlässigkeit vor.

„Dr. Wiley", sagte ich sanft, ehe Matt ihn mit Fragen bombardieren konnte. „Geht es Ihnen gut?"

Dr. Wiley senkte die Hände. Er sah schrecklich aus. Tatsächlich sah er aus wie Matt, wenn er sich ausruhen musste. Sein dünnes graues Haar war durcheinander, seine Augen hatten rote Ränder, und die Falten auf seiner Stirn hatten sich vervielfältigt und vertieft. Er stöhnte, als er uns sah. „Miss Steele, Mr. Glass, was machen Sie hier?"

„Wir kamen, um Dr. Ritter zu sprechen", sagte ich. Es war keine direkte Lüge, aber ich dachte, es könnte ihn vielleicht so weit beruhigen, dass er mit uns redete, wenn er dachte, dass wir nicht an ihm interessiert waren.

Ein wenig von der Anspannung wich aus seinen Schultern. „Ritter", sagte er mit einem bitteren Zug um den Mund.

Ich wartete darauf, dass er fortfuhr, oder dass Matt seine Fragen stellte, doch keiner sagte etwas. „Ist etwas zwischen Ihnen und Dr. Ritter vorgefallen?", stocherte ich weiter. „Sie wirken ein wenig … aufgewühlt."

„Und das auch zurecht!" Er klopfte sich auf die Brust. „Ich bin seit über dreißig Jahren Chirurg, Miss Steele. Dreißig! Zehn

davon in diesem Krankenhaus. Man sollte mich respektieren."
Er öffnete seine Schreibtischschublade und holte ein silbernes
Fläschchen heraus. „Wäre ich Chefarzt geworden, hätte dieses
Krankenhaus jemanden wie diesen emporgekommenen
Apotheker gar nicht erst eingestellt."

„Sie meinen Dr. Hale?", fragte ich mit bewusst unschuldigem
Ton.

Er nippte an seinem Fläschchen, aber es war wohl nicht
genug, um ihn zu stärken, darum trank er noch einmal. „Natürlich meine ich Dr. Hale. Alles fiel in sich zusammen, nachdem er
herkam. Alles!"

„Mir scheint, als würde man Sie ziemlich unfair behandeln,
Dr. Wiley", sagte ich und trat näher an ihn heran. „Jeder kann
doch sehen, dass Sie hart arbeiten. Und wenn es Ihnen ein Trost
ist, glaube ich, der Großteil der Mitarbeiter weiß Sie zu
schätzen."

„Nicht Ritter", murmelte er in seine Flasche. „Nicht nachdem
… Die Einzelheiten werden Sie langweilen."

„Ich habe davon gehört", sagte ich, dabei legte ich ihm eine
Hand auf den Arm. Aus dem Augenwinkel sah ich, wie Matt
mir zunickte, damit ich fortfuhr, deshalb folgte ich meiner Intuition und setzte mich auf den Rand von Wileys Schreibtisch.
„Und ich glaube, dieser Patient war vorher bei Dr. Hale?"

Wiley nickte. „Hale stellte bei ihm die falsche Diagnose, nicht
ich. Das Seltsame ist, trotz der falschen Diagnose schaffte es
Hale, ihn am Leben zu halten. Laut der Karte hätte die Medizin,
die Hale ihm verschrieben hat, weder bei dem Problem helfen
dürfen, das Hale bei ihm annahm, noch bei dem, an dem er
tatsächlich gestorben ist. Und doch krallte sich dieser Kerl ans
Leben."

Ich wagte es nicht, Matt anzuschauen, weil ich fürchtete,
mein Gesicht würde mich verraten. Aber ich war nun sicher,
dass Hale seinem Patienten ein magisches Arzneimittel
verschrieben hatte, genug, um seine Symptome und seinen
Schmerz zu lindern, während sich sein Zustand verschlechterte.

Wiley nippte erneut an seinem Fläschchen, stellte aber fest,
dass es leer war, und warf es mit einem Zungenschnalzen auf
den Schreibtisch. „Versuchen Sie doch, das Ritter zu erzählen. Da

der Patient unter meiner Aufsicht verstarb, muss ich ja wohl verantwortlich sein; seine Worte."

„Und die Witwe hat Ihnen auch nicht geglaubt", fuhr ich fort.

„Dieser alte Drache. Sie ist schuld, dass ich noch tiefer gefallen bin. Haben Sie je bemerkt, Miss Steele, wie manche Frauen immer verstimmter und wütender werden, je älter sie werden? Werden sie nicht alt, Miss Steele. Bleiben Sie jung und hübsch und nett." Der Arzt tätschelte meine Hand, und seine Augen wurden wässrig.

„Dr. Ritter wird Ihnen mit der Zeit schon vergeben", versicherte ich ihm. „Wo wir gerade bei Dr. Ritter sind, wissen Sie, wem er Dr. Hales persönliche Arzneimittelsammlung verkauft hat?"

Er hob eine Schulter. „Ich weiß es nicht, und es ist mir auch egal. Fragen Sie ihn."

„Das haben wir getan, und er wollte es nicht sagen."

Er runzelte die Stirn. „Weshalb wollte er es Ihnen nicht sagen? Es gibt keinen Grund, so etwas geheim zu halten."

„Er sagte, alle Sachen von Dr. Hale wurden in die Arzneimittelausgabe oder ins Lager gebracht. Er behauptet, überhaupt nichts verkauft zu haben."

Sein Stirnrunzeln vertiefte sich. „Dr. Hales Sammlung war so groß, im Lagerraum hätte es keinen Platz für all diese Flaschen gegeben. Ich frage mich, warum er nicht zugeben will, dass er sie verkauft hat."

„Dr. Wiley", sagte Matt, der sich zum ersten Mal zu Wort meldete.

Dr. Wiley blinzelte ihn langsam an, als wäre ihm gerade erst klar geworden, dass er da war. „Ja?"

„Gehen Sie in Gedanken zurück zu dem Nachmittag, an dem Dr. Hale gestorben ist."

Dr. Wiley nahm seine Flasche und schüttelte sie. Als er feststellte, dass sie immer noch leer war, stellte er sie erneut auf den Schreibtisch. „Wenn ich muss."

„Sie haben nach einem Patienten in Ihrer Abteilung gesehen und sind dann nach Hause gegangen. Erinnern Sie sich daran?"

„Ich glaube schon", wich er aus. „Weshalb?"

„Sie haben die Uhrzeit fünf Uhr fünfundfünfzig auf der Patientenkarte eingetragen, doch eine Schwester, die nach Ihnen kam, notierte die Uhrzeit fünf Uhr fünfundvierzig. Wie kann das sein, wenn Sie als erster dort waren? Und ehe Sie versuchen, uns anzulügen, lassen Sie sich vorwarnen, dass wir mit der Schwester gesprochen haben, und sie darauf beharrt, dass sie die richtige Zeit eingetragen hat, und dass Sie das Krankenhaus bereits verlassen hatten."

Dr. Wiley schluckte. „I…ich kann mich nicht erinnern. Ich nehme an, ich habe einfach einen Fehler gemacht."

„Sie scheinen eine Menge Fehler zu machen."

Dr. Wiley verschränkte die Arme vor der Brust. „Und das soll heißen?"

„Das soll heißen, Sie hätten Dr. Hale töten können, oder Sie haben vielleicht einfach gelogen, um früher zu gehen."

„Ich habe ihn nicht getötet! Mein Gott, Mann, ich weiß, dass mir in letzter Zeit Fehler unterlaufen sind, aber ich habe in meinem ganzen Leben noch niemanden absichtlich getötet! Wofür halten Sie mich?"

„Für einen Mann, der sich auf sehr dünnem Eis bewegt. Wenn Dr. Ritter herausfindet, dass Sie auf einer Patientenkarte gelogen haben, wird das ein weiterer Vorfall sein, der Ihren Namen befleckt."

Dr. Wiley stand halb aus dem Sessel auf, nur um sich schwer zurückfallen zu lassen, als hätte er nicht die Energie, sich Matt von Angesicht zu Angesicht zu stellen. „Erzählen Sie es ihm nicht", sagte er. „Bitte. Ich kann mir in meinem Alter nicht leisten, mir einen neuen Beruf suchen zu müssen. Ich bin müde, und ich wollte einfach nur an diesem Abend ein paar Minuten eher heimgehen. Das ist alles."

Matt nickte, und ich dachte, damit wäre die Sache beendet. Ich kam zu ihm auf die andere Seite des Schreibtisches und begab mich in Richtung Tür. Er folgte mir nicht.

„Wenn Sie wollen, dass ich Ihr Geheimnis wahre", sagte Matt zu Wiley, „dann finden Sie heraus, an wen Dr. Ritter die Arzneimittel von Dr. Hale verkauft hat."

Dr. Wiley starrte Matt an. Matt blickte finster auf ihn zurück, sein Gesicht so kompromisslos, wie ich es noch nie zuvor gesehen hatte. Wie Dr. Wiley war auch er am Ende seiner

Geduld, aber bei ihm machte es sich in Form von Zorn bemerkbar, nicht in Form von Resignation.

Einen Augenblick lang dachte ich, Dr. Wiley würde sich weigern, aber dann nickte er. „Ich werde mein Bestes tun.“

„Schicken Sie mir Nachricht in die Park Street 16, Mayfair, wenn Sie etwas herausfinden“, sagte Matt.

Wir gingen durch das Krankenhaus zurück nach draußen. Matt beharrte darauf, als erster hinauszutreten und sicherzustellen, dass uns niemand auflauerte, ehe er mir gestattete, ihm zu folgen. Bis diese Ermittlung vorüber war, würde er vorsichtig bleiben.

„Du warst sehr streng mit dem armen Dr. Wiley“, sagte ich, als wir abfuhren.

„Wir brauchen Antworten, und wir brauchen sie schnell, damit wir diese Ermittlung abschließen können. Wenn das heißt, dass wir stärker drängen und Leuten auf die Füße treten müssen, dann soll es so sein. Außerdem ist er immer noch verdächtig.“

„Ich glaube ihm, wenn er sagt, dass er es nicht getan hat.“

Ich erwartete, Matt würde mir sagen, ich wäre zu vertrauensselig und könne Menschen nicht gut einschätzen, aber er sagte nichts. Vielleicht wollte er meine Gefühle nicht schon wieder verletzen.

* * *

Matt speiste mit seiner Tante im Haus einer Freundin, und ich zog mich zurück, ehe er nach Hause zurückkehrte. Am nächsten Morgen schlief er lange aus. So lang sogar, dass Duke um zehn Uhr losging, um nach ihm zu sehen.

„Er ist gerade aufgewacht“, verkündete er bei seiner Rückkehr ins Wohnzimmer.

Ich atmete erleichtert aus. Willie murmelte ein tonloses Gebet.

„Mit ihm wird es schlimmer“, sagte Cyclops von seinem Platz am Fenster aus. „Er wird schneller müde, und er hat dieses Erscheinungsbild, genau wie damals, als Doc Parsons ihn

231

zusammengeflickt hatte, und bevor er an die Macht der Uhr glaubte.“

Sie hatten mir die Geschichte jener Tage erzählt, als Dr. Parsons und Chronos ihre Magie in Matts Uhr gekoppelt hatten, und er sich geweigert hatte, auch nur in Erwägung zu ziehen, dass sie ihn am Leben halten könnte. Er wurde schrecklich krank und wäre gestorben, wenn Willie, die bei der Operation und der ursprünglichen Magie zugegen gewesen war, ihm die Uhr nicht in die Hand gedrückt hätte, als er im Sterben lag.

Willie barg das Gesicht in den Händen, ihre Finger gruben sich in ihre Haare. „Wir müssen Chronos finden.“

„Wir warten darauf, dass er ins Cross Keyes zurückkehrt“, rief ich ihr in Erinnerung.

„Dieses ewige Warten! Das bringt mich dazu, dass ich mir mit einer Gabel ins Auge stechen will.“

Duke schob sich aus seinem Sessel hoch, in den er sich geworfen hatte, und marschierte zur Tür. „Ich gehe zu Wortheys Fabrik in Clerkenwell. Vielleicht taucht Chronos dort wieder auf.“

„Und ich gehe zum Cross Keyes“, sagte Cyclops. Willie folgte ihnen nach draußen. „Ich sitze auch nicht hier rum und tue nichts.“

Ich war versucht, ihnen zu folgen, aber die Ermittlung musste weitergehen.

Matt kam schließlich nach unten und entschuldigte sich für seine Verspätung. „Es wurde spät letzte Nacht“, sagte er.

„War das Dinner denn vergnüglich?“

„Überraschenderweise ja. Tante Letitia hat einen vielseitigen Kreis um sich versammelt. Ich stelle fest, dass es normalerweise immer jemand interessanten zum Reden gibt, und der letzte Abend war da keine Ausnahme. Ich habe über Archäologie mit einem Gentleman diskutiert, der Ausgrabungen finanziert und ägyptische Artefakte sammelt.“

Ich lächelte trotz der Leere, die sich in mir auftat. Es war keine Eifersucht. Er hatte nicht mal erwähnt, mit irgendeiner Frau gesprochen zu haben. Nein, es war die Leere, die daher rührte, wenn man außen vor blieb und sich wünschte, auch gehört zu haben, was dieser Gentleman zu sagen hatte, und daher, dass ich nicht an Matts Seite gewesen war. Ich war es inzwischen so gewohnt, neben ihm zu ermitteln, überall zusammen hinzufahren, und gemeinsam mit ihm neue Dinge zu entdecken, dass ich es sehr deutlich spürte, wenn ich ausgeschlossen wurde.

„Ich wünschte, du hättest dabei sein können, India", sagte er. „Du hättest ihn sicher auch interessant gefunden."

Ich konzentrierte mich auf die Papiere, die ich den Großteil des Vormittags über angestarrt hatte. Es war ein Vertrag für ein kleines Haus am Rand von London, das ich mir womöglich kaufen wollte. Die Papiere waren mit der täglichen Post angekommen, aber die Juristensprache war so kompliziert, dass ich nicht ganz durchstieg. Ich gab es auf und warf einen Blick zu Matt, den ich dabei erwischte, wie er versuchte, einen Blick auf die Papiere zu erhaschen.

„Es geht um dieses Haus", erklärte ich ihm. „Das in Willesden."

„Du ziehst wirklich in Erwägung, es zu kaufen? Gute Wahl, India. Der Standort ist großartig, in der Nähe des Bahnhofs und in einer ruhigen Straße. Es wird leicht sein, es an eine Familie zu vermieten, bei der der Mann in der Stadt arbeitet. Ich halte das für eine solide Investition deines Belohnungsgeldes."

Ich verriet ihm nicht, dass ich darüber nachdachte, selbst dort einzuziehen. Ich konnte immer noch jeden Tag nach Mayfair fahren, um mit ihm zu arbeiten oder bei seiner Tante zu sein, und es würde mir ein Einkommen verschaffen, falls er nach Amerika zurückkehrte, da ich den überzähligen Raum vermieten konnte. Ich musste an meine Zukunft denken, und das Haus war viel zu gut, um es sausen zu lassen. Ich musste auch an die Gegenwart denken, und wie unangenehm es war, im selben Haus zu wohnen wie er, besonders an den Abenden, wenn seine Tante schon zu Bett gegangen war und wir stille Augenblicke zusammen erlebten oder uns in einem dunklen Gang begegneten. Je länger ich in der Park Street 16 blieb, desto größer wurde die Gefahr, dass ich mich noch mehr in ihn verliebte. So viel mehr sogar, dass ich mir Sorgen machte, mich nie mehr erholen zu können, falls er sich eine Frau suchte oder … starb.

„Wirst du diese Papiere später mit mir durchgehen?", fragte ich. „Ich fühle mich, als würde ich ein Jurastudium brauchen, um sie zu verstehen."

„Natürlich. Und wenn das für dich in Ordnung ist, lasse ich meinen Anwalt die Angelegenheit für dich abschließen."

„Danke, Matt. Das ist sehr großzügig von dir."

„Großzügig?" Er runzelte die Stirn. „India, es ist nichts."

Peter, der Diener, trat ein und kündigte einen Besucher an. „Hier ist ein Dr. Wiley, der Sie sehen möchte, Sir. Soll ich ihn in Ihr Bureau bringen?"

„Ich treffe ihn hier", sagte Matt. Sobald Peter weg war, richtete Matt sich wieder an mich. „Wenn du jemals irgendetwas brauchst, frag einfach. Ich helfe dir gern. Tatsächlich muss ich dir sogar helfen."

Müssen? Das klang sehr merkwürdig. Das dachte wohl auch er, denn sein Stirnrunzeln vertiefte sich und verschwand auch nicht, bis Dr. Wiley eintrat. Der Arzt umklammerte seinen Hut mit beiden Händen und verbeugte sich nervös ein wenig vor mir.

„G...guten Morgen", sagte er. „Was für ein schöner Tag heute."

„Er wirkt recht angenehm", erwiderte ich mit einem Blick zum Fenster hin.

„Haben Sie etwas für mich?", fragte Matt.

Dr. Wiley räusperte sich. „J.,,ja."

„Dann setzen Sie sich bitte", sagte ich und warf Matt einen strengen Blick zu, weil er sich so ungastlich verhielt.

Matt stellte die Füße etwas breiter auf, die Hände hinter dem Rücken verschränkt. Als mir klar wurde, dass er sich nicht setzen würde, warf ich ihm sogar einen noch finstereren Blick zu. Schließlich gab er auf und setzte sich.

„Fahren Sie fort, Dr. Wiley", sagte ich und schenkte ihm nun meine volle Aufmerksamkeit.

„Ich musste warten, bis Dr. Ritter sein Bureau verließ, und seine Papiere durchgehen", sagte der Arzt. „Das hat mir nicht gefallen, möchte ich sagen, aber Sie haben mir ja keine Wahl gelassen, Mr. Glass."

Matt zuckte bei diesem Vorwurf nicht einmal mit der

Wimper. Falls ihm diese Art der Erpressung etwas ausmachte, zeigte er es nicht. „An wen hat er die Medikamente verkauft?", fragte Matt.

„An Mr. Clark von der Drogistengilde."

Clark! Herrje.

„Was wollte denn Clark damit?", fragte Matt.

„Ich weiß es nicht, und es ist mir auch egal. Was mir nicht egal ist, ist die Tatsache, dass die Dokumente für den Verkauf versteckt und nicht auf dem offiziellen Papier mit dem Briefkopf des Krankenhauses verfasst waren. Man muss davon ausgehen, dass Dr. Ritter persönlich profitiert hat. Wenn Sie mich jetzt bitte entschuldigen, ich habe ein Treffen mit den Mitgliedern der Krankenhausverwaltung."

„Sie werden sie über Dr. Ritters Machenschaften informieren?", fragte ich.

Er setzte sich den Hut wieder auf und lächelte. „Ich bin froh, dass wir einander helfen konnten, Mr. Glass."

„Ebenso ich." Matt schüttelte ihm die Hand.

Ich zog an der Glockenschnur, und Bristow kam, um Dr. Wiley wieder nach unten zu geleiten. „Viel Glück bei dem Treffen", sagte ich.

Dr. Wiley lächelte und verbeugte sich. „Guten Tag, Miss Steele."

„Nun", bemerkte ich und wandte mich an Matt, nachdem der Doktor gegangen war. „Das ging für ihn am Ende ja ziemlich gut aus."

„Und du hast an meinen Methoden gezweifelt." Matt ließ die Zunge schnalzen, und ein schelmisches Lächeln umspielte seinen Mund. „Hab doch etwas mehr Vertrauen in deinen Partner, India. Manchmal weiß ich sogar, was ich tue."

„Tu doch nicht so, als hätte sich dieses Ergebnis nach Plan eingestellt, Matt. Dr. Wileys schwierige Lage hat dich überhaupt nicht gekümmert."

„Das stimmt nicht. Sie hat mich gekümmert. Ich habe nur deswegen nichts unternommen. Um ehrlich zu sein, dachte ich nicht, dass er wirklich für uns spionieren würde. Ich bin überrascht, dass er es getan und gefunden hat, was wir brauchen. Ich bin sogar noch mehr überrascht, dass er die Information zu seinen Gunsten nutzen wird. Ich hätte nicht gedacht, dass er den Mumm dazu hat."

Ich legte ihm eine Hand in die Armbeuge und ging mit ihm zur Treppe. „Du gibst zu, dass du jemanden falsch eingeschätzt hast? Sieh mal einer an, den heutigen Tag muss man wohl im Kalender markieren."

Er kicherte. „Bist du bereit, nun Clark einen Besuch abzustatten?"

„Aber gewiss doch. Ich will wissen, was für ein Interesse er an jenen Fläschchen hat, wo seine Gilde doch gegen Magie ist."

KAPITEL 14

Der Türsteher am Saal der Drogistengilde hatte wohl den Befehl erhalten, uns nicht mehr einzulassen, falls wir erneut auftauchten. Er knallte Matt die Tür vor der Nase zu.

Matt hämmerte mit der Faust dagegen. „Teilen Sie Mr. Clark mit, dass, falls er nicht mit uns redet, wir unsere Informationen der Polizei überbringen!", rief er. „Ich bin mir sicher, die wird es sehr interessant finden, zu erfahren, dass er die medizinische Sammlung eines Mordopfers aufgekauft hat."

Auf seine Drohung folgten ein paar Sekunden Stille, dann: „Wenn Sie bitte hier warten, Sir."

Matt lehnte eine Schulter an eine Säule und verschränkte Arme und Fußknöchel. Er wirkte, als würde er auf einen Freund warten, und nicht auf jemanden, den er verhören musste.

Ich schaute auf meine Taschenuhr. Es war fünf Minuten nach elf. Ein paar Minuten später schaute ich erneut nach.

„Die Zeit verläuft nicht schneller, ganz gleich, wie oft du nachsiehst", sagte Matt mit einem selbstgefälligen Grinsen.

Ich klappte das Gehäuse zu und ließ die Uhr zurück in meinen Pompadour gleiten. „Du bist heute Vormittag aber gut gelaunt."

„Ich habe gut geschlafen, und noch wichtiger, ich habe das Gefühl, als würden wir endlich weiterkommen. Es fehlt immer noch ein Teil des Puzzles, aber vielleicht hat es Clark."

„Ich hoffe es." Ich schaute die Straße entlang, hielt nach jemandem Ausschau, der uns bedrohen könnte, aber niemand stellte sich ein. „Coyle hat anscheinend aufgegeben."

„Niemand ist uns von zu Hause aus gefolgt", bestätigte er. „Das ist ein gutes Zeichen, aber es lohnt sich, wachsam zu bleiben."

Ich zog abermals meine Taschenuhr aus dem Pompadour und hängte mir die Kette um den Hals. Matt nickte zustimmend.

Schließlich öffnete sich die Tür, und Mr. Clark trat heraus. „Was wollen Sie?", fuhr er uns an. „Ich bin beschäftigt."

„Sie wollen das hier auf der Straße besprechen?", fragte Matt.

„Ich habe nichts zu verbergen."

„Weshalb lassen Sie uns dann von Ihrem Türsteher abwimmeln?"

„Weil Sie ein Lügner sind, und weil ich Ihnen nicht vertraue. Ich weiß, dass Ihr Name nicht Wild lautet. Sie sind Glass und Steele."

„Haben Sie das von Abercrombie erfahren, nachdem Sie ihm erzählt haben, dass ein Amerikaner und eine Engländerin in Ihren Gildensaal kamen und nach Magie fragten?"

Mr. Clark stutzte. „Was wollen Sie?"

„Wir wollen Ihnen ein paar Fragen über die medizinischen Fläschchen stellen, die Sie vom London Hospital gekauft haben."

Mr. Clark fuhr sich mit einer Handfläche über die Seite des Kopfes, obwohl seine Haare dank des Öls darin bereits gut saßen. „Es ist kein Verbrechen, die Habseligkeiten eines Verstorbenen zu kaufen."

„Nicht, wenn sie der Erbe verkauft, nein, aber Sie haben sie Dr. Ritter abgekauft. Sie waren Teil von Dr. Hales Privatsammlung und gehörten nicht dem Krankenhaus. Er hat sie Ihnen illegal verkauft."

„Dann sollte die Polizei mit ihm reden, nicht mit mir!"

Matt hob eine Hand, um Clark zu warnen, er solle die Stimme senken, da ihn ein Passant schon argwöhnisch anschaute und dann weitereilte. „Sind Sie sicher, dass Sie den Rest dieses Gesprächs hier weiterführen wollen?"

„Ich bin lieber an einem öffentlichen Ort, an dem es Zeugen gibt."

„Was *hat* Mr. Abercrombie Ihnen denn über uns erzählt?", fragte ich.

„Alles, Miss Steele."

Ich lächelte, aber mein Lächeln war hart und bitter. „Das bezweifle ich doch sehr, da uns Mr. Abercrombie überhaupt nicht kennt. Er hat sich über mich ein Urteil gebildet, bevor er mir begegnet ist. Ich bin keine Schurkin, Mr. Clark. Wenn Abercrombie Ihnen das erzählt hat, dann ist vielleicht *er* der Schurke."

Zwei Männer mit Wollmützen kamen auf uns zu, und Matt erstarrte. Er rückte näher an mich heran. „Was wollen Sie mit Hales Arzneimitteln?", fragte er Clark.

„Das geht Sie nichts an." Mr. Clark zog sich zurück zur Tür. „Nun, wenn das alles ist …"

„Sie wollen Sie testen", fuhr Matt fort. „Habe ich recht? Sie wollen wissen, welche Zutaten er benutzt hat, um sie genauso gut zu machen."

„Wenn Sie meinen."

Matt wartete, bis die beiden Männer außer Hörweite waren, ehe er weitersprach. „Sie werden die Geheimzutat nicht finden, Mr. Clark. Magie kann man nicht sehen, riechen, ertasten oder extrahieren."

Mr. Clark warf einen nervösen Blick auf den Rücken der Männer. „Sind Sie wahnsinnig?", zischte er und trat auf Matt zu. „Sie hätten Sie hören können."

„Die Magie ist an die Arzneimittel gebunden", sagte Matt. „Der Zauber ist Teil der Arznei, aber er lässt mit der Zeit nach. Es ist wahrscheinlich, dass die Magie, mit denen die Arzneimittel in Ihrem Besitz angereichert sind, sich bereits verflüchtigt und ihre Wirkung verloren hat. Selbst wenn das nicht der Fall ist, wird ein talentfreier Drogist bei Tests nichts erfahren. Ein Magier vielleicht schon. Ich weiß es nicht. Ich bin kein Experte."

Mr. Clark blähte die Nasenflügel, aber ich wusste nicht, ob vor Wut oder aus Enttäuschung. „Sind Sie deswegen hergekommen? Um mir zu sagen, dass meine Bemühungen verschwendet sind?"

„Und um Sie zu fragen, worüber Sie und Abercrombie gestern gestritten haben." Matt hob einen Finger, als Mr. Clark schon den Mund öffnete. „Bevor sie es leugnen, werde ich Ihnen darlegen, dass Sie gesehen wurden. Oh, und wenn Sie sich weigern, es uns zu sagen, gehe ich wegen der gestohlenen Arzneifläschchen zur Polizei."

„Sie sind nicht gestohlen! Ich habe sie gekauft!"

„Ich bezweifle, dass die Polizei daran interessiert ist, wie Sie sie erworben haben, sondern nur daran, dass Sie sie haben."

Mr. Clark wandte sich an mich, aber ich zuckte nur mit den Schultern. „Wir könnten die Polizei auch zu Mr. Abercrombies Laden schicken, wenn Sie möchten", sagte ich, „und ihn befragen lassen."

„Unsere Besprechung hatte nichts mit dem Mord an Hale zu tun", flüsterte er rau, während zwei Frauen vorbeigingen.

„Ein Besuch der Polizei wird für Mr. Abercrombie schrecklich ungelegen kommen", fuhr ich fort. „Sie könnte seine Kundschaft vergraulen."

Die Luft, die er ausstieß, zischte zwischen seinen Zähnen. „Wir haben darüber gestritten, was man mit Magiern anstellt. Da haben Sie es. Zufrieden?"

„Und was sollte laut Ihrem Beschluss getan werden?", knurrte Matt. „Sie auf einem Scheiterhaufen verbrennen? Aufhängen?"

Mr. Clark verzog das Gesicht. „Seien Sie nicht töricht. Wofür halten Sie uns denn? Wir haben einfach nur besprochen, ob es ausreicht, sie aus ihren entsprechenden Gilden zu verbannen. Ich sage ja, er glaubt nein. Er hielt Sie als Beispiel hoch, Miss Steele."

„Mich?"

Er nickte. „Er glaubt, wenn man nichts gegen das Problem unternimmt, werden sich Magier allmählich … unbesiegbar vorkommen."

„Unbesiegbar? Hat er dieses Wort benutzt?"

„Nicht ganz." Sein Blick schweifte in die Ferne. „Er sagte, Sie würden sich als Götter sehen, die weit über uns übrigen Sterblichen stehen."

„Wir sind sterblich, Mr. Clark, wie Sie." Gütiger Gott. Die Falschinformationen grenzten schon ans Lächerliche. „Vielleicht sollte Mr. Abercrombie tatsächlich einmal mit einem Magier über seine Kräfte sprechen, anstatt nur mittelalterliche

Geschichten zu lesen, die die Menschen das Fürchten lehren sollen."

„India hält sich nicht für unbesiegbar", sagte Matt. „Das können Sie Abercrombie erzählen."

„Laut seiner Aussage wurde sie zu einer recht … schwierigen Frau, seit sie von ihrer Fähigkeit erfahren hat."

„Sie ist aus ihrem Schneckenhaus gekommen, das ist alles."

„Abercrombie sagt, sie war einmal ein gutes, umgängliches Mädchen, und jetzt sagt sie, was sie denkt, und hört nicht auf Höhergestellte."

Matt knurrte. „Abercrombie ist *nicht* höher gestellt als sie. Sorgen Sie dafür, dass Sie ihm auch das sagen, wenn Sie ihn das nächste Mal treffen. Und fügen Sie hinzu, dass sie sagen *sollte*, was sie denkt, da sie eine intelligente Frau ist, die interessante Dinge zu sagen hat. Wenn er oder Sie sie kennenlernen würden, würden Sie das auch merken. Guten Tag, Mr. Clark."

Matt trat zur Seite und wartete auf mich, aber ich bewegte mich nicht. „Mr. Clark", sagte ich, „was hat Mr. Abercrombie denn vorgeschlagen, dass man mit Magiern tun sollte, wenn es nicht ausreicht, sie aus der Gilde auszuschließen?"

Er ging rückwärts und klopfte rasch an die Tür. „Du liebe Zeit", sagte er, die Hände hoch erhoben. „Ich kann mich nicht erinnern."

Der Türsteher öffnete die Tür, und Clark schlüpfte hinein. Die Tür wurde zugeschlagen.

Matt nahm meine Hand. „India, du zitterst ja."

„Vor Wut."

Seine Hand spannte sich an. „Du brauchst etwas Süßes. Möchtest du ein Teilchen? Ein Scone? Ein Stück Kuchen?"

Ein Lachen platzte aus mir heraus. Das war überhaupt nicht das, was ich von ihm erwartet hätte. „Was ich brauche, ist ein Besuch bei Abercrombie und die Fähigkeit, ihn in eine Kröte zu verwandeln. Da meine Magie aber nicht so brauchbar ist, gebe ich mich auch mit etwas Süßem zufrieden. Auf dem Piccadilly gibt es einen hervorragenden Laden."

Als wir abfuhren, ließ er meine Hand nicht los, und ich war dankbar um den Kontakt. Nach ein paar Minuten hörte ich auf zu zittern und dachte noch einmal über das Gespräch nach. Mr.

Clark hatte uns nichts gesagt, was wir nicht bereits wussten, darunter auch Abercrombies Vorstellungen, was Magier anbetraf. Es war vergebene Liebesmüh, die nur dazu gedient hatte, mich einzuschüchtern.

Matt hielt den Blick fest auf die Straße vor dem Fenster gerichtet und verkündete, dass uns niemand gefolgt war, als wir das Piccadilly erreichten. Er schickte Bryce nach Hause und kaufte eine Mischung aus Feingebäck beim *Family Confectioner*. Wir setzten uns mit den Süßigkeiten an einen Tisch in der Ecke, und ich vergaß gewissermaßen das Reden, während ich meinen Anteil der kleinen Törtchen und Kuchen verschlang.

„Die haben dir aber geschmeckt", sagte Matt, als ich fertig war.

Ich tupfte mir mit der Serviette die Mundwinkel ab. „Haben sie, vielen Dank. Sie haben sich kein bisschen verändert, seit ich zum letzten Mal hier war, und das ist ziemlich lang her."

„Du bist hier regelmäßig hergekommen?"

„Mit meiner Mutter."

„Ah, ja, der Tochter eines Konditors."

„Das weißt du noch?"

„Natürlich. Dein Großvater mütterlicherseits hatte ein Geschäft, und dein Vater hat dort jeden Tag Süßigkeiten gekauft, nur, damit er deine Mutter sehen konnte."

Ich lächelte. „Sie hat dort als Gehilfin meines Großvaters gearbeitet, hauptsächlich vorne im Laden, während mein Großvater hinten seine Süßigkeiten herstellte. Er verkaufte keine Teilchen, Gebäckstücke und Kuchen wie dieses Geschäft, aber seine Süßigkeiten waren bei den Kindern in der Umgebung sehr beliebt."

Der *Family Confectioner* bediente etwas höhergestellte Kundschaft, insbesondere Damen, die sich mit einer Freundin bei einer Tasse Tee und Gebäck die Zeit vertreiben wollten. Nichts hatte sich verändert, seit meine Mutter mich vor ihrem Tod hierher mitgenommen hatte, und das lag gute zehn Jahre zurück. Die rosarot und weiß gestreiften Vorhänge passten zu den Kissen, und kleine Kuchen waren auf dem Tresen verführerisch unter Glaskuppeln ausgestellt. Ein Junge, der nicht älter als vier war, beäugte die Glasgefäße, die randvoll mit bunten Bonbons waren, und zeigte dem Verkäufer das, was er aussuchen wollte, während seine Mutter oder Amme Münzen aus ihrem Pompadour holte.

„Du sprichst nicht oft von ihr", sagte Matt leise.

„Nicht? Ich schätze, weil es inzwischen so lange her ist, dass sie gestorben ist. Es beschämt mich, sagen zu müssen, dass ich nicht mehr so oft an sie denke, wie ich sollte."

„Ich bin mir sicher, so würde sie es wollen. Eltern würden niemals wollen, dass ihre Kinder zu lang um sie trauern. Deine Eltern würden wollen, dass du dein Leben weiterführst und für die Zukunft lebst, nicht für die Vergangenheit. Bei meinen wäre es genauso."

„Du hast vermutlich recht." Trotzdem überkam mich das Bedürfnis, die Gräber meiner Eltern zu besuchen, sobald mich Matt bei der Ermittlung entbehren konnte.

Wir reichten unsere Teller und Tassen über den Tresen zurück und wollten gerade gehen, als Matt es sich noch einmal überlegte und eine Tüte Bonbons kaufte. Ich argwöhnte, dass das daran lag, dass ich sie in Augenschein genommen hatte.

Er bot mir eines an, während wir hinausgingen, aber ich lehnte ab. „Ich bringe auf keinen Fall noch etwas runter."

„Nicht mal eines?" Er schüttelte die Tüte.

Ich roch einen Hauch Schokolade und atmete tief ein. „Vielleicht ein einziges."

Er beobachtete, wie ich es aß. „Fühlst du dich besser?"

„Um Längen. Aber steck die bloß weg, sonst esse ich noch die ganze Tüte, ehe wir nach Hause kommen."

Er stopfte sie in seine Jackentasche und lächelte mich an. „Mir ist aufgefallen, dass Süßigkeiten deine Wut besänftigen."

„Man kann doch wohl kaum wütend sein, wenn man Schokolade oder ein Bonbon isst. Darum sind Konditoren auch so gefragt. Und außerdem war ich nicht wütend auf dich, Matt."

„Ausnahmsweise."

„Matthew Glas, ich bin niemals wütend auf dich. Nicht wirklich."

Er kniff die Augen zusammen. „Niemals?"

„Manchmal regst du mich auf, aber du machst mich nie

wütend. Du könntest vermutlich gar niemanden wütend machen."

„Außer Clark und Abercrombie."

„Und Dr. Ritter und Dr. Wiley", fügte ich an. „Kriminalinspektor Brockwell auch, und Lord Coyle."

„Und eine ganze Menge Leute aus der Gilde der Kartenzeichner. Du legst da eine beeindruckende Liste an."

„Ich glaube, ich habe etwas Unpassendes gesagt." Ich nahm seinen Arm fester. „Wechseln wir doch das Thema."

„Also gut." Er schaute gen Himmel. „Es sieht aus, als würde es bald regnen."

Ich musterte den grauen Schleier, der so tief hing, dass es aussah, als würde ihn der Kirchturm durchstechen. „Das sind keine Regenwolken, das ist einfach Londons miasmatische Luft."

„Weshalb unternehmen die Behörden nichts dagegen? Dadurch verbreiten sich bestimmt Krankheiten."

„Ein weiterer Grund, mir dieses Häuschen in Willesden zu kaufen", sagte ich. „Ist dir aufgefallen, wie sauber dort die Luft war? Ich glaube, es wird ein herrlicher Ort zum Leben, und es ist nicht zu weit, um in die Stadt zu fahren."

„Die Familie, die es mietet, wird das zweifellos genauso sehen." Er wählte seine Worte mit Bedacht, sein Blick war auf mich gerichtet. Er schien erraten zu haben, dass ich darüber nachdachte, selbst in das Häuschen einzuziehen.

„Du freust dich wohl schon darauf, nach Kalifornien zurückzukehren", sagte ich rasch. „Weg aus London und raus aus unserer verschmutzten Luft."

Wir gingen ein paar Schritte weiter, ehe er antwortete. „Ich stelle fest, dass ich keine Eile habe."

„Bestimmt vermisst du es."

„Nur das Wetter." Er lächelte. „Gewiss nicht meine Johnson-Verwandtschaft."

„Sicher sind sie nicht schlimmer als die Glasses. Oder hast du da drüben auch Cousinen, die dich heiraten wollen?"

Er lachte. „Meine Johnson-Cousinen sind von derselben Art wie Willie, nur dass die meisten von ihnen mich hassen, weil ich die Seiten gewechselt habe. Sie würden mich lieber töten, als mich zu heiraten."

„Dann musst du hierbleiben." Mein Tonfall war sehr viel ernsthafter, als ich beabsichtigt hatte. Es war schwer, nicht ernst zu sein, wenn es um seinen Tod ging. „Geh niemals nach Hause, Matt."

Seine Schritte wurden langsamer, und er schaute mit verhangenem Blick auf mich hinab. „Im Augenblick ist London meine Heimat."

Bis ich weiter ziehe, sagten seine unausgesprochenen Worte. Als Kind, bevor seine Eltern gestorben waren, war Matt in der ganzen Welt herumgereist. Er hatte den Großteil seines Lebens in verschiedenen europäischen Ländern verbracht. Nach ihrem Tod war er im Alter von fünfzehn Jahren nach Amerika zurückgekehrt. Es war verständlich, dass er sich nicht für den Bürger eines einzelnen Landes hielt. Ihm steckte das Herumziehen im Blut. Nachdem Chronos gefunden und seine Uhr repariert war, kehrte er vielleicht nicht nach Amerika zurück, aber er würde auch nicht in England bleiben.

Das Häuschen wurde immer attraktiver für mich.

* * *

MATT NÄHERTE sich der Park Street vorsichtig und ging vor mir, bis er sicher war, dass niemand wartete, um uns zu überfallen. Doch *jemand* wartete bei unserer Rückkehr auf uns, wie es der Zufall so wollte, allerdings im Inneren des Hauses. Kriminalinspektor Brockwell saß im Salon.

„Er bestand darauf, auf Sie zu warten, Sir", flüsterte Bristow, während er uns die Hüte und die Tüte mit Bonbons abnahm.

„Ist er allein?", fragte ich. „Oder hat er Schutzmänner dabei?"

„Allein, Ma'am. Ich habe ihn in den Salon gesetzt."

Also war er nicht gekommen, um Matt festzunehmen. Welch ein Glück.

„Es ist wahrscheinlicher, dass er hier ist, um uns erneut zu warnen, seinen Ermittlungen fernzubleiben", erklärte mir Matt.

Er hatte recht, wie sich herausstellte, aber nur teilweise. „Ich habe eine weitere Beschwerde von Dr. Ritter erhalten." Brockwell betonte das T in ‚erhalten' mit abgehackter Präzision. „Er behauptet, Sie hätten ihn mit Fragen bedrängt, und dass er Sie aus seinem Krankenhaus werfen lassen musste."

„Ich habe ihm eine Frage gestellt", sagte Matt, „und er hat uns aus gar nichts geworfen. Übrigens, wussten Sie, dass er den Tatort manipuliert hat?"

Brockwell legte den Kopf schief, eine Bewegung, die für einen Kerl, der zu langsamen, gewählten Worten und Taten neigte, die immer vorab wohlüberlegt wirkten, recht ruckartig aussah. „Fahren Sie fort."

„Er hat Hales Arzneifläschchen verkauft."

Brockwell schien seine Fassung wieder gefunden zu haben, denn er nahm sich Zeit mit der Antwort. „Dann ist er ein Dieb, außer Mr. Pitt, Dr. Hales Erbe, war einverstanden."

„Nicht nur das, Dr. Ritter hat sie auch ohne das Wissen des Krankenhauses verkauft und das Geld eingestrichen. Die Krankenhausverwaltung ist sehr wahrscheinlich inzwischen über diese Entwicklung unterrichtet."

„Ah. Das erklärt, weshalb Dr. Ritter mich sehr früh heute Morgen in einem sehr aufgebrachten Zustand aufsuchte und Sie für sein Pech verantwortlich machte. Er wollte das nicht weiter ausführen, sondern hat mir nur befohlen, ,meinen Hund an die Leine zu nehmen'. Das waren seine Worte."

„Man hat mich schon Schlimmeres genannt", meinte Matt.

Brockwells Mund verzog sich zu einem ausdruckslosen Lächeln. „Das bezweifle ich nicht."

„Der Tadel ist angekommen", sagte Matt, der sich erhob.

„Das ist noch nicht alles."

Schnaubend atmete Matt aus und setzte sich wieder.

„Danke für den Hinweis zu Dr. Ritter", sagte Brockwell. „Gibt es sonst noch etwas, das Sie gern weitergeben würden, zum Beispiel etwas über Mr. Oakshot?"

„Nichts", sagte Matt. „Weshalb? Was wissen Sie?"

Der Inspektor kratzte sich zuerst auf der einen Seite an den Koteletten, dann an der anderen. Die Sekunden verstrichen, mein Geduldsfaden wurde immer kürzer. Matt hielt sich ganz hervorragend, als würde es ihn nicht betreffen, aber ich vermutete, dass er von Brockwells Verzögerungstaktik genauso genervt war wie ich.

„Oakshots Firma hat alle übrigen Reste von Hales Allheilmittel bei Mr. Pitt aufgekauft."

„Da hat er aber rasch zugeschlagen", sagte Matt.

Das war alles, was er zu sagen hatte? „Wir können nur
mutmaßen, warum Mr. Pitt verkauft hat", sagte ich. „Der Ruf
des Allheilmittels wurde durch seine Rolle beim Tod von Hale
geschädigt. Aber warum sollte Mr. Oakshot es aufkaufen? Er
wird auf etwas sitzen bleiben, dass er nicht verkaufen kann."

„Das hat er nicht erwähnt", leierte Brockwell herunter. „Ich
habe mich gefragt, ob Sie irgendwas herausgefunden haben."

Matt schüttelte den Kopf. „Was den Grund angeht, weshalb
er das tun sollte, vermute ich, dass er einfach ein neues Etikett
aufkleben und es als etwas anderes verkaufen wird. Es ist vielleicht billiger, die Vorräte aufzukaufen, anstatt es selbst herzustellen."

„Das muss es wohl sein." Brockwell erhob sich und knöpfte
seine Jacke zu, ein schlecht sitzendes Kleidungsstück, das so alt
wie der Mann selbst aussah. „Guten Tag, Miss Steele, Mr. Glass.
Bitte setzen Sie mich über jeglichen Fortschritt, den Sie machen,
in Kenntnis."

„Sie scheinen nicht mehr abgeneigt, dass wir unsere Ermittlungen fortsetzen", sagte Matt. „Tatsächlich haben Sie auch noch
etwas aus Ihren eigenen Ermittlungen mit uns geteilt. Weshalb?"

„Ich bin zu dem Schluss gekommen, dass es am besten ist,
wenn wir unser Wissen zusammenführen. Wir beide wollen,
dass der Mörder gefangen wird, und drei Köpfe sind besser als
zwei oder einer. Außerdem kann ich Sie nicht dazu zwingen,
aufzuhören. Nicht, so lange Sie in der Gunst des Commissioners
stehen, und ich schätze, das wird noch eine Weile so bleiben. Er
schien sehr dankbar, dass Sie beide den Mörder von Daniel
Gibbons gefunden haben. Wirklich ausgesprochen dankbar."

Ob er wusste, dass Daniel der außereheliche Sohn von
Commissioner Munro war, oder ob er es nur schätze und
versuchte, an unseren Reaktionen abzulesen, ob es stimmte? Ich
hielt meinen Blick geflissentlich auf ihn gerichtet, bemühte mich
sehr, nicht zu blinzeln oder einen Blick auf Matt zu werfen und
damit etwas zu offenbaren.

„Genauso wie er dankbar war, dass Miss Steele den Dark

Rider gefangen hat", erwiderte Matt leichtfertig. „Tatsächlich lässt unser Erfolg seine Einsatzkräfte nicht sonderlich kompetent erscheinen. Vielleicht wird sich das alles mit dieser Ermittlung ändern, nun, da Sie mitmischen, Inspektor."

Brockwell verschränkte die Hände hinter dem Rücken. „Und nun, da wir Informationen teilen."

Matt zog an der Glockenschnur, und Bristow erschien, um Brockwell hinaus zu führen. Matt unterdrückte ein Gähnen.

„Vielleicht sollten Sie Mr. Pitt oder Mr. Oakshot nach einer Arznei für Ihren Zustand fragen", sagte Brockwell.

„Meinen Zustand?"

„Sie wirken nicht ganz gesund." Brockwell hob ergeben die Hände. „Ich entschuldige mich, falls ich mich irre. Vielleicht ist das auch einfach nur die Wirkung eines späten Abends und eines frühen Morgens."

Also hatte Commissioner Munro seinem Inspektor nicht verraten, dass unser Grund für den Besuch bei Dr. Hale anfangs gewesen war, eine Wunderkur für Matts Krankheit zu finden. Er war ein anständiger Mann, der Commissioner, der wusste, wie man ein Geheimnis wahrte.

Matt warf Brockwell ein angespanntes Lächeln zu. „Wir Gentlemen mit viel Freizeit neigen dazu, es ein wenig zu übertreiben."

„In der Tat."

Bristow bedeutete Brockwell, dass er ihm vorausgehen sollte, und einen Augenblick später hörten wir, wie sich die Vordertür öffnete und schloss. Matt setzte sich hin und stützte die Ellbogen auf die Knie. Er fuhr sich mit den Händen durch die Haare, dann übers Gesicht hinab. Er erwischte mich dabei, wie ich ihn beobachtete, und ließ die Hände sinken.

„Ich weiß, ich weiß", murmelte er, während er seine innere Jackentasche aufknöpfte. „Ich verstehe schon."

Ich schloss die Tür zum Salon und stellte mich daneben auf, während die Magie seiner Uhr in seine Haut eindrang, und seine Gesichtsfarbe wieder einen etwas gesünderen Ton annahm. In seinen Augen jedoch verblieben Schatten, und der blaue Fleck, den Cyclops ihm beigebracht hatte, war dunkler als je zuvor. Er steckte seine Taschenuhr wieder ein, und ich trat von der Tür weg.

„Suchen wir Oakshot auf, nachdem du geruht hast?", fragte ich.

Er nickte. „Hoffentlich erzählt er uns mehr, als er Brockwell verraten hat."

„Da bin ich mir sicher, insbesondere, nachdem wir ihn davon in Kenntnis gesetzt haben, dass wir wissen, dass Hale ein Magier war, und dass das Allheilmittel vielleicht immer noch etwas Magie enthält." Ich warf ihm ein Lächeln zu.

Er erwiderte es nicht. „Und was, wenn er uns fragt, woher wir das wissen?"

„Wir lassen uns etwas einfallen. Darin bist du doch gut, Matt, dir fortwährend neue Dinge einfallen zu lassen."

Er legte den Kopf zurück und schloss die Augen. „Welch ein exorbitantes Lob."

Ich lächelte und nahm mir ein Buch. Er schlief eine Stunde lang in dieser Position. Er hätte länger geschlafen, aber seine Tante weckte ihn, als sie eintrat.

„Da bist du ja, India", erklärte sie. „Ich bin gekommen, um dich zu bitten, mir etwas vorzulesen."

„Nicht heute Nachmittag", sagte ich. „Wir haben zu viel zu tun."

Sie ließ die Zunge schnalzen. „Du lässt sie zu viel arbeiten, Matthew. Und dich selbst auch. Sieh dich nur an! Du solltest im Bett sein."

„Ich habe nur geruht", sagte er.

„Das hat dir gar nichts gebracht. Sag es ihm, India."

Ich sagte ihm nichts. Matt würde es nicht hören wollen. Außerdem war es ihm nur zu bewusst, dass seine Uhr nicht mehr so wirksam war wie früher. „Ich werde dafür sorgen, dass er sich heute Nachmittag nicht zu sehr verausgabt, Miss Glass", versicherte ich ihr.

„Gutes Mädchen. Wenn du nicht so vernünftig wärst, würde ich mir mehr Sorgen machen." Sie wandte Matt den Rücken zu und legte mir eine Hand auf die Schulter. „Aber ich vertraue dir, dass du mit meinem Neffen richtig umgehst." Sie drückte mir die Schulter, ehe sie sie losließ und das Zimmer verließ.

Ich erwischte Matt dabei, wie er mich aus dem Augenwinkel beobachtete, ein Stirnrunzeln verschandelte seine ansehnlichen Züge ein wenig. „Nach diesen süßen Teilchen brauche ich kein Mittagessen", sagte ich. „Ich bin bereit zum Aufbruch, wenn du soweit bist."

„Dann gehen wir jetzt."

* * *

„Das geht Sie überhaupt nicht an", fuhr uns Mr. Oakshot an, um Matts Frage zum Kauf des Allheilmittels auszuweichen. Er wandte sich ab und stapfte zu seinem Schreibtisch. „Bitte begeben Sie sich hinaus."

Matt marschierte zu dem Fenster, durch das man auf die Fabrikhalle hinabblickte. Hin und wieder war über das Mahlen und Surren der Maschinen hinweg ein Befehl oder das Klirren von Glasflaschen zu hören. Das Bureau von Mr. Oakshot bot keine Zuflucht vor dem unaufhörlichen Lärm, und ich fragte mich, wie er sich hier auf seine Papiere konzentrieren konnte. Seit unserem letzten Besuch schien es lauter geworden zu sein.

„Nehmen Sie die Etiketten von Pitt ab und ersetzen sie durch Ihre eigenen?", drängte ihn Matt.

Mr. Oakshot funkelte ihn an. „Haben Sie mich nicht gehört? Hinaus!"

„Haben Sie die verbliebenen Reste von Dr. Hales Allheilmittel gekauft, weil Sie glauben, seine magischen Eigenschaften würden es für Ihre Firma zum Erfolg machen?"

Alle Farbe wich aus Mr. Oakshots Gesicht, zusammen mit seiner Angriffslust. Er sank in seinem Sessel zusammen, wirkte plötzlich wie ein Mensch, der sich durch die Tiefen des Elends schlagen musste. „Wie bitte?" Sein Flüstern war über den Maschinenlärm hinweg kaum zu verstehen. „Magie?"

„Sie haben mich gehört", sagte Matt. „Und tun Sie nicht so, als wüssten Sie nichts von Magie. Sie sind im Assistentenrat der Drogistengilde, und die Gilden sind sich nur allzu bewusst, dass es Magie gibt. Sind Sie ein Magier, Mr. Oakshot?"

„Wie bitte?", wiederholte er, seine Stimme zitterte. „Nein, natürlich nicht. Ich weiß nichts über Magie." Er schaute uns nicht in die Augen und tat so, als würde er sich sehr für seine Papiere interessieren.

„Sie haben hier einen florierenden Betrieb." Matt deutete durch das Fenster auf die Fabrikhalle. „Man hält Sie für den erfolgreichsten Drogisten in London. Eine gemeinsame Eigenschaft aller Magier ist die herausragende Qualität ihrer Arbeit. Selbst ich, der gar nichts über Medizin weiß, würde annehmen, dass Sie ein Magier sind."

„Ihre Theorie weist Mängel auf, Mr. Glass." Mr. Oakshot reckte das Kinn. „Sie werfen mir vor, ein Magier zu sein, und doch nehmen Sie an, dass ich die übrigen Vorräte von Hales Allheilmittel gekauft habe, weil es Magie enthält. Könnte ich nicht Magie in meine eigenen Arzneimittel geben, wenn ich ein Magier wäre?"

„Vielleicht ist Ihnen der besondere Zauber im Allheilmittel nicht geläufig, und Sie möchten ihn studieren."

Mr. Oakshot ließ die Papiere wieder auf den Schreibtisch sinken. Sie fielen auseinander, einige segelten zu Boden. Er rieb sich mit der Hand übers Kinn, wo sich graue Stoppeln breitgemacht hatten. Ein rasches Aufflackern von Trotz in seinen Augen erlosch, und er wirkte wieder elend. „Verbreiten Sie keine derartigen Gerüchte, Mr. Glass. Ich bitte Sie. Wenn die Gilde auch nur *glaubt*, ich sei ein Magier, wird sie alles daran setzen, mich zu ruinieren."

„Ich werde der Gilde nichts dergleichen erzählen, wenn Sie uns die Wahrheit sagen. Sie haben mein Wort. Weshalb haben Sie die verbleibenden Reste des Allheilmittels von Mr. Pitt gekauft, wenn nicht, um Ihr eigenes Etikett darauf zu kleben?"

Er schlug mit der Handfläche auf den Schreibtisch, wodurch weitere Papiere zu Boden fielen. „Ich will es nicht verkaufen", zischte er. „Ich will die Arzneien dieses Arztes nicht hier, nirgendwo! Pitt stellt die Produktion ein, da der Verkauf so gut wie zum Erliegen gekommen ist, deshalb habe ich die verbleibenden Vorräte von ihm gekauft und jede einzelne Flasche zerschmettert, jedes Etikett verbrannt und diese verdammte Arznei in den Kanal gekippt."

Matt stutzte, offenbar genauso überrascht von Oakshots

Bekenntnis wie ich. „Aber weshalb?", fragte er. „Sie haben absichtlich Geld dafür verschwendet."

„Weil dieser sogenannte Arzt – dieser verdammte *Mörder* – meine Frau umgebracht hat. Sein Name hat es nicht verdient, in seinem Allheilmittel weiterzuleben. Er hat es nicht verdient, dass man sich seiner erinnert, nicht einmal auf dem Etikett. Er hat keine Kinder, keine Familie hinterlassen, und ich juble, denn dadurch wird es leichter, seinen Namen für immer zu tilgen. Er hat mir das Einzige genommen, das mir je etwas bedeutet hat …" Er unterdrückte ein Schluchzen, und sein Mund verzog sich, während er um Beherrschung rang. „Deshalb habe ich ihm das genommen, das ihm wirklich wichtig war – sein Erbe. Nun ist er wirklich, unwiderruflich weg."

Er lehnte sich wieder in seinen Sessel zurück, der Kampfgeist hatte ihn nun vollends verlassen. Er war nurmehr ein Mann mittleren Alters, der in einen Abgrund der Verzweiflung starrte.

Matt dankte ihm für seine Zeit, und wir eilten die Stufen hinab und hinaus auf die Straße.

„Der arme Mann", sagte ich, sobald wir uns in die Kutsche gesetzt hatten.

„Dieser arme Mann ist gerade ganz oben auf meine Verdächtigenliste gerückt", erklärte Matt. „In seinem Herzen ist eine Menge Hass. So viel Hass kann jemanden zum Morden treiben."

„Die Zerstörung von ein paar hundert Flaschen ist nicht das gleiche, wie ein Leben zu nehmen, Matt. Zum Töten braucht es eine andere Art Mensch." Aber ich sprach nicht mit sonderlich viel Überzeugung. Was, wenn ich mich in Mr. Oakshot irrte? Was, wenn mein Mitleid für ihn meine Urteilskraft beeinträchtigte? „Vielleicht hast du recht", murmelte ich zum Fenster hin. „Ich weiß es nicht."

„Oder ich habe Unrecht", sagte Matt.

Ich begegnete seinem Blick im Spiegelbild. Er wirkte besorgt.

„Du zweifelst wieder an deiner Intuition", vermutete er.

Aus gutem Grund. Das sagte ich ihm jedoch nicht. Er würde sich sonst nur wieder schuldig wegen des Streits über Oscar Barratt fühlen. „Warum fahren wir jetzt also zum Geschäft von Mr. Pitt?" Er hatte Bryce den Befehl gegeben, dorthin zufahren, ehe er mir in die Kutsche geholfen hatte. „Was hoffst du, dort zu erfahren?"

„Ich habe keine Ahnung." Er seufzte. „Aber ich weiß nicht, wohin ich mich sonst wenden soll. Vielleicht weiß er, ob es eine Lüge war, dass Oakshot das Allheilmittel vernichtet hat."

„Glaubst du wirklich, dass Oakshot ein Magier ist und es studieren möchte?"

„Diese Möglichkeit verwerfe ich noch nicht."

* * *

„Ich wollte es loswerden", sagte Mr. Pitt, ohne von der Messing-Balkenwaage aufzuschauen, die er gerade benutzte. „Ich habe die Produktion des Allheilmittels eingestellt und konnte die verbliebene Ware nicht verkaufen. Mr. Oakshot bot an, sie zu kaufen, und ich habe sie ihm nur zu gern überlassen. Wir profitieren beide davon."

„Wissen Sie, was er damit getan hat?", fragte Matt.

Mr. Pitt gab eine kleine Menge eines braunen Pulvers auf die Waage, dann fügte er einen weiteren Löffel hinzu. „Nein. Da müssen Sie ihn fragen."

„Er hat jede einzelne Flasche und jedes Etikett vernichtet."

„Also wird er es als sein eigenes verkaufen, was?" Er gab noch mehr Pulver auf die Waage, sodass sie ins Gleichgewicht kam. „Das ist typisch für ihn. Oakshot glaubt an Quantität, nicht an Qualität. Er verkauft seine Arzneien billig, aber weil er so viel davon herstellt, macht er immer noch einen ordentlichen Gewinn. Er konnte das Allheilmittel für einen stark herabgesetzten Preis kaufen. Selbst mit den Kosten, es neu abzufüllen und mit eigenen Etiketten zu versehen, wird er im Vergleich zur Herstellung immer noch sparen."

„Er hat die Arznei in den Kanal gekippt."

Er schaute von der Waage auf. „Weshalb?"

„Weil er Dr. Hale gehasst hat und möchte, dass nichts mehr von ihm verbleibt."

Mr. Pitt blinzelte. „Gütiger Gott. Ich wusste, dass ihn der Tod seiner Frau durcheinandergebracht hat, aber ich dachte immer, bei ihm stünde das Geschäft an erster Stelle. Scheinbar lag ich falsch." Er schob das Pulver mit einem flachen Stück Holz von der Waage in eine Schüssel, die er zur Seite stellte.

Ich streifte durch das Geschäft. Es war ein recht interessanter Ort, mit seinen bunten Fläschchen, Gefäßen und den glatt polierten Holztresen und Schubkästen. Außerdem roch es göttlich. Matt stellte keine Fragen mehr, ich schaute zu ihnen zurück, um den Grund dafür zu sehen. Mr. Pitt beobachtete mich, und Matt beobachtete ihn. Ich spürte, wie mein Gesicht heiß wurde, darum wandte ich mich wieder dem Stapel aus Töpfchen mit Gesichtssalbe zu, die auf einem Tisch in der Mitte des Ladens eine Pyramide bildeten.

„Haben Sie irgendwelche Pläne, das Allheilmittel zu ersetzen?", fragte ich. „Es war so ein großer Erfolg, dass es schade wäre, nicht zu versuchen, etwas genauso Erfolgreiches herzustellen."

„Es war ein Erfolg, weil Jonathons Name darauf stand", sagte Mr. Pitt. „Er ist fort, und ich kann seinen Namen nicht noch einmal benutzen."

„Er ist fort, und damit auch seine Magie", sagte Matt mit einem Seufzen. „Zweifelsohne hatte das etwas mit dem Erfolg des Allheilmittels zu tun."

„Sie können annehmen, was sie wollen, aber ich bin mir da nicht sicher. Der Einzige, der Ihnen verraten könnte, ob er in einige Fläschchen des Allheilmittels Magie gegeben hatte, war Jonathon selbst. Was meine Pläne angeht, es durch etwas anderes zu ersetzen: Da lautet die Antwort Nein. Ihnen wird es vielleicht schwerfallen, das zu glauben, wo doch derzeit Geschäfte zu jedem Preis Profit machen möchten, aber ich will mein Unternehmen klein halten. Ich habe meine treue Kundschaft, und mehr brauche ich nicht. Ich brauche den Ruhm nicht, nach dem es Jonathon gelüstete, oder die Profite, nach denen Oakshot strebt. Ich will einfach nur ein ruhiges, zufriedenes Leben hier führen und meine Kunden bedienen."

„Dann macht Sie das zu einem einzigartigen Geschäftsmann", sagte Matt.

„In der Tat." Mr. Pitt hob Mörser und Stößel auf und begann, den Inhalt der Schale zu mahlen. „Hat Oakshot Ihnen verraten, dass er angeboten hat, mir den Laden abzukaufen?"

„Sie verkaufen ihn nicht?", fragte ich.

„An niemanden. Was würde ich denn dann mit mir anfangen, Miss Steele?" Er lächelte, aber es verflog rasch. „Ich frage mich, weshalb Oakshot das nicht erwähnt hat."

Vielleicht, weil er dachte, es würde ihn noch mehr belasten. Den Rest des Allheilmittels zu kaufen war das eine, aber das Geschäft eines Rivalen aufzukaufen war etwas ganz anderes.

Matt musterte die Arzneimittelkiste in der Nähe seines Ellbogens. Er öffnete den Deckel und die Schubladen und inspizierte die Arzneifläschchen, die dort ausgestellt waren. „Vielleicht hätten Sie es in Erwägung ziehen sollen", sagte er zu Mr. Pitt. „Ohne das Allheilmittel und durch den Schaden, den der Tod von Hale Ihrem Ruf zugefügt hat, schwinden Ihre Gewinne vielleicht." Er zog ein Päckchen mit einem Pulver aus einer der Schubladen und las die Aufschrift.

Mr. Pitt entriss es ihm und warf Matt einen dermaßen wild funkelnden Blick zu, dass Matt die Hände hob und rückwärts ging.

Das Glöckchen über der Tür läutete, und eine Frau in einem einfachen schwarz-weißen Kleid trat ein. Sie blieb gleich hinter dem Eingang stehen, ihr überraschter Blick lag auf Matt. Dann nickte sie ihm zu und machte einen leichten Knicks.

„Guten Tag, Mr. Glass", sagte sie.

„Guten Tag", erwiderte er, als er an ihr vorüberkam. „Das brauchst du nicht, India", sagte er zu mir.

„Wie bitte?" Ich hatte meine Aufmerksamkeit auf die Frau gerichtet und vergessen, dass ich ein Töpfchen mit einer Salbe genommen hatte, bis er auf eine Zeile auf dem Etikett deutete, die lautete: verbessert den Teint.

„Dein Teint muss nicht verbessert werden." Er nahm mir das Töpfchen ab und stellte es wieder auf die Spitze der Pyramide. „Guten Tag, Mr. Pitt."

Mr. Pitt winkte uns vom Tresen zu, wo die Frau nun stand, die eine Reihe blauer Flaschen inspizierte. Das Glöckchen über der Tür läutete, als wir hinausgingen.

„Wer war sie?", fragte ich.

Matt runzelte die Stirn zur geschlossenen Tür hin. „Ich kann mich nicht erinnern, aber sie wirkt vertraut."

„Sie kannte dich auf jeden Fall. Vielleicht ist sie eine ehemalige Liebschaft von dir", sagte ich, obwohl ich nur zu gut wusste, dass sie das nicht war. Ich war mir recht sicher, dass Matt nicht einmal eine Liebelei gehabt hatte, seit ich ihm begegnet war, was fast der ganzen Zeit entsprach, die er in London verbracht hatte.

Mein Necken zeigte jedoch kaum Wirkung. Er schüttelte weiterhin den Kopf. „An die erinnere ich mich normalerweise", sagte er und klang abgelenkt.

„Normalerweise?"

Seine Wangen röteten sich. „Ich meine immer. Ich erinnere mich immer an meine vergangenen Liebschaften."

„Was? An *alle*? Du liebe Zeit, du musst ein hervorragendes Gedächtnis haben."

Er öffnete die Tür der Kutsche und hielt mir die Hand hin, um mir den Tritt hinauf zu helfen. „Sehr lustig, India. *So* viele sind es nicht. Eigentlich kaum welche, und nicht sonderlich ernsthafte."

„Ich glaube, der Herr legt zu viele Widerworte ein."

Er klappte den Tritt hoch und stieg ein. Sein Gesicht kam meinem so nahe, dass ich das schelmische Funkeln in seinen Augen sehen konnte. „Und ich glaube, die Dame versucht, mich hereinzulegen, sodass ich meine Vergangenheit ausbreite, wo sie doch nur danach fragen müsste." Er setzte sich mir gegenüber und warf mir ein Lächeln zu. „Ich werde dir alles erzählen, was du wissen willst."

Ich versuchte, die gleiche Nach-mir-die-Sintflut-Haltung einzunehmen wie er, aber ich vermutete, dass ich daran scheiterte. „Natürlich will ich das nicht wissen. Weshalb sollte ich?"

Sein Lächeln wurde breiter.

Bryce fuhr in die Park Street, und Matt wandte sich zum Fenster und musterte die Umgebung. Meine Taschenuhr läutete.

Wir starrten sie beide an, während sie an ihrer Kette um meinen Hals hing. Sie läutete erneut und pulsierte.

Matt klopfte an die Decke. „Halten Sie nicht an!", rief er.

Aber Bryce hatte ihn wohl wegen des geschlossenen Fensters nicht gehört. Die Kutsche wurde bereits langsamer, während wir uns der Nummer 16 näherten. Matt wollte schon das Fenster öffnen, aber ich erwischte ihn am Arm.

„Es ist zu gefährlich", sagte ich.

Als würde sie mir zustimmen, läutete meine Uhr. Ich hielt sie ganz fest. Ihr Pulsieren wärmte mir die Hand, ihr regelmäßiger Schlag zählte die Sekunden.

„Ich steige nicht aus", sagte Matt. „Ich sage ihm nur, dass er weiterfahren soll, damit wir sehen, wer da ist. Du hältst aber währenddessen deine …"

Ein Schuss knallte.

Holz splitterte, und die Pferde wieherten.

„Runter mit dir!" Matt wollte sich über mich werfen, aber die erschrockenen Pferde liefen los, und die Kutsche raste vorwärts. Er fiel zurück, und ich landete auf dem Sitz neben ihm.

Bryce brüllte den Pferden Befehle zu, aber wir wurden nur noch schneller. Matt half mir, mich hinzusetzen, dann schlang er einen Arm um meine Taille, um mich festzuhalten. Die Rufe von Bryce wurden immer verzweifelter, und seine Panik war nicht dazu angetan, die Tiere zu beruhigen. Das Ende der Straße musste schon nahe sein. *O Gott.*

„Halt dich fest!" Noch während Matt es sagte, schlingerte die Kutsche nach rechts.

Die Kabine kippte. Es ging so schnell, dass ich kaum bemerkte, wie Matt mich über seinen Schoß zog, sodass unsere Positionen vertauscht wurden. Er bekam die volle Wucht des Aufpralls ab, und sein Körper dämpfte meinen Sturz.

Aber sein Körper war hart, und der Aufprall heftig. Meine rechte Seite bekam den Großteil ab, als ich in Matt, die Sitze und die Wände prallte. Schmerzen fuhren in meine Schulter und Hüfte, und mein Herz fühlte sich an, als würde es mir aus der Brust springen. Ich konnte nicht atmen.

Das ohrenbetäubende Krachen, als die Kutsche auf die Straße traf, klingelte in meinen Ohren, übertönte meine Schreie und Matts Stöhnen. Glas zerbrach, Holz splitterte. Und dann das schreckliche, gnadenlose Knirschen, während die Kutsche auf der Seite weitergezogen wurde, da die Pferde immer noch flüchten wollten. Bryce … O Gott.

Draußen schrie jemand.

Ich schob mich hoch und brach erneut zusammen, während der Schmerz sich von meiner Schulter über meinen Rücken und meinen Arm hinab ausbreitete. Matt lag unter mir, die Augen geschlossen. Er bewegte sich nicht.

„Matt?" Es gelang mir, trotz der ruckelnden Bewegung der Kutsche von ihm herabzurollen. Ich beugte mein Ohr zu seinen Lippen hinab. Nichts. Er atmete nicht. „Matt!" Ich drückte ihm eine Hand auf die Brust, über seinem Herzen. Dort regte sich nichts.

„Matt!" Ich fasste nach seinem Gesicht, drehte es zu mir.

Blut sickerte aus seinem Hinterkopf, verschmierte die zerbrochenen Fensterglasscherben darunter.

KAPITEL 15

Etwas tröpfelte mein Gesicht hinab. Blut? Tränen?

Ich starrte Matts leblose Gestalt an, und ein Abgrund aus Gram öffnete sich in meinem Inneren. Er verschlang mich völlig, riss all meinen Mut und meine Hoffnung und sogar meine Seele mit hinab in seine Tiefen.

Die Kutsche wurde langsamer und kam zum Stillstand. Ich verlor das Gleichgewicht und fand mich erneut auf Matt wieder. Ich schluchzte in seine Brust.

Meine Uhr läutete, dann läutete sie erneut. Sie hing mir noch um den Hals, wo sie inzwischen so heiß brannte, dass ich sie durch meine Schichten aus Kleidern spüren konnte. Noch eine Warnung? War der Mörder zurück, um sicherzustellen, dass sein Werk verrichtet war?

Und dann spürte ich eine andere Wärme, nicht die meiner Uhr, sondern unter mir. Sie kam aus der Innentasche von Matts Jacke. Meine Uhr läutete immer wieder, so laut, dass ich sie deutlich über die Schreie draußen hinweg hören konnte.

Matts Uhr! Ich wühlte mich durch seine Jacke und Weste, aber meine zitternden Finger konnten die Knöpfe nicht öffnen. Ich riss die Kleider auf, und die Knöpfe flogen weg. Die Hitze seiner und meiner Uhr floss zusammen, wütete wie ein Hochofen, als würden sie durch mich miteinander kommunizieren.

Ich spürte, wie die Kutsche schaukelte, und hörte jemanden

fragen, ob im Inneren Personen waren, aber ich antwortete nicht, während ich das Uhrgehäuse aufklappte, Matts Handschuh auszog und ihm die Uhr in die Hand drückte. Das violette Leuchten aus der Uhr floss in seine Haut, raste durch seine Adern, schoss über seinem Kragen wieder hervor und strömte über sein Gesicht.

Seine Brust weitete sich in einem keuchenden Atemzug. Seine Augen flatterten auf und starrten wirr zu mir zurück.

Ich brach in Tränen aus und nahm seine Hand fest in meine, damit er die Uhr nicht zu früh losließ.

„Ma'am?", fragte ein Mann hinter mir. „Ma'am, ist alles gut bei Ihnen?"

Ich verdeckte Matt und lächelte durch meine Tränen auf ihn hinab. Es war bestimmt schief und wackelig, aber das machte mir nichts aus. Ich legte ihm eine Hand über die Brust und dankte lautlos Gott, Chronos und Dr. Parsons, dass sein Herz stetig schlug.

Er hob eine Hand an mein Gesicht. „Du blutest", sagte er.

Seine ersten Worte, nachdem er vom Tod zurückkehrte, drückten Sorge um mich aus? Ich weinte noch fester.

„Ma'am, lassen Sie sich von mir helfen." Ich spürte eine Hand an der Schulter und zischte vor Schmerz auf.

„India?" Matt klappte sein Uhrgehäuse zu, und seine Adern wurden normal. Er richtete sich auf, und da bemerkte ich, dass ich noch auf ihm saß. „India, du bist verletzt."

Ich spähte zu den beiden Männern empor, die auf der Seite der Kutsche hockten, die offene Tür zwischen sich. Ich nahm ihre Hände, und sie halfen mir durch und reichten mich an jemanden weiter, der auf der Straße stand.

„Kommen Sie mit mir, Miss Steele", sagte die vertraute Stimme von Bristow. „Wir gehen nach Hause und rufen den Arzt. Ist Mr. Glass …?"

„Ihm geht es gut", sagte ich und klammerte mich an den Butler, damit ich nicht stürzte. „Er hat mir das Leben gerettet."

Bristow schaute an mir vorbei, und dann wurde ich an jemand anderen weitergereicht. Jemanden mit vertrauten Armen und vertrautem Geruch. Jemanden, der sich stark und tüchtig anfühlte, gar nicht dem Tode nahe. Matt hob mich in seine

Arme, und ich schmiegte mich an ihn, meinen Kopf unter seinem Kinn.

„Bristow, kümmern Sie sich hier um alles." Matts Stimme grollte durch mich hindurch und beruhigte mich ein wenig. Er lebte, Gott sei es gedankt. „Bryce?", fügte er an.

„Peter ist gerade bei ihm", sagte Bristow. „Ich weiß noch nichts über seinen Zustand, Sir."

„Sorgen Sie dafür, dass man sich entsprechend um ihn kümmert. Und meine Tante?"

„Miss Glass ist außer Haus."

„Eine kleine Gnade", murmelte Matt.

Eine Woge des Schwindels drohte mich zu überwältigen. Ich konzentrierte mich darauf, gleichmäßig zu atmen und meine Nerven zu beruhigen, aber es war eine unmögliche Aufgabe. Ich hörte auf zu weinen, nur um festzustellen, dass ich zu beben begann. Ich konnte nicht aufhören.

Matt trug mich zurück ins Haus, und Mrs. Bristow übernahm die Verantwortung und trug ihrer Tochter, der Dienstmagd, auf, frische Kleider zu holen.

„Polly ist bereits losgeeilt, um den Arzt zu holen", versicherte sie Matt. „Bringen Sie Miss Steele auf ihr Zimmer, und ich werde dort sein – Sir! Ihr Kopf! Hinten ist eine Menge Blut. Sind Sie stark verletzt?"

„Mir geht es gut", sagte er.

Er trug mich die Stufen empor und legte mich sanft auf mein Bett. Er setzte sich neben mich auf die Matratze. „India, sag doch was. Du bist zu still."

Ich öffnete die Augen und blinzelte zu ihm hinauf. Es war ein herrlicher, wunderbarer Anblick, trotz des Blutes, des zerrauften Haares und der tiefen Sorgenfalten auf seiner Stirn. „Bin ich normalerweise nicht so still?"

Er hob meine Hand an seine Lippen und lächelte an meinen Knöcheln. „Das ist schon besser."

Ich wollte mich aufrichten, und trotz der Schmerzen in meiner rechten Seite schaffte ich es mit seiner Hilfe. Der Schwindel hatte sich zum Glück gelegt, und ich fühlte mich, als hätte ich wieder alle Sinne beisammen. „Deine Uhr", setzte ich an. „Sie … hat dich gerettet."

„Dafür ist sie da."

„Ja, aber …"

Mrs. Bristow kam mit Tee herein, ihre Tochter mit einem Arm voller Handtücher hinter ihr. Sie befahl Matt, zu gehen, und einen Augenblick lang dachte ich, er würde sich weigern, aber als Mrs. Bristow die Knöpfe meiner Jacke öffnete, ging er mit gesenktem Kopf hinaus und schloss die Tür.

Die Haushälterin säuberte das Blut von einem Schnitt auf meiner Wange und inspizierte meine Verletzungen. Der Arzt kam etwas später und inspizierte mich erneut vollständig. Er erklärte, dass nichts gebrochen war, aber meine Hüfte und Schulter ein paar Wochen lang Prellungen haben würden. Der Schmerz sollte in ein oder zwei Tagen nachlassen.

Er machte sich auf die Suche nach Matt, und ich blieb allein zurück, um zu rasten. Aber ich fand keine Ruhe. Durch meinen Verstand wirbelten lauter Fragen über Matt, Bryce und die Pferde, von dem Schützen ganz zu schweigen.

Ich gab auf, nachdem ich es eine Stunde lang versucht hatte, und zog mir einen Rock, ein Unterhemd, und eine Weste an, ohne Korsett. Es schien mir etwas schwierig, meinen Körper in eines hineinzubugsieren, solange mir alles so wehtat. Ich legte mir meinen neuen Schal um die Schultern, um meinen leicht bekleideten Zustand zu vertuschen, und ging nach unten. Ich fand Matt bei Willie, Duke, Cyclops und seiner Tante im Wohnzimmer.

„India!" Miss Glass streckte mir die Hände entgegen, doch Willie fing mich ab, ehe ich sie ergreifen konnte.

„Ich bin etwas zerschlagen", warnte ich sie, ehe sie mich umarmen konnte.

Sie musterte mich, die Hände in der Luft, auf der Suche nach einer Stelle, an der sie mich berühren konnte. Ich nahm ihre Hände und lächelte sie an. Sie erwiderte es, doch es war zittrig. Tränen füllten ihre Augen. Sie löste sich von mir und wischte sich die Tränen mit dem Ärmel ab. Zu meiner Überraschung sagte sie nichts.

Miss Glass klopfte neben sich auf das Sofa. „Komm, setz dich neben mich, India. Du siehst schrecklich aus. Dein armes Gesicht." Sie musterte den Schnitt auf meiner Wange mit einem

Stirnrunzeln. „Das wird narbenlos heilen, hat der Doktor zu Matthew gesagt."

„War der Arzt auch bei dir?", fragte ich ihn.

Er nickte. „Hast du Schmerzen?"

„Nicht allzu schlimm", log ich.

Duke reichte mir eine Tasse Tee, und Cyclops bot mir ein Scone an. Ich nahm beides und knabberte und nippte, ehe ich Untertasse und Teller abstellte.

„Könntet ihr bitte nicht alle starren?", fragte ich. „Und mich betütteln", fügte ich hinzu, als Miss Glass das Kissen aus ihrem Rücken nahm und es mir reichte.

„Du hast einiges durchgemacht", erwiderte sie knapp. „Und wir ebenso. Du musst uns erlauben, dich zu betütteln, oder ..." Ihre Stimme brach, und sie sog die Unterlippe ein.

Ich beugte mich vor, und sie schob mir das Kissen in den Rücken.

„Bist du verletzt?", fragte ich Matt, im vollen Wissen, dass er schwere Verletzungen erlitten hatte. Er schien jedoch nicht beeinträchtigt. Er bewegte sich leichthin und zuckte nicht einmal zusammen.

„Ich scheine keinen Schaden genommen zu haben", sagte er. „Ein leichter Kratzer am Hinterkopf, der mir keine Schwierigkeiten bereitet."

Natürlich, ein leichter Kratzer.

„Matthew hat eine gute Konstitution", sagte Miss Glass voller Stolz. „Es braucht schon mehr als einen Unfall oder eine Krankheit, um ihn umzuwerfen."

„Tante", tadelte er sanft. „Das reicht."

„India auch", sagte sie und tätschelte mir den Arm. „Seht sie euch an! Sie ist bereits wieder auf den Beinen. Deine Cousinen legen sich eine Woche ins Bett, wenn sie auch nur einen Schnupfen haben."

„Und Bryce?", fragte ich.

Matt senkte den Kopf und fuhr sich mit beiden Händen durch die Haare. „Ist an Ort und Stelle verstorben. Ich habe seine Familie aufgesucht, als du geruht hast. Die anderen Diener sind nervös, haben sich aber geweigert, sich den übrigen Tag lang freizunehmen. Mrs. Bristow sagt, sie wären in dieser schwierigen Zeit lieber hier."

Ich drückte mir eine Hand auf die Brust, während sich in meiner Kehle ein Kloß bildete. Es gab nichts zu sagen, das irgendjemandes Gram hätte lindern können. Armer Bryce.

„Weshalb sind die Pferde so erschrocken?", fragte Miss Glass nach einer drückenden Stille. „Die Nachbarn behaupten, sie hätten ein lautes Geräusch gehört. Was denkt ihr, war das?"

Matt und ich nippten beide an unserem Tee.

„Ich hörte jemanden sagen, es wäre ein Schuss gewesen", fuhr sie fort. Cyclops, Duke und Willie wandten sich ihr zu. „Du musst aufpassen, Harry", fuhr Miss Glass mit dünner Stimme fort. „Es ist der Wilde Westen, weißt du. Komm auf jeden Fall bald nach England zurück. Das ist sehr viel sicherer."

„Ich glaube, du solltest dich ausruhen, Tante", sagte Matt, der sie am Arm nahm.

Cyclops holte Bristow und Polly.

„Danke, Harry. Veronica? Wo ist meine Dienstmagd?" Miss Glass erspähte mich und lächelte. „Da bist du ja."

„Ich komme bald zu Ihnen", erklärte ich ihr sanft.

Matt geleitete sie nach draußen und kam ein paar Minuten später zurück. Er setzte sich auf den freien Platz neben mir. „Vielleicht solltest du dich auch zurückziehen", sagte er. „Du wirkst blass."

„Du ebenso, aber wenn man bedenkt, dass du in dieser Kutsche gestorben bist, könntest du sehr viel schlimmer aussehen."

Meine Antwort führte zu einem Bombardement aus Fragen der anderen. Er schaute mich finster an, aber ich bedauerte es nicht, sie darüber in Kenntnis gesetzt zu haben. Sie sollten es wissen.

Er hob schließlich die Hand, damit sie aufhörten. „Ich habe meine Taschenuhr benutzt", sagte er. „Beziehungsweise hat India sie mir in die Hand gelegt, nehme ich an."

Ich erzählte ihnen, was sich in der Kutsche zugetragen hatte, und ließ keine Einzelheit aus. „Du scheinst keine Nachwirkungen zu erleiden, Matt", schloss ich. „Mir war nicht klar, dass deine Uhr auch bei anderen Verletzungen und Krankheiten wirkt."

„Mir bisher auch nicht", sagte er. „Dr. Parsons vermutete, dass sie mich von allem heilen würde, aber das war der erste echte Test."

Ich berührte ihn am Kinn und drehte sein Gesicht, damit ich seinen Hinterkopf inspizieren konnte. Die Wunde hatte sich völlig geschlossen, es blieb nur eine Narbe. Er hatte einiges, aber nicht das ganze Blut abgewischt. „Es sieht aus, als hätte er recht gehabt", murmelte ich. „Gott sei es gedankt."

„Amen", fügte Willie an.

„Aber ..." Ich biss mir auf die Lippe. Es fühlte sich seltsam an, ihm die nächste Frage zu stellen.

Er zog die Augenbrauen hoch und sah mich an. „Ich weiß, was du sagen willst. Bin ich unsterblich? Die Antwort lautet nein. Dr. Parsons sagt, eines Tages werde ich sterben. Die Uhr wird nicht verhindern, dass meine Organe altern. Mein Körper wird sich mit der Zeit verändern, wie es die Natur vorsieht."

„Aber bis dahin ... wirst du weiterleben, ganz gleich, was für Krankheiten oder Unfälle du erleidest."

„Außer die Uhr funktioniert nicht mehr, oder ich kann sie nicht rechtzeitig erreichen. Man überlebt nur eine gewisse Zeit, ohne dass Blut durch die Adern geschleust oder Luft durch die Lungen gepumpt wird."

Diese Ankündigung lastete mir schwer auf den Schultern. Ich konnte nicht anders, als daran zu denken, was geschehen wäre, wenn ich die Uhr nicht rechtzeitig zu fassen bekommen hätte, oder wenn sie beim Unfall kaputtgegangen wäre. Ich hob eine zittrige Hand an meine Lippen und blinzelte die Tränen weg.

„Es ist ein Wunder", murmelte Willie.

„Es ist Magie", sagte Cyclops. „Seltene Magie."

„Was, glaubst du, hat die Pferde erschreckt?", fragte Duke. „Ein Schuss, wie Miss Glass dachte?"

Matt nickte. „Es steckt eine Kugel in der Kutsche. Ich habe den Schützen nicht gesehen. India?"

Ich schüttelte den Kopf. „Coyle wieder, schätze ich."

„Am wahrscheinlichsten, wenn man unsere letzte Erfahrung mit diesem Mann bedenkt."

„Er ist zu weit gegangen." Willie sprang auf und zog eine kleine Pistole aus dem Hosenbund, sehr viel kleiner als ihr normaler Colt. Besser zu verstecken, vermutete ich. „Wer kommt mit, um ihm einen Besuch abzustatten?"

„Setz dich", befahl Matt. „Niemand wird Coyle zur Rede stellen. Es ist sinnlos. Er wird es leugnen, und ohne echten Beweis unternimmt die Polizei nichts. Außerdem besteht immer noch die Möglichkeit, dass er es nicht war."

„Wer sollte es denn sonst gewesen sein?", fragte sie und steckte ihre Pistole weg.

„Jeder unserer Verdächtigen, wer immer sich als Hales Mörder erweisen wird. Wir haben sie alle in letzter Zeit befragt. Dieser Angriff war etwas anderes als der erste", fuhr er fort. „Feiger, aus der Ferne ausgeführt. Vielleicht ist das der Stil von Coyles neuem Mann, oder vielleicht ist es das, was ein Giftmörder tun würde."

„Also wird das Netz größer", sagte Duke angeekelt. „Wir kommen nicht weiter."

„Und wir werden nicht weiterkommen", sagte Matt. „Unsere Einbindung in die Ermittlung endet hier. Coyle, oder wer immer auf uns geschossen hat, hat gewonnen. Es liegt jetzt an der Polizei, den Mörder zu schnappen." Er schaute zu mir auf und holte tief Luft: „Die Risiken sind zu groß."

Niemand widersprach ihm.

Ich stellte meine Teetasse ab. „Ich brauche etwas Stärkeres."

„Kognak", sagte Duke. „Für uns alle."

* * *

WIR NAHMEN ein informelles Abendessen im Speisesaal ein, eine ernste Stimmung lastete auf allen. Matt sprach leise von seinem Vorhaben, eine Jahresrente für Bryce' Familie einzurichten, und wir vereinbarten einen Termin bei seinem Anwalt in zwei Tagen, wenn ich hoffentlich wieder freier in meinen Bewegungen war, sodass der Anwalt die Pension einrichten und auf mein Geheiß hin auch das Häuschen in Willesden kaufen konnte.

Cyclops, Duke und Willie spielten nach dem Abendessen im Salon Karten, ich setzte mich hin und las, Matt neben mir.

Zumindest hatte ich geplant, zu lesen. Ich konnte mich nicht konzentrieren und sprach stattdessen mit Matt.

„Ich hatte noch keine Gelegenheit, dir zu danken", sagte er. „Du hast mir das Leben gerettet, India, und ich weiß nicht, wie ich es dir zurückzahlen soll."

„Du hast meines gerettet, indem du die Wucht des Aufpralls abgefangen hast. Und außerdem hat dich deine Uhr gerettet, nicht ich."

„Ich habe sie nicht aus meiner Tasche geholt. Das warst du. Hast du vermutet, dass sie funktionieren könnte?"

„Meine Uhr hat es mir in gewisser Weise gesagt. Tatsächlich glaube ich, dass sie sich mit deiner in Verbindung gesetzt hat." Ich zuckte mit der Schulter. „Ich weiß es nicht. Es ist inzwischen alles ziemlich verschwommen."

Er senkte den Kopf und kniff sich in den Nasenrücken. „Ich hätte nach dieser ersten Drohung aufhören sollen. Das ist alles meine Schuld."

„Nein, ist es nicht. Ich wollte doch weitermachen. Tatsächlich wollte ich lieber weitermachen als du."

Er rieb sich über die Stirn, als würden Kopfschmerzen darauf einhämmern. „Ich werde diesen Vorfall morgen Brockwell berichten. Er kann vermutlich deswegen nichts unternehmen, aber er muss es erfahren."

„Dein Kopf tut weh, oder?"

Er senkte die Hand. „Ein wenig."

„Ich würde sagen, es ist mehr als nur ein wenig. Du solltest ins Bett gehen."

„Das tue ich, sobald du es auch tust."

„Das ist wohl kaum die Zeit für das kindische Spiel, wer zuerst nachgibt, Matt. Aber da ich, glaube ich, bereit für etwas Ruhe bin, werde ich mich auch zurückziehen. Es war ein langer Tag."

Er geleitete mich die Stufen empor, obwohl ich darauf bestand, dass ich das nur zu gut selbst konnte. Meine Hüfte machte mir Schwierigkeiten, aber das war nichts verglichen mit den Problemen, die mir mein Herz machte. Es sprang wie wild in meiner Brust, als wir an meiner Tür stehenblieben. An diesem

Abend war etwas an Matt, an seiner stillen Art, seinem intensiven Blick. Ich wusste nicht, was ich davon halten sollte.

„Gute Nacht", sagte ich, ohne mich umzudrehen, um ihn anzusehen.

Er griff an mir vorbei nach dem Türknauf. „India." Das Flüstern strich mir über die Wange, und abermals stotterte mein Herz. Er strich mir das Haar zurück, schob es mir über die Schulter.

Ich hielt die Luft an und wartete auf seinen Kuss auf meinem Nacken. Er kam nicht.

Ich drehte mich halb um und wünschte, ich hätte es nicht getan. Seine verhangenen Augen richteten sich intensiv auf mich, und ich fühlte mich, als könne er mir ins Herz, den Verstand und die Seele schauen, als wüsste er, was ich für ihn empfand. Und doch küsste er mich nicht.

„Heute war ... eine Tortur", sagte er. „Als du hier drin warst und ich unten auf den Bericht des Arztes wartete ... dieses Gefühl möchte ich nicht noch einmal erleben."

„Es war auch nicht gerade schön, dich in der Kutsche sterben zu sehen", würgte ich hervor.

Er nahm mein Kinn und strich mir mit dem Daumen über die Wange. Der schnelle Takt meines Herzens geriet ins Stocken, und dann schwoll es auf die zehnfache Größe an. Ich bemühte mich sehr, mir all die Gründe einfallen zu lassen, warum ich ihn wegschieben sollte, aber mir fiel keiner ein. Mein Verstand war leer.

Und dann war es zu spät. Er küsste mich.

Es war sanft und zärtlich, und ein wenig zögerlich. Nicht ganz der Kuss eines Liebhabers, aber wie sollte sich ein Liebhaberkuss auch anfühlen? Ich war keine Expertin. Das war mein erster echter Kuss, und es war mit jemandem, der etwas Besonderes für mich war. Jemand, den ich bewunderte und mochte, vielleicht sogar liebte. Jemand, der verboten war und so weit über mir stand, dass ich ihn *nicht* auf diese Weise küssen sollte.

Und doch zog ich mich nicht zurück. Anstand und Prinzipien sollten verdammt sein. Ich wollte diesen Kuss, diesen Mann, und ich wollte wissen, wie es sich anfühlte, begehrt zu werden. Es war beinahe unmöglich, in Betracht zu ziehen, dass

Matt mich begehrte, aber doch küsste er mich so intensiv wie ich ihn.

Die ganzen Gefühle des Nachmittags wogten durch mich hindurch wie eine Flut, ertränkten die Stimme der Vernunft. Es gab nur noch Matt und mich, und den Kuss, von dem ich mir wünschte, er möge von sanft zu leidenschaftlich übergehen.

Ich legte ihm meine Arme um den Nacken, drückte meinen Körper an seinen. Mein Schal rutschte nach unten, und ich fühlte mich verrucht, dreist, mit nur meinem Unterhemd und einer Weste, die meine Brüste bedeckten. Er konnte sie bestimmt spüren, genau wie mein rasch pochendes Herz.

Er legte mir eine Hand auf die Hüften, und ich keuchte vor Schmerz an seinen Lippen.

Er brach den Kuss ab. „Himmel. Ich vergaß. Habe ich dir wehgetan?"

„Nein."

„Doch, bestimmt, sonst hättest du nicht so gekeucht."

„Es ist nichts. Mir geht es gut."

Mir ging es nicht gut, und es war nicht meine Hüfte, die wehtat. Meine Seele fühlte sich zerschlagen an, wie ich so dastand, das Gefühl seines Kusses noch auf den Lippen, die Lücke zwischen uns wurde weiter. Ich konnte sehen, wie das Verlangen aus seinem Blick wich, und mit jeder Sekunde mehr Unglauben und Bedauern auf seine Züge traten. Einige Zeit sagte er nichts, aber das musste er auch nicht, um meine Zuversicht zu einem langsamen Rückzug zu bewegen. Ich verschränkte die Arme vor der Brust, steckte die Schalenden fest.

„India, es tut mir leid." Er fuhr sich mit den Fingern durch die Haare. „Ich weiß nicht, was über mich gekommen ist."

Ich tat seine Sorge ab, suchte nach Worten, die ich ihm kredenzen könnte. Aber ich fand keine. Ich wusste nicht, was ich sagen wollte. Sollte ich ihm sagen, dass ich mit dem Kuss weitermachen wollte, oder so tun, als wolle ich das nicht? So tun, als würde morgen zwischen uns alles wieder gut sein? Oder ihm sagen, dass sich nun alles verändert hatte?

„Gute Nacht, Matt." Ich öffnete meine Tür und eilte in mein Zimmer. Ich schloss sie, ohne einen Blick zurückzuwerfen.

* * *

MATT und die anderen waren ausgegangen, ehe ich am Vormittag aufstand. Ich nahm mit Miss Glass in ihren Räumlichkeiten ein leichtes Frühstück ein, dann las ich ihr die Zeitung vor. Sie schien mir jedoch nicht zuzuhören. Ich konnte mich nicht konzentrieren und übersprang Worte und einmal sogar einen ganzen Absatz. Sie machte dazu keine Bemerkung, starrte aber weiterhin aus dem Fenster auf die Straße hinab. Vielleicht stürzten sie die Ereignisse des vorigen Tages in so große Sorge, dass sie ihre Gedanken nicht davon lösen konnte.

Ich wusste, wie sie sich fühlte. Durch Bryces Tod, meine Verletzungen, Matts Wiederbelebung und den Kuss drehte sich mein Verstand auch wie ein Kreisel. Zum Glück wusste Miss Glass nichts von diesem Kuss. Ich hätte keine Lektion durchgehalten, wie wichtig es war, dass Matt gut heiratete. Ich musste ihn bitten, es vor ihr nicht zu erwähnen. Oder vor irgendwem.

Vielleicht war er bereits zu demselben Schluss gekommen und darum nicht anwesend. Das hoffte ich. Je kürzer diese Unterhaltung wurde, desto besser.

Miss Glass lehnte sich im Stuhl vor und spähte direkt auf die Straße hinab. „Da kommt jemand", sagte sie. „Ein Gentleman."

„Jemand für Matt", sagte ich.

Aber einen Augenblick später kündigte Peter an, dass Oscar Barratt mich im Salon zu sprechen wünschte.

„Hast du ihm mitgeteilt, dass Mr. Glass nicht zu Hause ist?", fragte ich.

„Ja, Ma'am. Er beharrte darauf, dass Sie ihm auch recht wären."

„Komm, India." Miss Glass erhob sich und streckte eine Hand nach mir aus. „Ich werde deine Anstandsdame sein."

„Ich brauche doch kaum eine Anstandsdame, wenn ich mit Mr. Barratt spreche."

Sie nahm mein Kinn und inspizierte den Schnitt auf meiner Wange. „Du wirst genügen."

„Genügen? Zu welchem Zweck denn?"

„Zu dem Zweck, seine Aufmerksamkeit auf dich zu ziehen."

„Miss Glass!"

„Spiel mir doch nicht die Schüchterne vor, India. Ich kenne dich zu gut. Dieser Kerl könnte perfekt für dich geeignet sein."

„Sie sind ihm noch nie begegnet", sagte ich und folgte ihr nach draußen.

„Aber gleich werde ich es." Sie marschierte voran, ihr Rücken formvollendet gerade. Sie würde nicht von ihrer Verkupplungsmission abweichen.

„Miss Steele!" Mr. Barratt erhob sich aus dem Sessel am Kamin und lächelte breit. „Ich bin vor Erleichterung ganz außer mir, weil ich sehe, dass Sie unverletzt wirken. Ich habe heute in der Zeitung von dem Unfall gelesen. Ich habe gehofft, die Berichte, dass Sie bei guter Gesundheit sind, wären richtig, und dass sich Ihr Zustand nicht über Nacht verschlechtert hätte. Ich bin so froh, dass Ihnen nichts passiert ist, außer dieser Kratzer."

„Vielen Dank, Mr. Barratt. Wie Sie sehen, geht es mir ganz gut. Der Kratzer ist nicht weiter wichtig." Ich stellte ihn Miss Glass vor. Nach einem kurzen Wortwechsel setzte sie sich aufs Sofa und sagte im weiteren Verlauf kein Wort mehr.

„In der Zeitung stand, dass Ihr Kutscher gestorben ist", fuhr Mr. Barratt fort, nachdem er sich zurück in den Sessel gesetzt hatte. „Das muss ein schrecklicher Unfall gewesen sein."

„War es auch."

„Und doch sind Sie hier, zum Großteil unverletzt. Bemerkenswert."

„Ich habe ein paar blaue Flecken", erklärte ich angespannt. „Nichts, worüber man sich sorgen müsste, allerdings."

Er war zerknirscht und zuckte ein wenig hilflos mit der Schulter. „Es tut mir leid, Miss Steele. Ich wollte nicht klingen wie ein Reporter, der nach Informationen angelt. Das ist eine schreckliche Angewohnheit von mir. Ich möchte, dass wir uns anfreunden, in Anbetracht unserer ..." Sein Blick huschte zu Miss Glass. „... Unserer Übereinstimmungen."

„Ihre Freundschaft ist mir sehr willkommen", sagte ich. „Das würde mir auch gefallen."

Sein Gesicht errötete ganz schwach. Dadurch wirkte er verletzlich, und das sorgte dafür, dass ich ihn noch etwas lieber mochte. „Erzählen Sie mir von dem Unfall", sagte er. „In der Zeitung wurde erwähnt, dass die Pferde sich erschreckten, aber dort stand nicht, wovor. Es wurde auch behauptet, dass Mr. Glass ohne einen Kratzer davonkam. Ich hoffe, das stimmt."

„Ihm ist nichts passiert", sagte ich.

„Das höre ich gern."

„Was die erschreckten Pferde angeht, haben wir einen Schuss gehört."

„Jemand hat auf Sie geschossen?"

„Sehr wahrscheinlich, wenn man unsere Begegnung kürzlich mit dem Mann von Lord Coyle bedenkt. Wir sind nicht völlig überzeugt, dass der Schütze mit Lord Coyle in Verbindung steht, es scheint jedoch jemand zu sein, der möchte, dass wir aufhören, den Mord an Dr. Hale zu untersuchen."

„Ich sehe die Verbindung." Er rieb sich mit einer Hand übers Kinn, schüttelte langsam den Kopf, als könne er es nicht ganz glauben. „Jetzt hören Sie auf, oder nicht?"

Ich nickte. „Matt hat darauf bestanden."

Er legte den Kopf schief, seine gutaussehende Stirn legte sich in Falten. „Das wirkt nicht, als würden Sie zustimmen."

Ich spürte, wie sich Miss Glass' Blick von der Seite in meinen Kopf bohrte. Ich wagte es nicht, mich ihr zuzuwenden und seine volle Wucht abzubekommen. „Ich stimme ihm zu", sagte ich rasch. „Aber wir waren dicht dran. Dieser Angriff beweist, wie dicht. Das Problem ist, wir können unsere Hinweise nicht entschlüsseln. Es ist ein riesiger Schlamassel aus Hinweisen und Lügen."

„Sprechen Sie mit mir darüber", sagte er. „Vielleicht hilft es Ihnen, alles zu sortieren."

Die Aussicht auf ein so düsteres Gespräch war wohl zu viel für Miss Glass. Sie meldete sich endlich zu Wort. „Ich werde Sie beide unter vier Augen reden lassen", sagte sie und erhob sich. „Ah, da kommt Bristow mit dem Tee. Ich nehme meinen in meinen Räumlichkeiten zu mir, Bristow. Auf Wiedersehen, Mr. Barratt. Es war mir ein Vergnügen, Sie kennenzulernen. Kommen Sie wieder vorbei. India ist voll des Lobes für Sie. Jetzt verstehe ich das auch."

Er wirkte völlig schockiert. Womöglich so schockiert, wie ich mich fühlte. Er schaffte es, sich wieder zu erholen, und verabschiedete sich von ihr. Während Bristow uns Tee einschenkte und dann Miss Glass mit ihrer Tasse nach draußen folgte, sagte er nichts. Ich glaubte allmählich, dass Miss Glass die ganze Zeit vorgehabt hatte, mich mit Mr. Barratt allein zu lassen, aber erst, nachdem er von ihr abgesegnet worden war. Offenbar hatte er den Test bestanden, den sie ihm unterzogen hatte.

Vielleicht hätte mich das nicht so sehr überraschen sollen. Die beste Art, wie sie Matt und mich auseinanderhalten konnte, war, mir einen Verehrer zu suchen. Sie hätte sich die Mühe nicht machen müssen. Ich hatte genug Willenskraft, um Matt aus eigenen Stücken zu widerstehen, aber Mr. Barratt war trotzdem ein willkommener Gefährte.

„Jetzt, da sie weg ist", sagte ich, „können wir offen über Magie reden."

„Sie weiß nichts von Ihrer?"

Ich schüttelte den Kopf. „Sind Sie bereit, alles zu erfahren, was wir herausgefunden haben?"

„Aber nur zu gern."

Ich erzählte ihm, dass Mr. Oakshot die übrigen Fläschchen von Dr. Hales Allheilmittel gekauft hat, und außerdem von Mr. Clarks Ankauf von Hales persönlicher Arzneimittel-Sammlung. „Die Transaktion ging ohne Wissen des Krankenhauses über den Tisch, oder das von Mr. Pitt, dem Erben von Hale. Es war richtiggehend ungesetzlich."

„Sie nehmen an, dass Clark oder Ritter Hale getötet haben?"

Ich seufzte in meine Tasse. „Keines der Motive wirkt stark genug. Wenn Mr. Clark Dr. Hales Arzneimittel auf Magie untersuchen wollte, hätte er sie einfach stehlen können. Hale zu töten, um seine Medikamente kaufen zu können, ist eine extreme Maßnahme. Und ich glaube, Dr. Ritter macht sich einfach Hales Tod zunutze, um davon zu profitieren."

„Also ist Oakshot Ihr Hauptverdächtiger. Er scheint Hale gewiss ausreichend verabscheut zu haben, um einen Mord zu begehen."

„Genauso Dr. Wiley." Ich erzählte ihm von Wileys Hass auf Hale, und wie er ihm sein Pech anlastete.

Er lehnte sich nach hinten und betrachtete mich, ein Lächeln auf den Lippen. Das war nicht die Reaktion, die ich mitten in einem Gespräch über Mord erwartet hätte. „Sie sind bemerkenswert, Miss Steele."

„Das habe ich mir nicht allein ausgedacht", sagte ich. „Matt und ich haben zusammengearbeitet."

„Ja, aber wenige Frauen, die ich kenne, könnten so unbeeinträchtigt über Mord reden, insbesondere, wenn ihr eigenes Leben bedroht wird. Es ist eine Schande, dass Sie aufgeben müssen, nachdem Sie so weit gekommen sind. Aber ich stimme zu, dass Sie aufhören müssen. Überlassen Sie es nun der Polizei."

„Werden wir."

Mr. Barratt räusperte sich, dann konzentrierte er sich auf seine Teetasse, als ob er etwas unfassbar Wichtiges darin sehen würde. „Miss Steele ..."

„Ja?"

Er stellte die Tasse ab und fixierte mich mit seinen angenehm blauen Augen. „Miss Steele, ich frage mich, ob Sie mir die Ehre erweisen, am Freitagabend mit mir das Theater zu besuchen."

„Was wird denn gespielt?"

„Ich ... ich weiß es nicht." Er nahm seine Tasse wieder auf. „Das hätte ich vermutlich herausfinden sollen, bevor ich Sie einlade."

Aus irgendeinem Grund fand ich seine Unbeholfenheit erheiternd. Ich kicherte und versuchte es etwas beschämt zu unterdrücken. Letztlich gab ich ein sehr undamenhaftes Geräusch durch meine Nase von mir.

Er grinste, und wir fingen beide an zu lachen.

Die Eingangstür öffnete sich, und ich hörte, wie Bristow Matt begrüßte, aber Matts Antwort hörte ich nicht. Einen Augenblick später marschierte er herein. Er hob die Augenbrauen in meine Richtung, und ich wurde sofort wieder nüchtern. Er wirkte müde und durchfeuchtet vom Nieselregen.

„Mr. Barratt", merkte er an.

„Mr. Glass."

Sie nickten einander zu, aber mehr auch nicht. Es folgte einer dieser schrecklichen stillen Momente, die sich wie Minuten anfühlten. Es war, als würde jeder der beiden darauf warten, dass der andere nachgab und als erster die Stille durchbrach. Ich war nicht bereit, es für sie zu übernehmen.

Die Uhr in der Eingangshalle schlug zur vollen Stunde, und schließlich meldete sich Mr. Barratt zu Wort. „Ich bin froh, dass Sie nach Ihrer gestrigen Tortur gesund aussehen." Er nickte mir zu. „Miss Steele hat mir gerade davon erzählt. Eine hässliche Angelegenheit."

„War es auch." Matt nahm die Tasse an, die ich ihm reichte, und setzte sich neben mich auf das Sofa, deutlich näher, als es dem Anstand entsprach. Falls es Mr. Barratt auffiel, ließ er es sich nicht anmerken.

„Sind die anderen nicht bei dir?", fragte ich Matt.

„Sie sind im Cross Keys."

„Hast du mit Inspektor Brockwell gesprochen?", wollte ich wissen.

Matt nickte. „Ich habe ihm alles gesagt, was ich wusste. Er wird ein paar Männer schicken, um die Nachbarn zu befragen, aber wenn uns bis jetzt keiner etwas zugetragen hat, ist es unwahrscheinlich, dass der Schütze gesehen wurde." Er schien darauf zu warten, dass jemand das Gespräch weiterführte, aber als niemand es tat, fügte er hinzu: „Sie wollten mich treffen, Mr. Barratt?"

„Nicht im Speziellen", erwiderte Mr. Barratt. „Ich habe mir Sorgen um Miss Steele gemacht, nachdem ich von dem Unfall gelesen hatte. Ich habe mir natürlich auch Sorgen um Sie gemacht."

Matt knurrte. „Natürlich."

„Ich bin erleichtert zu sehen, dass sie so hübsch und gesund aussieht wie eh und je."

„Tut sie nicht."

Mr. Barratt und ich starrten ihn beide an.

„Ich meine, sie sieht hübsch wie eh und je aus, aber sie ist nicht völlig unversehrt", sagte Matt.

Mr. Barratt kniff die Augen zusammen, während er mich noch einmal musterte. „Sie hat blaue Flecken erwähnt. Miss Steele, gibt es etwas, das Sie mir nicht gesagt haben?"

„Das geht Sie nichts an", ging Matt dazwischen, ehe ich

antworten konnte. „Ich kümmere mich schon darum, dass sie gesund und munter bleibt."

„Matt!" Ich bedauerte meinen Ausbruch sofort, als er seinen finsteren Blick mir zuwandte. Weshalb war er heute Vormittag so schlecht gelaunt?

Er schaute weg und wischte sich mit der Hand über die Augen. „Es tut mir leid, Mr. Barratt. Es war nett von Ihnen, ihr einen Besuch abzustatten. Gestern war ein sehr anstrengender Tag. Ich kann nicht für Miss Steele sprechen, aber ich erhole mich noch immer von dem Schock. Es ist allzu leicht, sich vorzustellen, was hätte geschehen können."

Bei der Offenheit seines Eingeständnisses schlug mein Herz schneller. Es bestand kein Zweifel an seiner Aufrichtigkeit. Diese Heiserkeit in seiner Stimme konnte man nicht vorspielen. Ich streckte auf dem Sofa meinen kleinen Finger aus, um seinen zu berühren, entweder, um ihm zu danken, oder ihn zu beruhigen, oder … Ich wusste nicht, weshalb. Ich wollte einfach nur eine Verbindung zu ihm.

Aber mein Finger erreichte ihn nicht, und Mr. Barratt meldete sich zu Wort. Ich zog meinen Finger zurück.

„Ich muss gehen", sagte er, während er einen Blick auf die Uhr warf. „Ich habe ein Treffen. Vielen Dank für den Tee. Ich werde ein paar Artikel über den Mord an Hale schreiben, falls Sie also noch etwas erfahren, geben Sie es doch an mich weiter."

„Wir werden nichts mehr erfahren", sagte Matt. „Unsere Beteiligung ist beendet."

Wir gingen mit ihm zu Eingangstür, und Mr. Barratts zögerliche Verabschiedung gab mir das Gefühl, dass er noch etwas sagen wollte. Auch Matt hatte das wohl gespürt.

„Gibt es sonst noch etwas?", drängte er ihn.

Mr. Barratt wippte auf den Füßen vor und zurück und warf durch seine Wimpern einen Blick auf mich. „Das Theater, Miss Steele?"

„Oh", sagte ich. „Ja, natürlich."

„Also Freitagabend."

O je. Ich hatte lediglich die Einladung zur Kenntnis genommen, doch er hatte das als Zustimmung aufgefasst, und nun sah es so aus, als würden wir zusammen ins Theater gehen. Ich spürte, wie Matt mich beobachtete, und wagte es nicht, einen Blick in seine Richtung zu werfen.

„Ich schicke eine Nachricht mit der Uhrzeit, sobald ich mir das Programm angesehen habe." Mr. Barratt verabschiedete sich und machte sich auf den Weg.

Ich begab mich zurück in den Salon, bedauerte meine Entscheidung jedoch, als Matt mir folgte. Er nahm seinen Platz nicht wieder ein, sondern blieb im Eingang stehen, den er mit seiner Anwesenheit ausfüllte. Ich fühlte mich eingeengt.

„Ist irgendwas?", fragte ich und entschied mich, ebenfalls stehenzubleiben.

„Du gehst ins Theater", sagte er. „Mit Barratt."

„Ja."

„Weshalb?"

„Weil er mich gefragt hat."

Er verschränkte die Arme und schaute auf mich herab. „Weshalb hast du mir nicht gesagt, dass du ins Theater gehen möchtest? Ich wäre mit dir gegangen."

„Weil ich gar nicht konkret ins Theater gehen wollte. Er hat mich gefragt, und ich habe wohl zugesagt. Mehr ist da nicht dran."

„Mehr ist da nicht dran?" Er kam in das Zimmer herein.

Ich machte einen Schritt zur Seite, die Tür im Auge. Ich hatte das schreckliche Gefühl, dass diese Unterhaltung einen Pfad einschlug, den ich nicht nehmen wollte. Ich war darauf nicht vorbereitet.

Zum Glück lenkte uns ein energisches Klopfen an der Eingangstür ab. Ich wollte um Matt herum gehen, aber er erwischte mich am Ellbogen.

„Wir müssen dieses Gespräch führen, India", sagte er. „Du kannst davor nicht ewig weglaufen."

Er ließ mich los, als seine Tante, Lady Rycroft, in den Salon trat, ihre drei Töchter im Schlepptau. Ich stöhnte und wünschte mir, ich wäre geflüchtet. Vielleicht konnte ich mich auf meine Schmerzen berufen und mich zurückziehen.

Ich knickste leicht, aber Lady Rycroft schaute nicht einmal groß in meine Richtung. Sie trug einen leuchtend türkisen Turban, der ihr ganzes Haar bedeckte. Ihre gestreifte Jacke hatte die dazu passende Farbe. Es wäre ein hübsches Ensemble gewesen, wären nicht die abwechselnd rosaroten Streifen gewesen. Durch die leuchtenden Farben wirkte ihr Gesicht sogar noch fahler.

„Ich habe mit dir ein Hühnchen zu rupfen, Matthew." Sie fegte an ihm vorbei und stürzte sich auf das Sofa, als wäre es ein Thron, auf dem sie vollkommen rechtmäßig zu sitzen hatte. „Kommt, Mädchen."

Die Mädchen folgten ihr wie Marionetten, die sich gehorsam von ihr steuern ließen. Nur Hope verdrehte vor Matt die Augen, dann zwinkerte sie ihm zu, während sie an ihm vorbeiging. Er erwiderte es nicht mit einem Lächeln.

„Was ist denn los, Tante?", fragte er mit mühsam aufgebrachter Geduld.

„Aber gewiss ist etwas los, um nicht zu sagen, völlig außer Rand und Band." Sie warf einen finsteren Blick auf den Sessel, aber er ging nicht auf den Wink ein. „Setz dich, Matthew. Wenn ich zu dir aufschauen muss, bekomme ich Nackenschmerzen."

Ein Muskel in seinem Kinn zuckte, aber er setzte sich. „Tee?"

„Das ist kein gesellschaftlicher Besuch."

„Wenn es wegen des Unfalls ist, will ich dir versichern, dass India und ich beide wohlauf sind."

„Welcher Unfall?"

„Es gab einen Unfall?", fragte Hope. Sie lasen eindeutig keine Zeitung.

„Vergesst es", murmelte Matt.

„Ich bin hier, um dir zu sagen, dass du aufhören musst, unseren Drogisten zu verhören", sagte Lady Rycroft, ihr Ton affektierter denn je. „Er hat mir erzählt, was ihr tut, und es gefällt mir nicht. Du musst sofort damit aufhören."

„Und wer ist euer Drogist?"

„Mr. Pitt."

Matt runzelte die Stirn. „Sein Geschäftspartner wurde ermordet, und er steht unter Mordverdacht."

„Sei nicht albern. Mr. Pitt steht über jeglichem Verdacht."

„Weshalb?"

„Weil er mein Drogist ist, und der Drogist von beinahe allen meinen Freundinnen. Seine Arzneimittel sind äußerst gefragt, aber deine Anwesenheit in seinem Laden verursacht Probleme."

„Weshalb?"

„Weil keine Person von Bedeutung dabei gesehen werden will, wie sie Pitts Laden betritt oder verlässt, wenn er verdächtigt wird! Gütiger Gott, Matthew, denkst du denn niemals an andere, ehe du vorpreschst, und ihm dies, das oder jenes vorwirfst? Hab doch etwas Respekt für die Art, wie man hier in England Dinge erledigt."

„Ich habe Mr. Pitt gar nichts vorgeworfen. Ich habe ihm nur Fragen gestellt." Matt bemühte sich nicht, seinen stählernen Unterton zu verbergen. Die einzige, der das offenbar nicht auffiel, war seine Tante. Die beiden älteren Glass-Mädchen starrten auf ihren Schoß hinab, ihre Schultern angespannt. Hope versuchte, den Blick ihrer Mutter aufzufangen, schaffte es aber nicht.

„Dann wirst du diese Fragerei einstellen", forderte Lady Rycroft. „Verstehst du mich? Das ist ein Befehl."

Matt wurde ganz reglos. Ein Augenblick verstrich. Zwei. „Ein Befehl?" Seine bedrohlich leise Stimme ließ nichts Gutes ahnen. „Und wer bist du, dass du mir Befehle gibst?"

Sie blinzelte ihn mehrmals an, als wäre ihr so eine Frage noch nie in den Sinn gekommen, sodass sie niemals über eine Antwort hatte nachdenken müssen. „Ich bin deine Tante! Deine Respektsperson! Deine …"

„Für mich bist du niemand. Hast du das verstanden? Hinaus. Ihr alle."

„Ich muss doch sehr bitten!"

Matt wirkte, als wolle er sie aus dem Salon bugsieren.

„Darf ich eine Lösung vorschlagen?", fragte ich, ehe er noch etwas tat, das er später bedauern würde.

„Ja, aber bitte doch, Miss Steele", sagte Patience rasch. Ihre Mutter wandte sich nicht mir zu. Sie wirkte, als würde sie sich darauf vorbereiten, sich Matt noch einmal zur Brust zu nehmen.

„Weshalb schicken Sie stattdessen nicht Ihre Bediensteten ins Geschäft von Mr. Pitt?", fragte ich. „Wäre das nicht diskreter?"

„Das tun wir doch schon", sagte Hope bedrückt.

Matt runzelte die Stirn. Er beugte sich vor und stützte die

Ellbogen auf die Knie. Die Gewitterwolke, die er mit sich hereingetragen hatte, hatte sich ein wenig aufgelöst, doch in seinen Augen tanzten noch immer Blitze. „Eure Dienstmagd … Die haben wir gestern im Geschäft von Pitt gesehen. Ich wusste doch, dass ich sie kenne."

„Wenn man sie oder einen anderen Diener hinschickt, löst das das Problem aber nicht", fuhr Hope fort, da ihre Mutter viel zu wütend schien, um weiterzusprechen, und ihre Schwestern zu schüchtern oder zu dumm. „Verstehen Sie, wenn man Mr. Pitt für schuldig befindet – was er bestimmt nicht ist, da bin ich mir sicher, doch die Polizei hat auch früher schon Unschuldige festgenommen. Aber falls dem so ist, haben wir keinen Drogisten mehr. Und er ist wirklich der beste in London. Seine Spezialmedikamente wirken Wunder für alle Arten von Gebrechen."

„Spezialmedikamente?", wiederholten sowohl ich als auch Matt. Er schaute mich zum selben Zeitpunkt an wie ich ihn.

Meinte sie spezielle *magische* Medikamente? Aber Dr. Hale hat uns erzählt, dass er nur auf seine eigenen Arzneimittel Zauber wirkte, nicht auf die Allheilmittel. Falls die Arzneimittel im Geschäft von Pitt Magie enthielten, hatte er wohl selbst die Flaschen damit angereichert.

Er hatte uns angelogen. Er war doch ein Magier.

KAPITEL 16

„ *Mr.* Pitt verkauft sie nicht an seine normalen Kunden", fuhr Hope fort. „Nur an seine Lieblingskunden, wie uns. Nur an die Elite."

„Wie Lord Coyle", sagte ich an niemand bestimmten gerichtet.

„Matt, du solltest Mr. Pitt fragen, ob er etwas für dich hat", schlug Hope vor. „Sag ihm, dass du mit uns verwandt bist, und dass Mama dich geschickt hat."

Matt starrte sie an, schien sie aber nicht wahrzunehmen. Sein Verstand bemühte sich vermutlich, alle Einzelteile des Puzzles zusammenzusetzen, genau wie meiner.

„Deine Krankheit", drängte Hope weiter, sie klang verwirrt, weil er nichts erwiderte. „Vielleicht hat er etwas, das deinem Zustand hilft. Mr. Pitt sagt, er kann keine Krankheiten heilen, aber er kann die Symptome zumindest eine Zeit lang lindern. Jeder in unserem Kreis schwört auf seine Spezialmedikamente."

„Erzähl mir mehr von diesen Spezialmedikamenten", sagte Matt.

„Er bewahrt sie unter dem Tresen oder im Hinterzimmer auf. Sie werden nicht ausgestellt. Sie sind viel zu wertvoll, so sagt Mr. Pitt, und nur für seine besten Kunden reserviert."

Darum hatte ich keine Wärme in den Flaschen auf seinen Regalen gespürt. Die magischen wurden anderswo aufbewahrt und nur an seine exklusiven Kunden verkauft, von denen er zweifelsohne einen exorbitanten Preis verlangte. Falls Pitt ein Drogistenmagier war, war es wohl er, der das Gift in Dr. Hales persönliches Fläschchen Allheilmittel gegeben hatte. Es stellte sich die Frage, warum er seinen Geschäftspartner umbrachte? Sie waren keine Rivalen. Pitt mochte ja Hales Reichtum geerbt haben, aber er war bereits wohlsituiert, und dass er das Gift in das Allheilmittel gegeben hatte, hatte seinem Geschäft geschadet.

„Du solltest Mr. Pitt selbst aufsuchen, Matt", sagte Hope erneut. „Wegen der Medizin, meine ich, nicht, um ihn zu befragen. Die Arznei, die du im Augenblick nimmst, scheint nicht sonderlich gut zu wirken. Du siehst jeden Tag kranker aus."

„Ich nehme keine Arznei", sagte Matt abwesend.

„Das Zeug, von dem deine Haut violett leuchtet."

Matt warf ihr einen scharfen Blick zu.

„Sei nicht albern", höhnte Lady Rycroft. „Keine Arznei macht violett. Du denkst dir wieder Dinge aus, Hope."

„Typisch", sagte Charity und ließ die Zunge schnalzen. „Immer so ein Drama."

Hope biss die Zähne zusammen und wartete darauf, dass Matt ihnen sagte, dass sie die Wahrheit sprach.

„Entschuldigt mich", erwiderte er und erhob sich. „Ich muss ausgehen."

Er scheuchte seine Tante und seine Cousinen zur Eingangstür, wo Bristow sie übernahm. Matt stapfte, sehr zu Lady Rycrofts Empörung, einfach weg. „Schlecht erzogener Amerikaner", murmelte sie. „Ich weiß gar nicht, weshalb wir herkommen."

„Damit eine von uns seine Aufmerksamkeit auf sich ziehen kann." Hope bemühte sich nicht einmal, leise zu sprechen oder die Bitterkeit in ihrer Stimme zu verbergen. „Ich fürchte, dein Plan ist ein überwältigender Reinfall, Mama. Cousin Matthew nimmt unsere Existenz kaum wahr. Er ist zu sehr auf etwas anderes konzentriert. Finden Sie nicht, Miss Steele?"

„Guten Tag", sagte ich, raffte meine Röcke und folgte Matt. Ich holte ihn auf dem Treppenabsatz zwischen dem ersten und zweiten Stock ein, aber nur, weil ich mich mehr angestrengt hatte, als mein Korsett erlaubte. „Langsamer, Matt", stieß ich hervor.

Das machte er, hielt jedoch nicht an.

„Das ist nicht die Art Information, die wir an Brockwell weiterleiten können", sagte ich an seinen breiten Rücken gerichtet.

„Nein."

„Was hast du also vor?"

„Pitt zur Rede stellen."

„Ist das nicht zu gefährlich?"

„Deshalb kommst du nicht mit."

„Ich komme selbstverständlich mit, wenn du gehst."

Er blieb schließlich stehen und fuhr zu mir herum. „Bleib hier", knurrte er.

Ich richtete mich auf. „Wenn ich in der Kutsche nicht bei dir gewesen wäre, wärst du tot. Wenn du nicht in der Kutsche gewesen wärst, wäre ich tot. Offenbar ergeben wir ein gutes Gespann. Gespanne sollte man nicht trennen, oder sie werden schwächer."

Er machte ein missbilligendes Geräusch, drehte sich wieder um und marschierte in Richtung seines Zimmers.

„Wohin gehst du?", rief ich ihm nach.

„Ich benutze meine Uhr. Dann suchen wir Pitt auf."

Wir? Also hatte er eingelenkt. Aber guter Gott, wenn seine Laune noch schlechter wurde, würde er in die Luft gehen. Ich hoffte einfach, dass er seine Laune in Schach hielt, bis wir Pitt zur Rede stellten. Wenn nicht, wäre der nächstbeste Mensch in seiner Schusslinie – ich.

* * *

DA WIR KEINEN KUTSCHER HATTEN, der uns fuhr, beschlossen wir, eine Droschke zu Pitts Geschäft zu nehmen. Der Angriff gestern war wohl noch ganz frisch in Matts Gedanken, genauso wie in meinen, denn er schob mich mit ruppiger Eile in die Kabine. Ich schaffte es nur, aufrecht zu bleiben, weil er mich auffing.

„Ich kann nicht glauben, dass du mich überredet hast, dich mitzunehmen", sagte er und zog die Vorhänge zu.

Er schien auf einen Streit aus zu sein, weshalb ich ihm nicht antwortete. Er schob den Vorhang ein wenig zur Seite und spähte durch die Lücke. Seine Finger trommelten auf den Knien, und dann wackelte er auch noch mit dem Knie. Das Stapfen der Pferde war ihm nicht schnell genug.

Ich hielt es nicht länger als ein paar Sekunden aus. „Beruhige dich, Matt.“

Sein eisiger Blick glitt zu mir. „Ich bin ruhig.“ Sein Knie hörte auf zu wackeln, aber nur einen Augenblick lang, ehe es wieder losging.

Ich versuchte, es zu ignorieren. Ich versuchte, aus meinem Fenster zu schauen, aber er knurrte mich an, ich solle den Vorhang geschlossen halten. Ach ja! Für ihn war es also in Ordnung, durch die Lücke zu starren, aber für mich anscheinend nicht. Ich schaute auf meine Uhr, und fünf Minuten später schaute ich erneut nach. Es fühlte sich wie eine sehr lange Fahrt an.

„Wir müssen besprechen, was passiert ist“, sagte er schließlich.

Ich stieß die angehaltene Luft aus. „Dem Himmel sei es gedankt! Das sehe ich auch so. Also ist Pitt der Magier, nachdem wir die ganze Zeit über gesucht haben. Seine exklusiven Kunden wissen natürlich nicht, dass er in seinen Arzneien Magie anwendet, doch Coyle weiß es vermutlich. Ich schätze, die Magie hält in einigen Fläschchen lang genug, um eine Wirkung auf Kopfschmerzen und Ähnliches zu haben. Aber weshalb sollte Mr. Pitt seinen Geschäftspartner ermorden? Sein Motiv erschließt sich mir nicht. Hast du eine Idee?“

Sein trockenes Lachen war völlig humorlos. „Du gewinnst, India.“

„Gewinnen?“

„Wir besprechen den Fall.“ Er spannte die Schultern an und richtete sich gerader auf. Die Kabine fühlte sich enger an, die Luft war drückend. „Pitts Waffe der Wahl war ja vielleicht ein magisches Gift, aber er ist womöglich nicht abgeneigt, zu brutaleren Mitteln zu greifen, wenn wir ihn zur Rede stellen. Wir müssen das sehr vorsichtig und sanft angehen.“

„Ich bin zu Sanftheit fähig, aber bist du das im Augenblick auch?"

„Mir geht's gut", sagte er, teils schmollend, teils herausfordernd.

„Du wirst deinen ganzen Charme brauchen. Dein derzeitiger Zustand ist etwas grimmig. Es wäre nicht gut, wütend zu werden und unseren Verdacht auszuplaudern. Wir müssen ihn dazu bringen, es zuzugeben."

„Ich schaffe das", stieß er hervor.

„Siehst du, was ich meine? Grimmig."

Die Kutsche hielt an, und ich nahm meine Uhr aus meinem Pompadour und umfasste sie fest.

„Warten Sie hier", befahl Matt dem Kutscher, während er ausstieg. Er musterte die Umgebung und hielt mich dann dicht bei sich, während wir die paar Schritte von der Kutsche zur Ladentür gingen.

Sie war abgesperrt. Ein Schild an der Tür besagte, dass Mr. Pitt bald zurück sein würde. Matt klopfte, aber es kam keine Antwort. Er fluchte tonlos.

„Decke mich", sagte er.

„Bitte?"

„Stell dich dahin und schirme mich ab, damit man mich nicht sieht. Ich breche ein."

„Matt!"

Aber er fingerte bereits an der Tür herum, führte zwei schmale Werkzeuge, die wie Nadeln aussahen, in das Schloss ein. Es öffnete sich klickend. Er trat ein und steckte das Werkzeug wieder in die Tasche.

„Du musst mir unbedingt beibringen, wie man das macht", sagte ich, während ich ihm folgte.

Ich schloss die Tür hinter uns. Der Laden war düster, aber nicht völlig dunkel, und sobald sich meine Sicht angepasst hatte, konnte ich ihn durchqueren, ohne mich anzustoßen.

„Prüf die Medikamente hinter dem Tresen auf Magie", sagte Matt. Er inspizierte den Tresen und beugte sich dann hinunter, um in den Schubkästen und Schränken darunter nachzusehen.

Ich ging um den Tresen und strich mit den Händen über die Flaschen und Gefäße an der Rückwand. Sie fühlten sich alle normal an, nicht warm. Ich öffnete die Hintertür und spähte in die Werkstatt. Der Geruch, der daraus hervordrang, war sogar noch stärker als der im Laden. Er haftete an meinem Gaumen und ließ meine Kehle eng werden. In der Werkstatt drängten sich eine Bank, ein Hocker und ein Dutzend kleine Schubkästen, die sich beinahe bis zur Decke hoch entlang einer Wand erstreckten. Regale an der anderen Wand enthielten Flaschen, Töpfe und Gefäße in allen Größen und Formen. Ihre magische Wärme trieb zu mir herüber, als würden sie von einer Böe getragen, und meine Uhr pulsierte als Reaktion darauf. Ich berührte etwa ein Dutzend Flaschen, um sicherzugehen.

Ich kehrte zu Matt in den Laden zurück. „Im Hinterzimmer gibt es Magie", erklärte ich ihm.

Er schaute nicht von dem Ordner auf, der offen vor ihm lag. Nein, kein Ordner, es war ein Tagebuch. Sein Finger tippte auf einen Eintrag für den heutigen Tag, in dem stand: *Barratt, Gazette, 12:30 Uhr.*

Mir wurden die Knie weich. Ich griff nach dem Tresen, um mich zu stützen.

„India?" Matt erwischte mich am Ellbogen. „Geht es dir gut?"

„Ich habe mich geirrt", wisperte ich, „und du hattest recht. Barratt und Pitt arbeiten zusammen." Ich war eine törichte Närrin gewesen und hatte einem Mann geglaubt, der mit mir flirtete und mir Komplimente machte, und nicht meinem gesunden Menschenverstand. Inzwischen wurde das zu einer schlechten Angewohnheit. „Offensichtlich kennen sie einander. Der Schluss liegt nahe."

Matt schloss das Tagebuch und ließ es wieder in das Regal unter dem Tresen gleiten. „Das beweist noch gar nichts. Es könnte einfach nur ein unschuldiges Treffen sein. Es gibt in den letzten Wochen keine anderen Einträge, in denen Barratt erwähnt wird."

Er verteidigte Barratt? Damit ich mich nicht so schlecht fühlte? Ich schniefte und blinzelte heiße Tränen weg.

„Triff keine Annahmen, bis wir es sicher wissen." Er drückte mir eine Hand auf den Rücken und lotste mich aus dem Laden. „Finden wir es heraus, oder?"

Er gab dem Fahrer Befehle, uns höchst eilig zum Bureau der *Weekly Gazette* zu bringen.

* * *

DAS RHYTHMISCHE SCHEPPERN der Maschinen wurde lauter, als wir das Gebäude der *Gazette* betraten. Sie druckten wohl gerade die nächste Ausgabe.

Niemand begrüßte uns im Empfangsbereich, darum begaben wir uns durch die Tür zum Hauptraum. Zwei Männer, einer jung, der andere ziemlich alt, beugten sich über eine Zeitung, die auf dem Schreibtisch vor Ihnen ausgebreitet lag. Wegen der Druckpresse hatte uns keiner der beiden eintreten hören.

Matt fragte nach Oscar Barratt und wurde darüber aufgeklärt, dass er einen Freund nach unten gebracht hatte, um den Maschinen bei der Arbeit zuzusehen. „Können wir sie auch sehen?", fragte Matt.

„Seien Sie unser Gast", sagte der junge Mann. „Berühren Sie bloß nichts, und sagen Sie dem Vorarbeiter, dass Sie mit Oscar befreundet sind."

Matt ging los, um die Tür zu öffnen, die der Mann uns gezeigt hatte, aber sie war abgesperrt. Der jüngere der beiden Männer runzelte die Stirn und versuchte sich selbst am Türknauf.

„Die sollte jetzt nicht abgeschlossen sein", sagte er. „Nicht, während gedruckt wird, und eigentlich gar nicht von innen."

„Haben Sie einen Schlüssel?", fragte Matt.

Der Mann schüttelte den Kopf. „Den hat der Vorarbeiter."

Der ältere Mann kam zu uns und versuchte sich auch am Türgriff. „Verflixt. Was geht da vor?"

„Gehen Sie zu Scotland Yard", drängte sie Matt. „Fragen Sie nach Kriminalinspektor Brockwell und sagen Sie ihm, Matthew Glass hätte Sie geschickt. Er muss sofort herkommen. Machen Sie schon!"

Der junge Mann nickte rasch und rannte los. Der ältere probierte noch einmal den Griff und klopfte mit der Faust an die Tür. „Öffnen!"

Über den Lärm hinweg hatte ihn sicher niemand gehört. Mir

schien es, als würde die Druckpresse immer lauter werden, als würde das Rumpeln und Mahlen aus der Tiefe aufsteigen wie ein mechanisches Ungetüm.

Matt griff in seiner Tasche nach den Werkzeugen. „Wer ist noch da drin?", fragte er.

„Nur Jones, der Vorarbeiter, und ein Packer", sagte der ältere Mann. „Sobald die Druckpresse loslegt, braucht man nur noch die beiden. Weshalb? Was werden Sie tun?"

Matt hatte die Tür innerhalb von Sekunden geöffnet, aber er zog sie nicht auf. Er steckte seine Werkzeuge weg und knüpfte seine Jacke auf. Er nahm zwei Pistolen aus dem Hosenbund und reichte eine dem Mann mit dem Schnurrbart. Der alte Mann zögerte, ehe er sie nahm, hielt sie in seinen knotigen Fingern.

„Bleibt hier", wies Matt uns beide an. „Nutzen Sie die, wenn Sie müssen."

Der alte Mann starrte die Pistole an. Sie bebte in seinen Händen. „Weshalb? Wer ist da unten bei Oscar?"

Matt antwortete nicht, sondern öffnete die Tür einen Spalt weit. Hitze schlug uns durch die Lücke entgegen, als hätte sie auf die Gelegenheit zur Flucht gewartet. Ich erhielt einen Blick auf Papierstapel, die über ein Förderband liefen, und ein riesiges Metallmaul, das sich öffnete und schloss. Dampf zischte und schoss aus den Rohren, stieg in kleinen Wolken in die Luft auf. Der Lärm war zu groß, um sich über ihn hinweg bemerkbar zu machen.

Matt warf mir einen warnenden Blick zu und verschwand dann in dem Raum. Er schloss die Tür.

Ich hatte ihm nicht einmal gesagt, er solle aufpassen.

Der alte Mann und ich beobachteten die Tür. Ich wollte nicht wegschauen, weil ich Angst hatte, dass dann etwas Schlimmes passieren würde. Es dauerte nur einen Augenblick, bis er die Waffe senkte, als wäre sie ihm zu schwer zum Halten.

„Ich bin Baggley", sagte er. „Der Herausgeber."

„Miss Steele", sagte ich. „Ich bin eine Freundin von Mr. Barratt."

„Ich habe Sie letztes Mal gesehen, als Sie hier waren. Er hat anschließend von Ihnen gesprochen, und heute Vormittag wieder."

„Hat er das?"

Er lächelte mich zögerlich an. „Er fragte, ob jemand wisse, was kommenden Freitagabend im Savoy gespielt würde, weil Sie einverstanden wären, sich mit ihm eine Vorführung anzusehen."

„Oh." Wieder brannten Tränen in meinen Augen, aber dieses Mal wusste ich nicht sicher, weshalb.

Meine Taschenuhr, die an ihrer Kette um meinen Hals hing, läutete.

„Worum geht es bei dieser ganzen Sache überhaupt?", fragte Mr. Baggley.

Ich nahm meine Uhr ab, als sie gerade wieder läutete. Ich starrte sie an, wünschte mir, ich würde sie besser verstehen. Die Tür krachte plötzlich auf und flog fast aus den Angeln. Mr. Pitt stolperte heraus und blieb dann stehen. Er deutete mit einer Pistole auf meinen Kopf.

Ich schluckte meinen Schrei, aber er entwich mir trotzdem in Form eines Wimmerns.

„Hören Sie mal!", rief der Herausgeber, der seine Pistole hob, aber nur halb.

„Ich wusste, dass Sie nicht weit sein würden, Miss Steele!", rief Mr. Pitt über den Maschinenlärm hinweg. Er rückte von der Tür ab, als gerade Matt hinter ihm heraufrannte.

Auch er blieb stehen, als er mich und die auf mich gerichtete Waffe sah. Alle Farbe wich aus seinem Gesicht.

„Legen Sie Ihre Waffen ab!", schrie Mr. Pitt. „Sie alle beide!"

Mr. Baggley legte seine Pistole auf den Schreibtisch neben sich und hob die Hände in die Luft. Er flehte mich an, es ihm nachzutun. „Bitte, Sir, lassen Sie uns gehen", sagte er. „Oder lassen Sie zumindest die Lady frei."

Pitt beachtete ihn nicht – oder er hörte ihn nicht, da er sich so sehr konzentrierte. Er schob sich langsam zur Seite, sodass wir beide und Matt in seinem Blickfeld blieben. Matt legte seine Waffe auf den Boden, ohne Pitt aus den Augen zu lassen. In ihnen loderte eisige Wut, sein Körper blieb angespannt. Er wirkte, als wäre er bereit, bei der ersten Gelegenheit vorzupreschen.

Doch Pitt gab ihm keine. „Kommen Sie mit mir, Miss Steele",

befahl er. „Gehen Sie mir voraus zur Tür. Wenn uns jemand folgt oder irgendetwas Heldenhaftes versucht, erschieße ich sie. Verstanden?" Er schubste mich an meiner verletzten Schulter. Meine Prellungen verursachten mir Schmerzen, und ich zog zischend Luft zwischen die Zähne.

Matt machte einen Schritt auf uns zu. „Lassen Sie sie gehen!"

Pitt drückte mir die Schusswaffe an die Schläfe, und Matt wurde reglos. Seine Brust dehnte sich, während er tief einatmete, und seine Nasenflügel blähten sich. Aber er kam uns nicht nach. Ich stolperte vorwärts, Unsicherheit ergriff Besitz von mir. Bluffte Pitt? Würde er mich wirklich töten? Warum machte meine Taschenuhr nichts weiter, als einfach nur zu läuten? Vielleicht hielt ich sie nicht richtig.

Und wo waren Oscar Barratt, der Vorarbeiter und der Packer? Ich wagte es nicht, darüber nachzudenken.

„Das ist Wahnsinn." Matts Worte waren deutlich über den Raum hinweg zu hören. „Lassen Sie sie gehen!"

„Und lasse zu, dass Sie mich festsetzen? Keine Chance, Glass." Pitt drängte mich weiter, durch den Empfangsraum nach draußen. Unser Droschkenfahrer keuchte auf und fasste die Zügel fester.

„Belgrave Square", befahl Pitt, der mich in die Kutsche schob. „Und zwar schnell."

Belgrave Square! Wollte er Lord Coyle aufsuchen?

Ich landete unbeholfen auf einer Sitzbank, wobei ich fast meine Taschenuhr fallen ließ. Schmerzen schossen meine Seite empor, sodass ich einen Augenblick lang von allen Fluchtgedanken abgelenkt war. Die Tür schloss sich krachend, und die Droschke fuhr los. Kurzzeitig verlor Pitt das Gleichgewicht und fiel auf den anderen Sitz. Er richtete sich jedoch rasch auf und wies mit der Pistole wieder auf mich.

Ich warf einen Blick durch das hintere Fenster zurück, gerade rechtzeitig, um Baggley, den Herausgeber, zu sehen, der uns nachschaute, völlig verzweifelt und aufgelöst. Matt war nirgendwo zu sehen. Ein Kloß stieg in meinem Hals auf, und ich stieß ein würgendes Schluchzen hervor.

„Er wird es nicht wagen, uns zu folgen." Pitt wischte sich mit dem Handrücken über den Mund. Auf seiner Stirn glitzerte

Schweiß. „Mir tut das sehr leid, Miss Steele, aber es ist notwendig. Wenn Sie nicht Ihre Nase da reingesteckt hätten, wäre nichts davon passiert. Sie hätten es einfach auf sich beruhen lassen sollen."

Ich lockerte meinen Griff um meine Taschenuhr und strich stattdessen mit dem Daumen über das warme Silber. Sie pulsierte bei meiner Berührung, sprang aber nicht nach vorne und schlang sich um Mr. Pitt. Lautlos wünschte ich mir, sie möge ihn erwürgen. „Die Polizei hat Mr. Glass vorgeworfen, Dr. Hale ermordet zu haben", erklärte ich ihm. „Wir mussten einschreiten, oder er wäre festgenommen worden."

Die Kutsche schaukelte und wurde langsamer, der Verkehr vor uns nahm zu. „Verflixt", knurrte Pitt. Er klopfte an das Kutschdach. „Weiter!"

„Was haben Sie Mr. Barratt und den anderen beiden Zeitungsleuten angetan?"

„Die beiden Arbeiter habe ich bewusstlos geschlagen und gefesselt. Mit ihnen hatte ich ja keinen Streit. Barratt jedoch ist ein Narr. Er wollte mich heute zu Jonathon befragen, für einen Artikel, der die Existenz der Magie enthüllen wird. Können Sie glauben, wie dumm dieser Mann ist? Ich war bereit, ihn gehen zu lassen, wenn er zugestimmt hätte, ihn nicht zu schreiben, aber er hat sich geweigert." Er schüttelte den Kopf. „Man musste ihn zum Schweigen bringen, oder die ganze verdammte Welt wird es herausfinden, und wo wären wir dann? Im Chaos, Miss Steele, da wären wir."

Mein Mund wurde trocken. „Sie haben ihn getötet?"

„Ich weiß nicht, ob ich ihn getroffen habe, um ehrlich zu sein. Er ist gefallen, soviel weiß ich. Die Maschinen waren zu laut, um seine Reaktion zu hören. Deshalb habe ich ihn dort runtergebracht. Dieser Höllenlärm übertönt sogar Pistolenschüsse. Ich hätte seinen Zustand überprüft, wenn Glass mich nicht gestört hätte."

Ich schloss die Augen und betete, dass es Mr. Barratt gut ging. Aber er war Matt nicht aus dem Raum mit der Druckpresse gefolgt. Eine Kälte bis ins Mark kroch durch mich hindurch. Mr. Pitt war sehr viel skrupelloser, als wir uns vorgestellt hatten.

„Weshalb haben Sie Dr. Hale getötet?", fragte ich.

Er lockerte seinen Griff um die Pistole ein wenig. Vielleicht war es meine zitternde Stimme, die ihn beruhigte, oder die Tatsache, dass uns keiner folgte und wir wieder schneller fuhren. Es konnte nicht mehr weit bis zum Belgrave Square sein. „Er war auch ein Narr. Die Welt ist voll von ihnen, Miss Steele. Wir wussten schon jahrelang um die Magie des anderen, und eines Tages fingen wir an, darüber zu reden, unsere Magie zu einem Arzneimittel zu kombinieren, in der Hoffnung, dass die doppelte Dosis des Zaubers es länger haltbar machen würde. Das tat sie nicht. Trotzdem verblieb einige Zeit ein wenig Magie in ein paar Flaschen des Allheilmittels, und wir schafften es, sie gut an den Mann zu bringen, sodass der Ruf der Arznei sich rasch ausbreitete. Ich wollte es dabei belassen und unser Experiment beenden. Er nicht. Er wurde gierig, nicht nach dem Geld, sondern nach der Aufmerksamkeit. Da sein Name sich auf dem Allheilmittel befand, wurde er der Liebling der Öffentlichkeit. Auf diese Weise bekam er auch die Stellung im Krankenhaus, schätze ich. Und dann kam *Barratt* und schnüffelte herum." Er schnitt eine Grimasse bei diesem Namen, als könne er es kaum ertragen, ihn auszusprechen. „Er wollte über Jonathon schreiben. Er überschüttete ihn mit Lob, machte ihm Komplimente, und Jonathon nahm jedes Wort für bare Münze. Und dann, als dieser Patient scheinbar zurück ins Leben kam, hatten sowohl Barratt als auch Jonathon ihren Aufhänger für den Artikel. Es war die Gelegenheit, die Barratt brauchte, damit sein Herausgeber ihn abdruckte."

„Aber der Artikel spielt doch lediglich auf Magie an. Nur Leute, denen bewusst ist, dass es Magie gibt, hätten etwas hineininterpretieren können, nicht die allgemeine Öffentlichkeit. Der Artikel hat keine Geheimnisse verbreitet. Weshalb haben Sie Angst bekommen, dadurch enttarnt zu werden?"

„Sie vergessen, dass die Gilde sich der Existenz von Magie durchaus bewusst ist. Mr. Clark las den Artikel, und auch er kam vorbei und schnüffelte wegen Hale herum. Es ist nur ein kurzer Sprung von Jonathon zu mir. Zu kurz."

„Sie haben sich Sorgen gemacht, man würde herausfinden, dass Sie ein Magier sind." Jetzt verstand ich. Es war nicht Gier, die ihn dazu getrieben hatte, Hale zu töten, sondern Angst. Angst, dass ihm seine Drogistenlizenz entzogen werden würde, wenn nicht noch mehr.

„Ich hätte nie wieder eine Anstellung gefunden", sagte er. „All die harte Arbeit, all die Jahre, mir einen Ruf bei Londons Elite aufzubauen … weg. Das konnte ich nicht zulassen. Ich konnte nicht zulassen, dass Jonathons Gier und Dummheit mich in den Ruin treiben."

„Und doch sind Sie nun hier, laufen vor der Polizei davon, und alles, wovor Sie Angst hatten, ereignet sich wirklich. Wenn man Sie erwischt, wird man Sie aufhängen. Wenn man Sie nicht erwischt, können Sie trotzdem nicht nach London zurückkehren und ein Geschäft betreiben. Sie sind zu einem Gesuchten geworden."

„Ich werde neu anfangen, irgendwo anders. Das hier ist England, Miss Steele. Es gibt weitere Städte, die von Londons Gilden nicht erreicht werden. Städte, die groß genug sind, um darin zu verschwinden, ohne dass die Polizei es bemerkt." Seine Worte mochten ja mutig klingen, aber seine dünne Stimme erzählte die Wahrheit – der Gedanke, noch einmal neu anzufangen, war überwältigend für ihn.

„Und was werden Sie mir antun?", fragte ich.

„Das hängt davon ab, wie leicht ich entkomme. Ich habe keine Skrupel, Sie zu erschießen, wenn das meine Flucht erleichtert."

„Wenn Sie mich erschießen, werden Sie gar nichts erreichen. Es wird nur Mr. Glass gegen Sie aufbringen. Wenn ich weg bin, haben Sie keinen Hebel mehr, kein Unterpfand. Er wird dafür sorgen, dass Sie für Ihre Verbrechen eingesperrt werden."

Er hob einfach nur eine Schulter und griff die Pistole wieder fester.

„Haben Sie gestern auf uns geschossen und unsere Pferde erschreckt?", fragte ich.

„Ich war nicht annähernd in Ihrer Nähe."

„Also Coyle?"

„Lord Coyle arbeitet auf eigene Faust. Ich habe auf ihn keinen Einfluss. Wenn er beschlossen hat, mich vor Skandalen und Verdächtigungen zu schützen, dann geht mich das nichts an."

„Weshalb würde er Sie schützen wollen?"

„Ich bin ein Magier, und er mag magische Dinge, besonders meine Arzneien. Sie lindern seine Gallenkrankheit für einige Tage."

„Gehen Sie jetzt deshalb zu ihm? Um Schutz zu erhalten?"
Er antwortete nicht.

Die Kutsche wurde langsamer. Wir waren am Belgrave-Square eingetroffen. Pitt klopfte auf das Dach. „Halten Sie hier!" Er schob die Tür auf und befahl mir, auszusteigen. „Benehmen Sie sich normal. Wenn Sie ein Geräusch machen, werde ich schießen." Er schlang seine Jackenklappe um die Hand mit der Pistole.

Während wir aus der Droschke ausstiegen, warf er dem Fahrer ein paar Münzen zu. Der Fahrer überprüfte sie nicht einmal, ehe er rasch abfuhr. Pitt lotste mich die Stufen zu Lord Coyles Anwesen hinauf, den Lauf der Waffe in meine Wirbelsäule gedrückt. Kalter Schweiß lief meinen Nacken hinab.

„Klopfen Sie", befahl er mir.

Der Butler öffnete die Tür und sparte mir die Mühe. Er hob buschige Augenbrauen, erst in meine Richtung, dann zu Pitt. „Ja?"

Pitt schob mich an dem Butler vorbei, dann stieß er mit dem Fuß die Tür zu. „Holen Sie mir Coyle", verlangte er.

„Sir!" Das Gesicht des Butlers nahm eine ungesund braunrote Färbung an. „Das ist empörend."

„Holen Sie Coyle, *jetzt*." Pitt schlug seine Jacke zurück und enthüllte die Pistole.

Meine Unterlippe zitterte. Ich nahm sie zwischen die Zähne und versuchte mit meinem Blick Dringlichkeit zu vermitteln.

Der Butler nickte und eilte weg. Einen Augenblick später kam Lord Coyle aus der Bibliothek, wo er seine magische Sammlung hinter einer falschen Wand verborgen hielt. Der Butler tauchte nicht wieder auf, dafür folgte ihm ein anderer Kerl, der genauso ausladend gebaut war wie Coyle selbst und einen ebenso eindrucksvollen Schnurrbart hatte, in die Eingangshalle. Er keuchte, als er Pitts Pistole sah, und ging wieder rückwärts zur Tür der Bibliothek, ohne jedoch ganz darin zu verschwinden.

„Was hat das zu bedeuten?", verlangte Coyle zu wissen. „Wer sind Sie, und warum richten Sie eine Pistole auf dieses Mädchen?"

„Sir", sagte Mr. Pitt, der sich über die Lippen leckte. „Ich bin Ihr Drogist. Pitt. Wissen Sie noch? Sie schicken normalerweise Ihren Gehilfen, aber einmal waren auch Sie in meinem Laden."

Lord Coyle knurrte nur. Ich vermutete, dass es Zustimmung war, denn er wirkte nicht verwirrt durch Pitts Behauptung. „Beantworten Sie meine anderen Fragen."

„Ich brauche Ihren Schutz, mein Lord." Pitts Stimme wurde eine Oktave höher, und abermals brach auf seiner Stirn Schweiß aus. Mit diesem Teil seines Plans schien er sich gar nicht sicher. Er spielte mit seinem Leben, und die Gewinnchancen waren noch nicht ganz klar.

„Wer ist dieser Mann, Coyle?", fragte der andere Gentleman. „Was geht hier vor?" Er sprach mit gemessener Autorität und unübersehbar hochnäsig geneigtem Kinn. Er musste Lord Coyle gleichgestellt sein, kein weiterer Diener. Anders als Lord Coyle hielt er die Waffe vorsichtig im Blick. Coyle achtete nicht auf sie, sein Blick war stetig auf Pitt gerichtet.

„Eine gute Frage", sagte Coyle. „Was meinen Sie damit, dass Sie meinen Schutz brauchen?"

„Vor der Polizei", sagte Pitt. „Sie will mich für den Mord an meinem Geschäftspartner festnehmen."

„Mein Gott", murmelte der Gentleman. „Mord!"

„Und haben Sie ihn ermordet?", wollte Coyle von Pitt wissen.

Pitt wischte sich die verschwitzte Oberlippe an der Schulter ab, sodass seine Jacke verschmiert wurde. „Das musste ich." Ich schätzte, wenn jemand anderes gefragt hätte, hätte er nicht geantwortet. Aber bei Lord Coyle verhielt er sich wie ein ungezogenes Kind, das unbedingt im Angesicht eines kritischen Vaters einen Fehler wiedergutmachen wollte. „Er wollte einem Reporter alles über Magie enthüllen. *Meine* Magie."

Coyles schneeweißer Schnurrbart zuckte. Sein scharfer Blick huschte zu mir. Hinter ihm wirkte sein Freund unsicher, wie er sich nun verhalten sollte. „Magie?", brüllte Coyle. „Was für ein Schwachsinn ist das denn?"

„Märchen", höhnte der andere Gentleman. „Er ist wahnsinnig."

„Mein Lord, Sie wissen, dass ich das nicht bin", rief Pitt. „Bitte." Schweiß tropfte von seinem Gesicht, und er leckte sich abermals die Lippen. „Sie müssen mir helfen, damit ich Ihnen weiterhin Ihre magische …"

„Es reicht!", brüllte Coyle. „Sie betreten unbefugt meinen Grund und Boden! Hinaus mit Ihnen!"

Pitts Pistole drückte an die Seite meines Kopfes, der kalte, harte Stahl auf meiner heißen Haut schreckte mich auf. Die Waffe bebte nicht mehr. Es sah aus, als wäre eine Art Ruhe über Pitt gekommen. Hatte er gespürt, wie unausweichlich das Ende war, genauso wie ich es gespürt hatte? Lord Coyle würde nicht nachgeben. Er war nicht die Art Mensch, die sich einschüchtern ließ, und wie es aussah, wollte er auch nicht, dass sein Freund von seinem Interesse an Magie erfuhr. Wenn Menschen wie Lord Coyle ein Geheimnis wahren wollten, dann wahrten sie es um jedem Preis. Selbst wenn dieser Preis mein Leben war.

„Ich will ein Transportmittel aus der Stadt, Geld und ein Empfehlungsschreiben", verlangte Pitt mit einer auf einmal völlig ausdruckslosen Stimme. „Oder ihr Tod lastet auf Ihrem Gewissen."

Ich schloss die Augen, und Tränen befeuchteten meine Wimpern. Meine Uhr läutete, als hätte sie Mitleid mit meinen Nöten. Sie läutete abermals, lauter, und ich öffnete die Augen. Eine Bewegung in den Schatten, oben im Haupttreppenhaus, zog meine Aufmerksamkeit auf sich. Jemand hielt sich dort hinter einer großen Topfpalme versteckt, beobachtete uns, aber ich konnte die Gestalt nicht erkennen.

„Geben Sie ihm, was er will, Coyle!", bat der andere Gentleman. „Er wird sie töten, um Himmels willen."

Coyle sagte nichts.

Und Pitts Geduld war am Ende. Er fasste den Griff der Pistole fester. „Es scheint, Sie und ich wären beide entbehrlich, Miss Steele", murmelte er mir ins Ohr. „Es tut mir leid."

Das Klicken des Hahns der Pistole wurde nur vom Läuten meiner Uhr übertönt.

Ich ließ meine Uhr aus der Hand fallen. Ihre Kette glitt durch meine Finger. Aber nicht nach unten, sondern zur Seite.

Und dann löste sich der Schuss.

KAPITEL 17

Es fühlte sich an, als würde alles in meinem Inneren ins Bodenlose fallen. Schwarze Punkte tanzten vor meinen Augen, lösten sich aber rasch auf. Mein erster Gedanken war, dass der Tod nicht wehtat, wie ich es erwartet hatte. Und warum schneite es in Lord Coyles Haus?

„India! India!" Das war Matts Stimme. Hier. Weshalb?

Ich wirbelte herum, suchte nach ihm, aber davon wurde mir nur schwindlig. Ich verlor das Gleichgewicht und fiel, doch er fing mich. Seine Arme umfingen mich. Er drückte meine Wange an seine Brust, sodass ich das rasche, unregelmäßige Pochen seines Herzens spüren konnte. Er hatte jedoch meine Verletzungen vergessen, und der stechende Schmerz in meiner Schulter riss mich aus meiner Umnachtung.

Ich löste mich und blinzelte. Es war auf alle Fälle Matt, und er war nicht verletzt, obwohl mir bei dem elenden Ausdruck in seinen Augen, der sich mit Erschöpfung paarte, das Herz wehtat. Aber woher hatte er gewusst, dass er hierherkommen musste?

Die Fragen würden warten müssen. Lord Coyle, der andere Gentleman und der Butler knieten über Mr. Pitt, der auf dem Boden zuckte und sich wand, sein Gesicht zu einer Grimasse verzerrt. Meine Uhr war fest um sein Handgelenk geschlungen, und Lord Coyle hielt nun die Pistole.

„Was macht er da?", fragte der Butler.

„Ein Anfall", sagte der Gentleman. „Zur rechten Zeit."

Coyles Hand verharrte in der Luft direkt über meiner Uhr. Er streckte einen Finger, um sie zu berühren, zog ihn aber rasch zurück, ohne es zu tun. Er warf einen Blick zu mir hinauf, seine geweiteten Augen voller Verwunderung, und ein merkwürdiges angedeutetes Lächeln auf den Lippen.

Ich zog mich von Matt zurück, bückte mich und löste meine Taschenuhr von Pitts Handgelenk. Ich legte mir die Kette um den Hals, da ich meinen Pompadour in der Droschke zurückgelassen hatte. Coyles Blick folgte jeder meiner Bewegungen.

„Schicken Sie nach der Polizei", befahl Matt dem Butler. „Wir sind in der Park Street 16 zu finden, wenn man uns zur Befragung braucht."

„Warten Sie." Lord Coyle mühte sich auf die Füße. „Miss Steele, darf ich einen Blick auf Ihre Uhr werfen?" Er griff danach, doch ich schüttelte den Kopf.

Matt legte einen Arm um mich und eskortierte mich hinaus in einen trüben Tag, der Himmel hatte eine eintönige Graufärbung. Wir gingen zu Fuß nach Hause, da es nicht weit war, und ich war froh darum. Ich brauchte die Luft und die Bewegung, um wieder einen klaren Kopf zu bekommen. Matt ließ meine Taille los, als wir an der Hyde Park Corner ankamen, ließ mich aber seinen Arm nehmen. Angespannte Muskeln pochten darunter, und eine Wut, die der Schuss in die Decke nicht hatte mildern können. Er hätte vermutlich lieber auf Pitt geschossen, aber da dieser mir so nahe gewesen war, hatte er das nicht gekonnt.

„Du warst derjenige, der geschossen hat?", fragte ich, um mir ein wenig Klarheit zu verschaffen.

„Ja." Es dauerte ganze vier Minuten, bis er wieder etwas sagte. „Geht es dir gut?"

„Ich glaube schon." Meine blauen Flecken vom Vortag schmerzten höllisch, aber ich hatte keine weiteren Verletzungen aus dieser Tortur erlitten. „Bist du der Droschke zurück zu Coyles Haus gefolgt?"

„Ich bin hinten zugestiegen und mit euch gefahren."

„Wirklich? Ich habe dich nicht gesehen."

„Genauso wenig wie Pitt. Ich war mir nicht ganz sicher, bis wir unser Ziel erreicht hatten."

Das war ihm wohl gelungen, während die Kutsche abgefahren war und Pitt sein Gleichgewicht verloren hatte.

„Ich bin über den Personaleingang in Coyles Haus gelangt und habe den Diener, der mich angesprochen hat, überzeugt, mich gehen zu lassen. Sobald er merkte, was oben vor sich ging, war er nur allzu gern bereit dazu. Ich nahm die Personaltreppe in den ersten Stock und ließ mir Zeit. Beinahe zu lang, verdammt", beendete er die Erzählung mit einem Knurren. „Es gab keine freie Schussbahn."

„Darum die Ablenkung mit dem Schuss in die Decke."

„Ich bin mir nicht sicher, ob das die größte Ablenkung geliefert hat, oder ob es deine Uhr war." Er schleifte mich über den Hyde-Park-Fußweg, sein Tempo war sehr viel schneller als das der spazierenden Fußgänger. „Letztlich wurde ich nicht wirklich gebraucht."

„Du wurdest gebraucht", sagte ich leise. „Du wurdest – und wirst – sehr stark gebraucht, Matt." Ich lehnte mich an seinen Arm und war dankbar, als ich spürte, wie die Anspannung mit einem tiefen Seufzer von ihm wich.

Er wurde langsamer. „Es tut mir leid. Ich gehe zu schnell. Ich will einfach nur nach Hause."

„Wir sind jetzt sicher. Pitt ist entweder tot oder eingesperrt." Ich schaute plötzlich auf. „Was ist mit Oscar Barratt? Ist er …"

„Lebt, aber er ist verletzt. Pitt hat ihn in die Schulter geschossen. Es ist nicht klar, ob er Barratt töten oder einfach nur verletzen wollte."

„Töten", sagte ich bedrückt. „Das hat er vor mir zugegeben."

Ich erzählte ihm, was Pitt gesagt hatte, und kam zum Ende, als wir zu Hause eintrafen. Ich war enorm froh, dass alle anderen ausgegangen waren. Ich hätte mich der Herausforderung, ihnen allen die Ereignisse dieses Nachmittags zu berichten, nicht stellen können. Plötzlich fühlte es sich überwältigend an, da es noch zu dem Kutschenunfall und dem Tod von Bryce hinzukam.

Matt lotste mich in die Bibliothek und schenkte mir einen Kognak ein. Er schlang meine Finger mit sanften, sicheren

Händen um das Glas, dann schenkte er ein weiteres für sich ein. Schließlich setzte er sich auf einen Sessel und stieß einen langsamen, gemessenen Atemzug aus.

„Wenn Brockwell heute Nachmittag kommt, vertröste ich ihn auf morgen", sagte er. „Du bist nicht in einem Zustand, in dem du mit ihm sprechen kannst."

„Mir geht es gut."

„Du zitterst noch."

Ich packte das Glas fester, aber das ließ den Kognak nur noch mehr schwappen, sodass ich das Glas auf den Tisch neben mir stellte. Ich fasste mir in die Haare, nur um festzustellen, dass sie sich aus den Nadeln gelöst hatten. Das war wohl passiert, als Pitt mich in die Droschke gestoßen hatte. Ich nahm die übrigen Nadeln heraus, dann löste ich es mit den Fingern.

Matt schluckte und trank dann ausgiebig.

„Wie, glaubst du, ist Coyle in das alles verwickelt?", fragte ich.

Matt beobachtete mich durch gesenkte Lider, sein Finger streifte seine Oberlippe. Er brauchte einen Augenblick für die Antwort, dann sagte er: „Ich denke, er ist ein Kunde von Pitt, der sehr daran interessiert ist, dass Pitt nicht ins Gefängnis geht, aber nicht interessiert genug, um sich direkt verwickeln zu lassen. Pitt hat eine Grenze übertreten, indem er Coyle in seinem Haus um Hilfe angefleht hat. Anonyme Hilfe ist eine Sache, aber es vor einem Freund und uns zu tun? Coyle ist nicht die Art Mensch, die ihre Karten offenlegt."

„Pitt hat wohl erkannt, dass Coyle ihn gern schützen wollte, sogar soweit, jemanden zu uns zu schicken, um uns einzuschüchtern, und nahm an, dass er sich nun an ihn wenden könne. Aber er hat seinen Wert für Coyle überschätzt."

„Zweifelsohne wird Coyle sich allem entziehen können und wie ein Opfer dastehen."

Ich berührte die Uhr, die um meinen Hals hing, und schloss die Augen, gestattete ihrer vertrauten Wärme, in meine Haut einzusickern.

Einen Augenblick später – oder war es länger? – füllte Matts Stimme meine Gedanken. „India? India, wach auf."

Ich richtete mich auf und unterdrückte ein Gähnen. „Ich schlafe nicht."

Sein Mundwinkel hob sich zu jenem schiefen Lächeln, das mir so gefiel. Er hockte sich an meiner Seite nieder, seine Hand über meiner, sein Daumen liebkoste meine Fingerknöchel. Es war eine beruhigende Geste und genau das, was ich brauchte. „Mrs. Bristow hat dir ein Bad eingelassen", sagte er. „Es ist bereit."

„Oh. Das war lieb von ihr."

Er half mir aus dem Sessel, zog mich dicht an sich. Seine Hände stützten mich sanft an den Ellbogen. Er lächelte auf mich herab, und mein Inneres schmolz dahin. Spielte es wirklich eine Rolle, dass er gesellschaftlich so weit über mir stand? Spielte es wirklich eine Rolle, falls seine Tante nie mehr mit mir redete, wenn ich ihn bat, mit mir ins Bett zu gehen? Ich könnte mit mir leben, wenn ich sie enttäuschte, solange Matt mir gewogen war.

Nein. Das könnte ich nicht. Ich war töricht, auch nur daran zu denken, ihren Wünschen zuwiderzuhandeln. Ich hatte hier zu viel zu verlieren, zu viele Freunde, die mir ans Herz gewachsen waren. Ich wagte es nicht, ihre Freundschaft für meine Verliebtheit in einen gutaussehenden Mann aufs Spiel zu setzen, der für mich nicht in Frage kam und auch nie in Frage kommen würde. Ich war eine Verkäuferin, und er der Erbe des Hauses Rycroft. So große Lücken ließen sich niemals durch eine Ehe schließen. Liebeleien, ja, aber keine Heirat.

Ich löste mich und dankte ihm, obwohl ich mir nicht ganz sicher war, wofür.

Er lächelte. „Genieße dein Bad."

* * *

KRIMINALINSPEKTOR BROCKWELL BLÄTTERTE eine Seite seines Blocks um und las die kleine, ordentliche Handschrift. „Hmmm", sagte er, dann hob er vorsichtig die nächste Seite an, als würde er die Erwartung genießen und den Augenblick hinauszögern wollen. Er las auch diese Seite bis ganz unten und wiederholte den Akt des Umblätterns und Lesens drei weitere Male.

Es ging mir auf die Nerven. Wie Matt dort sitzen konnte, ein Bein lässig über das andere geschlagen, und Brockwell zusah, ohne mit der Wimper zu zucken, war mir unergründlich. Gestern hätte er Brockwell den Block aus den Händen gezerrt, die Seiten herausgerissen und ihm ins Gesicht geworfen. Heute nahm er Brockwells Schneckentempo hin, als hätte er alle Zeit der Welt, um darauf zu warten, dass der Inspektor seine Fragen stellte.

Willie gab nach, einen Augenblick, bevor es mir passierte. „Sitzen Sie da jetzt den ganzen Tag rum wie ein armer Trunkenbold, der seinen Whiskey liebkost, oder stellen Sie uns die Fragen, um derentwillen Sie hergekommen sind?"

Brockwell schloss seinen Block und betrachtete sie. „Was haben Sie mit alldem zu tun? Bitte erklären Sie es mir noch einmal. Ich habe es wohl vergessen."

Luft zischte zwischen ihren zusammengebissenen Zähnen. „Ich bin Matts Cousine. Ich habe gar nichts mit irgendwas zu tun. Ich bin nur neugierig."

Sie war nicht der einzige neugierige Gast im Salon. Außer ihr, Matt und mir waren auch Cyclops und Duke gekommen, um zu hören, was Brockwell zu sagen hatte. Das einzige Mitglied des Haushalts, das nicht anwesend war, war Miss Glass. Sie hatte kehrtgemacht, nachdem wir ihnen allen eine kurze Abhandlung der Ereignisse des gestrigen Tages geliefert hatten.

Brockwell war am späten Vormittag gekommen. Wir hatten ihn schon am vorigen Abend erwartet, um uns zu befragen, aber passend zu seiner Art hatte er sich bis heute Zeit gelassen.

Zum Glück war seine Verzögerung kein Anzeichen dafür, dass er zögerte, Pitt zu verhaften. Er hatte uns darüber in Kenntnis gesetzt, dass Pitt tatsächlich lebte und bei Lord Coyles Haus von den Dienern in Gewahrsam genommen worden war, bis die Schutzmänner und Brockwell eingetroffen waren. Da er zum Bureau der *Weekly Gazette* gerufen worden war, hatte es etwas länger gedauert, bis die Nachricht Brockwell erreicht hatte, aber er hatte die Sache bald in die Hand genommen und Pitt auf Lord Coyles Drängen hin verhaftet. Die Involvierung meiner Uhr war nicht zur Sprache gekommen.

Ich hatte bereits herausgefunden, dass Oscar Barratt sich vollständig erholen würde, trotz der Schussverletzung in seiner Schulter, und die anderen Zeitungsleute im Druckkeller waren nicht verletzt worden. Lord Coyle hatte seine Darstellung der Ereignisse zum Besten gegeben, aber er war ungenau mit den Einzelheiten gewesen, die dazu geführt hatten, dass Pitt mit mir und vorgehaltener Waffe an seinem Haus aufgetaucht war.

„Mr. Pitt hat den Mord an Dr. Hale gestanden", erzählte uns Brockwell. „Aber er hat uns den Grund nicht genannt."

„Spielt der Grund denn eine Rolle?", fragte Matt. „Er hat gestanden. Das reicht den Geschworenen doch, um ihn zu verurteilen."

„Das stimmt." Brockwell steckte den Bleistift und den Block weg, die langsame Bewegung brachte Willie dazu, tonlos zu grummeln. „Aber ich wüsste trotzdem gern, weshalb."

„Dann müssen Sie Mr. Pitt sorgfältig befragen", sagte Matt. „Ich kann Ihnen die Antwort nicht geben."

„Sehen Sie, er hat nämlich keinen Grund, den ich erkennen kann, Dr. Hale zu ermorden."

„Das Erbe?", fragte Matt mit einem Schulterzucken.

„Aber Hale war für ihn lebend mehr wert als tot. Sein Name hat geholfen, mit dem Allheilmittel ein Vermögen zu machen. Das Vergiften des Fläschchens mit Allheilmittel hat sein eigenes Werk sabotiert. Also noch einmal, ich frage mich, weshalb."

Willie warf die Hände in die Luft. „Leute bringen einander andauernd um, weil sie sich auf den Geist gehen."

„Normalerweise bei einem Anfall von Wut oder Frust, mit Fäusten, Messern oder Schusswaffen. Gift ist sehr viel berechnender."

„Ich kann nachvollziehen, dass man jemanden aus Frust umbringt."

„Ich fürchte, ich kann Ihnen die Antwort nicht liefern", sagte Matt.

„Woher wussten Sie dann, dass Pitt schuldig war?"

„Wir wussten es nicht, bis wir am Bureau der *Gazette* ankamen und erfuhren, dass er Barratt angegriffen hat." Die Lüge ging ihm glatt über die Lippen, und ich erkannte an Brockwells Gesicht, dass er ihm glaubte. Matt hatte wieder zu seinem alten, sicheren Selbst zurückgefunden, hatte seine Laune und seine Gefühle wieder voll im Griff. Wenn ich ihn nun betrachtete, mit seiner glatten Stirn und der lockeren Art, war es beinahe unmöglich zu begreifen, dass unter der charmanten Oberfläche noch eine andere Seite lauerte. „Es war einfach nur unser Pech, dass wir zu diesem Zeitpunkt dort waren", fuhr er fort. „Wie ich Sie nach dem Unfall wissen ließ, hatten Miss Steele und ich die Ermittlungen aufgegeben. Die Risiken waren zu groß."

„Hat Pitt gestanden, dass er es war, der auf Ihre Kutsche geschossen oder Miss Steele bedroht hat?", fragte Brockwell.

„Nein." Matt sagte nichts mehr. Es sah nicht so aus, als würde er Brockwell von Coyles Beteiligung erzählen. Ich war mir nicht ganz sicher, ob es eine gute Idee war, diese Information zurückzuhalten. Coyle sollte die Konsequenzen seiner Handlungen zu spüren bekommen, aber ich wusste, dass es so gut wie unmöglich sein würde, ihn darauf festzunageln.

„Er muss es gewesen sein." Brockwell schüttelte den Kopf, als könne er nicht ganz glauben, dass Pitt dazu fähig war. „Ich muss sagen, ich bin überrascht. Ich kann mir vorstellen, dass er den Versuch macht, mich zu bestechen, um Beweise zu übersehen, aber nicht, dass er Sie erschießt."

Matt beugte sich vor, das erste Anzeichen von Interesse, das er an dieser Unterhaltung zeigte, seit Brockwell aufgetaucht war. „Sie bestechen?"

Brockwell lächelte ihn unbewegt an. „Nun, da es vorbei ist, kann ich Ihnen verraten, dass er das getan hat. Ein anonymer Brief traf bei Scotland Yard ein, an mich adressiert, der mich drängte, im Fall des Mordes an Dr. Hale keinen Schuldigen zu finden. Es war wohl Pitt, der ihn geschickt hat."

Wahrscheinlicher war es Coyle gewesen.

„Und man hat Ihnen Geld geboten?", fragte Matt.

„Eine beträchtliche Menge", sagte Brockwell.

„Und Sie haben es nicht genommen?" Willie klang, als könne sie nicht ganz glauben, dass jemand leicht verdientes Geld ausschlagen würde.

„Nein, Miss Johnson, habe ich nicht. Ich bin zwar nicht reich, aber mein Einkommen reicht aus, um als Junggeselle bequem zu leben."

Sie nickte anerkennend und musterte ihn abermals, als würde sie ihn in ganz neuem Licht sehen.

„Das Lösen des Rätsels ist das, was mich antreibt", fuhr Brockwell fort. „Das, und die Befriedigung, Leute wie Pitt für ihre Verbrechen bezahlen zu lassen." Er erhob sich und klopfte sich auf die Tasche, in der der Block und der Bleistift waren. „Ich habe alles, was ich brauche, vorerst."

Matt erhob sich und streckte die Hand aus. „Wir waren uns nicht immer grün, aber ich glaube, ich verstehe Ihr Vorgehen nun besser."

Brockwell schüttelte ihm die Hand. „Ich hoffe doch."

Bristow traf ein, nachdem Duke geläutet hatte, und geleitete Brockwell nach draußen.

„Vielleicht ist er gar nicht so übel", sagte Cyclops, der sich wieder setzte.

„Er macht einfach nur seine Arbeit", stimmte Willie zu. „Ist ja nicht seine Schuld, dass Sheriff Payne ihm einen blauen Dunst vormachen möchte. Solange er einfach seine Pflicht tut und ordentlich ermittelt, hast du von seiner Seite nichts zu befürchten, Matt."

Matt betrachtete den Eingang, durch den Brockwell verschwunden war. Dann wandte er sich an mich. „Was meinst du, India?"

„Ich?" Ich schaute ihn entsetzt an. „Ich glaube nicht, dass ich eine gute Wahl bin, um die Integrität eines Menschen zu beurteilen."

„Das sehe ich anders. Und außerdem", fügte er an und schnitt meine Widerworte ab, „würde ich gern deine Meinung hören."

Er hatte genau das Richtige gesagt, um sie mir zu entlocken, und das wusste er auch, wenn ich das leichte Lächeln richtig deutete. „Nun", setzte ich an. Alle vier Augenpaare beobachteten mich. Ich räusperte mich und schaute Matt direkt in die Augen. „Nur weil Brockwell nicht bestochen werden kann, heißt das nicht, dass er immer die Wahrheit herausfindet und den Richtigen verhaftet."

„Ganz genau." Er schlug mit der Hand auf die Armlehne

und schob sich hoch. „India, fühlst du dich imstande zu einem Einkaufsbummel?"

Jedes Mal, wenn wir einkaufen gingen, kaufte er mir Süßigkeiten, Kleider, Hüte oder Krimskrams. Und jedes Mal verliebte ich mich ein wenig mehr in ihn. Nicht wegen der Süßigkeiten, Kleider, Hüte oder des Krimskrams, sondern weil es Zeit war, die wir allein zusammen verbrachten, nur wir beide, und wir einfach nur reden konnten. Je länger wir redeten, desto mehr bemerkte ich, wie sehr ich ihn über sein gutes Aussehen hinaus mochte. Ich mochte ihn, weil er amüsant und nett war, klug und neugierig, und daran interessiert, was ich zu sagen hatte. Eine berauschende Mischung für jede Frau, und das, ohne sein Vermögen und seine Stellung in den Topf zu werfen.

„Ich glaube, ich bleibe zu Hause", sagte ich und achtete nicht auf das Bedauern, das in meiner Magengrube nagte.

„Schade." Er zuckte mit den Schultern, als mache es ihm nichts aus. „Ich hoffe, ich suche mir nicht die falsche Taschenuhr aus." Verdammt sollte er sein, dass er immer genau wusste, was er zu sagen hatte. Er hielt mir eine Hand hin, seine Augen funkelten.

Ich legte meine Hand in seine. „Anders als Inspektor Brockwell bin ich wohl durchaus bestechlich."

* * *

„Würdest du gern Mr. Barratt besuchen?", fragte Matt, der mir zurück in die Kutsche half.

Ich hielt auf dem Tritt inne und starrte ihn an. Er war immer noch größer als ich, trotz des Tritts, und mit der verhangenen Sonne hinter seinem Kopf musste ich blinzeln, um ihn richtig zu sehen. Ich konnte fast Catherines Stimme hören, die mir sagte, dass ich Falten bekommen würde, darum versuchte ich, große Augen zu machen. Am Ende blinzelte ich wild, um ihn überhaupt zu sehen.

„Ich … ich weiß nicht", sagte ich. „Weshalb?"

„Weil er verletzt ist, und ich vermute, dass es Dinge gibt, über die ihr reden wollt." Er beugte sich dichter an mich heran. „Magische Dinge. Und eure Verabredung am Freitagabend."

Gelächter stieg meine Kehle empor und bahnte sich einen Weg über meine Lippen. „Verabredung?"

„Du weißt, was ich meine. Also? Willst du ihn sehen oder nicht?"

Ich schüttelte den Kopf und stieg in die Kutsche. „Noch nicht. Er wird Zeit brauchen, sich zu erholen. Ich denke, er hat immer noch Schmerzen. Ich werde ihm eine Nachricht schreiben, die ihn von seiner Verpflichtung entbindet, mich ins Theater auszuführen. Er kann doch keinesfalls schon gehen."

„Nach Hause, Duke", sagte Matt zu seinem Freund, der auf dem Kutschbock saß. Wir hatten die zweite Kutsche herausgeholt, und Duke hatte angeboten, uns zu fahren. Er und Cyclops würden sich die Kutscheraufgabe teilen, bis man einen Ersatz einstellen konnte. Niemand bedrängte Matt deswegen. Bryces Tod war noch immer ein wunder Punkt.

Wir hatten bei Catherines Vater eine hübsche goldene Taschenuhr mit doppeltem Sprungdeckel gekauft. Es war nicht die teuerste Uhr im Laden, aber es war die beste. Ich konnte es kaum erwarten, sie nach Hause zu bringen und sicherzustellen, dass sie perfekt funktionierte. Mr. Mason versicherte mir, dass dem so war, aber ich musste das überprüfen. Tatsächlich war das Matts Idee gewesen.

„Du hast *schon* gesagt", bemerkte Matt, als wir abfuhren. Sein Grinsen hatte sich verflüchtigt, war einem finsteren Ausdruck gewichen. Ich vermisste das Lächeln.

„Wie bitte?"

„Du hast gesagt, Barratt kann auf keinen Fall *schon* mit dir ins Theater gehen." Seine Finger trommelten auf seinem Oberschenkel, und die Wand hinter meinem linken Ohr zog seinen Blick auf sich. „Hast du immer noch vor, mit ihm hinzugehen?"

„Ich weiß es nicht. Ich habe nicht darüber nachgedacht. Ich hatte andere Dinge im Kopf."

Sein Blick huschte zu mir. „Welche denn?"

„Ach, so viele." Seine Küsse und Freundlichkeiten vor allem, aber dieses Gespräch konnte ich jetzt nicht ertragen. „Wie etwa die Vorstellung, Magie in die Öffentlichkeit zu bringen."

Er blinzelte langsam. „Ah."

„Ich habe über Mr. Barratts Einfall nachgedacht, Artikel über Magie zu schreiben. Sie könnten anfangs nicht offen sein, sondern eine subtile und langsame Einführung in die Kunst der Magie, um sie zurück ins öffentliche Bewusstsein zu holen. Zeitungen haben Macht, Matt. Sie können die öffentliche Meinung im großen Maßstab beeinflussen. Sieh dir nur Dr. Hales Allheilmittel an. Sein Ruf gelangte in die Zeitungen, und die Verkäufe gingen durch die Decke, dann stürzten sie wieder ab, nachdem über Hales Tod berichtet wurde. Stell dir vor, diese Macht zugunsten der Magie zu kontrollieren. Wenn Barratt berichtet, was sie Gutes bewirken kann, wird uns die Öffentlichkeit sicherlich ihre Gunst schenken. Mit der Öffentlichkeit auf unserer Seite werden Regierungen ihre Richtlinien ändern, und die Gilden hätten weniger Einfluss. Sie sind im Augenblick nur einflussreich, weil mehrere Regierungen nacheinander sie einflussreich werden ließen, aber die öffentliche Meinung würde das zu unseren Gunsten verändern." Je mehr ich redete, desto spannender fand ich die Vorstellung. Auch Oscar Barratt hatte sie spannend gefunden, und nun verstand ich, weshalb. „Wenn wir wollen, dass Magier in Sicherheit sind, dann führt der einzige Weg dahin darüber, die Magie in die Öffentlichkeit zu bringen."

Matt unterbrach mich nicht, aber an seinem Gesicht konnte ich erkennen, dass er meinen Enthusiasmus nicht teilte. Während ich mich fühlte, als könnte ich auf meinem Platz herumhüpfen, saß er da wie eine beeindruckende Statue, seine Stirn nachdenklich in Falten gelegt.

„Zeitungen *sind* mächtig", sagte er schließlich. „Da stimme ich dir zu. Aber es ist ein Risikospiel, zu glauben, die Öffentlichkeit würde sich letztlich auf die Seite der Magie stellen, anstatt dagegen."

„Du bist doch eine Spielernatur."

„Das war ich einmal. Und du, India bist auf keinen Fall jemand, der leichtfertig Risiken eingeht. Nicht in dieser Größenordnung."

Er beugte sich vor und ließ die verschränkten Hände auf meinen Knien ruhen. Diese vertraute Geste griff meine Nerven genauso sehr an, wie es sein Kuss getan hatte.

„Ich glaube, es ist am besten, wenn wir Magie als Geheimnis wahren", sagte er.

„Mr. Barratt können wir nicht kontrollieren. Wenn er darüber schreibt, gibt es nichts, was wir tun können."

„Wenn er konkret über dich schreibt, drehe ich ihm den Hals um."

„Vielen Dank, Matt, aber ich kann ihm den Hals selbst umdrehen." Ich wackelte mit den Fingern. „Ich habe große Hände, und sein Hals ist nicht so dick."

Er lachte. „Also … was ist nun mit dem Theater."

„Ja?", fragte ich, und es fiel mir schwer, genug Luft zu bekommen.

„Darf ich dich stattdessen ausführen?"

„Nur, wenn die anderen mit uns kommen." Ich sagte es, ehe ich es mir anders überlegen konnte, ehe meine Entschlossenheit unter seinem intensiven Blick dahinschmolz.

Er lehnte sich langsam zurück. Seine Hände fielen nach unten und packten beiderseits von ihm den Sitz. „Du willst nicht mit mir allein sein."

„Wir sind jetzt allein."

„Scherze nicht mit mir, India." Der ausdruckslose, gedämpfte Unterton seiner Stimme wich einer Härte, die ich verabscheute.

Ich schluckte und preschte weiter vor. „Wir müssen über diesen Kuss reden, Matt."

„Offensichtlich schon."

„Er geschah in der Hitze des Augenblicks, nach einem anstrengenden, emotionalen Tag. Wir waren beide froh, dass der jeweils andere überlebt hatte. Das ist alles."

Er drehte sich zum Fenster, und einen Augenblick lang dachte ich, er würde mich völlig ignorieren. „Du hast Gefühle für Barratt", sagte er schließlich.

„Nein! Das hat nichts mit ihm zu tun."

„Der Kuss schien dir ja durchaus gefallen zu haben."

Mein Gesicht wurde rot, was mich dazu zwang, auf meinen Schoß hinab zu schauen. Selbst jetzt spürte ich seinen Blick auf mir.

„Du hast darauf reagiert, India. Leugne es nicht."

Meine Finger verkrampften sich ineinander und lockerten

sich wieder. Ich rang darum, etwas zu finden, was ich sagen konnte, um diese Unterhaltung zu beenden, ehe es ihm gelang, meine wahren Gefühle ans Licht zu bringen und meine Lüge zu enthüllen. Aber mir wollte nichts einfallen, und die Stille dehnte sich aus. Ich musterte sein angespanntes Profil, während wir durch die Straßen nach Hause fuhren. Nein, nicht *mein* Zuhause. Nicht mehr lange zumindest.

Langsam, mit jeder vergehenden Minute, wurde sein Kinn weicher. Die Adern an seinem Hals pochten nicht mehr ganz so wild, und er lockerte seine Faust.

„Ich verstehe", sagte er so leise, dass ich ihn beinahe nicht hörte.

„Du verstehst was?"

„Manchmal ist es einfach, zu vergessen, dass ich krank bin", sagte er zu seinem Spiegelbild. „Manchmal gestatte ich es mir, Pläne für die Zukunft zu schmieden. Und dann fällt mir wieder ein, dass es mir nicht zusteht, für die Zukunft zu planen. Nicht, bis meine Taschenuhr repariert ist."

Der Schmerz in seiner Stimme ließ mein Herz schwer werden. Meine Lieder schlossen sich flatternd. Ich konnte es nicht mehr ertragen, ihn anzuschauen.

„Ich habe kein Recht, zu sagen, was ich gerade eben zu dir gesagt habe", fuhr er fort. „Kein Recht, etwas vorauszusetzen. Ich kann dich wegen eines Kusses nicht beanspruchen. Du musst tun, was für dich am besten ist, India, und für deine Zukunft. Du bist keine Spielernatur, und es ist ungerecht von mir, zu erwarten, dass du darauf setzt, dass ich überhaupt eine Zukunft habe."

Mir wurde die Kehle eng, und meine Augen brannten. Es war sowohl unerträglich schmerzhaft als auch zur gleichen Zeit aufregend. Er klang elend, und trotzdem war der Gedanke, dass ich ihm wichtig genug war, dass er mehr mit mir teilen wollte als einen Kuss …

Irgendwie schaffte ich es, zustimmend zu murmeln, und wir verbrachten die restliche Fahrt zur Park Street in unbehaglicher Stille. Ich bedauerte es nicht, den wahren Grund für meine Ablehnung für mich behalten zu haben. Matt, mit seinen amerikanischen Idealen der Gleichheit, würde die Hindernisse von der Hand weisen, die von seiner Tante ins Spiel gebracht worden waren – und von England an sich. Er würde annehmen, dass man sie überwinden konnte, und seine eigenen Eltern als Beispiel nutzen. Aber sein Vater war nicht der Erbe gewesen, und seine Mutter hatte niemandem ihre Dankbarkeit geschuldet.

Miss Glass wollte, dass ihr Neffe jenes Leben führte, das ein Mann in seiner Stellung führen sollte, und ich wollte, dass er dieses Leben bekam. Er hatte sich als Kind nicht in einem einzigen Land heimatlich niedergelassen, und sein Erwachsenenleben war voller Gefahren gewesen. England konnte ihm eine Familie bieten, die nicht das Gefühl hatte, er hätte Sie verraten, und ein Zuhause, das ihm niemand wegnehmen konnte. Ein Zuhause, in dem er der Herr und Meister war. Eine Frau mit den richtigen Verbindungen würde ihm helfen, in jedem Bereich, den er wählte, Einfluss und Macht zu gewinnen.

Aber mit mir würde er niemals mehr sein als der amerikanische Emporkömmling, dessen Familie mütterlicherseits aus Banditen bestand. Ich konnte ihm nicht helfen, das zu überwinden, wie es einer Frau von der Stellung einer Hope Glass oder Lady Abbington gelingen würde.

„Sobald das Haus in Willesden mir gehört, werde ich dort hinziehen", erklärte ich ihm.

Er drehte sich abrupt um, um mich anzustarren.

„So ist es am besten", fuhr ich fort, nicht fähig, ihn anzusehen.

* * *

„Du bist da, India, und sie nicht", sagte Willie, die im Wohnzimmer über mich herfiel.

Ich hatte dort mit Miss Glass zu Mittag gegessen, aber sie war danach ausgegangen, um Besuche zu machen. Sie hatte sich gewünscht, dass Matt mit ihr kam, aber er hatte abgelehnt. Sie hatten gestritten, bis Matt sich geweigert hatte, noch weiter darüber zu sprechen. Sie war gegangen, ihre Schritte ein wenig schwerer als sonst, während sie die Park Street entlang ging.

Ich machte mir Sorgen, dass Matt mich aufsuchen würde, um mit mir zu sprechen. Ich war so bald nach der letzten nicht bereit für eine weitere Diskussion über seine Zukunft – unsere Zukunft. Es war anstrengend. Das hatte er jedoch nicht getan, aber ich war alles andere als froh darüber. Erleichtert, ja, aber nicht froh.

„Ich bin allein, falls du das meinst", sagte ich zu Willie.

Sie schenkte sich eine Tasse Tee ein, und als sie feststellte, dass er kalt war, rümpfte sie die Nase und stellte die Tasse ab. Sie warf sich in einen Sessel. Ihre Haare lösten sich aus dem lockeren Knoten und fielen ihr in Wellen über die Schultern.

„Du siehst heute Nachmittag sehr hübsch aus", sagte ich.

„Was?"

„Miss Glass würde deine Haare als Schlamassel bezeichnen, aber ich glaube, dir steht es so. Dein Gesicht wird davon schön gerahmt."

Sie schnaubte und wischte sich mit der Hand über die Nase. „Sei doch kein Dussel."

„Ich weiß, dass du glaubst, du beweist etwas, indem du dich wie ein Mann benimmst, und noch dazu ein ungehobelter, aber ich lasse mich nicht zum Narren halten. Und Duke auch nicht."

„Was hat der denn mit irgendwas zu tun?"

„Du solltest ihm eine Chance geben. Sei nicht so grausam zu ihm, denn er versucht nur, nett zu dir zu sein."

„Nett zu mir! Er hält mir Vorträge und sagt mir die ganze Zeit, was ich zu tun habe. Er geht mir auf die Nerven."

Ich lächelte auf Matts neue Taschenuhr hinab, ihr Innenleben lag auf dem Tisch vor mir ausgebreitet.

Sie stellte beide Füße fest auf den Boden und stand auf. „Warte hier. Ich muss Matt holen."

Sie ging, ehe ich sie aufhalten konnte. Ich beschäftigte mich mit der Uhr und fügte die Teile wieder ins Gehäuse ein, während ich wartete, nur um festzustellen, dass es länger dauerte, als ich erwartet hatte. Meine Gedanken waren an diesem Nachmittag nicht ganz auf der Höhe.

„Gut", verkündete Willi, als sie wieder eintrat. „Setzt euch, ihr beide. Ich habe etwas zu sagen."

Matt stand am Kamin, sein kühler Blick lag auf seiner Cousine. In meine Richtung hatte er nicht einmal geschaut.

„Ich bin allein spazieren gegangen", sagte Willie. Sie hatte sich auch nicht hingesetzt, weil sie lieber auf und ab ging. Ihr aufgeregter Zustand machte mich neugierig. Ich legte meine Werkzeuge ab. „Ich wollte nachdenken", fuhr sie fort. „Und mir ist etwas klar geworden. Etwas über dich, India."

„Mich?" Ich blinzelte sie an. „Sprich lieber schnell weiter."

„Wir haben den Fehler gemacht, davon auszugehen, dass Dr. Hale der einzige mit Magie in der Geschäftsverbindung mit Mr. Pitt war."

„Das hätten wir nicht tun sollen", stimmte Matt zu. „Und? Was hat das mit India zu tun?"

„Was, wenn sie das Produkt *zweier* Magier ist, nicht nur eines?"

„Mit Produkt meinst du Kind", sagte ich.

„Enkelkind. Dieser Reporter schätzt, dass deine Großmutter die Magierin war, aber wir wissen, dass Chronos einer ist."

„Du springst zu dem Schluss, dass Chronos mein Großvater *ist*. Ich glaube das nicht. Er hat mich nicht aufgesucht, seit er in London ist, und er kam nicht zur Beerdigung seines Sohnes." Meine Stimme zitterte unversehens. Weshalb war ich so emotional wegen eines Mannes, den ich niemals gekannt hatte?

Matt berührte mich an der Schulter. Sein Daumen strich über die Unterseite meines Kinns.

Und dann zog er sich zurück und setzte sich auf einen Sessel. „Wenn beide deiner Großeltern Magier sind, würde das erklären, weshalb deine Magie so stark ist", sagte er.

„Sie ist nicht so stark."

„Doch, ist sie. Mr. Gibbons war dieser Ansicht, und ich bin es auch."

„Es gibt keinen Grund, warum nicht zwei Uhrenmagier hätten heiraten sollen", sagte Willie. „Wenn man es sich genau überlegt, ist es sogar wahrscheinlich. Ihre Familien haben einander wohl gekannt. Sie waren beide an Uhren interessiert." Sie rieb sich die Hände und machte sich auf zur Tür. „Damit wäre meine Arbeit für heute wohl erledigt. Ich gehe dann mal und treffe mich mit Cyclops und Duke zum Trinken im Cross Keyes. Willst du mitkommen, India? Ich kann dir ein paar Trink-spiele beibringen."

„Nicht heute", sagte ich.

Ich sah ihr nach und wünschte mir fast, Matt würde mit ihr gehen, um der unvermeidlichen unbehaglichen Stimmung zu entgehen. Er stand nicht auf, und ich stellte fest, dass ich dankbar um seine Gesellschaft war. Je schneller wir uns durch diese Phase arbeiteten und wieder unbefangener miteinander umgehen konnten, desto besser.

Ich schloss das Uhrengehäuse und reichte es Matt, nur um zu bedauern, es hergeben zu müssen. Nun hatte ich nichts mehr, an dem ich mich festhalten konnte. Stattdessen verschränkte ich die Hände im Schoß ineinander. „Matt", setzte ich an. „Ich will, dass wir Freunde bleiben."

„Das will ich auch." Falls er so nervös war wie ich, zeigte er es nicht. Er wirkte so ruhig und sicher wie eh und je. Es war zutiefst ungerecht.

„Ich will, dass die Dinge zwischen uns so wie früher werden", sagte ich.

„Das werden sie, India. Ich verspreche es. Auch wenn es schwerer sein wird, wenn du anderswo lebst."

„Ich werde jeden Tag hier sein, an dem ich benötigt werde."

„Dann kannst du auch gleich ganz bleiben. Du wirst öfter hier sein als in deinem Häuschen."

Ich lächelte ihn an, und er erwiderte das Lächeln. Es war ein guter Anfang.

„Hast du es meiner Tante schon erzählt?", fragte er.

Ich schüttelte den Kopf. „Ich arbeite noch an dem Mut dafür."

„Sprich mit ihr, wenn ich zugegen bin. Ich bin dein Verbündeter, wenn du mich brauchst."

„Das würdest du tun?" Ich musste völlig verblüfft ausgesehen haben, denn er kicherte.

„India, ich werde immer auf deiner Seite sein, ganz gleich, was passiert."

„Selbst wenn ich etwas tue, dem du nicht zustimmst?"

„Du meinst so etwas wie wegziehen und an einem anderen Ort wohnen? Ja, selbst dann. Ich werde in der Stille meines Zimmers vor mich hin grummeln, aber äußerlich werde ich dich unterstützen. Das ist das Beste, was ich tun kann."

„Das ist genug, Matt. Ich danke dir."

Sein Lächeln wurde sehnsüchtig, traurig. Ich blinzelte Tränen weg und schaute auf meine verbundenen Hände hinab.

„Matt!" Willies Kreischen drang durch das ganze Haus, sodass es schwer wurde, zu sagen, woher es kam. „Matt, komm schnell!"

Er sprang aus seinem Sessel und rannte durch die Tür. Ich folgte ihm, konnte aber nicht mithalten.

„Willie!", schrie er zurück. „Was ist los?"

Ich hörte die Antwort nicht. Ich holte oben auf der Treppe auf, schaute hinunter auf die Eingangshalle. An der Eingangstür stand Bristow, der einem weißhaarigen Besucher Mantel und Hut abnahm. Der Besucher schien ihn nicht zu hören. Er starrte zu uns herauf.

„Pierre DuPont", sagte ich atemlos. Ich erkannte ihn von dem kurzen Augenblick, in dem ich ihn in Wortheys Fabrik gesehen hatte, ehe er weggelaufen war.

„Er ist es", sagte Willie, die breit grinste. „Er ist es, Matt."

„Chronos", flüsterte Matt.

Gott sei Dank. Wir hatten ihn gefunden. Wir hatten den Mann gefunden, der Matts Uhr reparieren konnte. Er war da, und er konnte nicht weglaufen, da Cyclops hinter ihm stand und den Ausgang versperrte.

Chronos wirkte nicht, als wolle er weglaufen. Sein Blick musterte Matt, dann nickte er, als er ihn erkannte. Matt erwiderte es.

Schließlich richtete sich Chronos' Blick auf mich. Er blinzelte nicht einmal, als Matt und ich nach unten gingen, Seite an Seite. Das machte mich nervös.

Je näher wir kamen, desto deutlicher wurden die Falten auf dem Gesicht des Mannes. Er war auf jeden Fall alt, das Muster der Fältchen erzählte eine lange, verworrene Geschichte. Sein schneeweißer Bart war voll, aber das Haar auf seinem Kopf dünn und strähnig. Er hatte jedoch klare Augen. Klar und klug.

Matt streckte die Hand aus. „Mein Name ist Matthew Glass", sagte er. „Sie haben mir in Broken Creek, New Mexico, vor fünf Jahren das Leben gerettet. Ich habe nach Ihnen gesucht."

Chronos zögerte, dann schüttelte er ihm die Hand. „Sie haben mich gefunden." Abermals schaute er mich an. Ich wollte an Matts Seite verschwinden, blieb aber standhaft. Chronos – DuPont – hatte einen starren Blick, der mich nervös machte. Er hatte auch keinen französischen Akzent. Er war durch und durch englisch.

„Das ist Miss Steele", sagte Matt. „Miss India Steele, die Tochter von Elliot Steele."

Chronos nickte, ohne überrascht zu sein. „Das hat mir Ihr Freund auf dem Weg hierher erzählt." Er hielt mir eine Hand hin. Ich nahm sie. Er trug keine Handschuhe, und seine Hand war kühl und rau, die Hand eines Arbeiters. „Als ich dich zum letzten Mal gesehen habe, India, warst du ein Säugling in den Armen deiner Mutter."

Ich blinzelte ihn an. Meine Augen fühlten sich riesig und rund an, meine Hand in seiner klein. „Sie sind mein Großvater."

Es fühlte sich so richtig an, dass ich wusste, dass es stimmte, noch bevor er sagte: „Ja, der bin ich."

ENDE

Um Matts und Indias Geschichte weiterzulesen, suchen Sie nach:
DAS TAGEBUCH DES MAGIERS
Buch 4 der Reihe Glass & Steele von C.J. Archer

Abonnieren Sie den Newsletter von C.J., um über neue ins Deutsche übersetzte Bücher informiert zu werden.

EINE NACHRICHT DER AUTORIN

Ich hoffe, Ihnen hat DAS GIFT DES DROGISTEN genauso viel
Spaß gemacht wie mir beim Schreiben. Als Indie-Autorin ist es
für den Erfolg des Buches entscheidend, es bekannt zu machen.
Wenn Ihnen dieses Buch gefallen hat, sagen Sie es doch bitte
weiter und schreiben Sie eine Rezension in dem Shop, in dem Sie
es gekauft haben.

ÜBER DIE AUTORIN

C.J. Archer begeistert sich für Geschichte und Bücher, seit sie denken kann, und wähnt sich glücklich, dass sie beides vereinen konnte. Sie verbrachte ihre frühe Kindheit in der dramatischen Schönheit des Outbacks von Queensland, Australien, lebt inzwischen aber mit ihrem Mann, zwei Kindern und einer frechen schwarzweißen Katze namens Coco in Melbourne.

Abonnieren Sie C.J.s Newsletter auf ihrer Webseite, um informiert zu werden, wenn sie ein neues Buch herausbringt: http://cjarcher.com/deutsch/

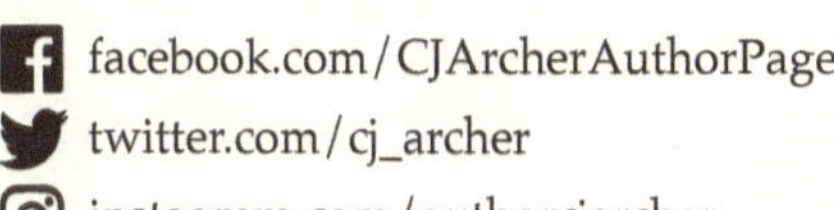

facebook.com/CJArcherAuthorPage
twitter.com/cj_archer
instagram.com/authorcjarcher